हिन्द पॉकेट बुक्स

जीवन क्या है?

ओशो विश्व-विख्यात भारतीय विचारक, धर्मगुरु और रजनीश आंदोलन के प्रणेता थे। वे धार्मिक रूढ़िवादिता के बहुत कठोर आलोचक थे, जिसकी वजह से वे विवादित हो गए और ताउम्र विवादित ही रहे। 1960 के दशक में उन्होंने पूरे भारत में एक सार्वजनिक वक्ता के रूप में यात्रा की और वे समाजवाद, महात्मा गाँधी और धार्मिक रूढ़िवाद के प्रखर आलोचक रहे। उन्होंने मानव कामुकता के प्रति एक ज्यादा खुले रवैए की वकालत की, जिसके कारण वे भारत तथा पश्चिमी देशों में भी आलोचना के पात्र रहे। ओशो ने अपने विचारों का प्रचार करना मुम्बई में शुरू किया, जिसके बाद उन्होंने पुणे में अपना एक आश्रम स्थापित किया।

जीवन क्या है?

ओशो

हिन्द पॉकेट बुक्स
पेंगुइन रैंडम हाउस इम्प्रिंट

हिन्द पॉकेट बुक्स

यूएसए | कनाडा | यूके | आयरलैंड | ऑस्ट्रेलिया | सिंगापुर
न्यू ज़ीलैंड | भारत | दक्षिण अफ्रीका | चीन

हिन्द पॉकेट बुक्स, पेंगुइन रैंडम हाउस ग्रुप ऑफ़ कम्पनीज़ का हिस्सा है,
जिसका पता global.penguinrandomhouse.com पर मिलेगा

पेंगुइन रैंडम हाउस इंडिया प्रा. लि.,
चौथी मंजिल, कैपिटल टावर -1, एम जी रोड,
गुड़गांव 122 002, हरियाणा, भारत

पेंगुइन
रैंडम हाउस
इंडिया

प्रथम संस्करण हिन्द पॉकेट बुक्स द्वारा 2005 में प्रकाशित
यह संस्करण हिन्द पॉकेट बुक्स में पेंगुइन रैंडम हाउस द्वारा 2023 में प्रकाशित

10 9 8 7 6 5 4 3 2

ISBN 9789353496142

मुद्रकः रेप्रो इंडिया लिमिटेड

www.penguin.co.in

अनुक्रम

पहला सूत्र

जीवन क्या है?

मेरे प्रिय आत्मन!

एक अंधेरी रात, छोटा-सा गांव, और एक फ़कीर की झोंपड़ी के द्वार पर कोई ज़ोर से दस्तक दे रहा है। आमतौर से आपके घर पर कोई द्वार ठोंके तो आप पूछेगे – कौन है? बुलाने वाला कौन है? लेकिन उस फ़कीर ने उलटी बात पूछी। उस फ़कीर ने पूछा : किसको बुला रहे हैं? किसको बुलाया जा रहा है? वह फ़कीर अपनी झोंपड़ी के भीतर है, बाहर कोई द्वार ठोंकता है। वह फ़कीर भीतर से पूछता है : किसको बुला रहे हैं? आमतौर से ऐसा नहीं पूछा जाता, पूछा जाता है – कौन बुला रहा है। उस बाहर से द्वार पीटने वाले आदमी ने कहा : मैं बायजीद को बुलाता हूं, बायजीद घर में है? और फिर भीतर से वह फ़कीर ज़ोर से हंसने लगा, हंसता ही चला गया। वह बाहर का आदमी बेचैन हो गया। उसने कहा : हंसने से कुछ भी न होगा, मैं पूछता हूं – बायजीद भीतर है? उस फ़कीर ने कहा : बायजीद को खोजने निकले हो तो बहुत मुश्किल है। मैं ख़ुद बायजीद को पचास साल से खोज रहा हूं, अभी तक खोज नहीं पाया। ऐसे लोग मुझको ही बायजीद समझते हैं, इसलिए मैं हंसता हूं कि तुम भी किस आदमी को खोजने निकल पड़े हो, जो अपने को ही अभी नहीं खोज पाया है! उस आदमी ने शायद समझा होगा कि कोई पागल आदमी है, जो बायजीद भी ख़ुद है और कहता है कि मुझे पता नहीं कि मैं कौन हूं।

हम सारे लोग सोचते हैं कि हम जानते हैं कि हम कौन हैं, और इस झूठे ज्ञान की वजह से ही जीवन के सत्य को उपलब्ध नहीं हो पाते, न जीवन के आनन्द को। न जीवन का रहस्य पता चल पाता है। एक बुनियादी भूल हो जाती है कि हमने यह मान लिया है कि हम जानते हैं – कौन हैं। यह हमने मान ही लिया है कि जीवन क्या है – वह हमें पता है। और जिस आदमी को यह भ्रान्ति हो गई हो कि उसे जीवन का पता है, तो वह जीवन को जानने से सदा के लिए वंचित रह जाए तो कोई आश्चर्य नहीं।

पहली बातं, जो हमें पता नहीं है, पता होना चाहिए कि हमें पता नहीं है। जो हमें नहीं मालूम है, उसे जान लेना कि मालूम है, बहुत बड़ी भ्रान्तियों के रास्तों पर भटक जाने का द्वार है। जीवन क्या है, यह भी पता नहीं है, तो जीवन में क्रान्ति कैसे हो सकती है!

और हमें चूंकि यह ख़याल बैठ गया है कि हमें पता है जीवन क्या है, इसलिए चारों ओर जीवन हज़ार-हज़ार इशारे करता है, उन इशारों को भी हम नहीं देखते। हज़ार ख़बरें भेजता है, उन ख़बरों को भी नहीं सुनते। हज़ार रूपों में प्रकट होता है, हमारी आंखें अन्धी रह जाती हैं। हज़ार स्वर में गीत गाता है, हमारे कान नहीं सुन पाते। हज़ार-हज़ार रूपों में आता है, हमारी बाहें आलिंगन नहीं कर पातीं, क्योंकि हमें यह पता है कि हमें पता ही है, इसलिए जानने के लिए न हम आंख उठाते हैं, न हाथ फैलाते हैं, न कानों से सुनते हैं, न प्राणों को उस दिशा में लगाते हैं, जहां जीवन जाना जा सकता है।

और भी आश्चर्य की बात है कि हम जीवन को बिल्कुल नहीं जानते, फिर भी जीवन की हज़ार भांति निन्दा करते हैं। जीवन को हज़ार गालियां देते हैं। जीवन की हज़ार भूलें खोजते हैं। जीवन में हज़ार कांटे खोज लेते हैं। जिन्हें जीवन के एक भी फूल का पता नहीं है, वे कांटों का ढेर लगा लेते हैं। और जिन्हें रोशनी की एक किरण नहीं मिली, वे अन्धकार को इकट्ठा करते चले जाते हैं। ऐसे हम लोग हैं, हमारे जीवन में कैसे क्रान्ति हो सकती है!

एक छोटी-सी कहानी से मैं इन सूत्रों की चर्चा को शुरू करना चाहता हूं। मैंने सुना है, एक सम्राट अपने पड़ोसी राज्य के हिस्से से गुज़रता था। कभी नहीं आया था उस मार्ग पर, दुर्गम पहाड़ियां थीं और उन दुर्गम पहाड़ियों में बहुत गहरे, घनी खोह में बसे हुए लोग थे। पता था कि वह उसके राज्य की सीमा है, लेकिन कभी वहां गया नहीं। उस राज्य से गुज़रा तो हैरान रह गया। उस पहाड़ के रहने वालों को मकान बनाने का पता ही नहीं था। वे वृक्षों के नीचे ही सोते थे और वर्षा होती थी, तो चट्टानों के नीचे छिप जाते थे। उन्हें मकान बनाने की कला का कोई बोध ही नहीं था। उन्होंने मकान देखे भी नहीं थे। वे कभी मैदानों में उतरके न आए थे और मैदानों के लोग कभी वहां न जाते थे।

वह राजा वापस लौटा तो उसने अपने सबसे बड़े शिल्पी को बुलाया, राजभवन बनाने वाले सबसे बड़े कारीगर को बुलाया और उस कारीगर को कहा कि जाओ उस राज्य में एक सुन्दर भवन बनाओ, ताकि जो ठहरना चाहें वे ठहर सकें, जिनको ज़रूरत हो वे मेहमान बन सकें, और वहां के लोग मकान बनाना सीख जाएं, वहां कोई मकान ही नहीं है। वह शिल्पी उस राज्य में गया। बहुत बड़ा महल बनाने के लिए राजा ने आज्ञा दी थी। उतने लोगों को वहां तक ले जाना कठिन था। फिर यह भी उचित था कि वहीं के लोगों से काम करवाया जाए, ताकि वे महल बनाना भी सीख जाएं, और सारा उनका फैलाव पहाड़ों में दूर-दूर तक बसे हुए लोगों तक महल बनाने की ख़बर भी पहुंच जाए।

उसने जाकर लोगों को इकट्ठा किया और उसने कहा कि मैं सम्राट के द्वारा भेजा गया हूं कि यहां एक महल बनाऊं। वे लोग हंसने लगे, उन्होंने कहा : महल! महल, तो कुछ होता ही नहीं। ये क्या झूठी बातें कह रहे हैं आप! महल क्या होता है? बहुत मुश्किल था उन लोगों को बताना कि मकान क्या होता है, क्योंकि मकान उन्होंने नहीं देखा था।

और वह सारी भीड़ आपस में हंसने लगी और आपस में सोचने लगी, यह आदमी कोई धोखेबाज़ मालूम होता है, कोई षड्यन्त्रकारी मालूम होता है, हम गरीब, सीधे आदमियों को भटकाना चाहता है। मकान कभी देखा

है? सुना है? वहां भीड़ उन्हीं लोगों की थी। वह अकेला कारीगर शिल्पी बहुत मुश्किल में पड़ गया। जीवन में उसने बहुत महल बनाए थे, लेकिन उन लोगों को समझाना मुश्किल था कि महल क्या होता है। और वे अपने अज्ञान में इतने ठहरे हुए थे कि उन्होंने यह इनकार कर दिया कि महल हो भी सकता है।

फिर भी उस शिल्पी ने मेहनत की और उसने कहा कि मैं तुम्हें बनाकर बताऊंगा। उसने कुछ लोग चुने, सारे लोग ही महल बनाने के लिए ख़ुद मज़दूर बनना चाहते थे, क्योंकि बहुत सम्पत्ति राजा की तरफ़ से मिलने को थी, लेकिन सभी लोग नहीं चुने जा सके। उतने लोगों की ज़रूरत भी न थी, और वे उतने कुशल भी न थे, उतने बुद्धिमान भी न थे। जो बुद्धिमान लोग थे और जिनकी सम्भावना थी कि वे महल बना सकेंगे, उनको शिल्पी ने चुना और महल बनाना शुरू किया।

जो लोग नहीं चुने गए थे, उन्होंने जाकर आसपास ख़बर फैलानी शुरू कर दी कि उसने अपने ही आदमियों को चुन लिया मालूम होता है; और यह महल हम नहीं बनने देंगे। यह महल ख़तरनाक है! जिस चीज़ का हमें पता नहीं, उसे हम अपनी भूमि पर बनने दें – यह उचित नहीं है। और उन्होंने हज़ार-हज़ार तरह की अफवाहें उड़ाईं कि इस महल में जो जाएगा वह मर जाएगा; यह महल जो बनेगा तो हमारा राज्य अभिशाप से भर जाएगा; जो चीज़ हमने कभी नहीं देखी और हमारे बाप-दादाओं ने नहीं देखी, उस चीज़ को न हम देखना चाहते हैं और न बनाना चाहते हैं।

दिन-भर शिल्पी महल बनाता था और रात बाकी लोग आते, उसकी ईंटें उखाड़कर फेंक देते थे। वह महल जिनके लिए बनाया जा रहा था, वे ही उस महल को उखाड़ने की दिन-रात कोशिश करते थे। बहुत मुश्किल से उन्हें समझाकर राजी किया जा सका कि पूरा बन जाने दो, फिर तुम्हें पसन्द न आए तो तुम गिरा देना।

आधे के करीब महल बनकर तैयार हुआ होगा और तब गांव के आसपास के लोगों ने ख़बर उड़ाई कि यह हमारे लिए नहीं बन रहा है, यह शिल्पी स्वयं अपने लिए बना रहा है, क्योंकि हमने कभी सुना नहीं है

कि किसी आदमी ने पहाड़ चढ़कर किसी दूसरे के लिए कोई सेवा का काम किया हो। कौन किसी दूसरे के लिए कुछ करता है। उस शिल्पी ने बहुत समझाया कि मैं तुम्हारे लिए बना रहा हूं। लेकिन कोई भी मानने को तैयार नहीं हुआ। कौन किसके लिए पहाड़ पर आकर मेहनत करता है। यह शिल्पी अपने लिए ही बना रहा है।

जो लोग उसके साथ काम किए थे, उसने उन लोगों को भेजा कि तुम समझाओ उन्हें, उनकी भाषा में। उन्होंने जाकर समझाया, लेकिन उन लोगों ने कहा कि सब उस शिल्पी के नौकर हैं, उसके जासूस हैं, उसका भोजन खाते हैं और उसकी बजाते हैं – इनकी बात हम नहीं सुन सकते। शिल्पी को स्वयं भेजो, वह हमें समझाने आए। शिल्पी ख़ुद समझाने गया। जो समय लगाना ज़रूरी था महल के बनाने में, वह उन लोगों को समझाने में लग रहा था, जिनके लिए महल बनाया जा रहा था। वह हज़ार काम छोड़कर लोगों को समझाने गया। उन लोगों ने कहा : अब तुम समझाने आए हो? जब हमने दोषारोपण किया, तब तुम उत्तर देने आए हो? उत्तर पहले दिया जाना चाहिए था! उस शिल्पी ने कहा : पहले मैं उत्तर कैसे देता, तुमने पूछा इसलिए मैं कहने आया हूं। उन लोगों ने कहा : हमें तुम बुद्धू मत समझो। इतना हम काफ़ी समझते हैं कि कोई आदमी पहाड़ पर चढ़कर हमारे लिए मेहनत करने नहीं आएगा। इसके पीछे कोई षड्यन्त्र है। हम मुसीबत में पड़ जाएंगे। हम यह महल नहीं चाहते।

उसने बहुत समझाने की कोशिश की। उन लोगों ने कहा : तर्क से समझाना व्यर्थ है। इतनी बुद्धि हमारे पास है, हम भटकने को राजी नहीं। लेकिन उस भीड़ में किसी एक समझदार आदमी ने कहा कि अगर आदमी कहता है कि सम्राट ने भेजा है महल बनाने को तो इसके पास कुछ प्रमाण-पत्र होना चाहिए। उन सारे लोगों ने कहा : अगर प्रमाण-पत्र हो तो हमें दिखा दो। वह आदमी, वह शिल्पी प्रमाण-पत्र लेकर आया। लेकिन उस पूरे राज्य में कोई पढ़ना-लिखना नहीं जानता था। वे सारे लोग कहने लगे, हमें बुद्धू बनाने की कोशिश करते हो। इस काग़ज़ पर सिर्फ़ काली लकीरें खींची हुई हैं और कुछ भी नहीं। प्रमाण-पत्र कहां है? उस शिल्पी ने कहा : यह

प्रमाण-पत्र है। सम्राट के हस्ताक्षर हैं। लेकिन वहां कोई पढ़ने वाला नहीं था, तब बड़ी मुश्किल हो गई।

और वे लोग यह कहने लगे कि हमें धोखा दिया जा रहा है। इसमें तो कुछ भी नहीं लिखा हुआ है, इसमें तो कोई प्रमाण-पत्र नहीं है। काग़ज़ है और काली लकीरें हैं। जो पढ़ना नहीं जानते हों, उनके लिए लिखा हुआ काली लकीरों-सा कुछ भी नहीं होता है, उससे ज़्यादा नहीं होता। बमुश्किल उस भीड़ में एक आदमी बाहर आया और उसने कहा : मैं पढ़ना जानता हूं। लेकिन शिल्पी को एक तरफ़ ले जाकर उसने कहा कि मैं इतने हज़ार रुपए चाहूंगा, तो मैं पढ़कर बता सकता हूं। शिल्पी ने कहा कि प्रमाण-पत्र सही है, उसके लिए मैं रिश्वत देने को राजी नहीं हूं। उस आदमी ने जाकर भीड़ में अफ़वाह उड़ा दी कि उस कागज़ में कुछ भी लिखा हुआ नहीं है। वह बिल्कुल धोखाधड़ी है और वह शिल्पी धोखा देने की कोशिश कर रहा है। लोग कहने लगे कि हम तुमसे पूछने आए हैं कि तुम क्या बना रहे हो, किसलिए बना रहे हो और तुम हमें पढ़ने-लिखने की बातों में भटकाना चाहते हो। वह महल नहीं बन सका। उस राज्य के लोगों ने एक-एक ईंट उखाड़कर फेंक दी; और उस शिल्पी को वापस लौट आना पड़ा।

यह कहानी मैंने सुनी और यह कहानी इस ज़िन्दगी के बाबत बहुत सही मालूम पड़ती है, जो हम जीते हैं। हम क़रीब-क़रीब ऐसी ज़िन्दगी जीते हैं। जिसे बनाने की कोई कला हमें मालूम नहीं। पहली बात ज़िन्दगी क्या है, यही हमें मालूम नहीं। मकान क्या है यही मालूम न हो, तो मकान को बनाने की कला बहुत मुश्किल है और अगर कोई कभी आए और ज़िन्दगी को जानकर आकर कहे कि ज़िन्दगी ऐसी है, तो हम मानने को राजी नहीं होते, क्योंकि हम जो जानते हैं, हम उसे पूरी तरह जानते हैं। हम उससे भिन्न जानने को ज़रा भी राज़ी नहीं।

इसलिए जीसस जैसे आदमी को सूली पर लटका दिया जाता है। मंसूर जैसे आदमी के हाथ-पैर काट दिए जाते हैं। सुकरात जैसे आदमी को ज़हर पिला दिया जाता है। ये वे लोग हैं, जो ज़िन्दगी के महल की ख़बर लाते हैं। और हम क्रोध से भर जाते हैं, क्योंकि हमने न ऐसे जीवन के बाबत

में सुना है, न देखा और न हम मानने को राज़ी हैं। वे प्रमाण-पत्र भी लाते हैं अपने साथ, लेकिन उन प्रमाण-पत्रों में हमें सिवाय काग़ज़ों के, लकीरों के कुछ भी दिखाई नहीं पड़ता है और हम कहते हैं कि हम चाहते हैं प्रमाण-पत्र और तुम हमें काग़ज़ और लकीरें दिखलाते हो। तुम पढ़ने-लिखने की बात करते हो! तुम सोचने-समझने की बात करते हो! हम सीधे प्रमाण चाहते हैं और जो भाषा हम नहीं जानते, उसे हम कैसे पढ़ें? और जिस जीवन के द्वार पर हमने कभी दस्तक नहीं दी है और कभी झांककर नहीं देखा, उसे हम कैसे पहचानें?

उस शिल्पी ने उस गांव के लोगों के बीच जैसा अनुभव किया होगा, जीवन के शिल्पी हमारे बीच सदा ऐसा ही अनुभव करते हैं। इसलिए पहला सूत्र आपसे मैं यह कहना चाहता हूं : जीवन क्या है – यह हमें ज्ञात नहीं है। अगर इतना हमें अनुभव हो जाए, तो हम जीवन को जानने की यात्रा पर निकल सकते हैं। जीवन क्या है? इसका हमें कोई पता नहीं है। यह हमें अनुभव हो जाए, तो हम जहां जड़ होकर बैठ गए हैं, वहां से हिलना हो सकता है और नई यात्रा शुरू हो सकती है। अगर हम यह मानने को राज़ी हो जाएं कि जो हम जानते हैं उतना ही जानने को नहीं है, जानने को बहुत-कुछ बाक़ी है और शेष है। अगर हम यह मानने को राज़ी हो जाएं कि जो हमें दिखाई पड़ता है, वही पर्याप्त नहीं है, बहुत-कुछ अनदीखा रह जाता है, बहुत-कुछ अनसुना रह जाता है, बहुत-कुछ अस्पर्शित रह जाता है। अगर हमें यह ख़याल आ जाए कि हमारे चारों तरफ़ जितने से हम परिचित हैं, उससे बहुत ज़्यादा अपरिचित सदा रह जाता है, तो शायद हम अपरिचित को जानने की दिशा में आंखें उठाएं, क़दम बढ़ाएं, हाथ फैलाएं कुछ श्रम करें, कुछ मेहनत करें, कोई नाव बनाएं, कोई मकान बनाएं, उस तरफ़ जाने का कोई रास्ता, कोई प्रयत्न, कोई साधना शुरू हो।

जीवन की क्रान्ति एक साधना है। जीवन को जानना जन्म ले लेने से पूरा नहीं हो जाता। कोई आदमी पैदा हो गया, इसलिए जीवन को नहीं जान लेता है। जन्म तो बीज की भांति है। अगर बीज को हम बग़ीचे में बोएं, तो वह कभी फूल बन सकता है। बीज के भीतर फूल छिपा है, लेकिन

बीज ख़ुद फूल नहीं है। और अगर बीज यह समझ ले कि मैं फूल हूं, तो बात ख़त्म हो गई। फिर बीज, बीज ही रह जाएगा, सड़ेगा, नष्ट हो जाएगा, लेकिन कभी फूल नहीं बन सकेगा। बीज को जानना पड़ेगा कि वह कुछ होने की यात्रा है, कोई सम्भावना, कोई पॉसिबिलिटी, कोई पोटेंशियलिटी। वह अभी है नहीं, हो सकता है।

आदमी हो सकता है कुछ, आदमी है नहीं। हम कुछ हो सकते हैं, हम कुछ हैं नहीं। हम सिर्फ़ होने की एक सम्भावना-मात्र हैं। हम एक बीज हैं, जो टूट जाए तो फूल खिल सकते हैं और न टूटे तो सड़ सकता है, नष्ट हो सकता है, दुर्गन्ध फैल सकती है। जिस बीज के फूल बन जाने से सुगन्ध फैलेगी, आकाश में नृत्य होगा रंगों का। वही अगर फूल न बन पाए, बीज ही रह जाए, तो सिर्फ़ दुर्गन्ध फैलेगी; न कोई नृत्य होगा, न कोई सुगन्ध होगी, सिर्फ़ दुर्गन्ध फैलेगी। सड़ेगा बीज, नष्ट होगा और मरेगा। हम मरते हैं, नष्ट होते हैं। लेकिन न तो हम जीवित हैं और न हम जीवन को उपलब्ध होते हैं।

हम उन बीजों की तरह हैं, जो पागल हो गए हैं और समझते हैं कि हम फूल हो गए हैं। मनुष्य को जानना पड़ेगा कि वह सिर्फ़ बीज है। एक सम्भावना है। कुछ हो सकता है, लेकिन हो नहीं गया है। यह मैं पहला सूत्र कहना चाहता हूं आपसे। हम हैं कुछ होने के लिए। जैसे कोई तीर किसी प्रत्यंचा पर चढ़ा हो, कोई तीर किसी धनुष-बाण पर चढ़ा हो; और किसी धनुष पर चढ़ा हुआ तीर सिर्फ़ सम्भावना है। वह जा सकता है वहां, जहां अभी गया नहीं है; वह पहुंच सकता है उन लक्ष्यों पर, जो बहुत दूर हैं, लेकिन अभी वह धनुष पर चढ़ा है, अभी कहीं गया नहीं।

आदमी धनुष पर चढ़ा हुआ तीर है। चल जाए तो परमात्मा तक पहुंच सकता है, रुक जाए तो धनुष पर ही रह जाता है। हम शरीर पर चढ़ी हुई आत्माएं हैं। चल जाएं तो परमात्मा तक पहुंच सकते हैं, रुक जाएं तो क़ब्र के अतिरिक्त और कहीं नहीं पहुंचते, कहीं नहीं पहुंच सकते। लेकिन जन्म को ही हमने सब-कुछ समझ लिया है।

एक आदमी पैदा हो जाता है और मान लेता है कि बस बात पूरी हो गई। अब जीना है। जो जीवन मिला ही नहीं, उसे जिएंगे कैसे? सिर्फ़ जन्म मिला है, जन्म जीवन नहीं है। जन्म केवल मौक़ा है, चाहें तो जीवन मिल सकता है, चाहें तो नहीं भी मिल सकता है। लेकिन चारों तरफ़ सारे लोग मानते हैं कि यही जीवन है, बच्चा पैदा हो गया, बड़ा हो गया, शिक्षित हो गया, नौकरी कर रहा है, मकान बना रहा है, धन कमा रहा है – और जीवन मिल गया। यह जीवन है? फिर मकान बनाते, धन कमाते, नए बच्चों को पैदा करते, यह आदमी एक दिन मर जाता है। यह जन्म से लेकर मरने तक की पूरी यात्रा हो जाती है।

जीवन का रस कहां मिलता है, जीवन की सुगन्ध कहां मिलती है, जीवन का संगीत कहां सुनाई पड़ता है। जैसे कोई आदमी वीणा को कन्धे पर रखे हुए जीवन-भर घूमता रहे और कहे कि मेरे पास संगीत है। वह झूठ नहीं कहता, लेकिन झूठ कहता है। एक अर्थ में वह सही कहता है, क्योंकि वीणा उसके पास है, जिससे संगीत पैदा हो सकता है। लेकिन वीणा ही संगीत नहीं है। और एक आदमी ज़िन्दगी-भर वीणा को रखे घूमता रहे, तो भी संगीत अपने-आप पैदा नहीं हो जाएगा। वीणा स्वयं संगीत नहीं है। वीणा से संगीत पैदा हो सकता है। जन्म स्वयं जीवन नहीं है। जन्म से जीवन पैदा हो सकता है और कोई चाहे तो जन्म की वीणा को कन्धे पर रखे हुए मृत्यु के दरवाजे तक पहुंच जाए, उसे जीवन नहीं मिल जाएगा।

जन्म तो मिलता है मां-बाप से, जीवन कमाना पड़ता है स्वयं। जन्म मिलता है दूसरों से, जीवन पाना पड़ता है ख़ुद। जन्म मिलता है, जीवन खोजना पड़ता है। जीवन की खोज एक कला है और जन्म ले लेना बिल्कुल ही प्राकृतिक घटना है, जिसका कोई बहुत बड़ा मूल्य नहीं है। इतना ही मूल्य है कि उसके बाद जीवन मिल सकता है। लेकिन करोड़ों-करोड़ों में कभी कोई एक आदमी इस जीवन को उपलब्ध होता है।

हम सब मरे हुए ही जीते हैं और मेरे हुए ही मर जाते हैं। हम सिर्फ़ जन्मते हैं और मर जाते हैं। जन्म और मृत्यु के बीच जो लम्बा फ़ासला है, हम सोचते हैं, वही जीवन है। धन ज़रूर हम इकट्ठा करते हैं, ज्ञान

भी इकट्ठा करते हैं, पद-प्रतिष्ठा भी इकट्ठी करते हैं और फिर शायद सोचते हैं, यह जो इकट्ठा कर लिया है, यही जीवन है। कितना ही धन इकट्ठा हो जाए जीवन का धन से क्या सम्बन्ध? और कितने ही शास्त्रों का ज्ञान जान लिया जाए और कितना ही बड़ा कोई पंडित हो जाए, जीवन को जानने से पांडित्य का क्या सम्बन्ध? और अगर चाहे कोई सारे जगत को जीत ले, सारी पृथ्वी का सम्राट हो जाए और चाहे कोई चांद-तारों पर जाकर झंडे गाड़ दे। लेकिन इन सबसे जीवन का क्या सम्बन्ध?

मैंने एक रूसी लोककथा सुनी है। मैंने सुना है कि एक कवि एक वृक्ष के नीचे बैठा हुआ है। सुबह सूरज निकला है और वह कवि उस वृक्ष के नीचे बैठकर अपनी कविताएं पढ़ रहा है। वहां कोई भी नहीं है। सिर्फ़ वृक्ष पर एक कौआ बैठा हुआ है। वह कवि अपनी पहली कविता पढ़ता है और कहता है कि मैंने सारी दुनिया के धन को पा लिया, मैं सोलोमन का ख़ज़ाना पा लिया हूं, मैं कुबेर हो गया हूं। मेरे पास सब-कुछ है। जो भी पाया जा सकता है, वह मैंने पा लिया।

और वह बहुत ग़ौर से चारों तरफ़ देखता है। वहां तो कोई भी नहीं है, सिर्फ़ ऊपर कौआ बैठा हुआ है। वह कौआ ज़ोर से हंसता है और कहता है : सो वॉट? इससे क्या हुआ? उस कवि ने बहुत घबड़ाकर देखा, वहां कोई भी नहीं है। एक कौआ ऊपर बैठा हुआ है। उसने कहा : क्या यह कौआ बोल रहा है, सो वॉट? मैंने बड़े-बड़े मनुष्यों के सामने अपनी कविताएं पढ़ी हैं। और लोगों ने प्रशंसा की है और तू एक मूर्ख कौआ कहता है – सो वॉट? इससे क्या हुआ? वह कौआ कहता है : निश्चित ही मैं कहता हूं, क्योंकि जहां तक हम समझते हैं – धन की मूढ़ता मनुष्यों को छोड़कर न किसी पशु को है, न किसी पक्षी को है, न किसी पौधे को है। तो अगर तुम मनुष्यों के बीच में यह कविता पढ़ोगे कि मैंने सोलोमन का ख़ज़ाना पा लिया है, तो लोग ताली बजाएंगे, क्योंकि वे भी सोलोमन का ख़ज़ाना भीतर से पाना चाहते हैं, वे उतने ही नासमझ हैं, जितने नासमझ तुम हो। उनकी नासमझी कविता नहीं बन पाती, तुम्हारी नासमझी कविता बन गई है। इसके अतिरिक्त और कोई फ़र्क नहीं।

वह कौआ कहता है : लेकिन पा लिया तुमने सारा ख़ज़ाना, फिर क्या होगा? इससे क्या होता है? उस कवि ने कहा : नासमझ कौए तू समझेगा नहीं। मैं दूसरी कविता सुनाता हूं। लेकिन वह आदमी तो वही है, कविताएं कितनी भी करे, उसका मन वही है, उसका लोभ वही है। दूसरी कविता में वह कहता है : मैंने सारी पृथ्वी जीत ली, मैं चक्रवर्ती सम्राट हो गया हूं। मुझसे ऊपर अब कोई भी नहीं है, सब मेरे पैरों के नीचे।

वह कौआ फिर हंसता है, कहता है : सो वॉट? इससे क्या होगा? माना कि सारे लोग तुम्हारे नीचे आ गए, तुम्हारे पैरों के नीचे और तुम सबके मालिक हो गए, लेकिन इससे होगा क्या, इससे तुम पा क्या लोगे? उस कवि ने क्रोध में तीसरी कविता पढ़ी। उसने कहा : छोड़ो इसे भी, मैंने सारे शास्त्र पढ़ लिये हैं, मैंने गीता, कुरान, उपनिषद, बाइबिल सब पढ़ लिये हैं। जितना भी ज्ञान है मैंने जान लिया है, मुझसे बड़ा कोई ज्ञानी नहीं है। मैं सर्वज्ञ हो गया हूं। मैं सब-कुछ जानता हूं।

उस कौए ने कहा : सो वॉट? इससे क्या होगा? तुमने सब जान लिया, तो भी क्या होगा। एक चीज़ फिर भी अनजानी रह गई, तुमने सब धन पा लिया, लेकिन एक धन बिना पाया रह गया। तुमने सारा साम्राज्य पा लिया, लेकिन एक राज्य अपरिचित रह गया। वह कौआ अपनी बातें कहता जाता है, कवि क्रोध से कविताएं फेंककर चल पड़ता है।

उस कौए से किसी दूसरे कौए ने पूछा : तू हर बात में कहता गया – सो वॉट! इससे क्या होगा? कविता कौन-सी पढ़ी जाती कि तू दाद देता? उस कौए ने कहा : एक ही कविता है जीवन की और वह जीवन को जानने की। न तो धन को जानने से कविता पैदा होती है और न यश को जानने से और न पांडित्य को जानने से। एक ही कविता है जीवन की। वह जीवन को जानने से पैदा होती है। और उस कवि को उस कविता का कोई पता नहीं है। जब तक वह, वह कविता न गाता तब तक मैं कहता ही चला जाता – सो वॉट?

आपसे मैं कहना चाहूंगा कि जब आपका मन कहे कि सारा धन इकट्ठा कर लो, तो अपने से पूछना – सो वॉट? क्या होगा इससे? और

जब मन कहे कि सारी दुनिया जीत लो, राजसिंहासनों पर पहुंच जाओ, तो अपने मन से पूछना – सो वॉट? इससे क्या होगा? और जब मन इस तरह की दौड़ों की बातें करें, जिनकी बातें मन रोज़ करता है, तो निरन्तर अपने से पूछना – इससे क्या होगा?

जब तक मैं स्वयं को नहीं जानता और जीवन के स्वर को नहीं जानता, मेरा सारा जानना, सारा पाना – क्या अर्थ रखता है? यह प्रश्न उठ जाए तो आदमी की दुनिया में धर्म की शुरुआत हो जाती है। उस आदमी को मैं धार्मिक नहीं कहता, जो पूछता है – ईश्वर है या नहीं। धार्मिक आदमी को ईश्वर से कोई भी प्रयोजन नहीं है। उस आदमी को मैं धार्मिक नहीं कहता, जो कहता है – सृष्टि किसने बनाई। सृष्टि के बनाने के, न बनाने के प्रश्न वैज्ञानिक पूछ सकते हैं। धार्मिक आदमी को दो कौड़ी का मतलब नहीं है कि किसने बनाई। मैं उस आदमी को धार्मिक नहीं कहता, जो कहता है – कितने नरक हैं, कितने स्वर्ग।

स्वर्ग और नरक से धार्मिक आदमी को क्या प्रयोजन! नरक की चिन्ता वे करते हैं, जो ऐसे काम कर रहे हों कि नरक जाना पड़े या स्वर्ग की चिन्ता ऐसे लोग करते हैं, जो नरक जाने के काम कर रहे हैं, लेकिन स्वर्ग का पता चल जाए, तो कुछ रिश्वत देकर स्वर्ग में भी प्रवेश पा सकें। लेकिन धार्मिक आदमी को स्वर्ग-नरक से क्या प्रयोजन। धार्मिक आदमी का एक ही प्रश्न है, एक ही जिज्ञासा है, उसका एक ही अल्टीमेट कन्सर्न, जिसको कहें कि उसका जो आख़िरी लगाव है, वह एक है, इस बात को जान लेने का कि मैं हूं, लेकिन मैं क्यों हूं? मेरा अस्तित्व है, लेकिन मेरा अस्तित्व क्यों है? अगर मैं न होता तो क्या हर्ज था? और अगर मैं हूं, तो प्रयोजन क्या है? क्या मैं अपने इस होने को क्षुद्रतम में खोता चला जाऊं? रोज़ सुबह उठूं और वही करूं चालीस-पचास वर्षों तक? रोज़ दफ़्तर, रोज़ दुकान, रोज़ मकान, रोज़ सोना, रोज़ खाना? क्या मैं पचास वर्षों तक कोल्हू के बैल की तरह यही करता रहूं या यह भी पूछूं 'कि मैं क्यों हूं', 'किसलिए हूं', 'क्या प्रयोजन है मेरे होने का'?

धार्मिक आदमी यह जानना चाहता है कि मैं क्यों हूं आख़िर? आख़िर

मेरे होने की ज़रूरत क्या है? और जैसे ही कोई आदमी यह प्रश्न पूछेगा कि मेरी ज़रूरत क्या है, वैसे ही वह पूछना शुरू करेगा कि मैं यह भी तो जान लूं कि मैं कौन हूं, क्या हूं, कहां से हूं, क्यों हूं और इस सारी बात की खोज की तरफ़ अगर ध्यान चला जाए, तो जीवन को जाना जा सकता है। लेकिन हम तो जीवन वहां खोज रहे हैं, जहां जीवन नहीं है। हम तो वहां खोज रहे हैं, जहां जीवन का कोई सम्बन्ध नहीं है। हम वहां खोजते रहें, खोजते रहें, हम खोजते-खोजते ख़ुद मिट जाएंगे, पर जीवन का हमें कोई पता नहीं पड़ पाएगा।

मरते हुए आदमी से पूछो, वह भी यही कर रहा था, जो आप कर रहे हैं। लेकिन उसके पहले भी मरने वाले लोगों से उसने यह नहीं पूछा था। हर आदमी मर रहा है और हर आदमी वही कर रहा है, जो दूसरे मरने वाले ने किया है। और कोई भी यह नहीं पूछ रहा कि हम यह क्या कर रहे हैं?

एक रात एक महल के ऊपर सम्राट सोया है, सो नहीं पा रहा है, नींद नहीं लग रही है। किस सम्राट को नींद लगती है! सम्राट को नींद लगना बहुत मुश्किल है। जो बहुत लोगों की नींद छीन लेते हैं, उनकी ख़ुद की नींद कैसे लग सकती है। वह करवटें बदल रहा है। सम्राट हमेशा ही करवटें बदलते हैं। और सम्राटों को करवट बदलने में सुविधा रहे, इसलिए बहुत अच्छे गद्दे-तकियों का इन्तज़ाम करना पड़ता है। सोने वाला बहुत गद्दे-तकियों की फ़िक्र नहीं करता। जिसे नींद आती है, उसके लिए ज़मीन भी बहुत बहुमूल्य गद्दी हो जाती है और जिसे नींद नहीं आती उसे गद्दियाँ भी कांटें ही मालूम पड़ती रहती हैं।

वह करवटें बदल रहा है, आधी रात बीत गई, तब उसे ख़याल आता है कि कोई ऊपर छप्पर पर चल रहा है। वह पूछता है : कौन है ऊपर? वह घबड़ा गया है। सम्राटों के पास बन्दूकें हैं, तलवारें हैं, पहरे हैं। असल में पहरे उन्हीं के पास हैं, जो भीतर बहुत डरे हुए हैं। जो भीतर डरा हुआ न हो, उसके आसपास पहरे की कोई भी ज़रूरत नहीं। सिर्फ़ डरे हुए आदमी के आसपास बन्दूकों के पहरे होते हैं; वह एक़दम डर गया। कौन है ऊपर?

उसने चिल्लाकर पूछा। ऊपर से किसी ने कहा : घबड़ाइए मत, परेशान मत होइए, आपसे मुझे कोई मतलब नहीं, मेरा ऊंट खो गया है। मैं अपने ऊंट को खोज रहा हूं। उस सम्राट ने कहा : कोई पागल आदमी मालूम पड़ते हो, महलों की छतों पर ऊंट खोया करते हैं, छप्परों पर, खप्पड़ों पर ऊंट खोते हैं।

सम्राट ने पहरेदार को उठाया और कहा कि देखो कौन है ऊपर, पकड़ो उसे। लेकिन वह आदमी न मालूम कहां चला गया।

लेकिन सम्राट रात-भर सोचता रहा, इसका मतलब क्या है – कोई आदमी छप्पर पर ऊंट खोजता है! वैसे ही नींद नहीं आई, रात-भर सोचता रहा, सुबह-सुबह झपकी लगी, तो उसे सपना दिखाई पड़ा कि सपने में वह आदमी फिर छप्पर पर ऊंट खोज रहा है। वह उससे पूछता है कि क्या ऊंट छप्परों पर खोजे जाते हैं? ऊंट छप्परों पर खोते ही नहीं हैं। तो वह आदमी उससे सपने में कहता है। और तुम वहां जीवन खोज रहे हो, जहां जीवन खोया ही नहीं। अगर जीवन मिल सकता है धन में, यश में, पद में, प्रतिष्ठा में, तो ऊंट भी छप्परों पर मिल सकते हैं। ऊंट तो छप्परों पर खो भी सकते हैं, लेकिन जीवन, जीवन न तो धन में खोया है, न पद में, न बाहर के सामान में, न मकानों में, जीवन तो वहां है जहां तुम...वह घबड़ाकर जाग गया।

सुबह वह अपने दरबार में बैठा है, चिन्तित है और तभी एक आदमी दरबार में घुसता हुआ भीतर चला आया। द्वारपाल ने रोकने की कोशिश की, लेकिन वह नहीं रुका। द्वारपाल ने उससे पूछा भी : कहां जाते हो! उस आदमी ने कहा कि मैं इस धर्मशाला में थोड़े दिन के लिए मेहमान होना चाहता हूं। मैं इस सराय में रुकना चाहता हूं। उस द्वारपाल ने कहा : पागल हो गए हो! मालूम होता है इस बस्ती में पागल छूट गए हैं। रात एक पागल मकान के ऊपर चढ़ा हुआ था और जो कहता था कि ऊंट खो गया है, एक तुम पागल हो कि राजा के महल को सराय कह रहे हो, धर्मशाला कह रहे हो। यह सराय नहीं है, सम्राट का निवास स्थान है। उसने कहा कि तुमसे बात नहीं करूंगा। सम्राट से ही बात करूंगा।

वह भीतर गया। दरबार में उसने जाकर सम्राट से कहा कि मैं इस सराय में कुछ दिन मेहमान होना चाहता हूं। आपको कोई एतराज़ तो नहीं? तो सम्राट ने कहा कि बड़ी मुश्किल की बातें हैं। यह मेरा निवास-स्थान है, सराय नहीं। लेकिन वह अजनबी आदमी कहने लगा : निवास-स्थान! कुछ वर्षों पहले मैं आया था, तब यहां मैंने इसी सिंहासन पर दूसरे आदमी को बैठे देखा था। सम्राट ने कहा कि वह मेरे पिता थे। उनका देहावसान हो गया है। उस अजनबी आदमी ने कहा : मैं उनके पहले भी आया था, तब मैंने तीसरे ही आदमी को बैठे देखा था। सम्राट ने कहा : वे मेरे पिता के पिता थे, वे भी चल बसे। वह आदमी हंसने लगा, उसने कहा कि जहां मेरे देखते-देखते रहने वाले बदल जाते हैं, उसको निवास स्थान कहना उचित होगा? तुम कितने दिन तक यहां रहोगे? जहां तक मैं समझता हूं, जब मैं दोबारा आऊंगा, चौथा आदमी मिलेगा और वह कहेगा – पिता जी थे वह, जो पहले बैठे थे. उनका देहावसान हो गया। इसलिए मैं इसे सराय कहता हूं और कुछ दिन यहां ठहर जाना चाहता हूं, तुम्हें कोई एतराज़ तो नहीं है।

उस सम्राट को एक़दम ख़याल आया कि यह आदमी वही होना चाहिए, जो रात को ऊंट खोज रहा था। उस सम्राट ने उतरकर उसके पैर पकड़ लिए। उस आदमी ने कहा : मेरे पैर मत पकड़ो, अपने ही पैर पकड़ लो, क्योंकि तुम्हारे पैर तुम्हें वहां ले जा रहे हैं, जहां तुम्हें जाना नहीं है। तुम्हारे पैर तुम्हें वहां पहुंचा रहे हैं, जहां पहुंचने को कुछ नहीं है। तुम्हारे पैर तुम्हें उस यात्रा पर गतिमान किए हुए हैं, जो शून्य में समाप्त होती है। अपने ही पैर पकड़ो और उस तरफ़ चलो, जहां जीवन है, जहां सत्य है।

वह आदमी, वह सम्राट उसी दिन उस महल को छोड़कर चला गया। उसके घर के लोग कहने लगे : महल को छोड़कर आप कहां जा रहे हैं? उसने कहा : महल होता तो मैं छोड़कर न जाता, यह सराय है, जिसे छोड़ ही देना पड़ेगा। उसे पकड़कर रखने में परेशानी ही होने को है और कुछ भी नहीं।

लेकिन हम ज़िन्दगी में सराय को घर समझे हुए हैं। कौड़ियों को धन

समझे हुए हैं। आसपास की भीड़ को मित्र-परिवार समझे हुए हैं। और एक चीज़ जिसे समझने से कुछ हो सकता था, उसको भर अंधेरे में डाले हुए हैं – स्वयं के होने को अंधेरे में डाले हुए हैं। कोई अगर आपकी छाती पर आकर द्वार खटखटाए और पूछे – कौन है भीतर, तो जैसा बायजीद ने कहा था – खोज रहा हूं पचास साल से, मुझे पता नहीं चला; ऐसा आप कह सकेंगे कि खोज रहा हूं, पता नहीं चला है। खोजा ही नहीं है! खोजा ही नहीं है! खोजें और पता न चले, तो भी एक बात है; लेकिन खोजा ही न हो, तब तो किसी दूसरे को उत्तरदायी भी नहीं ठहराया जा सकता।

जीवन क्रान्ति की दिशा में पहला सवाल है – मैं क्यों हूं? यह अस्तित्व क्यों है? हम किसलिए श्वास ले रहे हैं? किसलिए सुबह उठते हैं? किसलिए रात को सो जाते हैं? जीवन एक प्रश्न बनना ज़रूरी है, जीवन एक इनक्वायरी बननी ज़रूरी है, जीवन एक जिज्ञासा और खोज बननी ज़रूरी है। लेकिन हम तो दूसरों की मान लेते हैं। ख़ुद तो खोजते नहीं, दूसरे कह देते हैं – यही जीवन है। बाप बेटे से कह देता है – यही जीवन है और बेटा मान लेता है। गुरु विद्यार्थियों से कह देते हैं – यही जीवन है, नेता अनुयायियों को कह देते हैं – यही जीवन है, जाने वाले आने वालों को कहते चले जाते हैं – यही जीवन है, और हम सब मानते चले जाते हैं।

जो इस तरह मानता चला जाता है, वह आदमी तो अपने को आदमी कहलाने का हक़दार भी नहीं है। उसने अपनी तरफ़ से प्रश्न भी नहीं पूछा, उसने यह भी नहीं पूछा – यह जीवन है? और अगर यह जीवन नहीं है, तो फिर जीवन क्या है? हम तो, जैसे मालूम होता है, जीवन के सम्बन्ध में भी लोकतन्त्र का उपयोग कर रहे हैं। वोट लेकर पता लगा लेते हैं कि जीवन क्या है। जो सारे लोग कहते हैं, वह हम मान लेते हैं।

मैंने सुना है, एक गांव में एक आदमी मर गया, वह मरा नहीं था, बेहोश हो गया था। लेकिन गांव के लोग तो जल्दी में होते हैं। कोई मर जाए, तो जल्दी उसे विदा करना चाहते हैं। जगह ख़ाली हो, एक और आदमी उसकी जगह आ सके। एक राष्ट्रपति मरता है, वह मर भी नहीं पाता, दूसरे

की दौड़ शुरू हो जाती है। उसको पहुंचा भी नहीं पाते कि जहां पहुंचाने जाते हैं, वहां चेहरे तो लटके रहते हैं, लेकिन भीतर खोज जारी रहती है कि कौन, कौन बैठ रहा है इसकी जगह।

वह आदमी मर गया था, उसको जल्दी से उन्होंने बांधा अरथी पर, और ले चले। वह आदमी मरा नहीं था, सिर्फ़ बेहोश था। गांव के अधिकारियों ने भी प्रमाण-पत्र दे दिया कि वह मर गया है। ज़िन्दा आदमी की कोई तलाश नहीं करता, मरे हुए आदमी की कौन तलाश करता है। प्रमाण-पत्र दे दिया गया कि वह मर गया है।

वे उसे ले गए, जब उसे क़ब्र में उतारने को नीचे उतारा, तो वह आदमी करवट लेकर उठकर बैठ गया और कहा : लेकिन मैं ज़िन्दा हूं। गांव के लोगों ने कहा : ऐसा कैसे हो सकता है, हम प्रमाण-पत्र लाए हैं कि तुम मरे हो और अधिकारियों ने दिया हुआ है और हमारा अधिकारी कभी भूल नहीं कर सकता। उस आदमी ने कहा : "होगा यह, लेकिन मैं ज़िन्दा हूं।" लेकिन उन लोगों ने कहा : "हम कैसे मान सकते हैं, ऐसा कभी हुआ नहीं।"

उस आदमी ने चारों तरफ़ नज़र दौड़ाई, पचास आदमी उसको विदा करने आए थे। उसमें गांव का एक न्यायाधीश भी था। उसके निष्पक्ष होने का ख़याल था। उसने उस न्यायाधीश से हाथ जोड़े कि आप कृपा करके कुछ निर्णय करें – मैं ज़िन्दा हूं। उस न्यायाधीश ने कहा : आप लोगों ने कथित मरे हुए आदमी का वक्तव्य सुना, आप सब लोगों की क्या गवाही है। उन लोगों ने कहा : हम कैसे, अधिकारी के ख़िलाफ़, हम कैसे बोल सकते हैं? सारे गांव के सामने प्रमाण-पत्र दिया गया है कि यह आदमी मर गया है। हम मानते हैं कि यह आदमी मर गया है। उस न्यायाधीश ने कहा : तब मैं भी निर्णय देता हूं कि इसे दफना दिया जाए, यह आदमी ज़िन्दा नहीं है।

आप क्यों हंसते हैं? वह तो मरने के सम्बन्ध में दूसरों से निर्णय लिया था, हमने तो जीवन के सम्बन्ध में दूसरों से निर्णय लिया हुआ है। जीवन के सम्बन्ध में हम दूसरों की बात माने हुए बैठे हैं। दूसरे कहते हैं – यही जीवन है, दौड़ो, धन कमाओ, मकान ऊंचे से ऊंचा बनाते चले जाओ, ज़मीन

से चांद तक की यात्राएं करो और मरो – यही जीवन है, दूसरे कहते हैं। हज़ारों-हज़ारों साल की गवाही – न्यायाधीश कहते हैं, नेता कहते हैं, समझदार लोग कहते हैं, चारों तरफ़ की भीड़ कहती है। और इस भीड़ के दबाव में हर आदमी मान लेता है – यही जीवन है।

और मैं आपसे कहना चाहूंगा, यह जीवन बिल्कुल नहीं है। यह मरने से भी ज़्यादा बदतर है। इसका जीवन से कोई भी सम्बन्ध नहीं है। जीवन कुछ बात ही और है! यह सिर्फ़ आजीविका है। यह लाइफ़ नहीं है, सिर्फ़ लिविंग है। यह सिर्फ़ रोटी-रोज़ी कमाना है। और रोज़ी-रोटी कमाने का उपयोग है, अगर उस जीवन की खोज जारी हो। और अगर उस जीवन की खोज जारी नहीं है, तो रोजी-रोटी को कमाना बिल्कुल फ़िज़ूल है, बेमानी है, उसका कोई अर्थ नहीं, कोई प्रयोजन नहीं।

जिस बीज से फूल आने को न हों, उसमें फिर पानी और खाद डालना बेमानी है। खाद और पानी हम इसलिए डालते हैं कि फूल आ सकें। फूलों के लिए खाद और पानी है, लेकिन खाद और पानी हम दिए चले जा रहे हैं और ऐसा लगता है कि जैसे पौधे के जीवन का एक ही लक्ष्य है कि खाद और पानी मिलता चला जाए, न कभी फूल आते हैं, न कभी सुगन्ध फैलती है, न कभी कोई वीणा बजती है। क्या है यह? कैसा जीवन? एक प्रश्न उठ जाना ज़रूरी है – क्या यही जीवन है?

बहुत कठिन है प्रश्न पूछना! दूसरों से पूछना तो बहुत सरल है, क्योंकि बंधे-बंधाए उत्तर दूसरों के पास तैयार हैं। ख़ुद से पूछना बहुत मुश्किल है, क्योंकि वहां बंधे-बंधाए उत्तर नहीं हैं। वहां प्रश्न पूछने का मतलब, वहां प्रश्न पूछने का मतलब एक लम्बे श्रम और एक साधना और यात्रा से गुज़रना है। लेकिन हमने जीवन के सब महत्त्वपूर्ण प्रश्नों को, जवाबों को बांधकर तह करके रख लिया है। सब हमें सिखा दिया गया है। सब कल्टिवेटिड उत्तर हैं हमारे पास। और जब भी ज़िन्दगी सवाल उठाती है, और हम फ़ौरन उत्तर दे देते हैं। अपना दे देते हैं, दूसरों से दिलवा लेते हैं।

हम भी जो उत्तर देते हैं, वह दूसरों से सीखा हुआ उत्तर ही है। वह भी हमें 'फ़ीड इन' किया गया है। वह भी बचपन से हमारे दिमाग़ में डाला

गया है। अगर कोई आदमी कहता है कि नहीं, यह जीवन नहीं है, शरीर का जीवन जीवन नहीं है। आत्मा का जीवन जीवन है। वह आदमी भी, हो सकता है, किसी किताब में पढ़कर कह रहा हो, किसी गुरु से सुनकर कह रहा हो। और सौ में निन्यानबे मौके यही हैं कि उसने किसी से सुनकर यह बात कही है। अगर वह सुनकर कह रहा है, तो यह भी बेमानी है। इसमें भी कोई अर्थ नहीं है। कौन जानता है, आत्मा है या नहीं। ख़ुद ही जानना पड़ेगा। दूसरे के उत्तर काम नहीं दे सकते। कौन कह सकता है कि शरीर के साथ सब नहीं मर जाता है। जो जानता है, वही कह सकता है, लेकिन उसके कहे हुए का उपयोग दूसरे के लिए क्या है! दूसरे के लिए तो आकाश में गूंजती हुई आवाज़ से ज़्यादा नहीं है उसकी बात। कोई कहता है कि आत्मा है, मैं कहता हूं कि आत्मा है, लेकिन क्या मतलब है इससे आपका?

कोई भी तो मतलब नहीं है, एक शब्द गूंजता है और ख़त्म हो जाता है, हम शरीर ही रह जाते हैं। इस शब्द के सुनने से हम आत्मा नहीं हो जाते। हां, यह हो सकता है कि आप इस शब्द को सीख लें और याद कर लें और जब ज़िन्दगी सवाल पूछे, तो आप कहने लगें : मैं आत्मा हूं, मैं अमर हूं, मैं ब्रह्म हूं, मैं परमात्मा हूं। वह सब झूठी बकवास होगी। यह जानना पड़ेगा।

यह जानना तब होगा, जब यह इनक्वायरी, यह प्रश्न हमारे प्राणों में तीर की तरह उतर जाए, हमारे रोम-रोम को घेर ले। हमारा कण-कण पूछने लगे कि मैं हूं कौन? मैं किसलिए हूं? हमने कभी नहीं पूछा, अगर प्यास लग आए हमें, तो जितने ज़ोर-से हम पूछते हैं – पानी कहां है? उतने ज़ोर-से भी हमने नहीं पूछा कि जीवन कहां है। अगर भूख लग आए, तो जितना प्राणों में क्रन्दन होने लगता है, उतना भी जीवन के लिए हमारे प्राणों में कभी रुदन नहीं उठा।

फिर लोग मेरे पास आते हैं, वे कहते हैं, ईश्वर को खोजना है? उनके मन में इतनी प्यास भी नहीं, जितनी पानी के लिए हो। वे कहते हैं, मोक्ष कहां है और वे ऐसे पूछते हैं कि जैसे कोई उन्हें उठाए और वहां पहुंचा दे। कौन पहुंचाएगा किसको? और ईश्वर कहीं बैठा है, आप जो चले कि

मिल जाएगा? या आप किसी मन्दिर में हाथ जोड़ लेंगे और नारियल फोड़ देंगे और कोई मन्त्र पढ़ लेंगे और वह मिल जाएगा? वह है, तो आपके भीतर है। अगर कुछ भी है सत्य, तो वह आपके साथ है। उसे खोजना पड़ेगा। खोजना बहुत कष्टपूर्ण है, बहुत आरडुअस है। असल में बंधे हुए उत्तर हमेशा आसान हैं, लेकिन बंधे हुए उत्तर आदमी को पागल किए दे रहे हैं। सारी दुनिया एक मेड-हाउस हो गई है, बंधे हुए उत्तरों के कारण।

मैंने सुना है, एक गांव में सम्राट आने को था। गांव के जो ख़ास-ख़ास बड़े लोग थे, उन सबको सम्राट के सामने दरबार में पेश किया जाने को था। गांव में एक फ़कीर भी था। वह गांव का फ़कीर भी बहुत प्रसिद्ध था। गांव के लोग उसे पूजते थे। गांव के लोगों ने कहा, हमारा फ़कीर भी जाएगा और नम्बर एक वही खड़ा होगा, हमारे गांव की तरफ़ से सम्राट से मिलने को। लेकिन सम्राट के काम करने वाले नौकर-चाकरों ने कहा, फ़कीर कभी सम्राट से मिला नहीं, उसे तौर-तरीका मालूम नहीं, शिष्टाचार मालूम नहीं, वह कुछ गड़बड़ कर दे, उससे कुछ कह दे, तो फ़कीर को सब सिखा दिया जाना चाहिए कि वह क्या-क्या उत्तर दे।

गांव के लोगों ने कहा, हम इसके लिए राज़ी हैं, फ़कीर भी राज़ी हो गया। उसने कहा, मुझे पता नहीं दरबार में क्या कहना है, क्या पूछा जाएगा, सब गड़बड़ हो सकता है। राजा के आदमियों ने फ़कीर को कुछ चार-छह बातें सिखाईं। पहला तो उन्होंने कहा कि सम्राट आपसे पूछेंगे – आपकी उम्र क्या है? वृद्ध फ़कीर है, आपकी उम्र कितनी है? उसने कहा : मेरी उम्र सत्तर वर्ष। आप ठीक से याद रखना। पहले पूछेगे, आपकी उम्र कितनी है। फिर आपसे वह पूछेगे : कितने दिन से आप साधना कर रहे हैं। उसने कहा : मैं तीस वर्ष से साधना कर रहा हूं। ऐसे चार-छह प्रश्न तैयार करवा दिए।

फिर सम्राट आए और सब गड़बड़ हो गई। सम्राट ने पहले पूछा कि आप कितने दिन से फ़कीर हो गए हैं! कितने दिन से साधना कर रहे हैं?

उस आदमी ने कहा : सत्तर वर्ष से। क्योंकि उत्तर तो तैयार था।

सम्राट ने कहा : सत्तर वर्ष से! तब तो आपकी उम्र बहुत होगी। आपकी उम्र कितनी है?

उस आदमी ने कहा : तीस वर्ष। उत्तर तो तैयार था।

सम्राट ने कहा : इम्पॉसिबल! यह तो हो नहीं सकता, यह तो असम्भव है। तीस साल आपकी उम्र है और सत्तर साल से आप साधना कर रहे हैं। आप पागल तो नहीं हैं। या तो आप पागल हैं या मैं पागल हूं।

उस फ़कीर ने कहा : हम दोनों पागल हैं।

सम्राट ने कहा : क्या मतलब, तुम मुझे पागल कहते हो? उस फ़कीर ने कहा कि निश्चित! क्योंकि आप ग़लत सवाल पूछ रहे हैं और मुझे ग़लत जवाब देने पड़ रहे हैं, और सब तैयार है। और पहले से नौकर-चाकर ने सब सिखाकर रखा है कि कुछ गड़बड़ मत करना। आप पागल हैं, क्योंकि आप ग़लत सवाल पूछ रहे हैं और मैं पागल हूं, क्योंकि मैं ग़लत जवाब दे रहा हूं; लेकिन मेरी मजबूरी है, सब उत्तर तैयार हैं।

हमारे सब उत्तर भी तैयार हैं। अगर परमात्मा के सामने कभी हम खड़े किए गए और परमात्मा ने हमसे कुछ सवाल पूछे, तो एकाध उत्तर आपका अपना होगा? एकाध ऐसा उत्तर होगा, जो आप कह सकें, मैं दे रहा हूं? अगर एक भी उत्तर आपके पास ऐसा नहीं, तो आपको जीवन की कोई रूपरेखा, कोई ओर-छोर कुछ भी नहीं मिल सकता।

परमात्मा के सामने आप खड़े हैं, समझ लें और पूछा गया है कुछ, एक भी उत्तर आपके पास अपना है या कि सब सीखा हुआ है? स्कूल में सीखा हुआ, पाठशाला में सीखा हुआ, गुरु के पास, साधु के पास, मुनि के पास, शास्त्र में, समाज से, मां-बाप से, सब सीखा हुआ है, एक भी उत्तर आपका अपना नहीं है।

कम-से-कम जीवन के सम्बन्ध में तो ए क उत्तर अपना होना चाहिए। जीवन क्या है – यह प्रश्न ही पैदा नहीं होता हमारे भीतर, उत्तर कहां से आएगा। यह प्रश्न ही हमने नहीं पूछा और हम पूछने में डरते भी हैं, क्योंकि अगर हम यह पूछेंगे तो जिसे हम जीवन समझ रहे हैं, वह सब

अस्त-व्यस्त होना शुरू हो सकता है।

एक आदमी पागलों की तरह धन इकट्ठा किए जा रहा है। अगर वह पूछे कि जीवन क्या है? तो निश्चित है यह बात कि वह पागल की तरह कल धन इकट्ठा नहीं कर सकेगा। यह प्रश्न सब गड़बड़ कर देगा। अगर धन पागल की तरह इकट्ठा करते चले जाना है, तो यह प्रश्न सब गड़बड़ कर देगा। अगर धन पागल की तरह इकट्ठा करते चले जाना है, तो प्रश्न से बचना ज़रूरी है। इसलिए हम सब अवॉइड कर रहे हैं। ज़िन्दगी के असली सवालों को हटाते हैं। कहते हैं – कल पूछ लेंगे।

जवान आदमी कहता है, अभी तो मैं जवान हूं, परमात्मा की बातचीत बुढ़ापे में पूछ लूंगा। आदमी कहता है – कल पूछ लेंगे, परसों पूछ लेंगे। रोज़ हम आगे टालते हैं, रोज़ हम आगे टालते हैं। क्यों इतना डर है। जीवन के असली सवाल जो अभी इसी वक़्त पूछे जाने चाहिए, क्योंकि ज़िन्दगी का अगर कोई भी अर्थ खुल सकता है, तो अभी और यहां, हियर एंड नाउ! कल नहीं, क्योंकि कल तो है ही नहीं, जो भी है आज और अभी है।

मैंने सुना है, एक सूफ़ी फ़कीर एक तीर्थ यात्रा पर निकला हुआ है। चार-छह मित्र और साथ थे। एक गांव में ठहरे। उन चारों ने भीख मांगी और उस सूफ़ी फ़कीर को कहा कि तुम जाओ और बाज़ार से हलुआ ख़रीद लाओ। वह हलुआ ख़रीदकर ले आया। फिर उन पांचों में विवाद होने लगा, क्योंकि हलुआ थोड़ा था और वे पांच ज़्यादा थे, भूख ज़्यादा थी।

और उनमें विवाद होने लगा कि सबसे ज़्यादा हिस्सा किसे मिलना चाहिए। उनमें एक भक्त था, उसने कहा : मैं भगवान का सबसे ज़्यादा प्यारा हूं, मुझे हिस्सा ज़्यादा मिलना चाहिए। उनमें एक योगी था, उसने कहा : क्या बात करते हो, मुझसे ज्यादा शीर्षासन किसी ने कभी नहीं किया, मुझे ज़्यादा मिलना चाहिए। उनमें तीसरा एक पंडित था, उसने कहा : मेरे से ज़्यादा शास्त्र जानने वाला कोई भी नहीं है। हलुआ पर पहला हक़ मेरा है, जो बचे वह तुम्हारा, पहले मैं लूंगा।

आख़िर विवाद बढ़ गया और सुबह तो बीत गई, सांझ हो गई। वह

हलुआ एक तरफ़ रखा है, विवाद बढ़ता चला गया और निर्णय नहीं हो सका कि कौन ले। तब उस सूफ़ी फ़कीर ने कहा : एक काम किया जाए – हम पांचों सो जाएं, रात जो सबसे श्रेष्ठ सपना देखे, वह सुबह बताए। हम पांचों अपने सपने बताएं जिसका श्रेष्ठतम सपना होगा, वही मालिक होगा।

रात-भर सोना पड़ा। सुबह उठते ही भक्त ने कहा : मैंने सपना देखा कि भगवान खड़े हैं और कह रहे हैं – तुझसे ज़्यादा प्यारा भक्त मेरा कोई भी नहीं है। इसलिए मैं कहता हूं, हलवे पर मेरा हक़ है। योगी ने कहा कि मैं जैसे ही सोया, देखा कि समाधि की अवस्था में चला गया हूं। ऐसी निर्विकल्प समाधि, मुश्किल से ही कभी किसी को मिलती है। हक़दार मैं हूं। उन चारों ने अपने दावे किए। फिर पांचवां, उस सूफ़ी फ़कीर का सवाल आया। उससे पूछा : तुम्हारा क्या कहना है। उसने कहा : मुझे...मैंने रात में देखा, भगवान मुझसे कह रहे हैं – 'उठ, हलुआ खा', तो मजबूरी थी, आज्ञा मुझे पालन करनी पड़ी, मैं तो हलुआ खा गया।

उस सूफ़ी फ़कीर ने अपनी आत्मकथा में यह कहानी लिखी है और उसने लिखा है – यह कहानी सिर्फ़ हंसने के लिए नहीं है, जिन्हें जीवन का स्वाद चखना है, उन्हें भी 'उठ और अभी चख', वही आदेश, वह कल के लिए नहीं हो सकता। और जो सपने देख रहे हैं, वे कल के लिए खोते चले जाएंगे।

जीवन एक प्रश्न बनना चाहिए। अपनी ज़िन्दगी को एक प्रश्न बनाइए। कठिनाई होगी, बेचैनी होगी, ज़िन्दगी में बहुत प्रश्न वैसे ही हैं, यह प्रश्न और परेशान करेगा। लेकिन इस प्रश्न की बेचैनी बड़ी सार्थक है, अगर यह प्रश्न बेचैन कर दे, तो हम बहुत शीघ्र जीवन के द्वार पर भी पहुंच सकते हैं। अगर यह प्रश्न पूरे प्राणों को मथ डालें, तो वह अमृत भी निकल सकता है, जो मन्थन से निकलता है।

अगर यह प्रश्न धक्का दे दे और किसी यात्रा पर पहुंचा दे, तो हम वहां भी पहुंच सकते हैं, जहां प्रभु का मन्दिर है। लेकिन यह प्रश्न की बेचैनी लेनी ज़रूरी है। इसलिए पहला सूत्र, जीवन क्रान्ति के लिए, आपसे कहता

हूं – एक प्रश्न पूछने वाला चित्त चाहिए, जवाब पकड़ लेने वाला नहीं, उत्तर पकड़ लेने वाला नहीं, प्रश्न पूछने वाला चित्त।

हिम्मतवर आदमी पूछता है, नपुंसक व कमज़ोर केवल दूसरे के उत्तर पकड़ लेता है और बैठ जाता है। कोई हिन्दू बन बैठ गया, कोई मुसलमान, कोई जैन, कोई ईसाई, कोई सिख, कोई कुछ और। हम सारे लोग कुछ बन बैठ गए हैं। यह हम कैसे बनकर बैठ गए हैं? ये उत्तर हमारे सीखे हुए हैं। ये हमने नहीं पूछे हैं, ये हमने परमात्मा से सीधी टक्कर नहीं ली है। हम आमने-सामने खड़े नहीं हुए हैं। हमने कोई एनकाउंटर नहीं किया। हमने ज़िन्दगी को पकड़कर नहीं पूछा कि क्या हो, हमने दूसरों के उदाहरण, उत्तर मान लिए और फ़िज़ूल चीज़ों को हम नापते फिर रहे हैं।

एक आदमी बाज़ार में दो पैसे की मटकी ख़रीदता है, तो चारों तरफ़ ठोक-बजाकर देखता है। एक मटकी दो पैसे की ख़रीदने वाला ठोक-बजाकर देख रहा है और ज़िन्दगी! ज़िन्दगी हम सब उधार, बारूद दूसरे के ज्ञान पर बैठे हुए। दूसरे के ज्ञान पर बैठा हुआ आदमी अज्ञान पर बैठा हुआ है। दूसरे के ज्ञान को जिसने अपनी मुट्ठी में बांधा है, वह समझ ले कि उसकी मुट्ठी में कुछ भी नहीं है। दूसरे के ज्ञान के आधार पर जिसने समझ लिया कि मैं जान गया हूं, उससे ज़्यादा ख़तरनाक अज्ञानी खोजना मुश्किल है। दूसरों के उधार उत्तर जिसके पास हैं और अपना प्रश्न नहीं है, वह आदमी मुर्दा है, वह आदमी ज़िन्दा नहीं है।

एक तीर चाहिए पूछने वाला प्राणों में, जो पूछे। और अगर हम पूछने की हिम्मत जुटाएं, तो परमात्मा उत्तर देने को हमेशा तैयार है। लेकिन हम पूछेंगे ही नहीं, तो उत्तर भी उसका नहीं आ सकता है। जो पूछते हैं, उन्हें उत्तर मिलता है।

एक फ़कीर था, वह रोज़-रोज़ यह कहता था कि द्वार खटखटाओ और द्वार खुलेंगे। जैसे जीसस ने कहा है, नोक एंड द डोर शैल बी ओपन टू यू। खटखटाओ और द्वार खुलेंगे।

एक बूढ़ी औरत राबिया भी उसकी सभाओं में बैठकर सुना करती

थी। वह रोज़ कहता था : खटखटाओ, दरवाज़े खुलेंगे। एक दिन राबिया खड़ी हुई और उस बूढ़ी औरत ने कहा : 'बहुत हो चुका सुनते-सुनते – खटखटाओ-खटखटाओ, कब तक कहते रहोगे खटखटाओ। द्वार बन्द ही नहीं है। आंख खोलकर देखो – द्वार खुला हुआ है।'

लेकिन आंख कौन उठाए, प्रश्न से भरी आंख खोज शुरू कर देती है। प्रश्न से भरी आंख उठती है, प्रश्न से भरी आंख पूछती है। आर जो पूछता है, वह किसी-न-किसी क्षण उपलब्ध हो जाता है उस उत्तर को, जिसे पा लेने के बाद जीवन क्या है – यह हमें दूसरों से नहीं पूछना पड़ता। जीवन क्या है – यह हम जान लेते हैं।

जब हम जीवन को जानते हैं इस तरह, जैसे ख़ुन दौड़ता हो अपनी नसों में और जब हम जीवन को जानते हैं इस तरह, जैसे श्वास दौड़ती हो फेफड़ों में और जब हम जीवन को जानते हैं इस तरह, जैसे प्रेम हृदय के कोनों में सरकता हो, और जब हम जीवन को जानते हैं इस तरह, जैसे गंगा बहती है, हवाएं बहती हैं, आकाश में तारे खिलते हैं। जब हम जीवन को उसकी पूरी समग्रता में अपने प्राणों से जानते हैं. तो एक विस्फोट, एक एक्सप्लोज़न होता है। एक नया आदमी हमारी जगह आ जाता है। हम गए तो वह ओल्डमैन, वह जो पुराना आदमी था, वह गया। उसकी जगह एक बिल्कुल नया आदमी आ जाता है। उस नए, ताज़े आदमी का नाम ही धार्मिक आदमी है।

इन तीन दिनों में मैं उन सूत्रों की बात करूंगा कि वह नया आदमी कैसे आ जाए। प्रत्येक के भीतर वह मौजूद है, बुलाना है, पुकारना है, उसे बाहर लाना है। ऊपर हम खोल, पुराने कपड़े पहने बैठे हुए हैं। इन्ह फेंक देना है। इनके फेंकते ही नया अंकुर भीतर से निकल आएगा और उस अंकुर पर बड़े फूल खिलते हैं, उन खिले हुए फूलों का नाम ही परमात्मा का अनुभव है, उन फूलों से बड़ी सुगन्ध फैलती है। उस फैली हुई सुगन्ध का नाम ही प्रार्थना है। उन फूलों में बड़ा अमृत है, उस अमृत को जो जान लेता है, उसे जानने के लिए फिर कुछ शेष नहीं रह जाता। उस अमृत को जो पा लेता है, वह सब पा लेता है।

उस अमृत के पा लेने वाले से तुम सब छीन लो, तो वह हंसता रहेगा, क्योंकि तुम उसका कुछ भी नहीं छीन सकते हो। उसने वह चीज़ पा ली, जो नहीं छीनी जा सकती है। और हमारे पास जो कुछ भी है, वह सब छीना जा सकता है। जिसके पास वही सम्पदा है, जो छीनी जा सकती है, वह आदमी निर्धन है और जिसके पास वह सम्पदा आ जाती है, जो नहीं छीनी जा सकती, वह आदमी सम्पत्तिशाली हो जाता है, वह प्रभु के राज्य का मालिक हो जाता है।

तो आज एक प्रश्न पूछने के सूत्र पर आपको छोड़ देता हूं। पूछें, रात सोते पूछें, सुबह उठकर पूछें, खाना खाते पूछें, दुकान पर काम करते पूछें, दफ़्तर में जाकर पूछें – जीवन क्या है? क्या यही जीवन है? कोल्हू के बैल की तरह मैं घूम ता रहूं, मैं घूमता रहूं, यही है जीवन? और किसी बंधे, बासे उत्तर को स्वीकार न करें। निश्चय ही वह उत्तर आएगा, जो आपका अपना है। और जो परमात्मा देता है।

मेरी बातों को इतने प्रेम और शान्ति से सुना, उससे बहुत अनुगृहीत हूं। और अन्त में सबके भीतर बैठे परमात्मा को प्रणाम करता हूं। मेरे प्रणाम स्वीकार करें।

दूसरा सूत्र

जीवन ऊर्जा के प्रति सजगता

मेरे प्रिय आत्मन!

जीवन क्रान्ति के सूत्रों के सम्बन्ध में पहले सूत्र पर कल हमने बात की। एक पूछती हुई चेतना, एक जिज्ञासा से भरा हुआ मन, एक ऐसा व्यक्तित्व, जो जो है वहीं ठहर नहीं गया, बल्कि वह होना चाहता है, जो होने के लिए पैदा हुआ है। एक तो ऐसा बीज है, जो बीज होकर ही नष्ट हो जाता है और एक ऐसा बीज है, जो फूल के खिलने तक की यात्रा करता है, सूरज का साक्षात्कार करता है, और अपनी सुगन्ध से दिग्दिगन्त को भर जाता है।

मनुष्य भी दो प्रकार के हैं। एक वे, जो जन्म के साथ ही समाप्त हो जाते हैं; जीते हैं, लेकिन वह जीना उनकी यात्रा नहीं है। वह जीना केवल श्वास लेना है। वह जीना केवल मरने की प्रतीक्षा करना है। उस जीवन का एक ही अर्थ हो सकता है, उम्र। उस जीवन का एक ही अर्थ है, समय को बिता देना। जन्म और मृत्यु के बीच के काल को बिता देने को बहुत लोग जीवन समझ लेते हैं – एक तो ऐसे लोग हैं। एक वे लोग हैं, जो जन्म को एक बीज मानते हैं और उस बीज के साथ श्रम करते हैं कि जीवन का पौधा विकसित हो सके। जो जिज्ञासा करते हैं, वे दूसरे तरह के मनुष्य होने का पहला क़दम उठाते हैं।

दूसरा क़दम क्या है? दूसरा सूत्र क्या है? दूसरे सूत्र के सम्बन्ध में पहली बात, हम निरन्तर सुनते हैं – स्वयं को जानो। नो दाइसेल्फ़। सुनते हैं, लेकिन कुछ अर्थ जाहिर नहीं होता। हम यह भी सुनते हैं कि जो ऊपर आकाश में है, वह परमात्मा जिसकी तरफ़ हाथ उठते हैं कभी, वह प्रत्येक के भीतर भी है। यह भी हम सुनते हैं कि हमारे भीतर वह है, लेकिन हमारे भीतर उसका कोई भी पता हमें नहीं चलता है। हमारे भीतर तो हमीं हैं, उसका तो कोई पता नहीं चलता है! और हम अगर परमात्मा हैं, तो हंसी आने जैसी बात है। हम कैसे परमात्मा हैं? पशु तो मिल सकता है हमारे भीतर, परमात्मा का तो कोई पता नहीं चलता है। लेकिन सुनते हैं, सुन लेते हैं, यह भी सुन लेते हैं कि जिसे खोजना है, वह बाहर नहीं है। यह भी सुन लेते हैं कि भीतर छिपा है सारा राज, सारा रहस्य। वहीं खोजना है। लेकिन कहां खोजें? भीतर यानी क्या? कहां जाएं? किससे पूछे भीतर? कहां है द्वार? कहां है रास्ता? कहां है मार्ग? कहां छिपी है वह ऊर्जा? कहां है वह शक्ति का स्रोत? वह बीज कहां है जो हमारे भीतर है, और फूल बन सकता है? उस बीज का पता चले तो हम खाद भी खोज लें, भूमि भी खोज लें। पानी भी जुटा दें। लेकिन वह बीज कहां है? आज इस दूसरे सूत्र में उस बीज के सम्बन्ध में ही कुछ मैं आपसे कहना चाहता हूं। निश्चित ही वह बीज प्रत्येक के भीतर है। हम प्रत्येक वही बीज हैं, लेकिन वह कहां है?

अगर हम पशुओं में खोजने जाएं, तो एक बात स्पष्ट दिखाई पड़ेगी। पशुओं का केन्द्र, उनके जीवन-ऊर्जा का बिन्दु, जहां से वे जीते हैं, जहां वे रहते हैं, वह बिन्दु कहां है? पशु का बिन्दु खोजें, तो अपना बिन्दु भी खोजने में सरलता होगी, क्योंकि हम भी पशुओं की कड़ी में आगे के एक पशु से ज़्यादा नहीं हैं। अभी तो ज़्यादा नहीं हैं। ज़्यादा हो सकते हैं, लेकिन हैं नहीं। मनुष्य भी पशुओं की कड़ी में आगे की एक कड़ी है और उस कड़ी में जन्म के साथ कोई बुनियादी फ़र्क नहीं पड़ जाता है, जहां पशु जीता है, वहीं हम जीते हैं। जहां पशु का केन्द्र है, वहीं हमारा केन्द्र है। पशुओं का केन्द्र कहां है?

पशुओं के लिए न तो कोई परमात्मा है, न कोई आत्मा है। पशुओं के लिए न कोई सत्य है, न कोई जीवन की खोज। पशु कहां ज़ीते हैं? पशुओं के जीवन का केन्द्र है सेक्स। उनके जीवन का केन्द्र है काम, यौन। जिस मनुष्य के जीवन का केन्द्र ही सेक्स रह जाए, वह मनुष्य पशुओं से ऊपर नहीं उठ सका है। आमतौर से साधारणतः हमारे जीवन का केन्द्र भी वही है। मकान भी हम बनाते हैं, तो उस मकान बनाने में पशुओं के बनाए हुए घोंसलों से ज़्यादा अर्थ नहीं है। धन भी हम इकट्ठा करते हैं, उस धन में भी पशुओं के संग्रह की जो वृत्ति है, चींटियां संग्रह करती हैं, चिड़ियां संग्रह करती हैं, उससे भिन्न कोई स्थिति नहीं है। अपनी ज़मीन पर हम लड़ते हैं, एक-एक इंच ज़मीन पर कि मेरी ज़मीन है, मेरे देश की ज़मीन है, मेरे राष्ट्र की ज़मीन है। उसमें भी पशुओं का ज़मीन पर जो क़ब्ज़े की प्रवृत्ति होती है, उससे भिन्न प्रवृत्ति नहीं है। पशु भी जिस ज़मीन पर रहता है, दूसरे पशु का प्रवेश बर्दाश्त नहीं करता है।

ध्यान रहे, जब तक ज़मीन पर हक़ करने वाले लोग हैं, चाहे व्यक्ति, चाहे समाज, चाहे राष्ट्र, तब तक आदमी पशुता से ऊपर नहीं उठ सकता है। सारी राष्ट्रीयताएं, सारे ज़मीन के दावे, पशु का जो दावा है ज़मीन का, उसी से निकले हुए हैं। और पशु जीता है सेक्स के आसपास, काम के आसपास, यौन के आसपास। वही है उसके जीवन का केन्द्र। जीता है, जन्मता है, दूसरों को जन्म देता है और मर जाता है। उसके जन्म का एक ही अर्थ है कि दूसरों को जन्म दे जाए। यह बड़ी अजीब बात है। अंडा मुर्ग़ी बने, मुर्ग़ी फिर अंडे रख जाए। अंडे फिर मुर्ग़ीयां बनते रहें, मुर्ग़ीयां फिर अंडे रखती रहें। अंडे का काम है मुर्ग़ी पैदा करे। मुर्ग़ी का काम है अंडे पैदा करे। और यह चक्र वीसियस चलता रहे। किसी ने पूछा कि अंडा क्या है? तो किसी ने कहा : अंडा अंडे का मुर्ग़ी के द्वारा फिर अंडा होने का रास्ता है। अंडा ही फिर मुर्गी है, फिर अंडा हो जाता है।

पशु जनन के आसपास घूम रहे हैं। सारी पशु प्रकृति, सारे पौधों का जगत अपने से दूसरे को जन्म करके मर जाता है, यही उसका लक्ष्य है। अगर कोई आदमी भी सिर्फ़ इसलिए जी रहा है कि वह कुछ बच्चे पैदा

कर जाए, तो वह आदमी पशुओं और पौधों से भिन्न कहां है! साधारणतः लेकिन हमारा केन्द्र भी सेक्स है। इसे समझ लेना ज़रूरी है, क्योंकि उसी केन्द्र से वह शक्ति उठ सकती है, वह बीज उठ सकता है, जो परमात्मा तक पहुंच जाए। जैसे एक बीज को हम ज़मीन में बो दें, तो बीज की खोल टूट जाती है, एक पौधा निकलता है, आकाश की तरफ़ उठने लगता है, ज़मीन से बाहर आ जाता है, फिर फूल खिलते हैं, सुगन्ध फैलती है।

सेक्स, वह जो मनुष्य की काम की इन्द्रिय है, वह जो वासना है, उस वासना के आसपास ही सारी शक्ति इकट्ठी है, सारी ऊर्जा इकट्ठी है। वह ऊर्जा या तो और बच्चों को पैदा करने में समाप्त होती रहेगी और आदमी नष्ट हो जाएगा या वह ऊर्जा ऊपर की तरफ़ गतिमान हो सकती है, नीचे की तरफ़ द्वार छोड़कर ऊपर की तरफ़ आगे बढ़ सकती है। और सेक्स की ऊर्जा अगर ऊपर उठने लगे, तो वह मस्तिष्क के उन केन्द्रों तक पहुंच जाती है, जहां फूल खिलते हैं, जहां फूल खिल सकते हैं।

कहां छिपा है हमारा जीवन? हमारा जीवन हमारे शरीर के ठीक मध्य में छिपा हुआ है। वहां से या तो वह नीचे की तरफ़ बहेगा और तब आने वाली सन्ततियां पैदा होती रहेंगी या फिर ऊपर की तरफ़ उठेगा और परमात्मा के अनुभव को उपलब्ध होगा। हम उसे कहां ले जाएंगे, यह हमारे ऊपर निर्भर है। हम उसे कहां ले जा रहे हैं, यह भी हमारे ऊपर निर्भर है। हम उसे नीचे की तरफ़ बहाते रहेंगे और नष्ट हो जाएंगे। तो हम जो ऊपर की तरफ़ छिपे हुए रास्ते थे, उनसे कभी परिचित नहीं होंगे। और जो छिपे थे राज और रहस्य और आनन्द और सत्य, वे भी अपरिचित रह जाएंगे। तो मैं कहता हूं कि जिज्ञासा करें कि मैं कौन हूं।

कल मैंने आपसे कहा कि चौबीस घंटे के सामान्य जीवन में एक जिज्ञासा पकड़ ले कि मैं कौन हूं। यह प्राणों में हमारे प्रश्न उठने लगे कि मैं कौन हूं। उठते-बैठते, रास्ते पे चलते, चौंकके हमारे भीतर कोई पूछने लगे कि मैं कौन हूं। रात सोते, बिस्तर पर जाते, सुबह उठते कोई चीख़ने लगे कि मैं कौन हूं, तो आप हैरान हो जाएंगे, जितने ज़ोर से यह प्रश्न भीतर उठेगा, जितना यह प्रश्न सक्रिय होगा, जितना यह प्रश्न भीतर घूमने लगेगा,

उतना ही आप हैरान होंगे कि आपके सेक्स-केन्द्रों के आसपास कोई चीज़ गतिमान होने लगेगी, कोई चीज़ कंपने लगेगी, कोई चीज़ हिलने लगेगी, कोई नया अंकुर आपको भीतर कंपता हुआ, डोलता हुआ, उठता हुआ मालूम पड़ने लगेगा।

इसलिए अक्सर यह होता है कि जो लोग आध्यात्मिक साधना में उतरते हैं, एक़दम से उनकी सेक्स की कामना ज़ोर से बढ़ती हुई मालूम होती है। उसके बढ़ने का और कोई कारण नहीं है, जो भी जीवन की जिज्ञासा करेगा, जो भी जीवन की खोज में निकलेगा, सबसे पहले जन्म का जो स्रोत है वही उसकी चोट होगी। वहीं से यात्रा शुरू होगी। इसलिए जो भी कोई जिज्ञासा करेगा, साधना में लगेगा, पूछेगा, खोजेगा, उसे अचानक पता चलेगा कि जैसे उसकी काम की वासना तीव्र हो रही है, लेकिन उससे घबड़ाना मत। और ज़ोर से पूछना और खोजना कि किस जगह, हमारे शरीर के भीतर कौन-सी वो जगह है, उसे पिनप्वाइंट करना। कहां है वह केन्द्र, जहां कम्पन हो रहा है। और अगर उसको ध्यान किया, एकान्त में बैठकर सारे ध्यान को वहां ले गए, जहां कम्पन हो रहा है, नई शक्ति उठ रही है, तो आपके भीतर एक नया द्वार खुल जाएगा, जो अभी बन्द पड़ा है, एक बीज टूट जाएगा, एक नई यात्रा शुरू हो जाएगी, एक झरने का पत्थर हट जाएगा और एक झरना बहना शुरू हो जाएगा।

लेकिन हमने कभी पूछा नहीं है। अगर कोई व्यक्ति थोड़ी देर एकान्त में बैठकर सिर्फ़ यही पूछे कि मैं कौन हूं? और सिर्फ़ एक ही बात पूछता चला जाए कि मैं कौन हूं, मैं कौन हूं तो वह हैरान हो जाएगा कि मैं कौन हूं – की सारी चोट काम-वासना के केन्द्र पर पड़ती है। वह जो 'हूं' की आख़िरी चोट है, वह काम-वासना के केन्द्र पर पड़ती है। वहां कोई चीज़ कंपनी शुरू हो जाती है और जगनी शुरू हो जाती है। वहां शक्ति इकट्ठी है, वहां रिजर्वायर है, वहां संगृहीत है सब-कुछ। वह नीचे की तरफ़ भी बह सकता है, वह ऊपर की तरफ़ भी ले जाया जा सकता है। सिर्फ़ शास्त्र पढ़ लेने से और मैं आत्मा हूं। इस तरह की बातें सीख लेने से कोई कहीं पहुंच नहीं सकता। कुछ करना पड़ेगा।

पहली बात है जिज्ञासा। दूसरी बात है जिज्ञासा का केन्द्र। कहां हम जिज्ञासा को केन्द्रित करें? कहां हम पूछे? किस जगह हम चोट करें? कहां सारा चित्त एकाग्र होकर चोट करे? जैसे कोई आदमी ज़मीन खोदता हो, तो एक ही जगह ज़मीन खोदे, तो थोड़ी गहराई में पत्थर निकल जाएंगे, मिट्टी निकल जाएगी, कचड़ा-कूड़ा निकल जाएगा और जल-स्रोत प्रकट होने शुरू हो जाएंगे। लेकिन कोई दूसरा आदमी एक जगह दो हाथ ज़मीन खोदे, दूसरी जगह चार हाथ ज़मीन खोदे, तीसरी जगह कुछ और ज़मीन खोदे। तो खोद तो बहुत लेगा। लेकिन कभी कहीं से पानी नहीं निकलेगा।

ध्यान रहे, जो लोग साधना में जा रहे हैं, वे जीवन के कुएं को खोदने के लिए जा रहे हैं। उनके सामने बहुत स्पष्ट होना चाहिए कि उनकी सारी जिज्ञासा, उनकी सारी साधना, उनका सारा ध्यान, उनके सारे जीवन का जो बोध है, जो अवेयरनेस है, वह किसी एक जगह पर निरन्तर चोट करती रहे, निरन्तर चोट करती रहे, ताकि वहां के पर्दे टूट जाएं, वहां की मिट्टी कट जाए, वहां की चट्टान कट जाए और जीवन के जो स्रोत हैं, वे प्रकट होने शुरू हो जाएं।

एक बात ध्यान में ले लेना और यह बात मनुष्यता के ध्यान से बिल्कुल हट गई है और इसके हट जाने का कारण यह है कि सेक्स के सम्बन्ध में हम किसी को कभी कुछ नहीं कहते हैं। बच्चों से कुछ बात नहीं करते हैं और हमें यह पता नहीं कि जिसकी हम बात नहीं कर रहे हैं, वहीं वह शक्ति भी छिपी है, जो परमात्मा तक ले जाने का रास्ता बनेगी। निश्चित ही वहीं वह शक्ति भी छिपी है, जो पशु तक ले जाती है। वहीं वह शक्ति भी छिपी है, जो अन्धकार में उतार देती है। वहीं वह शक्ति भी छिपी है, जो प्रकाश में ले जाती है। लेकिन अगर उसकी बात छिपा ली, अगर सब तरफ़ से पर्दे में कर ली और किसी को पता नहीं चला, तो वह बीज प्रकाश की तरफ तो नहीं जा सकेगा, ध्यान रखना, अंधेरे की तरफ़ अपने-आप चला जाएगा, क्योंकि नीचे जाने के लिए किसी के सहारे की, साथ की, ज्ञान की कोई भी ज़रूरत नहीं होती है। नीचे उतरना अपने से हो जाता है। नीचे उतरना इंस्टिक्टिव है। नीचे उतरना प्राकृतिक है।

इसलिए जब बच्चा जवान होगा, सेक्स की नीचे की यात्रा अपने-आप शुरू हो जाएगी। और ऊपर की यात्रा के सम्बन्ध में न उसे कभी कुछ कहा गया है, न उसे कभी बताया गया है। उसके मां-बाप ने, उसके समाज ने, उसके शिक्षकों ने डर के कि कहीं ख़तरा न हो जाए, अन्धकार में कोई न चला जाए, सारी बात छिपा ली है। वह छिपाना बहुत ख़तरनाक हो गया है, क्योंकि उसका परिणाम एक हुआ है कि जो शक्ति ऊपर ले जा सकती थी, वह सिर्फ़ नीचे ले जाती है, और कहीं भी नहीं ले जाती।

तो आज दूसरे सूत्र पर मैं आपको उस केन्द्र की तरफ़ इशारा करना चाहता हूं, जिसके प्रति आप सजग हो जाएं, तो आपके जीवन में क्रान्ति हो जाएगी। और अगर उसके प्रति आप सजग नहीं होते, तो आपके जीवन में कभी कोई क्रान्ति नहीं हो सकती है। जीवन की क्रान्ति कहां से होगी? कहां है वह आग, जहां से हम जलाएंगे दीये को? वह हमारे भीतर कहां है? वह हमारे भीतर मस्तिष्क में नहीं है। वह आग, यह हमारे हृदय में भी नहीं है। वह आग हमारे सेक्स सेंटर पर केन्द्रित है और वह वहां से उठे, तो वह हृदय तक भी आएगी। और जब वह आग, वह जलती हुई ज्योति हृदय पर आती है, तो सारा जीवन प्रेम हो जाता है। और जब वही आग और जलती हुई ज्योति मस्तिष्क तक आती है, तो सारा जीवन ज्ञान हो जाता है।

लेकिन वही है आग और वह अभी सेक्स सेंटर पर केन्द्रित है। वह वहीं रुकी हुई है। वहीं छेद है, वह वहीं से बहती जा रही है। वहीं से जैसे किसी घड़े में छेद हो, उसका सारा पानी गिरता जाता हो। और वहां से ऊपर उठाने का तो कोई सवाल ही नहीं है।

अगर सेक्स की ऊर्जा नीचे की तरफ़ बहती रहे, तो हम सिर्फ़ पशु की तरह व्यवहार करते हैं, हम मनुष्य कभी नहीं हो पाते। हम कितना ही ढांक लें अपने को, छिपा लें, लेकिन हमारे भीतर पशु ही बैठा होता है। हमारी सारी शिष्टता, हमारी सारी सभ्यता, हमारी सारी संस्कृति हमें सुसंस्कृत पशु बना देती है और कुछ भी नहीं। लेकिन हमारे भीतर वही बैठा होता है। जाएं, हमारी फ़िल्म देख लें, हमारी साहित्य की किताब पढ़ लें, हमारी

कविता पढ़ें, हमारा संगीत सुनें, हमारा नृत्य देखें, और सबके पीछे घूम-फिरकर सेक्स खड़ा हुआ दिखाई पड़ेगा।

हमारे जीवन के सारे पहलुओं में हमने सब तरफ़ से छिपाने की कोशिश की है, लेकिन सेक्स वहां खड़ा हुआ है। उसे हम छिपा भी नहीं सकते। हम उसे बदल सकते हैं, छिपा नहीं सकते। और अगर हम उसे बदल लें, तो जिसे हम सेक्स जानते हैं, जिसे हम काम कहते हैं, वही राम बन जाता है। लेकिन उसे हम बदलेंगे तब, जब हम पहचान लें कि वह कहां है। उसका ठीक ओब्ज़र्वेशन, ठीक निरीक्षण चाहिए, ठीक जगह पर श्रम चाहिए। और ठीक जगह पर श्रम न हो, तो हम भटकते रहें, हम श्रम करते रहें, उसका कोई परिणाम नहीं हो सकता है।

इसलिए दूसरे सूत्र में आपसे कहना चाहता हूं अपनी सेक्स-ऊर्जा को, अपनी वीर्य की शक्ति को छिपाके, भूलके, अंधेरे में डालके मत बैठे रहना अन्यथा जीवन के सत्य के मन्दिर तक कभी भी नहीं पहुंच सकोगे। वही वीर्य की शक्ति है, जो ले जाएगी। उसके प्रति सचेत होना ज़रूरी है। उसके प्रति जागरूक होना ज़रूरी है।

और तीसरे सूत्र में आपको कहना चाहूंगा कि उसे फिर कैसे ट्रांसफ़ार्म करें, कैसे रूपान्तरित करें। लेकिन दूसरे सूत्र में उसे पहचानना ज़रूरी है। हमारे प्रत्येक के शरीर के भीतर कहां है केन्द्र उर्जा का, शक्ति का, वह हमें जान लेना चाहिए। एक छोटे-से अणु को तोड़कर वैज्ञानिक कितनी बड़ी शक्ति को उपलब्ध हुए हैं! अणु तो हमेशा से थे, लेकिन इस सदी के पहले अणु की शक्ति का किसी को पता नहीं था। और अगर आज से सौ साल पहले, दो सौ साल पहले, हज़ार साल पहले कोई कहता कि छोटे-से अणु के विस्फोट से हिरोशिमा और नागासाकी के एक लाख बीस हज़ार लोग जलकर राख हो जाएंगे, एक छोटे-से अणु के विस्फोट से, तो लोग हंसते और कहते – तुम पागल हो गए हो। एक छोटे-से अणु में इतना विस्फोट कैसे हो सकता है?

लेकिन क्या कभी आपने सोचा कि एक साधारण-से आक्सीजन या

हाइड्रोजन के या किसी के भी अणु के विस्फोट से इतना परिणाम हो सकता है? तो सेक्स का अणु तो जीवित अणु है, वह तो लिविंग एटम है, अभी तो हमने डेड एटम, मरे हुए अणु का विस्फोट किया है। जिस दिन हम जीवित अणु का विस्फोट कर सकेंगे, उस दिन क्या होगा?

धर्म की सारी खोज, योग की सारी साधना, तन्त्र के सारे नियम वह जो लिविंग एटम है, वह जो जीवित अणु है, उसमें छिपी हुई शक्ति को विस्फोट करके ऊपर की तरफ़ ले जाने की विधि के अतिरिक्त और कुछ भी नहीं है। लेकिन उसका हमें कोई बोध नहीं है, उससे हम डरे हुए भी हैं। ख़तरनाक भी है। आखिर एटम का विस्फोट ख़तरनाक सिद्ध हुआ। ख़तरनाक हाथों में कोई भी शक्ति खतरनाक हो सकती है। शायद इसीलिए शक्ति का जो सबसे महत्त्वपूर्ण पुंज है मनुष्य के भीतर, उसे छिपा देने का आयोजन किया गया है कि वह छिपा रहे, किसी को पता न चले। कहीं शक्ति खतरनाक हाथों में न पड़ जाए। लेकिन शक्ति अपने-आप में अशुभ नहीं होती, न शुभ होती है। उसे शुभ की तरफ़ ले जाया जा सकता है और अशुभ की तरफ़ भी। और जो अशुभ के डर से रुक जाएगा, वह शुभ की तरफ़ भी नहीं ले जा सकेगा।

इसलिए मनुष्यता ठहर गई है। मनुष्य को ज़मीन पर आए हुए अन्दाज़न बीस लाख वर्ष होते हैं। लेकिन बीस लाख वर्षों में सौ-दो सौ मनुष्य उस स्थिति को उपलब्ध हो सके हैं, जहां प्रत्येक मनुष्य को पहुंच जाना चाहिए था। कुछ उंगलियों पर गिने जाने वाले लोग ठीक अर्थों में मनुष्य हो सके हैं बीस लाख वर्षों में।

और यह जो वृहत्तर मनुष्यता है, यह सिर्फ़ पशु के तल पर जी रही है। बच्चों को पैदा करता है आदमी और समाप्त हो जाता है। मां बेटी को जन्म दे जाती है और समाप्त हो जाती है, बाप बेटे को जन्म दे देता है और समाप्त हो जाता है। लेकिन स्वयं के भीतर जो छिपे थे ऊपर के द्वार उनसे वह परिचित भी नहीं हो पाता। बाहर से देखके शरीर को कोई पहचान भी नहीं सकता कि इसके भीतर परमात्मा भी छिपा हुआ हो सकता है। और अगर एक फिज़ियोलॉजिस्ट के पास जाएंगे, शरीरशास्त्री के पास,

तो वह काटके सारे शरीर को बता देगा और कहेगा, यहां तो ऐसी कोई चीज़ नहीं दिखाई पड़ती। यहां तो ऐसा कुछ नहीं दिखाई पड़ता। यहां तो कोई ऐसी शक्ति नहीं दिखाई पड़ती, जो ऊपर उठ जाए।

नहीं दिखाई पड़ती है। सच तो यह है, जो भी गहरा है और महत्त्वपूर्ण है, वह कुछ भी दिखाई नहीं पड़ता? एटम दिखाई पड़ते हैं? इलेक्ट्रॉन दिखाई पड़ता है? न्यूट्रॉन दिखाई पड़ता है? क्या दिखाई पड़ता है? जितना हम पदार्थ के भीतर घुसे हैं, उतना हम वहां पहुंच गए हैं, जहां दिखाई पड़ना बन्द हो गया है। जहां हम सिर्फ़ परिणाम देखते हैं, इफ़ेक्ट्स दिखाई पड़ते हैं, लेकिन क्या है वह, तो कुछ नहीं दिखाई पड़ता। जितना हम पदार्थ के भीतर गए हैं, वहां भी वह जगह आ गई है, जहां दिखाई नहीं पड़ता। जितना आदमी स्वयं के भीतर गया, वहां भी वह जगह आ जाती है, जहां दिखाई पड़ना बन्द हो जाता है। लेकिन हम पदार्थ के सम्बन्ध में अदृश्य को मान लेते हैं। और मनुष्य के सम्बन्ध में आदमी के शरीर की चीर-फाड़ करते हैं और कहते हैं – यहां तो कुछ दिखाई नहीं पड़ता।

लेकिन वहां भी दिखाई पड़ सकता है। दूसरे को नहीं, मेरे भीतर मुझे दिखाई पड़ सकता है, आपके भीतर आपको दिखाई पड़ सकता है। और अगर मुझे मेरे भीतर दिखाई पड़ जाए, तो आपके भीतर भी दिखाई पड़ना शुरू हो जाता है। लेकिन मैं किसी दूसरे को नहीं दिखा सकता।

अब आप यहां इतने लोग बैठे हैं। अगर मैं यह कहूं कि यहां आप ही मुझे नहीं दिखाई पड़ रहे, बल्कि वह भी दिखाई पड़ रहा है. जो आपके भीतर इकट्ठा है। लेकिन इसे मैं किसी दूसरे को नहीं दिखा सकता। और वह कहां तक भरा है, वह भी दिखाई पड़ सकता है, लेकिन वह दिखाई पड़ना पार्थिव नहीं है। और जीवन में जो पार्थिव पर ही रुक जाता है और कहता है कि जो दिखाई पड़ेगा, वहीं तक हम ठहर जाएंगे, वह आदमी बीज को अगर उसे दे दे, तो बीज को तोड़-फोड़कर देख लेगा, उसमें फूल कहीं नहीं दिखाई पड़ेगा। उसमें फूल है।

शायद आपको पता न हो, एक वैज्ञानिक कुछ प्रयोग कर रहा था और एक आश्चर्यजनक घटना घटी। वह एक बहुत ही बारीक दूरबीन से

किसी बीज को देख रहा था और देखकर हैरान हुआ कि जब वह उस बीज को देख रहा था, अचानक एक क्षण को उसे फूल दिखाई पड़ा, बीज नहीं था। उसने आंखें तिलमिलाके, वापस गौर से देखा, लेकिन उसे फिर भी फूल दिखाई पड़ा। दूरबीन अलग की है, तो वहां बीज है। वह दूसरों को बताने लगा, लेकिन दूसरों को तो वहां कुछ नहीं, बीज ही दिखाई पड़ता था। वह वैज्ञानिक उस बीज को बोया, उस बीज में फूल आया और वह देखके दंग रह गया कि वह फूल वही है, जो उसे दूरबीन से दिखाई पड़ा था।

यह तो बिल्कुल असम्भव मालूम पड़ता है। लेकिन बहुत असम्भव नहीं भी है, क्योंकि फूल किसी-न-किसी अर्थ में बीज के भीतर छिपा है। और आज नहीं तो कल, हम कुछ ऐसी बातें खोज सकते हैं कि वह जो छिपा है, कल प्रकट होगा, वह आज दिखाई पड़ जाए। जो भविष्य में है, वह आज दिखाई पड़ जाए। असल में जो भविष्य में है, वह हमारी देखने की सीमा के बाहर है।

यहां बैठे हुए हैं, हमारे ऊपर दरख़्त पर एक आदमी बैठा हुआ हो, रास्ता चल रहा है, हम दरख़्त के नीचे बैठे हैं। एक बैलगाड़ी दिखाई पड़ती है, थोड़ी दूर पर, दो फर्लांग दूर पर एक बैलगाड़ी आ रही है, उसके पार हमें कुछ भी दिखाई नहीं पड़ता। उसके पार भी कोई बैलगाड़ी आती है, लेकिन हमें दिखाई नहीं पड़ती। वह दरख़्त पर बैठा हुआ आदमी कहता है – एक बैलगाड़ी और है। लेकिन हम कहते हैं – हमें दिखाई नहीं पड़ती, नहीं हो सकती। वह आदमी कहता है – आती है, हम कहते हैं – भविष्य में है, अभी कैसे पता चल सकता है। लेकिन हम ही भविष्य में हैं, क्योंकि हम नीचे बैठे हैं। वह ऊपर वृक्ष पर बैठे वाले को वर्तमान में हो सकती है, क्योंकि वह ऊपर बैठा है। और जितनी चेतना ऊपर उठती चली जाए, वे सारी सम्भावनाएं जो कल हो सकती हैं, वे आज दिखाई पड़ सकती हैं।

शायद आपको पता हो, बुद्ध का जन्म हुआ और एक बहुत अद्भुत घटना घटी। बुद्ध का जन्म हुआ और हिमालय से एक संन्यासी उतरा। और

जब वह अपने आश्रम से उतरने लगा, तो उसके मित्रों ने कहा : कहां जाते हो? उसने कहा : मैं जाता हूं, उस व्यक्ति का जन्म हुआ है, जो शीघ्र ही बुद्ध हो जाएगा। लेकिन तब तक मैं नहीं बचूंगा। मैं उसका बुद्ध रूप में कभी भी दर्शन नहीं कर पाऊंगा। मैं उसका अभी दर्शन कर आता हूं।

वह संन्यासी बुद्ध के घर आया। बुद्ध के पिता अपने छोटे से बच्चे को लेकर उसके सामने आए। उस संन्यासी ने पैर पकड़े और उसकी आंख से आंसू बहने लगे। बुद्ध के पिता बहुत घबड़ा गए। और उन्होंने कहा : आप रोते हैं? आशीर्वाद दें। आप रोते हैं, तो हम घबड़ाते हैं। कोई अपशगुन तो होने को नहीं? उस वृद्ध संन्यासी ने कहा : नहीं, अपशगुन होने को नहीं है। मैं अपने लिए रोता हूं। जिसे मैं बीज की तरह देख रहा हूं, उसे मैं फूल की तरह नहीं देख पाऊंगा। मैं तो ख़त्म हो जाने को हूं छह महीने में। यह फूल खिलेगा, लेकिन मैं नहीं देख पाऊंगा। यह व्यक्ति बुद्ध होगा, यह जागेगा, इसकी छाया, इसके प्रकाश के नीचे बहुत लोगों को बहुत कुछ दिखाई पड़ेगा। मैं चूक जाऊंगा, मैं वंचित रह जाऊंगा।

बुद्ध के पिता को कुछ भी समझ में नहीं आता है। एक बीज के पास बैठके कोई फूल की बात करने लगे, तो हमको समझ में आएगा? एक बीज के पास बैठके फूल की बात करने वाला पागल मालूम होगा। बुद्ध के पिता को भी वह आदमी पागल मालूम हुआ था। लेकिन जब बुद्ध का फूल खिला, तो बुद्ध के पिता ने क्षमा मांगी कि मैं हंसा था उस दिन, उस बूढ़े आदमी पर, मुझे क्या पता था! मुझे क्या पता था कि चीजें आगे दिखाई पड़ सकती हैं।

हम सबके भीतर भी छिपा है जो, वह आगे की पूरी ख़बरें अभी दे रहा है। अगर हम खोजने चलें तो हमें पता चलेगा कि वह कितनी दूर तक विकसित हुआ है। अगर कोई व्यक्ति जिज्ञासा करे और सेक्स के केन्द्र के आसपास ध्यान को मंडराए, ध्यान को वहां ले जाए और देखे कि वहां क्या हो रहा है, तो वहां शक्ति के कम्पन मालूम पड़ेंगे। वे कम्पन कहां तक आते हैं? वहीं तक हमारे विकास की अवस्था है। उसके ऊपर तक उन कम्पनों को लाना है। उन्हें वहां तक लाना है, जहां मस्तिष्क के आख़िरी

छोर तक वे कम्पन पहुंच जाते हैं और जहां जीवन की पूरी धारा जग जाती है।

इस सेक्स के केन्द्र पर सोई हुई शक्ति का नाम कुंडलिनी है। वह सोई है कुंडल लगाकर जैसे सांप सोया हो। वह जाग जाए तो फन की तरह उठ जाती है ऊपर तक। वे जो देखे होंगे कुछ जैन तीर्थंकरों की मूर्ति पर सांप का फन उठाए हुए, तो आप यह मत सोचना कि वह कोई सांप उनके ऊपर आ गया था या कहानियां गढ़ी हुई हैं कि वे बैठे थे और सांप ने आकर छाया कर दी। वे सब फ़िज़ूल की बातें हैं। वे प्रतीक हैं, वे उस शक्ति के प्रतीक हैं, जिसने अपना सारा कुंडल छोड़ दिया और जिसका फन आके पूरा खिल गया, पूरा फूल बन गया, ऊपर जाके प्रकट हो गया है। वह कुंडल मारे हुए शक्ति प्रत्येक के भीतर छिपी हुई है। उसी शक्ति का नाम जीवन-शक्ति है। और हम सबके भीतर वह काम के केन्द्र के पास ही सोई पड़ी है, उसके ऊपर नहीं उठ पाती।

और चाहे हम ग्रस्त हो जाएं, और चाहे हम भागके संन्यासी हो जाएं, अगर हमारा चित्त काम के आसपास ही घूमता रहता है, चाहे पक्ष में, चाहे विपक्ष में, तो हमारा केन्द्र वहीं बना रहेगा, उसके ऊपर नहीं उठ सकता। उसे ऊपर उठाना एक वैज्ञानिक प्रक्रिया है। उस वैज्ञानिक प्रक्रिया में पहली बात है पहचानना, रिकगनिशन। कहां है? यह मैं आपके ऊपर हाथ रखके कह सकता हूं कि यहां है। लेकिन मेरे हाथ रखकर कहने का कोई बहुत प्रयोजन नहीं है। यह आपको ही अपने भीतर शान्त कभी घड़ी-आधा घड़ी चौबीस घंटे में खोजके बैठ जाना पड़ेगा कि खोजें कि मेरी जीवन की ऊर्जा कहां है? कहां है मेरे जीवन की ऊर्जा?

आप हैरान होंगे, आज से तीन सौ वर्ष पहले तक यह पता नहीं था कि शरीर में ख़ून चक्कर लगाता है। यही पता था कि ख़ून भरा हुआ है। तीन सौ साल पहले तक, बीस लाख साल से आदमी ज़मीन पर है, उसे पता नहीं था कि ख़ून चक्कर लगाता है। उस तरफ़ ध्यान नहीं दिया था, कैसे पता चलता! हम समझते थे ख़ून भरा हुआ है। कहीं से काटो, ख़ून निकल आता है। जैसे किसी बर्तन में पानी भरा हो ऐसे ख़ून भरा हुआ है। यह तो अभी तीन सौ वर्षों में पता चला कि ख़ून चक्कर लगाता है।

कुछ थोड़े से लोगों को पता चला है कि सेक्स की ऊर्जा ऊपर की तरफ़ भी उठती है। अधिक लोगों को यही पता है कि वह नीचे की तरफ़ ही जाती है। जिनको यह पता है कि वह नीचे की तरफ़ ही जाती है, वे एक बात ध्यान में ले लें कि जो चीज़ भी नीचे जा सकती है, वह चीज़ ऊपर भी जा सकती है। जो चीज भी नीचे ले जा सकती है, वह ऊपर भी ले जा सकती है। और जितनी दूर तक नीचे ले जा सकती है, उतनी ही दूर तक ऊपर ले जा सकती है।

कभी किसी वृक्ष के पास जाएं। ऊपर वृक्ष दिखाई पड़ता है। जितना वृक्ष ऊपर दिखाई पड़ता है, ध्यान रहे, जड़ें उतनी ही नीचे गई होंगी। और जितनी जिस वृक्ष की जड़ें गहरी जाती हैं, उस वृक्ष का तना उतना ही ऊपर उठ जाता है। जिस वृक्ष को स्वर्ग छूना हो, उस वृक्ष को नीचे पाताल तक जड़ें भेजनी पड़ेंगी। उसके बिना कोई वृक्ष स्वर्ग नहीं छू सकता। लेकिन कोई आदमी कहे कि हम एक ऐसे वृक्ष को जानते हैं, जिसमें ऊपर तो कुछ भी नहीं जाता, जड़ें बस नीचे ही नीचे जाती हैं। हम कहेंगे कि वह आदमी पागल है और या फिर उसे ऊपर के वृक्ष का कोई पता नहीं, क्योंकि ये दोनों चीजें सन्तुलित होती हैं, ऊपर और नीचे सन्तुलित है, बीच में केन्द्र है। नीचे की तरफ़ भी यात्रा सम्भव है, ऊपर की तरफ़ भी यात्रा सम्भव है। और जितनी पोसिबिलिटी है नीचे जाने की, जितनी सम्भावना है नीचे जाने की, उतनी ही सम्भावना है ऊपर जाने की। लेकिन बहुत थोड़े लोगों को सेक्स की ऊर्जा के ऊपर जाने का पता चल पाता है।

जब वीर्य की शक्ति ऊपर के मार्ग पर जाने वाली शक्ति बन जाती है, तब उसे हम ब्रह्मचर्य कहते हैं। ब्रह्मचर्य का अर्थ काम की शक्ति को ज़बर्दस्ती रोक लेना नहीं है। ब्रह्मचर्य का अर्थ है, काम की शक्ति की ऊर्ध्व यात्रा शुरू हो जाए। वह नीचे न जाए। ऊपर जाने लगे। रोकी भी न जाए, क्योंकि रोकी हुई ऊर्जा ऊपर भी न जाए और नीचे भी न जाए तो मनुष्य को सिर्फ़ विक्षिप्त कर सकती है, पागल कर सकती है और कुछ भी नहीं कर सकती।

इसलिए जिन्हें ऊपर ले जाने का कोई पता नहीं है, अगर वे रोक

लें, जैसा कि किताबों में लिखा है कि ब्रह्मचर्य ही जीवन है और ब्रह्मचर्य से रहो और यह करो और वह करो। अगर वे रोक लें, तो वे विक्षिप्त होंगे, और कुछ भी नहीं। क्योंकि जो शक्ति न ऊपर जा सके, न नीचे जा सके, बीच में ठहर जाए, तो विस्फोट होगा, वो शक्ति पागल कर देगी। आज ज़मीन पर जितने लोग पागल हैं, वे किसी-न-किसी अर्थों में सेक्स की शक्ति के ग़लत रास्तों पर भटक जाने, विस्फोट हो जाने, विकृत हो जाने, विरूप हो जाने के कारण हैं।

तो तीन सम्भावनाएं हैं या तो नीचे की तरफ़ जाएं, जहां पशु की यात्रा चल रही है। या फिर विकृत और विक्षिप्त हो जाएं, जैसा कि सभ्य आदमी के साथ होता चला आ रहा है। और या फिर ऊपर की तरफ़ उठें। लेकिन ऊपर की तरफ़ जाने के लिए पहले शक्ति को ठीक से पहचान लेना ज़रूरी है कि वह कहां है। और जिस शक्ति को बदलना हो, उसे ठीक से समझे बिना कोई नहीं बदल सकता है। उसे ठीक से पहचाने बिना कोई छू भी नहीं सकता है। यह जो आपने देखा होगा, हम सारे लोग कपड़े पहने हुए हैं। और आपको शायद पता भी नहीं होगा कि जंगल से जंगल में, घने से घने जंगल में, आदिम से आदिम आदमी भी और चाहे कहीं कपड़ा न पहने, सिर्फ़ सेक्स केन्द्र पर, सिर्फ़ काम-केन्द्र पर एक पत्ता ही बांध ले। कभी आपने सोचा कि और चाहे पूरा शरीर नंगा हो काम के केन्द्र पर एक पत्ता ही बांध लेने का भाव क्यों पैदा होता है?

शायद आपको ख़याल में भी नहीं आया होगा। काम के केन्द्र पर इतनी शक्ति इकट्ठी है कि अगर दूसरे व्यक्ति की आंखें भी उस पर पड़ें तो वे उसे विचलित करती हैं और कम्पित करती हैं।

यह तो अभी नवीनतम खोज है कि पदार्थ भी ऑब्ज़र्वेशन से अपना व्यवहार बदलता है। अगर हम बहुत बड़ी दूरबीनों से भागते हुए छोटे-छोटे एटम और इलेक्ट्रॉन को देखने की कोशिश करें, तो वे जैसे बिना देखे हुए भाग रहे थे, वैसे ही देखते हुए नहीं भागते हैं। जब हम उन्हें देखने की कोशिश करें, तो उनकी गति में अन्तर हो जाता है, परिवर्तन हो जाता है।

जैसे समझ लें कि रास्ते पर एक आदमी जा रहा है अकेला, कोई

भी नहीं है रास्ते पर। अचानक उसे पता चलता है कि पीछे कोई आ रहा है और देख रहा है। समझ लें आप ही हैं, आप अकेले जा रहे हैं, जब आप अकेले होते हैं रास्ते पर, तब आप और तरह से चलते हैं। तब आप दूसरे तरह के आदमी होते हैं। फिर एक आदमी पीछे से आ गया, उसके पैरों की चाप सुनाई पड़ने लगी। आप फिर वही नहीं रह जाते जो आप अकेले थे। आप फ़ौरन बदल जाते हैं। आपके भीतर कोई सटल डिफ़रेंस, कोई बहुत सूक्ष्म-सा अन्तर हो जाता है। आप दूसरे आदमी हो गए। आप संभल गए। आप अब उसी तरह से नहीं चल रहे जैसे चल रहे थे, आप उसी तरह से नहीं गुनगुना रहे जैसे गुनगुना रहे थे। आपके पैर संभल गए, आप बदल गए। आप सभ्य आदमी हो गए, आप सरल आदमी नहीं रहे।

आप बाथरूम में स्नान कर रहे हैं, आप आईने के सामने मुंह चिढ़ा रहे हैं, नंगे खड़े होके नाच रहे हैं। और आपको पता चल जाए कि छोटे-से की-होल से कोई देख रहा है। आप फ़ौरन बदल गए। सिर्फ़ पता चल गया कि कोई देख रहा है, आप बदल गए। ऑब्ज़र्वेशन इतनी मुश्किल पैदा कर देता है, आप दूसरे हो जाते हैं!

यह बहुत पहले अनुभव में आ गया कि सेक्स-केन्द्र पर इतनी शक्ति इकट्ठी है कि दूसरे की आंख अगर पड़े, तो उसे सक्रिय करती है। उसे सक्रिय करती है, उसे बदलाहट करती है। अगर प्रेम करने वाले की आंख पड़ जाए, तो उसे ऊपर की तरफ़ ले जाती है, अगर घृणा करने वाले की आंख पड़ जाए, तो उसे नीचे की तरफ़ ले जाती है। इसलिए हम प्रेम करने वाले के सामने नग्न हो सकते हैं। सिर्फ़ इसलिए और कोई कारण नहीं है। जिससे हम प्रेम करते हैं, उसके सामने बिल्कुल नग्न हो सकते हैं। उससे कोई डर नहीं है। क्यों? कौन-सा डर नहीं है? उससे हम सारे पर्दे अलग कर देते हैं, सारे वस्त्र अलग कर देते हैं। क्यों? उससे कोई भय नहीं है, उसकी प्रेम से भरी हुई आंख, उसका प्रेम से भरा हुआ निरीक्षण उन शक्तियों को ऊपर ले जाने वाला बनता है। यह बहुत पहले ख़याल में आ गया होगा, इसलिए उस केन्द्र को ढांकके छिपाने की बात पैदा हो गई।

आपने देखा होगा साधु-संन्यासियों को, जो नंगे बैठे हुए हैं, लेकिन

सारे शरीर पर राख लगाए हुए हैं। अब जब नंगे बैठे हो, तो राख किसलिए लगाए हुए हो? राख लगाए हुए हैं कि वह जो शक्तियों का काम चल रहा है भीतर, उस पर नज़र न पड़े। उसको रोका जा रहा है। आपने देखा होगा कि मन्दिरों में जाने वाले लोग तिलक लगाके आ जाते हैं। उन्हें कुछ भी पता नहीं कि वे क्यों लगा रहे हैं। उन्हें कुछ भी पता नहीं कि ये तिलक लगाना सिर्फ़ उनके लगाने के लिए सार्थक है, जिनके आज्ञा-चक्र तक सेक्स की एनर्जी आ गई हो। और यहां वह दिखाई न पड़े किसी को इसलिए उसके ऊपर चन्दन लगा लेना है, ताकि वह पीछे छिप जाए, वह नज़र में न आए। कोई आंख उस पर न पड़े। अन्यथा वह बहुत उत्ताप पैदा कर देगी, घबड़ाहट पैदा कर देगी, मुश्किल पैदा कर देगी। अब तो कोई भी लगा रहा है, जिसे कुछ पता नहीं है। ज़िन्दगी बहुत अजीब हो गई है। यहां सब चीजें ग़लत लोगों के हाथ में चली गई हैं। जिनका अब कोई हिसाब-ठिकाना नहीं है कि यह क्या हो रहा है। किसलिए आप तिलक लगाकर चले आ रहे हैं! एक आदमी जल्दी से मन्दिर में गया है, लगाकर चला आ रहा है। उसे पता ही नहीं कि जिस तिजोरी में वह ताला लगा रहा है, उसके पिता इसलिए लगाते थे कि उसमें कुछ था। आपकी तिजोरी में कुछ नहीं है, सिर्फ़ पिता ताला लगाते थे, आप भी ताला लगा रहे हैं और बड़े प्रसन्न होकर घर लौट रहे हैं कि मेरे पास कोई ख़ज़ाना है। तिजोरी में ताला लगाना सार्थक हो सकता है, वह किसी विज्ञान की बात है। अन्यथा व्यर्थ है, अन्यथा कोई प्रयोजन नहीं है।

जिन केन्द्रों पर शक्ति काम कर रही है, वे दूसरों की आंखों में न आएं। लेकिन अगर वे प्रेम करने वालों की आंखों में आएं, तो उनको विकास मिलता है। इसलिए साधक मित्रों के बीच अपने केन्द्रों को खुला छोड़ सकता है। उनकी आंखें उन केन्द्रों में सोई हुई शक्तियों को आगे बढ़ाने में सहयोगी होंगी।

आपको शायद पता ही नहीं होगा, अब कहते हैं लोग, अब जाके वनस्पतिशास्त्री से पूछें, तो वह कहता है, अगर पौधे को आप प्रेम करें, तो पौधे में ग्रोथ जल्दी होती है। अगर एक माली अपने पौधे को प्रेम करता

है, तो पौधे में फूल जल्दी बढ़ेगा बजाय उस माली के, जो कोई प्रेम नहीं करता। अब प्रेम से पौधे का क्या सम्बन्ध है? लेकिन प्रेम कुछ अनजानी शक्ति है, कुछ अनजाने विद्युत प्रवाह हैं, कुछ प्राणों से निकलने वाली ऊर्जा, कोई वाइब्रेशंस उस पौधे तक पहुंचाता है, वह पौधा तेजी से बढ़ने लगता है।

एक बच्चे को मां के पास हम पालते हैं। और किसी दूसरी जगह उसे पालें, भोजन दें उसे, अच्छे वस्त्र दें, अच्छा इन्तज़ाम दें, सारी सुविधा दें, जो उसकी ग़रीब मां कभी नहीं दे सकती। और फिर भी आप पाएंगे कि बच्चे में कुछ कमी रह गई। कोई एक विटामिन जो मां से आता था, वह नहीं आ पाया। कोई एक विटामिन मां से भी आता है, जिसका अभी कोई कैपसूल नहीं बन सका है। कोई मदर विटामिन। अभी कोई कैपसूल नहीं बन सका। कभी आगे बन सकता है। लेकिन कुछ मां देती है, जो इतना सूक्ष्म है कि दवाएं नहीं दे सकतीं। कोई ड्रग नहीं दे सकता। वह मां की गर्मी, उसका निकट होना देता है। उसके निकट होने में वह बच्चा बढ़ने लगता है, कोई चीज़ उसमें गतिमान होने लगती है।

छोटे-छोटे मित्रों के ग्रुप एक-दूसरे के केन्द्र को सजग कर सकते हैं। अगर पचास लोग एक साथ बैठकर ध्यान करें केन्द्र पर, तो उन पचासों लोगों के आसपास जो बाइब्रेशंस, जो विद्युत वातावरण पैदा होता है, वह प्रत्येक के भीतर तीव्र गति पैदा कर देगा। और अगर यह भीतर सोई हुई कुंडल की शक्ति थोड़ी-थोड़ी पहचान में आने लगे कि कहां है, तो जैसे ही आपको पहचान में आएगी कि कहां है, तो आपके जीवन की पूरी धारा बदल जाएगी, क्योंकि आपको पहली दफ़ा पता चलेगा कि ख़ज़ाना तो यहां है और मैं कहां खोज रहा हूं! और आपको पहली दफ़ा पता चलेगा कि शक्ति तो यहां है, मैं कहां खोज रहा हूं! और आपको पहली दफ़ा पता चलेगा कि आनन्द तो यहां है, मैं कहां खोज रहा हूं! और तब जीवन जैसे एक कन्वर्सन हो गया। कन्वर्सन का मतलब यह नहीं होता कि कोई हिन्दू मुसलमान हो जाए, यह तो बेवकूफ़ी है। इससे क्या मतलब है कि कोई मुसलमान हिन्दू हो जाए, कि कोई ईसाई जैन हो जाए, कि कोई जैन ईसाई हो जाए, इसका क्या मतलब है! इससे कोई मतलब नहीं है। कन्वर्सन का

मतलब है, कोई आदमी बाहर से भीतर हो जाए। वह चाहे हिन्दू हो, चाहे मुसलमान हो, चाहे ईसाई हो, चाहे कोई भी हो, चाहे कोई भी न हो, कोई आदमी बाहर से भीतर हो जाए, उसके पूरे आकर्षण का केन्द्र बाहर से हट जाए और भीतर पहुंच जाए, वह आदमी कन्वर्ट हो गया, वह कन्वर्सन हो गया, वह आदमी लौट गया, वह वापिस लौट गया। वह वहां पहुंच गया, जहां पहुंचने की यात्रा सार्थक है, ज़रूरी है, माकूल है। जिज्ञासा करो कि मैं कौन हूं और अपने काम-केन्द्र के आसपास आंख बन्द करके खोज करें कि संशेशन-शक्ति का कहां स्पन्दन हो रहा है। किस जगह मालूम पड़ रहा है कि शक्ति है। वह स्पष्ट मालूम होने लगेगी। जैसे कोई मौन होके बैठ जाए तो हृदय की धड़कन मालूम होती है। आप दिन-भर काम में लगे रहें, हृदय की धड़कन मालूम नहीं होती। आप मौन हो जाएं, आपको हृदय की धड़कन मालूम होगी।

अगर आप और मौन होकर बैठेंगे और ध्यान वहीं ले जाएंगे, तो आपको बराबर एक नए तरह का स्पन्दन, एक नई वाइब्रेशन से परिचय होगा। जिसका आपको कोई पता नहीं है। एक नई नाड़ी आपको मिलेगी, जीवन की नाड़ी, जहां कोई चीज़ कंप रही है, कोई कोंपल, कोई अंकुर तड़प रहा है निकलने को, कोई चीज़ फूट पड़ने को व्याकुल है, कोई झरना टूटना चाहता है, और जब वह वहां मालूम हो, तो उसको रोज़-रोज़ पहचानने की कोशिश करना।

जैसे किसी को कोई ख़ज़ाना मिल जाए, तो वह रोज़ जब कोई भी ना हो, तब तिजोरी खोले, ख़ज़ाने को जाके देखे, तिजोरी बन्द करे वापस आ जाए। जैसे किसी के खींसे में एक हीरा रखा हो, वह सबसे बात करता रहे और कभी-कभी हाथ डालकर हीरे को देख ले कि वह है और वापस आ जाए।

फिर ऐसे ही चौबीस घंटे में जब मौका मिल जाए, तब उस स्पन्दन के पास चले जाना। वह जहां भीतर केन्द्र है। जहां चीजें कंप रही हैं और एक नए जीवन की दिशा में जाने का संघर्ष चल रहा है। जहां कॉन्शियसनेस मनुष्य को पार करने की कोशिश कर रही है, जहां चेतना ट्रांसेन करना

चाहती है, जहां चेतना पशु से ऊपर उठना चाहती है, दीवालें तोड़कर, घेरे तोड़कर, ऊपर उठकर कहीं और जाना चाहती है। उस जगह को पहचान लेना। फिर कुछ भी हो जाए, फिर कोई दुकान पर बैठा हो, बाज़ार में बैठा हो, लेकिन मौक़े-बेमौक़े मौक़ा मिलेगा और वह भीतर चला जाएगा, उस जगह को पहचानकर वापस लौट आएगा और एक लविंग केयर – एक प्रेमपूर्ण हिफ़ाज़त पैदा हो जाएगी कि भीतर भी कोई एक जगह कोई एक मन्दिर है। और जिस तरह से यह हिफ़ाज़त बढ़ेगी, यह ध्यान बढ़ेगा, यह सावधानी बढ़ेगी, वैसे-वैसे बहुत स्पष्ट ज्योति, बहुत स्पष्ट जागती हुई शक्ति का प्रवाह और लहर अनुभव होने लगेगी। वह लहर धीरे-धीरे किस मार्ग से आगे बढ़ सकती है और कैसे पहुंच सकती है वहां, जहां मिलन हो जाता है, जहां उससे मिलन हो जाता है, जिससे मिलने को हमारे प्राण तड़पे हुए हैं, जहां उसको हम पा लेते हैं, जिसे नामालूम कितने जन्मों से हम खोज रहे हैं। जिसे नामालूम कितनी-कितनी यात्राओं में हमने खोजा और पुकारा और चिल्लाया है और जिसकी कोई झलक नहीं मिली और मज़े की बात है कि वह हमारे पास है।

वैसे ही मैंने सुना है, एक आदमी अपने घोड़े को खोजने निकला और वह जगह-जगह पूछता फिरता था कि मेरा घोड़ा कहां है? मेरा घोड़ा कहां है? वह घोड़े पर सवार था, लेकिन जिससे भी उसने पूछा – मेरा घोड़ा कहां है? उसने सोचा, इस घोड़े की बात न होगी, क्योंकि इस घोड़े पर तो यह सवार ही है। कोई दूसरा घोड़ा होगा। उसने कहा : हमने नहीं देखा, इस रास्ते से नहीं निकला। फिर वह दूसरे रास्ते पर जाता और पूछता – घोड़ा कहां है? मेरा घोड़ा कहां है? और जो भी मिलता, वह यह सोचता – जिस घोड़े पर यह सवार है, इसकी बात ना होगी, क्योंकि इसकी बांत की ज़रूरत क्या है। और वह आदमी खोजता रहा सारी ज़मीन पर; लेकिन एक आदमी न मिला, जो उससे कहता कि घोड़ा, घोड़े पर तू सवार है। क्योंकि लोगों ने सोचा, यह तो इस घोड़े पर सवार है ही, यह तो घोड़ा इसे पता ही होगा, लेकिन वह उसी घोड़े को भूल गया था।

असल में वह शराब पी गया था और घोड़े पर सवार हो गया था।

अब घोड़ा तेज़ी से भागता था और वह पूछता था, मेरा घोड़ा कहां है। और घोड़ा उसे ले जाता था नई-नई बस्तियों में। वह पूछता था, मेरा घोड़ा कहां है और दूसरे लोग इसलिए नहीं कहते थे कि यही होगा घोड़ा, क्योंकि जिस पर तुम बैठे हो उसकी बात क्या करनी। वे दूसरे रास्ते बताते थे, उस रास्ते पर और देखो, इस रास्ते पर तो नहीं मिला।

आप धन के रास्ते पर चले जाना, पूछते कि आनन्द कहां है। लोग कहेंगे, जो धन के रास्ते पर गए हैं, वे कहेंगे कि हमें तो नहीं मिला, लेकिन दूसरे रास्ते पर चले जाओ, यश के रास्ते पर शायद वहां मिल जाए। यश के रास्ते पर जाएंगे; वहां लोग मिलेंगे, वे कहेंगे : यहां तो हमें नहीं मिला, ज्ञान के रास्ते पर चले जाओ, शायद वहां मिल जाए। और ऐसे हज़ार-हज़ार रास्ते हैं और आदमी भटकता रहता है, भटकता रहता है और हर ज़िन्दगी के बाद फिर भूल जाता है कि भटकन बहुत हो चुकी, फिर नई भटकन शुरू हो जाती है। और बार-बार वही भूल है, बार-बार वही भूल है, बार-बार वही भूल है और धीरे-धीरे हम यह भूल ही जाते हैं कि हम जिसे खोज रहे हैं, कहीं ऐसा तो नहीं है कि वह इसीलिए न मिलता हो कि हम उसी पर सवार हैं। कहीं ऐसा तो नहीं है कि हम वही हैं।

और मैं आपसे कहता हूं कि हम वही हैं, जिसकी खोज, हम जिसे मांग रहे हैं, वही हैं। हम जिसे पुकार रहे हैं, वही हैं। इसलिए हम पुकारते रहें, खोजते रहें, दौड़ते रहें हम उसे कभी नहीं पा सकेंगे। कितनी ही पुकार व्यर्थ जाएगी। कितनी ही दौड़ व्यर्थ जाएगी। उसे जो अगर पाना है, तो पहले इसे ही खोज लेना होगा जो मैं हूं'। और इस 'जो मैं हूं' की पहली खोज का बिन्दु जहां हम अभी हैं, अभी हम परमात्मा पर नहीं हैं, अभी हम राम पर नहीं हैं, अभी हम काम पर हैं, अभी सेक्स हम पर है। वहीं से चलना पड़ेगा। वहीं से खोज करनी पड़ेगी।

तो आज यह दूसरा सूत्र आपको देता हूं। अपने भीतर वह स्पन्दित बिन्दु खोजें, जहां सब केन्द्रित है। चौबीस घंटे उसका स्मरण करें, कहां है वह ! और एक दफ़ा दिखाई पड़ने लगेगा, फिर स्मरण भी नहीं करना पड़ेगा।

फिर जैसे स्त्री आती है गांव से पानी भरकर, कुएं की तरफ़ से, वह अपनी सहेलियों से बात कर रही है, वह घड़े की तरफ़ ख़याल भी नहीं करती, हाथ भी नहीं लगाती, वह घड़ा संभला रहता है। कहीं भीतर कोई चेतना संभाले हुए है। संभाले हुए है। वह घड़े को हाथ भी न लगाए हुए है। वह दूसरों से बात भी कर रही है, वह ज़ोर से गपशप करती हुई जा रही है।

आप सोचेंगे, इसने घड़े को बिल्कुल छोड़ दिया है, उसने ज़रा भी नहीं छोड़ा है, पूरी कॉन्शियसनेस, पूरा ध्यान घड़े को पकड़े हुए है। वैसे ही फिर आदमी सब करता रहता है और भीतर पूरा ध्यान उस बिन्दु को पकड़े रहता है। और उस बिन्दु को जैसे ही कोई ध्यानपूर्वक पकड़ता है, क्रान्ति शुरू हो जाती है। जैसे ही उस बिन्दु को कोई ध्यानपूर्वक पकड़ता है, उसकी ऊपर की यात्रा शुरू हो जाती है, और जैसे ही कोई उस बिन्दु की तरफ़ पीठ करता है, उसकी नीचे की तरफ़ यात्रा शुरू हो जाती है। सेक्स की नीचे की तरफ़ यात्रा होती है अन्धकार में, अज्ञान में अनअवेयर, मूर्च्छित और सेक्स की ऊपर की तरफ़ यात्रा होती है होश में, जागृति में, अवेयरनेस में।

बस यह एक बात उस बिन्दु की तरफ़ होश है या बेहोशी है। अगर बेहोशी है, तो आप नीचे-ही-नीचे भटकते चले जाएंगे और अगर होश है, तो ऊपर के पहले द्वार पर आप खड़े हो जाते हैं। आगे की और यात्रा कैसे हो सकती है, वह कल सुबह हम बात करेंगे।

एक छोटी-सी कहानी और अपनी बात मैं पूरी कर दूंगा। एक फ़कीर के आश्रम के पास से कुछ सौदागर निकलते थे। वे किसी दूर बाज़ार में अपना सामान बेचने जाते थे। रास्ते में सोचा – अपने ऊंट ठहरा लें, फ़कीर का आश्रम भी देख लें। सुबह का सूरज था, अभी-अभी किरणें फैली थीं। वे फ़कीर के आश्रम में पहुंच गए। लेकिन देखकर हैरान हुए।

फ़कीर का आश्रम तो अजीब था। लोग नाच रहे थे, लोग कूद रहे थे, लोग हंस रहे थे। कोई वीणा बजा रहा था। उनमें से कुछ ने कहा, यह कैसा आश्रम है, यह कैसी साधना है, ये लोग क्या कर रहे हैं? कुछ ने

कहा कि ऐसा आश्रम तो हमने कभी भी नहीं देखा। चलो वापस लौट चलें, यह तो धोखा है। यहां आमोद-प्रमोद यह राग-रंग, लेकिन वह फ़कीर कुछ ना बोला, हंसता रहा। उसके शिष्य नाचते रहे, वे सौदागर चले गए।

फिर वर्ष-भर बाद वापस लौटते थे वे सौदागर। उन्होंने सोचा कि चलो अब फिर उस आश्रम पर नज़र डालते हुए चलें कि वहां क्या हाल है। आश्रम के पास आए तो वहां बहुत सन्नाटा था। झांककर भीतर देखा तो सारे लोग जिनको नाचते पाते थे, वे आंखें बन्द किए वृक्षों के नीचे जाने कहां खोए हुए थे। उनमें से कुछ ने कहा कि अब कुछ ठीक हुआ, यह कुछ बात समझ में आती है। यह कुछ अच्छा मालूम होता है, वह फ़कीर फिर हंसने लगा। फिर भी कुछ न बोला, वे सौदागर चले गए।

फिर तीसरे वर्ष वे फिर व्यापार के लिए निकले हैं। उन्होंने सोचा कि चलो, उस आश्रम को भी देखते चलें। वहां वे गए। पहली बार आए तो नाच-रंग था, दूसरी बार आए तो लोग बिल्कुल मौन बैठे थे, इस बार गए तो वहां घनघोर सन्नाटा था। अन्दर झांककर देखा तो वहां कोई भी न था। सिर्फ़ गुरु एक झाड़ के नीचे चुपचाप बैठा था। उन्होंने कहा कि अरे, वे सारे शिष्य कहां गए?

उस गुरु ने कहा कि अब तुम्हें मैं कह दूं। तुमने बार-बार पूछा, मैं चुप रह गया, क्योंकि राह चलने वाले लोगों को सब बातें बतानी सम्भव नहीं हैं और सब बातें बताने से उनका हित भी नहीं होता और फिर जो राह चलते कुछ भी कह जाता है, वह बहुत बुद्धिमानी का लक्षण भी नहीं देता। फिर भी अब तुम आ गए हो, फिर तीसरी बार, तो मैं तुम्हें कहता हूं। पहली बार मेरे शिष्य वहां थे, जहां सारे मनुष्य हैं और वहीं से यात्रा शुरू हो सकती है, जहां हम हैं। तो मैं उन्हें अगर गम्भीर बनाकर बिठा देता तो वह गम्भीरता झूठी होती, जैसी कि अक्सर गम्भीर लोगों की गम्भीरता झूठी होती है। भीतर तो वही आदमी बैठा रहता है, वही नाचने-कूदने वाला। ऊपर से वह लौंग-फ़ेसेस, चेहरे लम्बे बनाए बैठे हैं और भीतर, भीतर वही उछल-कूद चल रही है। उसने कहा कि नहीं मैं तो यात्रा वहां से करवा सकता हूं, जहां आदमी है। वे शिष्य आए थे, वे यहीं थे, इस आमोद-प्रमोद

की दुनिया में ही थे। यहीं से शुरू करना ज़रूरी था। मैंने उन्हें पहले नाचने-गाने के बीच सजग होना सिखाया कि नाचो और गाओ और अपने भीतर सजग हो जाओ कि कौन से बिन्दु पर तुम्हारे जीवन का स्पन्दन है।

उन्होंने कहा, अच्छा हम तो यह समझे थे कि यह क्या हुल्लड़ मचा हुआ है, यह कैसा आश्रम है, यह कैसा गुरु है!

वह फ़कीर हंसने लगा, उसने कहा कि इतनी जल्दी निर्णय सिर्फ़ नासमझ लेते हैं। सच तो यह है कि समझदार दूसरे के बाबत निर्णय ही नहीं लेते। अपने ही बाबत निर्णय लेते हैं। फिर भी, उन्होंने कहा कि दूसरी बार हम आए तो क्या हो गया था। उस गुरु ने कहा कि उन्होंने अपने बिन्दु को पहचान लिया था और वह बिन्दु इतना रस देने लगा था कि अब नाचना बेमानी हो गया था। अब वह बिन्दु इतना संगीत देने लगा कि बाहर का संगीत...वीणा तोड़ दी, छोड़ दी। अब वे भीतर इतने आनन्द में चले गए कि उन्होंने कहा कि हम बाहर चुप होना चाहते हैं। कन्वर्ज़न हो गया। हमने कहा : तो अब तुम चुप होना चाहते हो, तो हो जाओ। फिर वे चुप हो गए। जब तुम दूसरी बार निकले थे, तब वे दूसरी हालत में थे।

उन लोगों ने पूछा कि अब वे कहां हैं?

तो उस गुरु ने कहा : बात पूरी हो गई। अब वे वहां पहुंच गए, जहां पहुंचने के बाद फिर कोई आगे यात्रा नहीं रह जाती। मैंने उन्हें विदा कर दिया। अब वे जा चुके हैं। अब मैं यहां अकेला हूं। अब मैं फिर प्रतीक्षा कर रहा हूं उन लोगों की, जो नाचते हुए आएं, ताकि मैं उनको शरीर के नाच से अन्ततः वहां पहुंचा दूं, जहां परमात्मा का नाच है। लेकिन सब यात्रा वहां से होती है, जहां हम हैं।

और हम सब जहां हैं, उसको छुपाना चाहते हैं और जहां नहीं हैं, उसको मानना चाहते हैं। फिर कठिनाई शुरू हो जाती है। और सारी मनुष्य-जाति इस कठिनाई में पड़ी है कि मनुष्य पशु है और मनुष्य अपने को परमात्मा समझ रहा है।

मनुष्य परमात्मा हो सकता है। ध्यान रहे, हो सकता है, है नहीं। और

जो मान लेगा कि हूं ही, उसकी यात्रा यहीं टूट गई। मनुष्य पशु है, पशु मान लेने में कष्ट होता है। लेकिन जो सत्य है, उसे मान लेने में कष्ट नहीं होना चाहिए। हम पशु के बिन्दु पर खड़े हैं। वहां से यात्रा करनी है और वहां तक पहुंचाना है, जहां परमात्मा है। यह यात्रा कैसे हो सकती है, इसके तीसरे चरण पर कल सन्ध्या आपसे बात करूंगा।

मेरी बातों को इतने प्रेम और शान्ति से सुना, उससे बहुत अनुगृहीत हूं। और अन्त में सबके भीतर बैठे परमात्मा को प्रणाम करता हूं। मेरे प्रणाम स्वीकार करें।

तीसरा सूत्र

जीवन ऊर्जा का रूपान्तरण

मेरे प्रिय आत्मन!

मैंने सुना है, एक माली वृद्ध हो गया था। कितना वृद्ध हो गया था, यह उसे ख़ुद भी पता नहीं था, क्योंकि ज़िन्दगी-भर जो बीजों को फूल बनाने में लगा रहा हो, उसे अपनी उम्र नापने का मौका नहीं मिलता है।

उम्र का पता सिर्फ़ उन्हें चलता है, जो सिर्फ़ उम्र गिनते हैं और कुछ भी नहीं करते हैं। और मैंने सुना है कि मौत कई बार उस माली के पास आकर वापस लौट गई थी, क्योंकि जब भी मौत आई थी, वह अपने काम में इतना लीन था कि उसके काम को तोड़ देने की हिम्मत मौत भी नहीं जुटा पाई।

ज़िन्दगी को तोड़ देने की हिम्मत जुटाना तो बहुत आसान है। किसी सृजन हो रहे काम को बीच में तोड़ देने की हिम्मत जुटाना बहुत मुश्किल है।

वह बहुत बूढ़ा हो गया था। उसने पौधों की ज़िन्दगी के सम्बन्ध में बहुत राज़ जान लिये थे। उसने नए फूल पैदा किए थे। उसने ऐसे फूल पैदा किए थे, जो वर्षों टिकते। उसने पौधों को संभालने, ताज़ा करने, ज़िन्दा करने, लम्बे वर्षों तक जीवित रखने की बहुत-सी रासायनिक विद्याएं खोज ली थीं।

मृत्यु के पहले उसने अपने जवान बेटों को बहुत समझाने की कोशिश की, कि बता दे कौन-सा फूल किस काम आता है। और यह भी बता दे कि सभी रंगीन फूल सार्थक नहीं होते। और यह भी बता दे कि बहुत चमकने वाले पौधे सभी उपयोगी नहीं होते। और ये भी बता दे कि कांटों में भी बहुत-से जीवन के रहस्य छुपे हुए हैं, फूलों में ही नहीं। और यह भी बता दे कि जल्दी खिल जाने वाले फूलों पर ही मत रुके रह जाना, क्योंकि जो जल्दी खिलते हैं, वे जल्दी मुरझा भी जाते हैं। बहुत देर तक, मुश्किल से खिलने वाले फूल भी हैं। और यह भी बता दे कि इन पौधों में वे औषधियां भी हैं, जो जीवन को अमृत बना सकती हैं – सारी बातें जवान बेटों को बताने की कोशिश की। कब किस पौधे में खाद देना है, कब मत देना, कब कम पानी देना, कब ज़्यादा पानी देना, किस मौसम में रक्षा करना, किस मौसम में फ़िक्र मत करना। लेकिन बेटे नहीं समझे।

बेटे कभी भी नहीं समझते हैं। बूढ़ों की भाषा अगर बेटे समझ जाएं, तो दुनिया बहुत बेहतर हो सकती थी। लेकिन बेटों को बूढ़ों की भाषा ना कभी समझ में आई है और ना आज ही आ रही है, और ना ही आगे बहुत उम्मीद बंधती है कि समझ में आ सकती है।

अनुभव की भाषा ग़ैर-अनुभव को समझ में आए भी तो कैसे आए! जो जानते हैं, उनकी भाषा उनकी समझ में आए भी तो कैसे आए, जो नहीं जानते हैं! जो अंधेरे में हों, उन्हें रोशनी की भाषा कैसे समझ में आ सकती है! और जो अभी ज़िन्दगी की धारा में हों, उन्हें मौत के क़रीब पहुंचने वाले लोगों को जो सत्य दिखाई पड़ते हैं, वे उनकी समझ के बाहर होते हैं।

बेटों ने अनसुनी कर दी। बेटे समझते थे, फूल ऐसे ही खिल जाते हैं। सभी नासमझ यही समझते हैं। फूल ऐसे ही नहीं खिल जाते। पीछे श्रम है, पीछे संकल्प है, पीछे साधना है।

बाप बीमार पड़ गया है। वह अपने मकान में, झोंपड़े में बन्द है। वह खिड़की से झांककर देखता है फूलों को मुरझाते हुए, पौधों को मरते हुए। उसके बेटे कभी पानी भी डालते हैं, लेकिन जब पानी नहीं डालना

होता है, तब डाल देते हैं। और जिन पौधों की हिफ़ाज़त करनी है, उनकी उन्होंने फ़िक्र छोड़ दी है। और जिन पौधों में कुछ भी नहीं है, सिर्फ़ चमकते हुए रंगीन फूल लग जाते हैं। वे उन्हीं पौधों पर मरे जा रहे हैं। वह बहुत उन्हें समझाने की कोशिश करता है। लेकिन बेटे इनकार करते हैं और आकर उससे कहते हैं – अब तुम चुप रहो। अब तुम्हारी बातें हमें प्रीतिकर नहीं मालूम पड़तीं। हम जो कर सकते हैं, कर रहे हैं। जो प्रीतिकर लगता है, वह हो रहा है।

वह बूढ़ा उन पौधों को मरते देखता है, जिन्हें अपना जीवन सींचकर उसने बड़ा किया था, उन फूलों को कुम्हलाते देखता है, और उन पौधों को बढ़ते देखता है, घास-पात को, जिनका कोई उपयोग नहीं है, कोई अर्थ नहीं है।

उस बूढ़े की जो हालत होगी, अगर परमात्मा कहीं भी है, तो आदमी की बग़िया को देखकर उसकी वही हालत हो रही होगी। आदमी की ज़िन्दगी में जो महत्त्वपूर्ण है, उसे खोया जाता देखा जाता है। जो गैर-महत्त्वपूर्ण है, वह ज़ोर से बढ़ता दिखाई पड़ता है। जो पौधे बिल्कुल व्यर्थ हैं, उन्होंने बहुत बड़ी-बड़ी ज़मीन घेर ली है, और जो सार्थक हैं, वे खोते गए हैं, सिकुड़ते गए हैं, जंगल में दब गए हैं और मर गए हैं।

आदमी के साथ क्या किया जाए कि जीवन के फूलों को खिलाने का रहस्य उसे फिर से स्पष्ट हो सके। दो सूत्रों के सम्बन्ध में मैंने दो दिनों में बात की है, आज तीसरे सूत्र के सम्बन्ध में बात करना चाहता हूं।

पहले दिन मैंने कहा – एक शाश्वत जिज्ञासा चाहिए। एक ना मरने वाली खोज चाहिए। एक ऐसी आकांक्षा चाहिए, जो वहां ना ठहरने दे, जहां हम ठहर गए हैं। अज्ञात की तरफ़ उठाती रहे, अनन्त की तरफ़ बुलाती रहे। दूर जो नहीं दिखाई पड़ता है, वह भी आकर्षण बना रहे। जो नहीं पाया गया है, जो हाथ से बहुत दूर है, वे उत्तुंग शिखर भी आत्मा को निमन्त्रण देते रहें और हमारे पैरों की तरफ़ बढ़ते रहें।

ऐसी एक खोज जीवन में चाहिए। जिसके जीवन में खोज नहीं है, वह एक मरा हुआ डबरा है, जो सड़ेगा, नष्ट होगा, लेकिन सागर तक नहीं

पहुंच सकता। सागर तक तो केवल वे सरिताएं ही पहुंचती हैं, जो रोज़ अनजान रास्तों से खोजती-ही-खोजती अनजान, अपरिचित सागर को तलाशती-ही-तलाशती चली जाती हैं। एक दिन वे वहां पहुंच जाती हैं, जहां पहुंचने पर सागर मिल जाता है। जहां पहुंचने पर वह मिल जाता है, जिसके मिल जाने के बाद और कुछ मिल जाने की कामना नहीं रह जाती।

जीवन एक सरिता की भांति जिज्ञासा की खोज होनी चाहिए – यह पहले सूत्र में मैंने कहा। दूसरे सूत्र में मैंने कहा कि यह खोज का केन्द्र कहां हो। यह खोज कहां केन्द्रित हो। हमारे इस व्यक्तित्व में वह कहां है जगह, जहां ऊर्जा छिपी है, जहां शक्ति छिपी है, जहां वह आग छिपी है, जिसको हम जगाएं और दीया बनाएं। जहां वे स्रोत छिपे हैं शक्तियों के, जिन्हें हम उठाएं और ऊपर की ओर ले जाएं। अगर हम ना उठाएं शक्तियों को ऊपर की तरफ़, तो भी शक्तियां बहेंगी, लेकिन तब वे नीचे की तरफ़ बहेंगी।

नीचे की तरफ़ बहाव प्रकृति का नियम है। और जो आदमी कुछ भी नहीं करेगा, वह भी नीचे की तरफ़ बहेगा। ऊपर की तरफ़ उठना प्रकृति के ऊपर उठना है, परमात्मा की तरफ़ उठना है। वह नियम से नहीं होता, नियम को तोड़ने से, नियम के प्रतिकूल जाने से होता है। वह नियम से उलटे जाने से होता है।

दूसरे सूत्र में मैंने कहा – कहां, किस केन्द्र पर, काम के केन्द्र पर हमारी ऊर्जा इकट्ठी है वह नीचे बहेगी और बह जाएगी, अगर हम उसे ऊपर ले जाने में समर्थ नहीं होते। लेकिन हम समर्थ हो सकते हैं। यदि हम उस स्पन्दन के केन्द्र का ध्यान करें, मेडिटेट करें और हमारी चेतना को ले जाएं उस केन्द्र पर और खोजें कि कहां है वह जगह, जहां जीवन हमारे भीतर कुंडली मारकर बैठा हुआ है। जहां जीवन में शक्ति हमारे भीतर छिपी है। अगर हम वहां निरीक्षण को, आंख को, बोध को ले जाएं, तो वह शक्ति जाग जाएगी, उठना शुरू हो जाएगी। लेकिन उसके उठने के लिए एक रासायनिक बात समझ लेनी ज़रूरी है, वह आज तीसरे सूत्र में समझाना चाहता हूं।

ज़िन्दगी एक बहुत बड़ा रासायनिक रहस्य है। एक बहुत बड़ी केमिकल मिस्ट्री है। और जो लोग जीवन के रसायन को नहीं समझ पाते, वे लोग जीवन की क्रान्ति को भी उपलब्ध नहीं हो सकते। जीवन बहुत छोटे-छोटे तत्त्वों से मिलकर बना है। और हम जो हैं, वह हमारे चारों तरफ़ से अनन्त से आए हुए तत्त्व हमें जोड़कर बना रहे हैं। और हम जिस भांति व्यवहार कर रहे हैं, उस व्यवहार करने में, जिन तत्त्वों ने हमें जोड़ा है, उनका हाथ है। अगर बदलाहट की जा सके इस रसायन में, तो दूसरे तरह की यात्रा शुरू हो सकती है। साधारणतः लोहा समुद्र में डूब जाता है, लेकिन थोड़ी-सी डिवाइस, थोड़ी-सी तरक़ीब से लोहा नाव बन जाता है। और सागर को पार करा देता है।

कोई चीज़ हवा से भारी हवा में नहीं उठ सकती। इसलिए हज़ारों साल तक आदमी ने चाहा कि उठे लेकिन सपना देखा, उठ नहीं सका। पुष्पक विमानों की कहानियां लिखीं, किताबों में सपने देखे, लेकिन उठ नहीं सका, क्योंकि हवा से भारी चीज़ कैसे ऊपर उठे। लेकिन फिर थोड़ी-सी तरक़ीब और हवा से बहुत भारी चीज़ें ऊपर उठने लगीं और गति करने लगीं।

मनुष्य का व्यक्तित्व भी एक रासायनिक पुंज है और रासायनिक पुंज के साथ वही हालत है, जैसे अगर कोई कहे कि एक पौधे को हम पानी न दें, तो हर्ज क्या है; थोड़ा-सा पानी नहीं मिलेगा; तो क्या हर्ज है, लेकिन हमें पता है कि बड़े-से-बड़ा दरख़्त भी थोड़े-से पानी के न मिलने पर मर जाएगा। अगर हम कहें कि थोड़ी-सी खाद न दी पौधे में, तो हर्ज क्या है। खाद की दुर्गन्ध डालने से फायदा भी क्या है, लेकिन हमें पता नहीं है, वह खाद की दुर्गन्ध ही पौधों की नसों से जाकर फूलों की सुगन्ध बनती है। अगर खाद नहीं डाली गई तो फूल भी नहीं आएं।

मनुष्य के शरीर के साथ, मनुष्य के शरीर-वृक्ष के साथ बहुत नासमझी हो रही है, जिनका हिसाब लगाना मुश्किल है। आदमी खाता ग़लत है, आदमी पहनता ग़लत है, आदमी उठता ग़लत है, आदमी सोता ग़लत है, आदमी का सब-कुछ ग़लत है, इसलिए आदमी का उर्ध्वगमन नहीं हो सकता है। यह ऐसा ही है, जैसे दीये को हमने उलटा कर दिया हो, उसका सब तेल

बह गया हो। अब उलटे दीये में, बह गए तेल में हम बाती जलाने की कोशिश कर रहे हों और वह ना जलती हो। और कोई हमसे आकर कहे कि पहले दीये को सीधा करो।

आदमी बिल्कुल उलटा है, इसलिए नीचे की तरफ़ सारी गति होती है, ऊपर की कोई ज्योति नहीं जलती। इन थोड़ी-सी मनुष्य की रासायनिक उलटी स्थिति को समझ लेना ज़रूरी है। कुछ थोड़ी-सी बातें जिनसे कि इशारा मिल सके। शायद कभी ख़याल में भी नहीं आया होगा। सारी पृथ्वी पर, सारे जगत में कोई भी पशु मां का दूध तो पीता है, लेकिन इसके बाद दूध कभी नहीं पीता, सिर्फ़ आदमी को छोड़कर।

प्रकृति की व्यवस्था में आदमी अकेला है, मां का दूध छोड़ देने के बाद भी दूध पिए चला जाता है। और हम कभी सोचते भी नहीं कि कुछ उपद्रव तो नहीं हो रहा है। और भी मजे की बात है कि मां का दूध छोड़ देने के बाद आदमी, आदमी का दूध तो नहीं पीता, जानवरों का दूध पिए चला जाता है। और ध्यान रहे, जब तक आदमी एनिमल फ़ूड पर, जानवर के दूध पर ज़िन्दा है, तब तक आदमी सेक्सुअलिटी से ऊपर नहीं उठ सकता, कामुकता से ऊपर नहीं उठ सकता।

यह आपको शायद कल्पना में भी नहीं होगा कि गाय का जो दूध है, वह सांड के शरीर जैसी सेक्सुअलिटी पैदा करने की ताक़त रखता है। वह जो गाय का दूध है, वह एक सांड के शरीर में दौड़ने की ताक़त रखता है। वह उसके लिए बना है और सांड के व्यक्तित्व में जितनी कामुकता है, गाय का दूध पीने वाले मनुष्य में उतनी ही कामुकता पैदा हो जाए, तो आश्चर्य नहीं है।

भैंस का दूध है या और कोई भी दूध है। दूध को हम समझते हैं कि सबसे ज़्यादा सात्त्विक आहार। दूध सात्त्विक बन सकता है, लेकिन जब भीतर की कामुकता, जैसे मैंने कल के सूत्र में कहा, ऊपर की तरफ़ बढ़नी शुरू हो जाए, फिर दूध कोई नुक़ सान नहीं पहुंचाता।

लेकिन जब तक सेक्स एनर्जी, जब तक वीर्य ओज ऊपर की तरफ़

गतिमान नहीं हुआ है, तब तक दूध वीर्य को नीचे की तरफ़ बहाने का अनिवार्य रास्ता बन गया है। सच तो यह है कि मां के स्तन को छोड़ देने के बाद किसी को दूध की कोई ज़रूरत नहीं है।

हम सोचते हैं, मांस खाना बुरा है; हम सोचते हैं; पशुओं को मारना बुरा है; अंडे खाना बुरा है, लेकिन हम कभी भी नहीं सोचते, दूध क्या है। दूध ख़ून का हिस्सा है। मां के पेट में, किसी भी मादा के पेट में ख़ून को दो हिस्सों में करने की विधि है। ख़ून में दो हिस्से होते हैं। लाल और सफ़ेद। लाल कणों को मादा का यन्त्र अलग कर देता है, सफ़ेद कणों को अलग। सफ़ेद कण दूध बन जाते हैं, इसलिए तो दूध पीने से जल्दी ख़ून बढ़ जाता है, दूध ख़ून है।

लेकिन और भी कठिन बात है, यह हम ख़याल भी नहीं करते हैं कि जिस पशु का दूध है, वह उस पशु के व्यक्तित्व के योग्य है। गाय का दूध गाय के बेटे के योग्य है और गाय के बेटे आप नहीं हैं, चाहे शंकराचार्य कितना ही कहें। गाय के बेटे बैल ही हैं और बैल को भी दूध सारे जीवन ज़रूरी नहीं है।

क्या आपके ख़याल में है कि जब तक बच्चे छोटे हैं और कामुक रूप से परिपक्व नहीं हो गए हैं, तब तक तो दूध किसी तरह उपयोगी हो सकता है, लेकिन जैसे ही सेक्स मेच्योरिटी पूरी हुई, जैसे ही एक व्यक्ति काम के यौन की दृष्टि से प्रौढ़ हुआ, उसके बाद दूध बहुत खतरनाक है। और सारी मनुष्यता दूध से परेशान और पीड़ित है। यह दूध जिन जानवरों से आता है, उन्हीं तरह की जानवरों की वृत्तियों को मनुष्य के भीतर पैदा करता है।

यह भी ध्यान रहे, दूध अत्यन्त अस्वाभाविक आहार है। बस मां का दूध बच्चे के लिए जब तक प्रकृति की ज़रूरत है तब तक, उसके बाद अत्यन्त अननेचुरल फूड है। और इस अस्वाभाविक आहार से मनुष्य के व्यक्तित्व का पूरा रासायनिक उपद्रव हो गया है। इसलिए दुनिया में पशुओं के भीतर भी काम है, लेकिन कामुकता नहीं है। सेक्स है, सेक्सुअलिटी नहीं है। सेक्सुअलिटी सिर्फ़ आदमी में है।

पशुओं के भीतर काम तो है, वे बच्चे तो पैदा करते हैं, और काम से प्रभावित भी होते हैं। लेकिन ना तो काम के आधार को लेकर दिन-रात सोचते हैं, न फ़िल्में बनाते हैं, न संगीत रचते हैं, न साहित्य बनाते हैं, न कविता रचते हैं, इसके बाद वे कोई फ़िक्र नहीं करते।

आदमी चौबीस घंटे में जितना काम करता है, उसमें अट्ठानबे प्रतिशत किसी-न-किसी रूप से काम-केन्द्रित होता है। वह दो प्रतिशत भी और बहुत गहरे खोजेंगे, तो इसी काम-वासना से सम्बन्धित मिल जाएगा। आदमी को क्या हो गया! आदमी विक्षिप्त हो गया है और आदमी की विक्षिप्तता में उसके व्यक्तित्व का पूरा-का-पूरा रासायनिक विघटन हो गया है।

हमने मांसाहार के लिए मना किया है। लोग सोचते हैं कि शायद महावीर या बुद्ध जैसे लोगों ने मांसाहार के लिए इसलिए मना किया होगा कि मांसाहार में हिंसा होती है। तो उन्हें सच्ची बात का पता नहीं है। महावीर और बुद्ध ने हिंसा के कारण मांसाहार के लिए इन्कार नहीं किया है। और जो लोग ऐसा समझ रहे हैं और इस तरह का प्रचार कर रहे हैं, वह प्रचार एक़दम नासमझी से भरा हुआ है। उन्हें महावीर और बुद्ध के आन्तरिक विज्ञान का कोई भी पता नहीं है।

महावीर और बुद्ध मांसाहार से सिर्फ़ इसलिए इनकार कर रहे हैं कि जिस जानवर का मांस है, उस मांसाहार के करने के बाद उस जानवर की प्रवृत्तियां उस मनुष्य में प्रविष्ट होती हैं। और वह मनुष्य उसी तल का हो जाता है, जिस जानवर का मांस खाता है। सवाल महत्त्वपूर्ण यह नहीं है कि जानवर की हिंसा पैदा हो गई है। बहुत महत्त्वपूर्ण यह है कि मांस खाने वाला अपनी आत्मा को नीचे की तरफ़ ले जाता है, ऊपर की तरफ़ नहीं।

यह मैंने अभी मज़ाक़ में कहा कि चाहे कितना ही 'गऊ माता' कहे कोई, गऊ माता कहने से आदमी गऊ का बेटा नहीं हो जाता, लेकिन इस सम्बन्ध में थोड़ी-सी बात और भी जान लेनी ज़रूरी है और वह यह कि एक अर्थ में गऊ माता है, लेकिन उन अर्थों में नहीं जिन अर्थों में हिन्दुस्तान के नासमझ गऊ भक्त गऊ माता की चर्चा कर रहे हैं। वे समझाते हैं कि

चूंकि गऊ से दूध मिलता है, इसलिए वह मां है। वे समझाते हैं कि गऊ से बछड़े मिलते हैं, खेती-बाड़ी होती है, इसलिए मां है। ये सब बेमानी बातें हैं। उन्हें कुछ पता नहीं है। गऊ माता और दूसरे ही अर्थों में है।

डॉर्विन ने जिस अर्थ में बन्दर को पिता कहा है, गऊ उस अर्थ में मां है। डॉर्विन और पश्चिम का पूरा विज्ञान यह खोज कर रहा था कि आदमी का शरीर कहां से आया है। आदमी की 'बॉडिली हैरिडिटी' क्या है, आदमी का शरीर कैसे विकसित हुआ है? तो शरीर के विकास को खोजते-खोजते उनको पता चला कि आदमी का शरीर बन्दर के शरीर की कड़ी के बाद की कड़ी है। आदमी का शरीर बन्दर से आया है। यह बिल्कुल सच है कि आदमी का शरीर बन्दर से आया है।

लेकिन हिन्दुस्तान में कभी किसी को यह बात नहीं सूझी कि आदमी का शरीर बन्दर से आया है और हिन्दुस्तान में मनुष्य के विकास पर हज़ारों वर्षों से लोग सोच रहे हैं – क्या कारण है। एक कारण है; और वह यह कि हिन्दुस्तान ने बॉडिली हैरिडिटी की कोई फ़िक्र ही नहीं की। हिन्दुस्तान कहता है कि शरीर कहां से आया है, यह महत्त्वपूर्ण नहीं है, महत्त्वपूर्ण यह है कि आत्मा कहां से आई है और हिन्दुस्तान के खोजी जब आत्मा की खोज में गए, तो उन्होंने पाया कि आत्मा की, आदमी की आत्मा की पहली कडी गाय से आई है। आदमी की आत्मा का विकास तो गाय की परम्परा से हुआ है। आदमी के शरीर का विकास बन्दर की परम्परा से हुआ है। और आदमी के पास बन्दर का शरीर है और गाय की आत्मा।

जैसे एक लोहार लोहे की कुल्हाड़ी और एक बढ़ई उसके लिए एक डंडा बनाए और दोनों मिलकर कुल्हाड़ी बन जाए। एक तरफ़ से प्रकृति शरीर को विकसित करती आ रही है बन्दर की तरफ़ से। और बन्दर की यात्रा में सबसे श्रेष्ठ शरीर विकसित हो सका है और एक तरफ़ से आत्मा का विकास चल रहा है और गाय की आत्मा की यात्रा में सबसे श्रेष्ठ आत्मा विकसित हो सकी है और इन दोनों के मिलन से आदमी विकसित हुआ है। आदमी बहुत-सी विकास की यात्राओं का संगम-स्थल है। शरीर कहीं और से आया है, आत्मा कहीं और से आई है। इसलिए हिन्दुस्तान ने बन्दर

की कोई फ़िक्र नहीं की और पश्चिम गाय की अभी बहुत वर्षों तक फ़िक्र नहीं कर पाएगा। उसे पता नहीं चल सकता कि आत्मा का भी एक जीनिसिस, आत्मा का भी एक शृंखलाबद्ध इतिहास है। इन अर्थों में गऊ माता हैं, इन अर्थों में नहीं कि आप सदैव उसका दूध पीते रहें।

अपनी माता का भी सदा दूध पीने की चेष्टा करेंगे, तो माता भी अदालत में मुक़दमा चला देगी। दूध मनुष्य के व्यक्तित्व को कामुक बनाने में केन्द्रीय तत्त्व है और अगर मनुष्य के भोजन से, दूध से, मुक्ति नहीं मिलती, तो बहुत ख़तरा है। हां, यह मैं जानता हूं कि अगर वीर्य की ऊर्जा का ऊर्ध्वगमन शुरू हो जाए, तो दूध का उपयोग किया जा सकता है। इसलिए ऋषियों, मुनियों और योगियों ने अगर दूध को परम आहार कहा हो, तो ग़लत नहीं कहा है। लेकिन वह उस यात्रा के प्रारम्भ हो जाने के बाद, उस यात्रा के प्रारम्भ होने के पहले नहीं।

मनुष्य के रासायनिक व्यक्तित्व में फलों, सब्ज़ियों का ही मौलिक स्थान है। क्यों? क्योंकि फल, सब्जी, हरी चीज़ें – ये सेक्स के पैदा होने के पहले विकास की अवस्थाएं हैं। फलों का, सब्ज़ियों का पैदा होना सेक्सुअल प्रोडक्शन नहीं है। वह कामुक उत्पत्ति नहीं है। जैसे ही पशुओं की दुनिया शुरू होती है, कामुक उत्पत्ति शुरू हो जाती है। इसलिए पशुओं का मांस या दूध सब बराबर है, सब एनिमल फ़ूड है। वह कोई भी मनुष्य की चेतना को ऊपर ले जाने में बाधा बनता है।

आप क्या खाते हैं, उससे आप बनते हैं, उससे आप निर्मित होते हैं। आप नब्बे प्रतिशत तो भोजन हैं। आपने जो ले लिया है, आपके भीतर वही काम कर रहा है। थोड़ी देर शराब पीकर देखें, तो आपको पता चलेगा कि जितनी देर शराब काम कर रही है, उतनी देर आप नहीं हैं, उतनी देर शराब है।

मैंने सुना है, एक सम्राट की सवारी निकलती थी एक रास्ते पर। एक आदमी चौराहे पर खड़े होकर गालियां देने लगा। सारे लोग फूल फेंक रहे थे, वह गालियां फेंकने लगा। उसे उसी क्षण पकड़कर बन्द कर दिया गया।

दूसरे दिन उसे सम्राट के सामने लाया गया। और सम्राट ने पूछा : क्या हो गया तुम्हें, गालियां क्यों बक रहे थे कल। उसने कहा : महाराज अगर ठीक पूछें, तो मैं तो था ही नहीं, शराब थी। मैं तो, मुझे पता ही नहीं। गालियां बकी होंगी, शराब ने बकी होंगी।

हम तो थे ही नहीं। हम तो जब से होश में आए हैं, तब से हम परेशान हैं कि ये क्या मामला है। हम कारागृह में बन्द क्यों हैं? हमें पता है उस समय का, जब हम शराब पिए थे मधुशाला में और होश आया तो पता चला, सींखचों में बन्द हैं हम। इस बीच क्या हुआ इसका हमें कोई पता नहीं, अगर इसके सम्बन्ध में पूछना हो तो शराब से आप पूछ ले सकते हैं। बीच में हम नहीं थे। थोड़ी देर शराब पीकर आप, आप नहीं रह जाते। शराब सक्रिय हो जाती है।

हम जो ले रहे हैं अपने भीतर, जो हम आहार ले रहे हैं, वह हमारी, सारे व्यक्तित्व की, ज्योति को ऊपर या नीचे ले जाने का कारण बनता है। लेकिन हमें इसका कोई ख़याल ही नहीं। या जो इसकी बहुत बातें करते हैं, वे इतनी नासमझी की बातें करते हैं कि उनकी बातें सुनना भी कठिन मालूम पड़ता है।

धीरे-धीरे एक बहुत बड़ा विज्ञान, जो मनुष्य की चेतना को एक रासायनिक सहारा दे, केमिकल डिवाइस बने। सहारा दे कि उसकी चेतना ऊपर उठे। क्योंकि ध्यान रहे कि मनुष्य क्या है, नब्बे प्रतिशत रसायन है और अभी तो निन्यानबे प्रतिशत रसायन है। वह आत्मा तो एक ही प्रतिशत है अभी मुश्किल से। हां, वह सौ प्रतिशत किसी दिन हो सकती है। लेकिन अभी है नहीं और उस पर ध्यान रखना पड़ेगा। और अत्यन्त छोटी बातों पर ध्यान रखना पड़ेगा।

तो पहली बात सब्ज़ियों, फलों की दुनिया से आया हुआ भोजन मनुष्य की चेतना को ऊपर उठाने वाला होता है। जानवरों से आया हुआ भोजन मनुष्य की चेतना को नीचे ले जाने वाला होता है। और इसलिए प्रकृति ने बड़ी अद्‌भुत व्यवस्था की है। क्या आपको पता है, मां के पेट में एक बच्च्चा होता है। हालांकि हम यही कहते हैं कि मेरी नसों में मेरे मां-बाप

का ख़ून दौड़ रहा है। यह सरासर झूठ है। किसी की नसों में किसी के मां-बाप का ख़ून नहीं दौड़ता है। प्रकृति ने एक अद्भुत व्यवस्था की हुई है। मां के पेट में जो बच्चा होता है, उसमें मां का ख़ून नहीं जाता। पेट में बच्चे तक ख़ून पहुंचने के पहले डिसइंटिग्रेट होता है। मां का पूरा-का-पूरा ख़ून अपने मौलिक तत्त्वों में टूट जाता है। फिर उन मौलिक तत्त्वों को बच्चा फिर से चुनाव करता है, फिर नया ख़ून निर्माण करता है।

इसलिए यह हो सकता है कि मां को ख़ून की ज़रूरत हो और बेटे का ख़ून काम न आए। अगर मां का ख़ून बेटे में दौड़ रहा हो, तो मां को ख़ून की ज़रूरत है, निकालो बेटे का ख़ून और लगा दो। नहीं, खोजबीन करनी पड़ेगी कि किसका ख़ून इससे मेल खाता है। बेटे का मेल खाए यह ज़रूरी नहीं है। क्यों?

बेटे ने अपना ख़ून निर्मित किया है। प्रकृति ने व्यवस्था की है कि तुम अपना निर्मित करो, ताकि तुम मुक्त हो सको। और अगर हम दूसरे से निर्मित ख़ून या मांस को ग्रहण कर लें, तो हम कभी मुक्त नहीं हो सकते। हमारा व्यक्तित्व उस दूसरे के जैसा बनना शुरू हो जाएगा। इसलिए प्रकृति ने तो इतना अद्भुत इन्तज़ाम किया है कि तुम्हारी मां का व्यक्तित्व भी तुम पर हावी न हो जाए। इसलिए ख़ून को तोड़कर फिर से पुनर्निर्मित करना होता है।

किसी के ख़ून में मां और बाप का ख़ून नहीं दौड़ रहा है, यह ध्यान रखना। अपना ही ख़ून दौड़ रहा है। और एक-एक आदमी का ख़ून अपने-अपने ढंग का है। सबका ख़ून एक जैसा नहीं है।

अगर मेरे पैर पर चोट आ जाए और मेरे पैर का ऑपरेशन करना पड़े, तो आपके पैर की चमड़ी को निकालकर उसी जगह लगाए, तो वह नहीं लगेगी। बड़ी मुश्किल बात है, चमड़ी को क्या पता है कि किसकी है। आपकी चमड़ी है, उसी पैर से, उसी जगह से निकाली गई जहां मेरे पैर में चोट है, उसको काटकर लगा दें, वह नहीं जुड़ेगी, वह इनकार कर देगी। यह पूरा शरीर ही इनकार कर देगा कि इसे हम स्वीकार नहीं करते। क्यों?

चमड़ी को क्या पता हो सकता है कि चमड़ी किसकी है। क्या चमड़ी की भी कोई इंडिविजुएलिटी है, कोई व्यक्तित्व है। निश्चित है, आपके ही दूसरे पैर की चमड़ी निकालकर लगाइएगा, वह लग जाएगी। और दूसरे के पैर की चमड़ी लगने से इनकार कर देगी। आपका शरीर उसे इनकार कर देगा। वह फॉरेन है, वह विजातीय है, वह अंगीकार नहीं हो सकती।

अगर यह बात सच है कि ख़ुद की चमड़ी ही ख़ुद के शरीर पर लग सकती है, दूसरे की चमड़ी लगानी मुश्किल है, तो हम तैयार भोजन को जहां से भी स्वीकार कर रहे हैं, जानवरों से हम अपने व्यक्तित्व में डिसइंटिग्रेशन पैदा कर रहे हैं, एक खतरा पैदा कर रहे हैं। हमारे व्यक्तित्व में कई तल हो जाएंगे। हमारा व्यक्तित्व एक नहीं रह जाएगा। इसलिए वहां से भोजन चाहिए, जहां से सीधा भोजन मिलता है, और जहां से सीधा भोजन अवशोषित होता है, और आपके व्यक्तित्व के योग्य आप चुनते हैं। और आपका व्यक्तित्व एक हार्मनी, संगीतपूर्ण व्यवस्था बनता है; जिसे आपके व्यक्तित्व ने अपने लिए चुना है। और वह अपने ढंग का बनता है। तब उस व्यक्तित्व की ज्योति ऊपर की तरफ जानी शुरू होती है।

पहली तो हालात यह है कि हम इतने जानवरों से सम्बन्धित हो गए हैं कि हमारे भीतर कई तरह के जानवरों की आवाजें हैं। और कई बार आपको समझ में नहीं आएगा, एक आदमी को आप क्रोध में ला दें और जब वह आपके ऊपर टूटेगा, तो आपको विश्वास नहीं होगा कि यह आदमी मेरे ऊपर टूट रहा है या जानवर मेरे ऊपर टूट रहा है।

क्रोध में आदमी के भीतर नामालूम कैसे जानवर प्रकट होने शुरू हो जाते हैं। दंगा-फसाद हो जाए और आप देखें कि आदमी में भेड़िये निकल आएंगे, कुत्ते निकल आएंगे, शेर निकल आएंगे, आदमी नहीं निकलेगा। आदमी भीतर है ही नहीं। आदमी सिर्फ़ ऊपर है। ज़रा खोल फाड़ दो, स्कीनडीप है आदमी, बिल्कुल चमड़ी की मोटाई से भी कम पतला फाड़ दो ज़रा और भीतर से जो निकलेगा, तो कई तरह के जानवर निकल सकते हैं, आदमी नहीं निकलेगा। भीतर आदमी है ही नहीं। हम आदमी को निर्मित नहीं कर रहे हैं। और आदमी को कैसे निर्मित किया जाए, क्योंकि आदमी

इस पूरे विकास की अन्तिम कड़ी है, फिलहाल उसके आगे कड़ियां होंगी, लेकिन आदमी पर नहीं विकास रुक गया है। आदमी को बहुत स्मरणपूर्वक अपने व्यक्तित्व को ऊपर ले जाने वाले सारे तत्त्वों से इस शरीर को निर्मित करना चाहिए।

आहार का मतलब सिर्फ़ भोजन नहीं है, यह भी ध्यान रहे। आहार का मतलब है, जो भी भीतर लिया जाए। आहार का मतलब सिर्फ़ भोजन नहीं है, भोजन भी एक आहार है। आंख से मैं जो भीतर ले जाता हूं, वह भी आहार है। और कान से जो भीतर ले जाता हूं, वह भी आहार है। और हाथ के स्पर्श से जो भीतर ले जाता हूं, वह भी आहार है। आहार का मतलब इन्द्रियों से जो भीतर जाए और मेरे व्यक्तित्व को बनाए। इसलिए आहार का मतलब सिर्फ़ भोजन मत समझ लेना। भोजन एक प्रकार का आहार है; और भी आहार हैं।

जब मैं रास्ते पर चलते लोगों को देखता हूं, तब भी मैं भोजन कर रहा हूं, आंख के द्वारा। तब मैं जो देख रहा हूं, वह मेरे व्यक्तित्व को बना रहा है। आप क्या देख रहे हैं?

क्या आपको पता है, अगर एक आदमी को एक ऐसे मकान में रखा जाए, जहां सब चीजें लाल हैं, तो उस आदमी का मस्तिष्क चक्कर खाने लगेगा। और अगर उसी आदमी को एक ऐसे मकान में रखा जाए, जहां सब चीजें हरी हैं, तो उसी आदमी का मस्तिष्क शान्त हो जाएगा, क्योंकि हरे रंग का आहार व्यक्तित्व को शान्त करता है और लाल रंग का आहार व्यक्तित्व को उद्विग्न करता है।

आप क्या देख रहे हैं, रासायनिक काम जारी है। एक-एक रंग आपके भीतर जाकर कुछ कर रहा है। आप क्या देख रहे हैं? आप कहां देख रहे हैं? आप किसको देख रहे हैं? आप जो देख रहे हैं, उससे आप निर्मित हो रहे हैं। आप क्या सुन रहे हैं, एक-एक आवाज़ आपके भीतर की वीणा पर चोट कर रही है, आपको रूपान्तरित कर रही है। आप कुछ भी सुन रहे हैं। आप कुछ भी पढ़ रहे हैं, कुछ भी खा रहे हैं, आप कुछ भी देख रहे हैं। फिर यह चेतना में क्रान्ति नहीं हो सकती। यह क्रान्ति एक अत्यन्त

सुव्यवस्थित योजना का परिणाम हो सकती है।

देखकर हैरानी होती है, आदमी जो देखता है, जो सुनता है, बहुत हैरानी होती है। अगर कुछ ठीक देखने को ना हो तो आंख बन्द करना बहुत बुरा तो नहीं है। लेकिन आंख बन्द करने को कोई भी राज़ी नहीं है, ग़लत देखने को कोई भी राज़ी है, आंख बन्द करने को कोई भी राज़ी नहीं है। कान बन्द कर लेना बुरा तो नहीं है, ग़लत सुनने की बजाय। लेकिन सुनने की इतनी तीव्र आकांक्षा है कि कुछ भी सुनने को हम राजी हैं, कुछ भी। और तब हमारे भीतर सब तरह का कचरा इकट्ठा होता चला जाता है।

आदमी सुबह उठता है, और पहली बात पूछता है, अख़बार कहां है? उसने कचरा इकट्ठा करना शुरू कर दिया। उसने नीचे के रास्ते पर जाने की खोजबीन शुरू कर दी है। अख़बार में क्या पढ़ता है वह? अख़बार में वह सब पढ़ जाता है, पहले कोने से लेकर आख़िरी तक। जिसमें नब्बे प्रतिशत दंगा-फ़साद, झगड़े, दुर्घटनाओं की ख़बरें होती हैं। बेईमानी, डकैतियां, चोरियां, अदालतों की ख़बरें होती हैं। और समाज में जो सबसे ज़्यादा जघन्य अपराधी हैं राजनीतिज्ञ, उनकी ख़बरें होती हैं, बड़े-बड़े अक्षरों में। और इनको वह पी रहा है। और बिना सोचे पी रहा है, क्योंकि यह उसके व्यक्तित्व को बनाएगी। यह सिर्फ़ केज़ुअल है, यह सिर्फ़ सामान्य बात नहीं है कि आपने अख़बार देख लिया और फेंक दिया। अखबार तो आपने फेंक दिया, अख़बार तो रद्दी में बिक जाएगा। लेकिन अख़बार जो आपके भीतर डाल गया है, वह जन्मों-जन्मों तक आपके भीतर चक्कर लगाएगा। याद रखना, स्मृति में एक बार जो अंकित होता है, वह जब तक समाधि उपलब्ध ना हो जाए, तब तक पोछा नहीं जा सकता, उससे पहले पुछता ही नहीं। तब तक उसको, फिर आपको बोझ को ढोना ही पड़ेगा।

अनन्त-अनन्त जन्मों का बोझ हम ढो रहे हैं। नामालूम किस-किस तरह के कचरे को हमने इकट्ठा किया है।

एक आदमी आता है और वह कहता है कि फलां आदमी ने चोरी की, तो हम इतने रस-विमुग्ध हो जाते हैं कि पच्चीस काम छोड़कर हम पूछते

हैं कि और क्या हुआ, और क्या हुआ? किस आदमी ने चोरी की इससे प्रयोजन! इससे अर्थ! और इस कचरे को अपने भीतर करने की ज़रूरत! आप बग़िया बनाना चाहते हैं, फूल लगाना चाहते हैं ज़िन्दगी के, और यह कंचरा इकट्ठा करेंगे और ये कंकड़-पत्थर लाएंगे घर में, यह घास-पात इकट्ठा करेंगे और फिर अगर सुन्दर बग़िया बनाने का ख़याल है, तो फिर ये नहीं हो सकता।

एक माली की तरह सजग, चुनाव करने वाला बनना पड़ेगा और देखना पड़ेगा – क्या मैं अपने भीतर ले जाता हूं। तो पहली बात है – हम क्या अपने भीतर ले जा रहे हैं। चाहे अपने भोजन की शक्ल में, चाहे शब्दों की शक्ल में। शब्द भी भोजन हैं।

अभी कम्प्यूटर बने हैं सारी दुनिया में, तो उसको जो ज्ञान देते हैं, उसको आप जानते हैं, उसको वे क्या कहते हैं – फ़ीड, भोजन करवाना। उसको फ़ीड कर रहे हैं कम्प्यूटर में। हम भी सब अपने कम्प्यूटरों को फ़ीड कर रहे हैं। चौबीस घंटे भोजन दे रहे हैं, अख़बार से, किताब से, किसी से भी।

प्रति सप्ताह पांच हज़ार नई किताबें छपकर बाहर आ जाती हैं। इस ज़माने में आदमी की जितनी भूख है जानने की, उतनी कभी नहीं थी। लेकिन जितना अज्ञानी आज आदमी है, शायद कभी नहीं रहा होगा। इतना बड़ा अम्बार लग रहा है किताबों का। पांच हजार किताबें हर सप्ताह ज़मीन पर नई बढ़ जाती हैं। मास्को और वाशिंगटन के लाइब्रेरियनों के सामने सवाल खड़ा हो गया है कि अगर इसी रफ्तार से किताबें बढ़ती रहीं, तो इस सदी के पूरे होने-होने तक, किताबों को रखने की जगह नहीं रह जाएगी। कहां रखेंगे किताबों को! तो फिर छोटी किताबें बनाने का उपाय होना चाहिए। जिनको दूरबीन से, खुर्दबीन से पढ़ा जा सके। या फिर माइक्रो फ़िल्म की किताबें बनानी चाहिए, जिनको पर्दे पर पढ़ा जा सके, क्योंकि इतनी किताबें रखेंगे कहां। आज मास्को या लन्दन की लाइब्रेरी में इतनी किताबें हैं कि अगर उनकी अलमारियों को एक के बाद एक रखा जाए, तो ज़मीन के तीन चक्कर लगा लेंगी।

यह सारा बढ़ता हुआ अम्बार और आदमी की इतनी ज्ञान की लालसा कि वह सुबह से शाम तक जानने को उत्सुक है, अख़बार से, रेडियो से, टेलीविज़न से, जो मिल जाए उससे, नेताओं से, गुरुओं से, साधुओं से, संन्यासियों से – सबसे जानने को उत्सुक है। इतना जानने के लिए हम इकट्ठा करते चले जा रहे हैं। और आदमी के ज्ञान का कोई पता नहीं चलता। ज्ञान का दीया जलता हुआ दिखाई नहीं पड़ता। आदमी बुझ गया बिल्कुल, ज्ञान बिल्कुल नहीं है, और ज्ञान का ढेर लगा है। ज़रूर कहीं कोई गड़बड़ हो रही है।

हम कुछ कचरा इकट्ठा करते हुए मालूम पड़ रहे हैं। हम कोई चुनाव नहीं कर रहे हैं। जैसे कोई आदमी कुछ भी खाना शुरू कर दे। पत्थर, कंकड़, जो मिल जाए, खा ले। तो खाए तो बहुत, लेकिन मरने भी लगे और लोग कहें : भोजन तो बहुत करता है, लेकिन मरता क्यों है, बीमार क्यों पड़ता है। आदमी कुछ भी भीतर डाल रहा है और एक-एक चीज़ का मूल्य है। एक छोटा-सा शब्द अगर आपके भीतर ग़लत चला जाए, तो आपके सारे व्यक्तित्व को डांवाडोल करता है। एक छोटा-सा शब्द, एक ज़रा-सा शब्द।

आप रास्ते पर चले जा रहे हैं और एक आदमी मिल जाए और कह दे, यह आदमी बड़ा मूर्ख है। अब एक मूर्ख, एक छोटा-सा शब्द है। जो सिर्फ़ एक ध्वनि है। जो आदमी हिन्दी न जानता हो, सुन लेगा कि मूर्ख कहा गया और मज़े से चला जाएगा, उसे कुछ पता नहीं चलेगा। लेकिन आप जानते हैं, आपकी रात हराम हो गई। अब आप करवटें बदल रहे हैं, वह एक छोटा-सा मूर्ख नाम का शब्द भीतर घुस गया है। वह आपको करवटें दिलवा रहा है, माथे पर पसीना छूट रहा है। आप उठते हैं, बैठते हैं, सिर धोते हैं। लेकिन वह मूर्ख शब्द चक्कर लगा रहा है। वह कहता है कि उस आदमी ने कहा, 'मूर्ख'।

एक छोटा-सा शब्द और भीतर जाकर इतने आन्दोलन खड़ा कर रहा है, इतनी तरंगें पैदा कर रहा है, तो हमने तो नामालूम कितने कचरे इकट्ठे कर रखे हैं। और उस सारे कचरे को इकट्ठा करके हम ऊपर जाने की यात्रा का विचार कर रहे हैं। हमने ग़लत सुना है, ग़लत खाया है, ग़लत

पहने हुए हैं। कोई आदमी नहीं पूछता कि हम जो पहने हुए हैं, वह किसलिए पहने हुए हैं, क्या कर रहे हैं।

कभी आपने सोचा, जब भी युग ज़्यादा कामुक होता है, तो कपड़े चुस्त हो जाते हैं। और जब भी युग आध्यात्मिक होता है, कपड़े ढीले हो जाते हैं। कभी आपने सोचा! अचानक यह हो जाता है। यह आकस्मिक नहीं है, यह एक्सीडेंटल नहीं है, इसके पीछे कारण हैं।

जितने शरीर पर चुस्त कपड़े होंगे, उतना आदमी तना हुआ होगा। इसलिए युद्ध के मैदान में चुस्त कपड़े बहुत ज़रूरी हैं। युद्ध के मैदान पर चुस्त कपड़े बिल्कुल ज़रूरी हैं, क्योंकि युद्ध के मैदान पर आदमी से हमें ऐसी नालायकियां करवानी हैं, कि उसका शान्त होना ख़तरनाक हो सकता है। उसको तनाव में होना चाहिए। वह इतने तनाव में होना चाहिए कि पूरे वक़्त अपने कपड़ों की वजह से उनको बाहर छलांग लगाने का मन होता रहे। कूदा-कूदा रहे उसका मन कि कब इन कपड़ों से बाहर निकल जाऊं। वह इतने क्रोध में रहे अपने होने से ही, खिंचा हुआ रहे, भागा हुआ रहे।

कभी आपने देखा, अगर आप चुस्त कपड़े पहने हुए हैं, तो एक ही साथ दो-दो सीढ़ियां चढ़ जाएंगे। ढीले कपड़े पहने हुए आदमी को आपने दो-दो सीढ़ियां एक साथ चढ़ते हुए नहीं देखा होगा। ढीले कपड़े वाला आदमी एक शान, एक डिग्निटी, एक गरिमा से एक-एक क़दम चढ़ेगा। इसलिए पुराने मकानों में नौकरों की सीढ़ियां अलग होती थीं, मालिकों की सीढ़ियां अलग होती थीं। नौकरों के कपड़े चुस्त होते थे। उनके लिए लम्बी सीढ़ियां बनाई जाती थीं, वे छलांग लगाकर चढ़ें। मालिक के कपड़े ढीले होते थे, दूर तक लटकते होते थे। शायद दो नौकर उसे पकड़कर चलते थे। उसकी सीढ़ियां छोटी होती थीं। वे आहिस्ता एक-एक क़दम उठाते थे।

दुनिया में किन्हीं भी साधुओं के कपड़े कभी भी चुस्त नहीं हुए। कुछ बात है! और बात यह है कि शरीर को आप जितना कसेंगे, उतना नीचे की तरफ़ प्रवृत्ति होगी। शरीर को जितना रिलेक्स छोड़ेंगे, मुक्त, उतना ऊपर की तरफ़ उठाव होगा।

यह मैं छोटी-छोटी बातें कह रहा हूं, सिर्फ़ उदाहरण के लिए, कि इस शरीर की पूरी-की-पूरी कैमिस्ट्री आपके ख़याल में सिर्फ़ आ जाए। इशारा। फिर पूरी बात तो आपको अपनी व्यवस्था देनी होगी, लेकिन इशारा आपके ख़याल में आ जाए कि क्या-क्या हम करें कि वह जो भीतर ध्यान लगाना है उस केन्द्र पर ऊर्जा के, उस ध्यान में ये सारी बातें सहयोगी हो सकती हैं।

अब एक आदमी कैसे भी कपड़े पहने हुए है, कैसे भी रंग के कपड़े पहने हुए है। कितनी ही रंग-बिरंगा एक साथ उसने कपड़े पर पट्टियां लगा रखी हैं। और कोई भी नहीं पूछता कि इस आदमी को क्या हो गया है! क्योंकि बहुत रंग-बिरंगी पट्टियों वाले कपड़े, पट्टे वाले कपड़े यह ख़बर दिलाते हैं कि आदमी का मस्तिष्क भीतर अशान्त है। शान्त आदमी एक लम्बे विस्तार वाले रंग को पसन्द करेगा।

कभी आपने आकाश देखा है? जब एक़दम नीला आकाश होता है पूरा, कोई भेद नहीं होता है, एक अभेद रंग होता है। कभी आंख खोलकर आधा घंटा लेट गए हैं रेत पर, और देखा है उस नीले आकाश को। उस नीले आकाश को देखते-देखते ही आप पाएंगे कि आप भी उस आकाश के साथ एक हो गए हैं। कुछ भीतर शान्त हो गया है। लेकिन सोचें, आकाश में हमने रंग-बिरंगी पट्टियां लगा दी। हज़ारों रंग-बिरंगी पट्टियां लगा दीं आकाश में, उसको देखें आध घंटे तक। पागल होकर घर लौटेंगे, पता लगाना मुश्किल हो जाएगा – अपना घर कहां है, हम कौन हैं! सारी दुनिया पागल हुई जा रही है। एक मेडहाउस बनाया हुआ है। सब तरह से पागल हुई जा रही है, क्योंकि जो भी हम कर रहे हैं, वह सब उत्तेजित कर रहा है, शान्त नहीं कर रहा है।

पहाड़ों पर जाकर आपको अच्छा क्यों लगता है, पहाड़ों में क्या है? सिर्फ़ हरियाली है और कुछ भी नहीं। वह दूर तक फैला हुआ हरे रंग का एक विस्तार, भीतर कुछ शान्त कर जाता है। भीतर कोई प्रतिध्वनि गूंज जाती है हमारे। असल में हमारे शरीर का भी पूरा व्यक्तित्व इन्हीं हरी वनस्पतियों से बना है। एक इनर हार्मनी है वह बाहर जो वृक्ष है, उसमें और हमारे भीतर। और जब हम हरे वृक्षों के करीब पहुंचते हैं, तो हमारे

भीतर उन वृक्षों की जो परिणतियां हैं, वे कम्पित होती हैं, और एक मेल हो जाता है, एक मिलाप हो जाता है। आदमी के बनाए हुए किसी मकान के पास जाकर ऐसा नहीं होता है।

न्यूयार्क में या चंडीगढ़ में, या बम्बई के बड़े मकानों के पास पहुंच कर, थोड़ी देर खड़े रहें, तो उदासी आएगी, ताज़गी नहीं। आदमी के बनाए हुए सारे-के-सारे सीमेंट, कंक्रींट और पत्थर के मकान, आपके प्राणों में किसी प्रतिध्वनि को नहीं छेड़ते। लेकिन एक वृक्ष के पास, एक पुराने वृक्ष के पास, जिसकी हरी शाखाएं फैली हैं आकाश में, उसके पास आप चुपचाप बैठ जाते हैं, तो कुछ हो जाता है।

मैंने एक कहानी सुनी है। मैंने सुना है कि मजनू से लैला का पिता बहुत डर गया, घबरा गया और लैला को लेकर भाग गया उस गांव से दूसरे गांव। ये बाप नाम के जो प्राणी हैं, ये प्रेम से हमेशा ही घबड़ाते रहे हैं। और उन्होंने दुनिया में प्रेम की दुनिया नहीं बसने दी, नहीं बनने दी। वह भाग गया। मजनू को पता लगा, वह लैला की तलाश में गया। गांव-गांव खोजते उसे पता चला कि इस रास्ते से वह काफ़िला निकलने वाला है, जिसमें लैला और उसका बाप है। वह उस क़ाफ़िले के रास्ते पर किनारे एक झाड़ के पास टिककर खड़ा हो गया। बरगद का एक वृक्ष है, बड़ का। और दूर घना जंगल फैला हुआ है, उस वृक्ष से लगा हुआ। वह उस बड़ के वृक्ष से टिककर खड़ा हो गया। कम-से-कम देख लूंगा। ऊंट पर बैठी हुई लैला उसे दिखाई पड़ी। उस लैला ने हाथ से इशारा किया कि घबड़ाओ मत, मैं जल्दी ही लौटकर आऊंगी।

वह तो क़ाफ़िला आगे चला गया। पिता की मौजूदगी में वह बोल भी ना सकी, बस सिर्फ़ हाथ से इशारा किया। वह मजनू वहीं टिका खड़ा है। और वह प्रतीक्षा करता है कि लैला अब आएगी, अब आएगी, अब आएगी। दिन बीता, रात बीती, सप्ताह बीता। गांव के लोगों ने आकर कहा : पागल हो गए हो इस झाड़ के पास क्यों खड़े हो?

उसने कहा : जाओ, उसने बोला भी नहीं, हाथ से कहा जाओ, क्योंकि उसे डर है कि वह एक क्षण के लिए कहीं जाए और उसी बीच कहीं क़ाफ़िला

गुज़रे और लैला निकल जाए। और वह पाए कि मजनू को मैं कह गई थी राह देखना और वह नहीं है यहां मौजूद। क्या सोचेगी और वह नहीं हटा, नहीं हटा। महीने बीत गए। कहते हैं वर्ष बीत गए, कहते हैं बारह वर्ष बीत गए। कहानी है। वह नहीं हटा। धीरे-धीरे खड़े-खड़े उस वृक्ष से उसका शरीर जुड़ गया, और वृक्ष को दया आ गई। और जैसे वह अपनी शाखाओं में रस भेजता था, ऐसे ही जुड़कर उसने मजनू के हाथ-पैर में भी रस भेजना शुरू कर दिया। फिर मजनू के हाथ-पैर पर पत्ते निकल आए, फिर शाखाएं निकल गईं और जड़ों ने ढक लिया और मजनू उस वृक्ष के साथ एक हो गया। कभी-कभी अंधेरे में, कभी रात, कभी सुबह, कभी एकान्त में बस इतना होता था, उस जंगल में एक आवाज़ गूंज जाती – लैला, लैला! गांव के लोग डरने लगे। रात वहां से निकलने में डरने लगे और ख़याल हुआ कि शायद मजनू मर गया है और उसका भूत हो गया है और वह जंगल में चिल्लाता फिरता है।

बारह वर्ष बाद लैला लौटी। उसने गांव के लोगों से पूछा कि मजनू कहां है। उन्होंने कहा : कुछ दिनों तक वह उसी वृक्ष के नीचे खड़ा दिखाई पड़ा था, फिर हमें कुछ पता नहीं वह कहां गया। लेकिन रात में ज़रूर आवाज़ जंगल में सुनाई पड़ती है। वह लैला रात गई। वहां आवाज़ आई – लैला! वह खोजती हुई उसी वृक्ष के पास पहुंची। चारों तरफ़ घूमती, उसे मजनू कहीं दिखाई नहीं पड़ता। और फिर वह पूछती : मजनू तुम कहां हो? मजनू कहता : मैं यहीं हूं, मैं तो सदा से यही हूं, मैं तो बारह वर्षों से यहीं हूं। वह सब तरफ़ हाथ से टटोलती है। वह मजनू तो वृक्ष हो गया है, उसमें से पत्ते निकल आए हैं। और वह रोती है और चिल्लाती है। वह कहती है : तुम कैसे पागल हो, तुम यहां क्यों रुक गए, तुम कैसे पागल हो, तुम यहां क्यों ठहरे रहे इतनी देर तक? वह मजनू कहता है : मैं धन्य हो गया, दो बातों से, तुम मिली सो तो मिली। इस वृक्ष के नीचे, निकट रहकर मैं वृक्ष से जुड़ गया और वृक्ष से क्या जुड़ा परमात्मा से भी जुड़ गया। आदमी से जब तक जुड़ा था परमात्मा से टूट गया था। और जब से इस वृक्ष से जुड़ गया हूं, तब से परमात्मा से जुड़ गया हूं।

वह जो पहाड़ पर वृक्षों में, समुद्र की लहरों में, सरिताओं में वह जो कोई चीज़ आकर्षित करती है और हम शान्त हो जाते हैं, वह क्या है? वह हमारे भीतर छुपी हुई किसी प्रतिध्वनि का मेल है, बाहर के किसी सत्य से, वे दोनों मिल गए हैं। थोड़ी देर को हम खो गए हैं। लेकिन आदमी का बनाया हुआ सब ग़लत है। आदमी का बनाया हुआ सब परमात्मा के उलटा मालूम पड़ता है। और हम उससे घिर गए हैं, कपड़े में भी उससे घिर गए हैं, मकानों में भी उससे घिर गए हैं, भोजन में भी उससे घिर गए हैं, किताबों में, अख़बारों में भी उससे घिर गए हैं। और इस सबने हमारे पूरे व्यक्तित्व की जो केमिस्ट्री है, हमारे पूरे व्यक्तित्व के रसायन को एक़दम ही विघ्न, उत्पात से भर दिया है।

मनुष्य एक उजड़ी हुई बग़िया हो गई है। वहां घास उग रही है, जहां फूल उगने थे। और जहां अमृत की औषधि पैदा होती, वहां सिवाय झाड़-झंकाड़ के कुछ भी पैदा नहीं होता। जब पानी पड़ना चाहिए तब पानी नहीं पड़ता है। जब पानी नहीं पड़ना चाहिए, तब पानी बरसा देते हैं। जहां खाद चाहिए, वहां खाद नहीं है। जहां खाद नहीं चाहिए, वहां हमने खाद के ढेर लगा दिए हैं। अब ऐसी हालत में अगर परमात्मा कहीं होगा और अपनी खिड़की से झांकता होगा, तो क्या सोचता होगा? उसकी समझ के बाहर हो जाता होगा कि ये क्या है।

लेकिन यह बदला जा सकता है। कुछ लोग सदा इसे बदलने की कोशिश करते रहे हैं। और कुछ सूत्र कभी नहीं खोए हैं। वे आज भी मौजूद हैं और जो भी समझने को राजी हों, उन्हें वे सूत्र स्पष्ट हो सकते हैं। वे अपने पूरे व्यक्तित्व को बदल सकते हैं।

आज तीसरे सूत्र में मैं आपसे यह कहता हूं, यह ध्यान रखकर जीने की कोशिश करना कि जो ऊपर ले जाता हो, वही मैं करूंगा। वही सुनूंगा, जो ऊपर ले जाता हो। वही पहनूंगा, जो ऊपर ले जाता हो। उसी से मिलूंगा, जो ऊपर ले जाता हो। उसी को देखूगा, जो ऊपर ले जाता हो। जीवन को अगर साधना बनाना है, तो सब तरफ़ से हमला करना पड़ेगा। सब तरफ़ से ऊंचाई की तरफ़ चोट करनी पड़ेगी। अगर वीणा भी सुनना, तो

वही, जो ऊपर ले जाती हो। अगर दृश्य भी देखना हो, तो वही, जो ऊपर ले जाता हो। अगर किसी से गले भी मिलना हो, तो उससे ही, जो ऊपर ले जाता हो। अगर किन्हीं चरणों पर सिर भी रखना, तो उसी के ही, जो ऊपर ले जाता हो।

पैसे के चरणों पर सिर रखे जा रहे हैं, राजनीतिज्ञों के चरणों पर सिर रखे जा रहे हैं, जो नीचे ले जाएगा और नरक पहुंचाएगा। पता है आपको अब नरक में अगर जाओगे भी तो मिलने के लिए जगह मिलना बहुत मुश्किल है। क्योंकि इतने राजनीतिज्ञ सब; जिनको आप कहते हैं स्वर्गीय हो गए, वे कोई स्वर्गीय नहीं होते। वे सब नरक में पहुंचते चले जा रहे हैं। वहां एक़दम भीड़-भड़क्का हो गया है। वहां जगह खोजनी मुश्किल है।

झुकना भी तो वहां, जो ऊपर ले जाए। वहां मत झुकना, जहां नीचे जाना हो। ऐसे झुकने से तो टूट जाना बेहतर है, जो नीचे ले जाता हो। ऐसे भोजन से भूखा मर जाना बेहतर है, जो नीचे ले जाता हो। ऐसे कपड़ों से नंगे खड़े होना बेहतर है, जो नीचे ले जाते हैं। ऐसे साथ से अकेला होना बेहतर है, जो नीचे ले जाता हो। ऐसी रोशनी की क्या ज़रूरत, जो अन्धा करती हो! ऐसे से तो अंधेरा बेहतर है, जहां आंख तो हम आसानी से खोल सकते हैं। ये विचार करना ज़रूरी है। एक-एक इंच ज़िन्दगी के, एक-एक पहलू पर, सुबह से सांझ तक, जागते और सोते भी, जो सत्य की साधना में लगता है, जीवन की क्रान्ति के, वह न केवल दिन का विचार करता है, वह रात के सपनों तक की जांच करता है कि ये सपने देखने के, कि ये नहीं देखने के। ये सपने मैं देखूगा, तो नीचे जाऊंगा कि ऊंचा जाऊंगा। वह अपने सपनों तक की जांच-परख रखता है। हमारे तो जागरण का, होश का भी ठिकाना नहीं है, सपनों का क्या ठिकाना। वह सपनों के लिए भी रोता है कि यह सपना क्यों आया। वह सपनों को भी बदलने की कोशिश करता है कि ये सपने नहीं आने देंगे, बदलेंगे इन्हें। सपने भी वही देखेंगे, जो ऊपर ले जाएं; सांस भी वही लेंगे; जो ऊपर ले जाएं; ख़ून भी वही दौड़ाएंगे, जो ऊपर ले जाए।

अगर ज़िन्दगी इस तरह एक सामूहिक उपक्रम बन जाए ऊपर जाने

का, तो कोई कारण नहीं है कि कोई भी मनुष्य परमात्मा क्यों नहीं हो सकता। प्रत्येक व्यक्ति परमात्मा है, लेकिन छुपा हुआ। अप्रकट। प्रत्येक व्यक्ति परमात्मा है, लेकिन सम्भावना है, सत्य नहीं। सम्भावना सत्य बन सकती है। वह जो पॉसिबिलिटी है, वह जो पोटेंशियलिटी है, वह जो बीज रूप है, जो प्रकट हो सकता है, और जो आदमी उसे बिना प्रकट किए मर जाता है उस आदमी ने एक अवसर खो दिया। और ऐसा अवसर बार-बार नहीं आता है।

ये थोड़ी-सी बातें तीन दिनों में मैंने कहीं। इस सम्बन्ध में जो भी प्रश्न हो, सिर्फ़ इन तीन दिन की बातों के ही सम्बन्ध में, और फ़िजूल की बातों के सम्बन्ध में प्रश्न लिखकर मत भेज देना, मैं उनका जवाब नहीं दूंगा। इन तीन दिनों में जो बातें मैंने कहीं, उस सम्बन्ध में जो भी प्रश्न हों, उनके उत्तर कल सन्ध्या तक आपको दूंगा।

मेरी बातों को इतने शान्ति और प्रेम से सुना, उससे बहुत अनुगृहीत हूं और अन्त में सबके भीतर बैठे परमात्मा को प्रणाम करता हूं। मेरे प्रणाम स्वीकार करें!

चौथा सूत्र

झूठी प्यासों से मुक्ति

मेरे प्रिय आत्मन!

तीन दिन की चर्चाओं के सम्बन्ध में बहुत-से प्रश्न मित्रों ने पूछे हैं। उन सब प्रश्नों के जो सार प्रश्न हैं, उन पर मैं विचार करूंगा।

एक मित्र ने पूछा है कि क्या तर्क के सहारे ही सत्य को नहीं पाया जा सकता है?

तर्क अपने-आप में तो बिल्कुल व्यर्थ है, अपने-आप में बिल्कुल ही व्यर्थ है। तर्क अपने-आप में बूढ़े हो गए बच्चों का खेल है, उससे ज़्यादा नहीं। हां, तर्क के साथ प्रयोग मिल जाए, तो विज्ञान का जन्म हो जाता है। और तर्क के साथ योग मिल जाए, तो धर्म का जन्म हो जाता है। तर्क अपने-आप में शून्य की भांति है। शून्य का अपने में कोई मूल्य नहीं है। एक के ऊपर रख दें, तो दस बन जाता है, नौ के बराबर मूल्य हो जाता है। अपने में कोई भी मूल्य नहीं, अंक पर बैठकर मूल्यवान हो जाता है। तर्क का अपने में कोई मूल्य नहीं। प्रयोग के ऊपर बैठ जाए तो विज्ञान बन जाता है, योग के ऊपर बैठ जाए, तो धर्म बन जाता है। अपने-आप में कोरा खोल है, शब्दों का जाल है।

मैंने सुना है, एक बहुत बड़े महानगर में, एक आदमी ने गांव में आकर विज्ञापन करवाया। डूंडी पिटवाई – एक ऐसा घोड़ा प्रदर्शित किया जाएगा

आज सन्ध्या, जैसा घोड़ा न कभी हुआ और न कभी देखा गया है। उस घोड़े की खूबी यह है कि घोड़े का मुंह वहां है, जहां उसकी पूंछ होनी चाहिए पूंछ वहां है, जहां उसका मुंह होना चाहिए। सारे लोग उस गांव के उस भवन की तरफ़ टूट पड़े, जहां सांझ उस घोड़े का प्रदर्शन था। महंगी टिकटें थीं, वे उन्होंने ख़रीदीं। अगर आप भी उस गांव में रहे होंगे, तो ज़रूर उस भवन में गए होंगे। गांव में कोई समझदार आदमी बचा ही नहीं, जो उस घोड़े को देखने न गया हो।

भीड़ बाहर-भीतर, और घोड़े की तीव्र प्रतीक्षा और वह आदमी बार-बार मंच पर आकर कहने लगा कि थोड़ा-सा ठहर जाएं, थोड़ा ठहर जाएं, फिर सांस लेने को भी जगह न रही। और लोग चिल्लाने लगे कि अब जल्दी करो! और जब पर्दा उठा, तो सामने एक साधारण घोड़ा खड़ा था। एक क्षण तो सब चौंककर रह गए। घोड़ा बिल्कुल साधारण था। गौर से देखा, फिर लोग चिल्लाए कि धोखा है यह! यह घोड़ा तो बिल्कुल साधारण है।

उस आदमी ने कहा : ठीक से देखो। जो मैंने कहा था, वह बात पूरी है। घोड़े के मुंह में जो तोगड़ा बांधा जाता है, वह घोड़े की पूंछ में बांधा हुआ था। और उस आदमी ने कहा कि देख लो, मैंने जो ख़बर की थी, वह यह थी कि घोड़े का मुंह वहां है, जहां पूंछ होनी चाहिए, और पूंछ वहां है जहां मुंह होना चाहिए। तोगड़े में पूंछ थी, जहां मुहं होना चाहिए था। और उसने कहा कि अगर तुम तर्क को थोड़ा भी समझते हो, तो चुपचाप वापस लौट जाओ।

उस भवन से लोगों को चुपचाप पैसे खोकर वापस लौट आना पड़ा। तर्क सही था, लेकिन तर्क बस इतना ही कर सकता है कि जहां घोड़े का मुंह हो वहां पूंछ डाल दे। जहां पूंछ हो, वहां मुंह डाल दे, तोगड़ा बदल दे। इससे ज़्यादा तर्क कुछ भी नहीं कर सकता है।

और तर्क के साथ मज़ा यह है कि तर्क ऐसी तलवार है, जिसमें दोनों तरफ़ धार है। वह एक तरफ़ ही नहीं काटती, वह दोनों तरफ़ काटती है। इसलिए ऐसा कोई तर्क नहीं जो तर्क से नहीं कट जाता हो। इसलिए जो आस्तिक तर्क देकर ईश्वर को सिद्ध करते हैं, वे आस्तिक तर्क से ईश्वर

को असिद्ध करवा देते हैं। जिन आस्तिकों ने ईश्वर के लिए तर्क दिया है, उन्होंने वे नास्तिक पैदा किए, जिन्होंने ईश्वर को खंडित किया है। नास्तिक उन आस्तिकों ने पैदा किए हैं, जिन्होंने ईश्वर के लिए तर्क दिया है।

दुनिया में जिस दिन तर्क देने वाले आस्तिक विदा हो जाएंगे, उसी दिन तर्क देने वाले नास्तिक समाप्त हो जाएंगे। जब तक दुनिया में आस्तिक हैं, तब तक नास्तिक नहीं मर सकता, क्योंकि नास्तिक आस्तिक के तर्क का उत्तर है और अगर दुनिया को धार्मिक बनना है, तो आस्तिकों को मर जाना चाहिए। ताकि नास्तिक समाप्त हो जाएं। दुनिया उस दिन धार्मिक होगी, जिस दिन ईश्वर के लिए, सत्य के लिए तर्क देना नासमझी ज्ञात होगी।

आस्तिक एक तरह का नासमझ है जो ईश्वर के लिए तर्क देता है और सिद्ध करना चाहता है। ईश्वर के लिए तर्क देकर सिद्ध करने का मतलब यह है कि हम ईश्वर से बड़े हैं, जो ईश्वर को सिद्ध करते हैं। अगर हम सिद्ध न करेंगे, तो वह असिद्ध हो जाएगा। अगर हम सिद्ध न कर पाएंगे, तो वह मरा ईश्वर, हारा ईश्वर गया।

ईश्वर को सिद्ध होना-न होना हमारी मुट्ठी की बात है। आस्तिक यह कहता है कि हम ईश्वर को सिद्ध करके रहेंगे। आस्तिक ईश्वर से बड़े होने का दावा करता है। नास्तिक क्रोध से भर जाता है और वह भी कहता है, हम असिद्ध करके रहेंगे। आस्तिक और नास्तिक, दोनों ईश्वर के दुश्मन हैं। जो भी सत्य के लिए तर्क-भर देता है, वह सदा सत्य का दुश्मन है।

सत्य का तर्क से कम सम्बन्ध, अनुभव से ज़्यादा है। अगर अनुभव को ही कोई तर्क कहे तो बात दूसरी है। अन्यथा अनुभव एक और ही दिशा है।

ये जो पूछते हैं कि क्या तर्क से ही सत्य नहीं मिल सकता? उन्हें मैं कहना चाहूंगा, तर्क से सत्य मिलना तो दूर है, असत्य तक का मिलना मुश्किल है। सत्य तो हवा में मुट्ठियां बांधने जैसा है। तर्क तो हवा में मुट्ठियां बांधने जैसा है, जितनी ज़ोर से मुट्ठी बांधेगे, हवा और बाहर निकल जाएगी। अगर हवा चाहते हो मुट्ठियों में, तो मुट्ठी खुली रखना। अब यह उलटी बात

है, अगर हवा चाहते हो मुट्ठी में, तो मुट्ठी खुली रखना। और अगर हवा पर मुट्ठी बांधने की कोशिश की, जितनी सख़्त मुट्ठी होगी, उतनी कम हवा भीतर होगी। अगर मुट्ठी पूरी सख्त होगी, हवा बिल्कुल नहीं होगी।

जो तर्क बांधने की कोशिश करता है सत्य पर, उसकी मुट्ठी से सत्य खिसक जाता है। असल में तर्क का क्या अर्थ है? तर्क का अर्थ है कि मनुष्य की बुद्धि एक सीमा खींचती है कि यह सत्य है। मनुष्य की बुद्धि जो सीमा खींचती है, वह सीमा कितनी बड़ी हो सकती है? कितने मूल्य की हो सकती है?

कल रात कुछ मित्रों से मैं एक बात कर रहा था। एक गांव में एक बहुत बुद्धिमान फ़कीर था, उसकी बात कर रहा था। उस गांव के सम्राट ने यह घोषणा की, कि मैं अपने राज्य से असत्य का अन्त करना चाहता हूं। और जो असत्य बोलेगा, उसे मैं सूली पर लटका दूंगा। लेकिन गांव के लोगों ने कहा : गांव में एक फ़कीर है, बूढ़ा। तुम उससे तो पूछ लो कि यह हो भी सकता है कि नहीं। यह आज तक नहीं हुआ। आज तक कोई असत्य को बन्द नहीं कर पाया, आज तक कोई असत्य को रोक नहीं पाया, क्योंकि आज तक कोई यही तय नहीं कर पाया कि सत्य क्या है और असत्य क्या है।

उस फ़कीर को बुलाया और सम्राट ने कहा : आप आशीर्वाद दें कि मेरी योजना सफल हो, मैं अपने राज्य में असत्य को समाप्त करना चाहता हूं। फ़कीर ने गौर से ऊपर आंख उठाकर देखा। और उस राजा से कहा, कैसे करोगे असत्य को समाप्त? उसने कहा : फांसी की सज़ा दूंगा, जो असत्य बोलता हुआ पकड़ा जाएगा।

कल नया वर्ष शुरू हो रहा है और कल सुबह मैं एक झूठ बोलने वाले को पकड़कर, जो दरबार है नगर का, द्वार है, उस द्वार पर लटका दूंगा, ताकि सारा गांव देख ले और सारा गांव जान ले। उस फ़कीर ने कहा : तो फिर मैं बात नहीं करूंगा। कल सुबह दरवाज़े पर मैं मिलूंगा। आप दरवाज़े पर ही मिलिएगा। राजा ने कहा : तुम्हारा मतलब? उसने कहा, दरवाज़े पर मैं पहला आदमी रहूंगा, वहीं आपसे बातचीत होगी। अभी यहीं बात नहीं

हो सकती। राजा बहुत चकित हुआ। दूसरे दिन शीघ्र दरवाजे पर पहुंच गया। दरवाज़ा खुला, तो फ़कीर भीतर आ रहा था। गधे पर सवार। राजा ने पूछा : आप और गधे पर, कहां जा रहे हैं। फ़कीर ने कहा : सूली पर चढ़ने जा रहा हूं। उस राजा ने कहा : सूली पर चढ़ने, क्यों झूठ बोलते हैं? आपको भली-भांति पता है कि मैं झूठ बोलने वाले को सूली पर चढ़वा दूंगा। उस फ़कीर ने कहा : तो मैंने झूठ बोला है, सूली पर चढ़वा दो, लेकिन ध्यान रखना अगर वह सूली पर चढ़वाया तो जो मैंने बोला था, वह सच हो जाएगा। और अगर तुमने सूली पर नहीं चढ़ाया, तो एक झूठ बोलने वाला आदमी झूठ बोलकर निकल गया और तुमने सूली नहीं लगाई। अब बोलो, तुम क्या करते हो। उस राजा ने कहा : यह तो मुश्किल हो गई। अगर मैं तुम्हें छोड़ दूं, तो तुम झूठ बोलने वाले हो और बचते हो। और अगर मैं मार डालूं, तो तुम सच हो जाओगे और मैंने एक सच बोलने वाले को सूली दे दी। अब मैं क्या करूं।

उस फ़कीर ने कहा, तुम सोचो। जब सोच लो तो मुझे बताना, इसके बाद क़ानून शुरू करना। सुनते हैं, वह राजा कई वर्ष जिया और मर गया। फिर उस फ़कीर को नहीं बुलाया। उससे यह तय नहीं हो सका कि वह क्या करे। उसे सूली दे कि न दे। फिर उसने यह बात ही छोड़ दी कि सत्य और असत्य का निर्णय कर लेना।

आदमी तर्क के द्वारा करता क्या है, एक सीमा खींचना चाहता है, एक डिस्टिंक्शन बनाना चाहता है। यह सत्य है, यह असत्य है। पहले हम यह पूछ लें कि बुद्धि की यह सामर्थ्य है कि वह सत्य और असत्य का निर्णय करे। यह कैसे हमने मान लिया कि बुद्धि तय कर लेगी कि क्या सत्य है, क्या असत्य। यह हमने कैसे जान लिया।

बुद्धि बहुत काम चलाऊ है, उससे यह चरम निर्णय कैसे हो सकते हैं और बुद्धि सोच सकती है, जान नहीं सकती। इस बात को ठीक से समझ लेना ज़रूरी है। बुद्धि सोच सकती है, जान नहीं सकती। बुद्धि थिंक कर सकती है, वह जो नोइंग है, वह जो जानना है, वह बुद्धि नहीं कर सकती। जानने का उपकरण मनुष्य का पूरा व्यक्तित्व है। बुद्धि सिर्फ़ सोच सकती

है। और सोचते क्या हैं आप! यह भी आपने कभी सोचा कि आप सोचते क्या हैं? जो आप सोचते हैं, सब उधार सब बासा होता है। आपने ख़ुद कभी कुछ भी नहीं सोचा है। जो सोचा है, वह सब सुना है, कहीं से इकट्ठा किया है, उसी को वापस उगला है। एक भी बात जो आप सोचते हैं और कहते हैं, बोलते हैं, लिखते हैं, वह आती कहां से है? पहले जो भीतर डाली जाती है, फिर वह भीतर से बाहर आती है।

सोचना कभी भी मौलिक नहीं है, ओरिजिनल नहीं है। ओरिजिनल थिंकिंग जैसी कोई चीज़ ही नहीं होती। सब थिंकिंग बोरोड होती है, सब सोचना उधार और बासा होता है। मौलिक विचारक, हम कहते हैं कि ओरिजिनल थिंकर यह शब्द ही झूठा है। दुनिया में कोई विचारक मौलिक नहीं होता। सब विचारक उधार होते हैं। लेकिन फिर मौलिकता कहां से आती है? मौलिकता विचार से नहीं आती, निर्विचार से आती है। विचार से जो मुक्त हो जाता है, वह मौलिक हो सकता है। लेकिन जो विचार में बंधा है, वह तो हमेशा उधार होता है, बासा होता है। विचार हमेशा दूसरों से मिलते हैं, विचार हम इकट्ठे करते हैं। हां, हम इतना कर सकते हैं कि दस विचारों की टांग-सिर तोड़-ताड़कर एक नया विचार खड़ा कर लें और दुनिया को लगे यह नया विचार हो गया। यह नया विचार नहीं है। जैसे आप चाहें, तो आप ऐसा सपना देख सकते हैं कि मैं एक सोने का उड़ता हुआ घोड़ा देख रहा हूं। सोने का उड़ता हुआ घोड़ा किसी ने भी नहीं देखा। यह बड़ा मौलिक विचार है। घोड़े लोगों ने देखे हैं, उड़ते हुए पक्षी देखे हैं, सोना देखा है। लेकिन इन तीनों चीज़ों की, टांगों को तोड़कर एक उड़ता हुआ सोने का घोड़ा बना लेते हैं। यह कोई मौलिक विचार न हुआ यह सिर्फ़ कम्पोज़िशन हुआ, यह क्रिएशन नहीं हुआ, यह केवल जोड़-तोड़ हुई, निर्माण न हुआ, सृजन न हुआ।

विचार तो मौलिक है ही नहीं। और सत्य मौलिक है, सत्य सदा मौलिक है। सत्य सदा मौलिक रहा है। तो मौलिक सत्य से, सत्य उधार नहीं है, सत्य बासा नहीं है, सत्य सदा ताज़ा है। वह जो सतत ताज़ा और मौलिक और नया है, उसे यह बासे विचारों की बुद्धि कैसे जान सकेगी। और इस

बासी बुद्धि को लेकर गए, इस उधार दिमाग़ को लेकर गए, तो सत्य को नहीं जान पाएंगे। हां, यह हो सकता है कि सत्य के काम से कोई मत, कोई ओपिनियन, ट्रुथ नहीं ओपिनियन, सत्य नहीं, कोई मत, कोई मत आप मानकर लौट आएंगे और कहेंगे, यही सत्य है। एक आदमी कहता है, जैन धर्म सत्य है। यह एक मत है। सत्य का जैन धर्म से क्या लेना-देना। एक आदमी यह कहता है, ईसाइयत सत्य है। यह एक मत है, एक ओपिनियन है, ओपिनियन हज़ार हो सकते हैं, सत्य हज़ार नहीं हो सकते, सत्य एक है। ओपिनियन, मत, सम्प्रदाय कितने भी हो सकते हैं, जितने आदमी हैं उतने मत हैं दुनिया में।

आप क्या समझते हैं, दो ईसाई आपस में सहमत हैं? बाप ईसाई और बेटा ईसाई सहमत नहीं हैं। आप समझते हैं, दो मुसलमान आपस में सहमत हैं, भूल में मत पड़ना, पति मुसलमान और पत्नी मुसलमान सहमत नहीं हैं आपस में।

दुनिया में जितने आदमी हैं, उतने मत हैं, लेकिन सत्य एक है। और बुद्धि के पास सिवाय मत के और कुछ भी नहीं है। मत को लेकर जो बुद्धि जाती है, सत्य को जानने वह मत के कारण ही नहीं जान पाती और वापस लौट जाती है। मत की दीवार बीच में खड़ी हो जाती है। और मत उधार है, मैंने कहा, दूसरों के लिए हुआ है।

अगर आप हिन्दू हैं, तो आप हिन्दू हो कैसे गए! सोचा है आपने हिन्दू होना। बाप से मिल गया हिन्दू होना। कितनी दुर्भाग्यपूर्ण दुनिया है कि हिन्दू होना भी वसीयत में मिलता है। मुसलमान होना भी वसीयत में मिलता है। कुछ दिनों में हो सकता है कि कांग्रेसी और कॉम्यूनिस्ट होना भी वसीयत में मिले। कि कॉम्यूनिस्ट के घर में पैदा हो गए, तो कॉम्यूनिस्ट होना पड़ेगा, क्योंकि इस लड़के का बाप कॉम्यूनिस्ट है।

अजीब बात है, अगर बाप मुसलमान है, तो बेटे के मुसलमान होने की कौन-सी अनिवार्यता है। और जब तक सारे बेटे इस पागलपन से इनकार नहीं करेंगे। दुनिया अच्छी नहीं हो सकती। बेटों को कहना चाहिए, तुम्हारी मर्जी थी कि तुम मुसलमान थे। हमारी मर्जी तो आदमी होने की है। तुम्हारी

मर्ज़ी तुम हिन्दू थे, हमारी मर्ज़ी से तो आदमी होने की है। कृपा करो, हमको हिन्दू, मुसलमान मत बनाओ। जिस दिन बेटे बाप से उधार मत लेने से इनकार कर देंगे, उस दिन ज़मीन कुछ और हो जाएगी। उस दिन ऐसा पागलपन नहीं दिखाई पड़ेगा। जैसा हिन्दुस्तान, पाकिस्तान दिखाई पड़ता है।

क्या आपको पता है, मैंने एक कहानी सुनी है कि जब हिन्दुस्तान, पाकिस्तान का बंटवारा हो रहा था, तो एक पागलखाना था, जो दोनों मुल्कों की सीमा पर पड़ गया। और सवाल उठा कि पागलखाने को कहां करना है हिन्दुस्तान में कि पाकिस्तान में। बड़ा मुश्किल हो गया। न हिन्दुस्तानी नेताओं को फ़िक्र थी कि पागल इधर आएं न मुसलमान नेताओं को फ़िक्र थी कि पागल इधर आएं। वे ख़ुद अपने पागलपन में पागल थे। उन्हें कहां फ़ुर्सत थी कि पागलों से...उन्होंने कहा, पागलों से ही पूछ लो। पागलों से पूछा गया कि तुम कहां जाना चाहते हो? हिन्दुस्तान में या पाकिस्तान में? उन्होंने कहा : हम कहीं नहीं जाना चाहते, हम यहीं रहना चाहते हैं। उन्होंने कहा कि रहोगे तो यहीं तुम, लेकिन तुम जाना कहां चाहते हो, हिन्दुस्तान में या पाकिस्तान में। उन्होंने कहा कि बड़ी पागलपन की बात कर रहे हैं आप। जब हम यहीं रहेंगे तो हम हिन्दुस्तान, पाकिस्तान में जा कैसे सकते हैं? ये दोनों बातें एक साथ कैसे हो सकती हैं? अधिकारी सिर पीटने लगे, कि तुम्हारी कुछ समझ में नहीं आता? तुम बिल्कुल पागल हो। उन्होंने कहा : हमारी सब समझ में आता है, लेकिन जब हम यहीं रहेंगे, तो यह सवाल ही फ़िज़ूल है कि कहां जाना है। उन्होंने कहा : फिर भी तुम बताओ, तुममें हिन्दू कौन है, मुसलमान कौन? उन्होंने कहा : हम तो सिर्फ़ पागल हैं, हम हिन्दू, मुसलमान नहीं हैं।

तो सोचते हैं आप, पागल भी कहते हैं – हम सिर्फ़ पागल हैं। और वे जो समझदार हैं, वे कहते हैं – हम हिन्दू हैं, मुसलमान हैं। उन्होंने कहा : हम तो सिर्फ़ पागल हैं। हमें पता नहीं, हम कौन-कौन हैं। ज़्यादा-से-ज़्यादा हम कह सकते हैं, हम आदमी हैं। अगर आप एतराज़ नहीं करो तो, क्योंकि पागलों की हर बात पर एतराज़ हो जाता है। ज़्यादा-से-ज़्यादा हम आदमी हैं।

फिर भी कोई रास्ता नहीं था, तो बीच में से रेखा खींच दी। जो पागल

का कमरा जिस तरफ़ पड़ गया, हिन्दुस्तानी पागल हिन्दुस्तान की तरफ़ आ गए और पाकिस्तानी पागल पाकिस्तान की तरफ़ चले गए और बीच में दीवार उठा दी। पागल उस दीवार पर चढ़-चढ़कर अब भी बैठ जाते हैं और आपस में सोचते हैं। बड़ी अजीब बात है, हम रहे वहीं-के-वहीं तुम हिन्दुस्तान में चले गए हम पाकिस्तान में चले गए, यह बात क्या है? यह हो क्या गया? पागलों की समझ में नहीं आता।

बात ही ऐसी है कि पागलों की समझ में भी न आए, जैसा हो गया है दुनिया में।

मत, मत मिलता है पीछे से और हम उसे चुपचाप स्वीकार कर लेते हैं। विचार मिलते हैं दूसरों से, हम उन्हें स्वीकार कर लेते हैं। फिर उन विचारों की बड़ी नई खिचड़ी तैयार हो जाती है। हज़ार-हज़ार धाराओं से विचार आकर भीतर इकट्ठे हो जाते हैं और आपको यह भ्रम पैदा होता है कि आप भी सोचते हैं। कभी आपने एकाध ऐसा विचार सोचा है, जो आप कह सकें, मैंने सोचा है। आप सोने का घोड़ा ही पाएंगे। और कभी ऐसा कोई विचार नहीं पा सकते, जो आपने सोचा है।

तो ऐसे उधार मस्तिष्क, विचारों के संग्रह और इनके तर्क और इनकी बुद्धि और इनका सारा चिन्तन सत्य की तरफ़ कैसे ले जा सकता है। सत्य की तरफ़ जिसे जाना है, उसे यह समझना पड़ेगा कि बुद्धि तो बासी है, उधार है। उसे यह भी समझना पड़ेगा – विचार दूसरों के हैं मेरे नहीं हैं। उसे यह भी समझना पड़ेगा कि यह मत है, हज़ारों हैं। कौन मत सत्य है, मैं कैसे जानूं। मैं तो सत्य को जान लूं, तो शायद बना भी सकूं कि फलां मत सत्य है, लेकिन बिना सत्य को जाने किसी मत को कोई सत्य कैसे कह सकता है। अभी मैं हूं, आपने मुझे देखा, कल आप मेरी तस्वीर देखें, तो आप कह सकते हैं कि हां, यह तस्वीर उनकी है। लेकिन आपने मुझे नहीं देखा, न ही कभी आपसे कोई पूछता है, तस्वीर फलां व्यक्ति की है। आप सच मानते हैं कि झूठ, आप कहेंगे कि बड़ी फ़िज़ूल बात है। मैं उस आदमी को नहीं जानता। मैं इस तस्वीर को सच और झूठ कैसे कहूं। मैं इतना ही कह सकता हूं, यह तस्वीर है, किसकी है यह भी नहीं कह सकता।

सच और झूठ का तो सवाल ही नहीं उठता, क्योंकि मैं मूल को नहीं जानता, तो उसकी प्रति को कैसे पहचानें।

और आप सत्य को बिना जाने कहते हैं, हिन्दू धर्म सत्य है, जैन धर्म सत्य है, हमारे स्वामी सत्य हैं, हमारे बाबा सत्य हैं, हमारा फलां सत्य है। सत्य को बिना जाने आप किसी मत को सत्य कहते हैं, इससे ज़्यादा असत्य होने की और क्या मनोदशा हो सकती है।

नहीं, सत्य को जानना पड़ेगा पहले। मत! मत को छोड़ना पड़ेगा। तर्क, विचार, बुद्धि, मत – सब छोड़ने की जो सामर्थ्य जुटाता है और मौन खड़ा हो जाता है सब विचार छोड़कर जीवन के समक्ष। वह जीवन जो बाहर भी है और भीतर भी है। जिसका चित्त, विचार, तर्क को छोड़कर अत्यन्त शान्त दर्पण की तरह, मिरर लाइक दर्पण की तरह हो जाता है। उसमें जीवन का प्रतिबिम्ब बनता है। वही सत्य है।

सत्य को तर्क से किसी ने कभी नहीं पाया। विचार से नहीं पाया, बुद्धि से नहीं पाया। सबको छोड़ा है, तो छोड़ते ही पाया है कि खोया कभी भी नहीं था। इसे मैं फिर से दोहरा दूं। बुद्ध से, विचार से, तर्क से सत्य को कभी किसी ने नहीं पाया। और जो बुद्धि को, विचार को, तर्क को छोड़कर शान्त होकर खड़ा हुआ है, उसने पाया है कि जिसे मैं खोज रहा था, उसे मैंने कभी खोया ही नहीं था। वह भीतर मौजूद था, लेकिन मत की भीड़ में खो गया था। विचारों की भीड़ में खो गया था। ओपीनियन, ध्यान तथाकथित बासा और उधार इकट्ठा हो गया था और उसमें वह दब गया था, जो सच्चा है।

सत्य तो हम स्वयं हैं। हम हैं, तो सत्य है। हमारा होना सत्य है। अपने ही इस होने को हम विचार से जानने जाएंगे? यह ऐसे ही है, जैसे कोई अपनी ही आंख से अपनी ही आंख को देखने जाएं। अपने ही हाथ से अपने हाथ को पकड़ने चला जाए। तर्क, विचार, सत्य को पकड़ने की कोशिश है, लेकिन सत्य तो वहां पीछे मौजूद है, जहां से विचार उत्पन्न हो रहा है वहां सत्य मौजूद है। जहां से बुद्धि शक्ति पा रही है, वहां सत्य मौजूद है।

यह मैं कहना चाहूंगा, सत्य से नहीं मिल सकता है सत्य। लेकिन सत्य से क्या कुछ भी नहीं, तर्क से क्या कुछ भी नहीं हो सकता है? एक बात हो सकती है, अगर कोई आदमी सम्यक तर्क करे, सोचे-विचारे तो एक महत्त्वपूर्ण नतीजा उसे मिलेगा। अगर कोई ठीक तर्क करेगा, तो उसे पता चलेगा कि तर्क व्यर्थ है। अगर कोई ठीक विचार करे, तो वह पाएगा कि विचार छोड़ना पड़ेगा। इतनी महत्त्वपूर्ण बात ज़रूर मिल सकती है और यह बहुत बड़ी बात है। इतना भी पता चल जाए कि छोड़ देना पड़ेगा। लेकिन छोड़ वही सकता है, जिसने कभी किया हो। जिन्होंने कभी किया ही नहीं, आंख के अन्धे बने बैठे हुए हैं, वे छोड़ेंगे क्या ख़ाक। छोड़ने के पहले करना ज़रूरी है।

मैंने सुना है, एक स्टेशन पर बड़ी भीड़-भाड़ थी और मेले में लोग जा रहे थे। और उस स्टेशन पर एक़दम शोरगुल मचा हुआ था – चलो, चढ़ो! सामान रखो, उठाओ, मित्रों को भीतर लाओ, लड़का कहां है? पत्नी कहां है? सारे स्टेशन पर शोरगुल है। किसी मेले में ट्रेन जा रही है। सारे लोग हरिद्वार जा रहे हैं। लेकिन एक आदमी खड़ा हुआ है प्लेटफ़ॉर्म पर और कह रहा है : एक बात का पक्का जवाब दे दो। फिर उतरना तो नहीं पड़ेगा इस ट्रेन से। अगर उतरना पड़े, तो हम चढ़ते ही नहीं। मित्र कह रहे हैं : जल्दी करो! सीटी बज गई, झंडी दिखाई जा रही है, अब यहां बकवास का मौका नहीं है, तर्क का, रास्ते में बात कर लेंगे। उतरना तो पड़ेगा। हरिद्वार पर जब पहुंच जाएगी गाड़ी, तो उतरना तो पड़ेगा, लेकिन यहां से तो चढ़ना पड़ेगा। अभी चढ़ो। और वह मित्र कह रहा है कि मैं उस चीज़ में चढ़ता ही नहीं, जिसमें से उतरना पड़े। फ़ायदा क्या है चढ़ने से, जब उतरना है। उसका तर्क ठीक है, लेकिन मित्र नहीं माने। ज़बर्दस्ती उसको गाड़ी में बिठा लिया। फिर गाड़ी चल पड़ी। फिर हरिद्वार का स्टेशन आ गया। अब उलटी आवाज़ें मची हुई हैं। हर आदमी चिल्ला रहा है : उतारो। मेरा सामान कहां है? मेरा लड़का कहां है? जल्दी उतरो गाड़ी जाने वाली है और वे मित्र उसको फिर पकड़े हैं, वह कह रहा है, अब मैं उतरूंगा नहीं। जब मैं चढ़ ही गया तो उतरना क्या? और अगर मुझे उतरना ही

था, तो चढ़ाया क्यों? अब वे मित्र बहुत कहते हैं : वह दूसरी स्टेशन थी, जहां हम चढ़े थे। यह दूसरी स्टेशन है, जहां हम उतरते हैं। वहां चढ़ना ज़रूरी था और यहां उतरना ज़रूरी है।

तर्क पर चढ़ना भी पड़ता है, उतरने के लिए, लेकिन स्थान बदल जाते हैं। इसलिए ध्यान रहे, मैं अन्धविश्वास का पक्षपाती नहीं हूं, नहीं तो कोई यह सोच ले कि मैं कह रहा हूं तर्क, विचार, कुछ नहीं करना। किसी के भी चरण पकड़ लो आंख बन्द करके। और कहीं का भी ताबीज बांध लो और मज़ा करो। कुछ विचार नहीं करना, कोई तर्क नहीं करना। जो कोई कह दे, वह मान लो, यह मैं नहीं कह रहा हूं।

यह तो तर्क से भी बदतर अवस्था है। तो मैं तीन अवस्थाओं की बात कर रहा हूं।

एक विश्वास की अवस्था है, यह सबसे नीची, सबसे ओछी, सबसे ख़तरनाक अवस्था है। दूसरी अवस्था विचार की है, यह विश्वास से अच्छी, बेहतर, लेकिन बीच की अवस्था है। विश्वास से ऊपर, विचार से ऊपर फिर निर्विचार की अवस्था है, ध्यान की अवस्था है। एक अवस्था है विश्वास की, बिलीव की, फेथ की, फेथ और बिलीव और विश्वास वाला आदमी मनुष्य जाति में सबसे नीची कोटि पर खड़ा है। दूसरी अवस्था है विचार की, थिंकिंग की, तर्क की, रीज़निंग की। यह दूसरा व्यक्ति विश्वास वाले व्यक्ति से ऊपर खड़ा है। इसके पैर में ज़्यादा बल होगा। इसकी आंखें ज़्यादा खुली होंगी। यह ज़्यादा सजग होगा।

पहली अवस्था से सारी दुनिया के अन्धविश्वास पैदा होते हैं। हिन्दू, मुसलमान, ईसाई पैदा होते हैं। मन्दिर, मस्जिद, मूर्तियां बनती हैं। इस सारी दुनिया में जो रिचुयल चलता है, क्रिया-कांड चलता है, वह पहली अवस्था से पैदा होता है। दूसरी अवस्था है रीज़निंग की, तर्क की, विचार की। विचार से विज्ञान पैदा होता है, साइंस पैदा होती है। तीसरी अवस्था है निर्विचार की, ध्यान की। तीसरी अवस्था विचार के ऊपर है। और तीसरी अवस्था से सत्य या जिसको कहें धर्म, या जिसे कहें दर्शन, वह पैदा होता है।

विश्वास वाला भी विचार का दुश्मन है, और ध्यान वाला भी विचार का दुश्मन है, लेकिन दोनों की दुश्मनी बिल्कुल अलग है। यह ख़याल रख लेना। मैं भी तर्क और विचार का दुश्मन हूं, ध्यान के पक्ष में। और तर्क और विचार का दोस्त हूं विश्वास के विरोध में। विश्वास को उखाड़कर फेंक देना है विचार से और फिर विचार को उखाड़कर फेंक देना है ध्यान से। और फिर ध्यान में उखाड़कर फेंक देने को कुछ भी नहीं बचता है, वही बचता है, जो उखाड़कर नहीं फेंका जा सकता।

जैसे एक आदमी के पैर में कांटा लग गया हो। और उसके कांटे को निकालने के लिए हम कहें, कि एक कांटा और ले आओ। और वह आदमी कहे कि यह क्या बात कर रहे हैं, मैं एक ही कांटे से काफी परेशान हूं। अब आप दूसरा कांटा और मत लाइए। लेकिन हम न माने। और कांटा ले आए और ज़बर्दस्ती कांटा निकालने लगे और वह आदमी चिल्लाने लगे कि एक ही कांटा मेरे पैर में घुसा है, उससे मैं मरा जा रहा हूं। और तुम कैसे दोस्त हो कि दूसरा कांटा भी डाल रहे हो। हम उससे कहें कि हम दूसरे कांटे से पहला कांटा बाहर निकाल रहे हैं। वह आदमी राज़ी हो जाए। हम उसका पहला कांटा बाहर निकाल दें। वह आदमी कहे, अब दूसरे कांटे को पहले वाले घाव में रख दो, इस कांटे ने बड़ी कृपा की। अब हम इसको संभालकर रखेंगे, घाव में रखेंगे। वहीं रखेंगे, जहां इसने पहले कांटे को निकाल दिया, तो फिर मुसीबत हो जाएगी।

पहले कांटे को निकालने के बाद दूसरा कांटा भी बेमानी है, फेंक देने के योग्य है। तर्क और विचार का एक उपयोग है कि विश्वास के कांटे को निकाल दे। निकला विश्वास का कांटा कि तर्क और विचार फेंक देने योग्य हैं और तब जो अवस्था आती है वह विश्वास की नहीं है, वह ज्ञान की है। तब जो अवस्था आती है, वह विचार की भी नहीं है, वह निर्विचार की है। और तब जो दिखाई पड़ता है, वह मौलिक है, वह ओरिजिनल है।

इस मौलिक सत्य की खोज में जो विश्वास पर खड़े हैं, उनसे कहूंगा, छोड़ो विश्वास, विचार पकड़ो। जो विचार पर खड़े हैं, उनसे कहूंगा, छोड़ो विचार, ध्यान पकड़ो। और जो ध्यान पर खड़े हैं, वहां न कुछ पकड़ने को

बचता है, न छोड़ने को। इसलिए उनसे कुछ कहने की ज़रूरत नहीं है। लेकिन इससे बड़ी भूल पैदा हो जाती है।

एक गांव में एक दिन सुबह-सुबह बुद्ध का प्रवेश हुआ। और एक आदमी ने दरवाजे पर ही गांव के आदमी से पूछा कि मैं नास्तिक हूं, मैं ईश्वर को नहीं मानता हूं। आप ईश्वर को मानते हैं? बुद्ध ने कहा : मैं ईश्वर को मानता हूं, ईश्वर है! ईश्वर के अतिरिक्त और कुछ भी नहीं है। बुद्ध आगे बढ़े, बीच गांव में एक दूसरे आदमी ने पूछा कि रुकिए मैं आस्तिक हूं। मैं ईश्वर को मानता हूं। मैं पक्का विश्वासी हूं। आप मानते हैं? बुद्ध ने कहा : ईश्वर, ईश्वर है ही नहीं। ईश्वर है ही नहीं, मानने का सवाल नहीं है। ईश्वर बिल्कुल नहीं है। ईश्वर से ज़्यादा असत्य और कुछ भी नहीं। सुबह बुद्ध ने कहा – ईश्वर है, वही सत्य है। दोपहर बुद्ध ने कहा – ईश्वर नहीं है, असत्य है। सांझ को एक तीसरा आदमी आया। और उसने कहा : मुझे कुछ भी पता नहीं है कि ईश्वर है या नहीं। न मैं आस्तिक हूं, न मैं नास्तिक हूं, मैं क्या करूं ?।

बुद्ध ने कहा : अब तू फ़िक्र ही छोड़ दे। तू चुप हो जा। अब तू नास्तिक-आस्तिक की बात ही छोड़ दे। अब बात मत कर आगे। हम तुझसे कुछ भी न कहेंगे। यह तो ठीक थी, क्योंकि यह तीन अलग-अलग आदमियों से बात हुई।

बुद्ध के साथ एक भिक्षु था आनन्द। उसने तीनों बातें सुन लीं। उसकी मुसीबत आप समझ सकते हो। उसके तो प्राण संकट में पड़ गए कि मर गए, सच क्या है? सुबह यह आदमी कहता है कि ईश्वर है, दोपहर कहता है – नहीं है, सांझ कहता है – छोड़ो दोनों बातें बेकार हैं, चुप हो जाओ। रात जब सोने लगा, तो वह आदमी करवट बदल रहा है। बुद्ध ने उससे पूछा कि बहुत करवट बदलता है आज, बात क्या है? उसने कहा : आपने मेरी जान ले ली। आप पूछते हैं – करवट बदलता है! मैं क्या करूं, ईश्वर है या नहीं? दिन में तीन उत्तर मैंने एक साथ सुन लिये, एक ही आदमी से। मेरी हालत समझते हैं? मैं बुखार में पड़ गया हूं। मेरा सारा चित्त खिन्न हो गया है।

बुद्ध ने कहा : पागल तुझे तो एक भी उत्तर नहीं दिया था, तूने सुना क्यों। जिन्हें दिया गया था, उनके लिए था। तूने सुना क्यों, तुझे किसने दिया था। उसने कहा : और ग़ज़ब, मैं साथ था, मुझे सुनाई पड़ गया, सुना कहां। लेकिन सुनाई पड़कर ही मुश्किल में पड़ गया हूं। बुद्ध ने कहा : जो दूसरों के लिए दी हुई बातों को सुन लेते हैं। जो दूसरों के चले हुए रास्तों को देख लेते हैं, जो दूसरों के किसी भी तरह प्रभाव में पड़ गए हैं, उनकी ऐसी मुसीबत होती है। तुझे क्या मतलब था? फिर भी तूने सुन लिया, तो मैं तुझे कहता हूं। पहले आदमी में जो मैंने पाया, उसको उखाड़ा। दूसरे आदमी में जो मैंने पाया, उसको उखाड़ा। बुद्ध ने कहा : हम तो उखाड़ने वाले हैं। हम तो सब कूड़ा-करकट उखाड़ देते हैं। तीसरे आदमी में उखाड़ने को कुछ भी नहीं था। तो उसे मैंने सचेत किया कि कुछ लगा मत लेना। और जब चित्त की भूमि ख़ाली रह जाती है, जहां कोई विश्वास नहीं, कोई विचार नहीं, कोई तर्क नहीं। जहां कोई मत नहीं, कोई सम्प्रदाय नहीं, तब वहां उसका दर्शन होता है, जो है, देट व्हिच इज़। जो है, बस वही सत्य है।

बहुत से मित्रों ने इस सम्बन्ध में कुछ बातें पूछी थीं, इसलिए मैंने इस पर बात की। एक दूसरे मित्र ने पूछा है कि आप साधना के लिए कहते हैं, लेकिन हममें तो प्यास ही नहीं। आप कहते हैं कि ध्यान करो, केन्द्र को जगाओ, कुंडलिनी शक्ति को जगाओ, लेकिन हममें तो प्यास ही नहीं है। यह प्यास कहां से लाएं?

यह बड़ा मुश्किल मामला है। पानी तो कोई दे सकता है, प्यास कोई भी नहीं दे सकता। और पानी मांगने जाओ, तो कहीं मिल भी जाएगा, लेकिन प्यास मांगने जाओगे, तो कहां मिलेगी। लेकिन ऐसा एक भी आदमी नहीं है, जिसके पास प्यास न हो। अगर प्यास न होती, तो कोई उपाय न था। एक भी आदमी ऐसा नहीं है, जिसको सत्य को जानने की प्यास नहीं है।

एक छोटा-सा बच्चा भी, चींटा चल रहा है, उसको पकड़कर तोड़ डालता है। आप यह मत सोचना कि वह हिंसा कर रहा है। वे सिर्फ़ इनक्वायरी कर रहे हैं, वे सिर्फ़ जांच-पड़ताल कर रहे हैं कि प्राणी चल रहा

है, मामला क्या है भीतर? तोड़के देख रहा है। कोई चींटे को छोटा बच्चा इसलिए थोड़े मारता है कि चींटे से कोई दुश्मनी है। कि चींटा कोई मुसलमान है, कोई ईसाई है कि मारो। छोटा बच्चा चींटे को तोड़कर देखता है कि मामला क्या है। क्या चल रहा है। भीतर कौन-सी चीज़ चल रही है। जिज्ञासा।

कहीं पर्दा टांग दो और लिख दो – यहां मत झांकना। फिर, फिर वहां से कोई आदमी निकल सकता है, जो बिना झांके निकल जाए?

मैंने सुना है कि एक सूफ़ी फ़कीर एक जंगल में रहता था। उसने रास्ते के किनारे एक बड़ी तख़्ती लगा रखी थी। और तख़्ती पर लिखा हुआ था – पत्थर खाना बिल्कुल मना है, सख्त मना है। अगर पत्थर खाया तो ठीक नहीं होगा। और जिसको मिलना हो, पीछे झोंपड़ा है। जो भी आदमी निकलता, उससे मिलने जाता, क्योंकि पत्थर खाना सख्त मना है, मामला क्या है, यह कौन आदमी है और यह कैसा बोर्ड है, यह कैसी तख़्ती है? कभी आप ऐसी तख़्ती के पास से निकल सकते हैं, जिस पर लिखा हो – पत्थर खाना सख्त मना है। जो भी आदमी उस तख़्ती को देखता, उतरकर नीचे जंगल में थोड़ी दूर उस झोंपड़े तक जाता और उस फ़कीर से पूछता कि बात क्या है। कोई पत्थर खाता है? जो पत्थर खाने को मनाही की है। उसने कहा : कोई नहीं खाता है, इसलिए बोर्ड वहां लगाया है कि हमसे मुलाकात हो सके, बैठ जाओ। और आज तक इस रास्ते पर एक आदमी ऐसा नहीं निकला, जो यहां से बिना मिले हुए चला गया हो। आना ही पड़ता है। क्यों? बोर्ड पर किसी ने लिखा हो, लिखा रहने दें। आपको क्या ज़रूरत है कि आप मुड़ के जाएं रास्ते से।

जिज्ञासा है। क्या है सच, यह क्या बात है। एक प्रश्न है, जो प्राणों में सबको पकड़े हुए है। छोटे-छोटे बच्चे अपनी मां से पूछते हैं। नया बच्चा घर में आया है, यह कहां से आया। मां समझती है कि बच्चा बिगड़ा जा रहा है। यह कैसी गन्दी बातें पूछ रहा है। बिचारे को उसको क्या पता है, वह फिर भी पूछ रहा है कि बच्चा आ गया मामला क्या है। यह कहां से आ गया है। मां-बाप गन्दे हैं, वह कोई कह रहे हैं झूठ कि हनुमान जी

दे गए, कोई कहता है कुछ। हनुमान जी को इस झंझट से क्या मतलब! और बच्चा आज नहीं कल बड़ा होके पता लगा लेगा कि हनुमान जी का इसमें कोई क़सूर नहीं है। और तब बहुत मुसीबत होगी, क्योंकि तब बच्चे की सारी श्रद्धा उनसे उठ जाएगी, जिन्होंने झूठ थोपा था।

आप ध्यान रखें, हर बच्चा बूढ़े बाप का अपमान करता है। मुश्किल से ऐसे लड़के खोजने से मिलेंगे, जो बूढ़े बाप का सम्मान करते हों और फिर बूढ़े बाप बहुत दुखी होते हैं और परेशान होते हैं कि सब लड़के बिगड़ गए। लड़के नहीं बिगड़े हैं। लड़कों के बिगड़ने के पहले बाप का बिगड़ना बहुत ज़रूरी है। नहीं तो लड़के बिगड़ेंगे कैसे? पहली बिगड़ने की बात यहां से शुरू हो गई कि जब लड़के ने सत्य की जिज्ञासा की थी, तब तुमने झूठ उसके ऊपर थोप दिया। उस वक्त बच्चा था, मान गया होगा। बड़े होकर पता चल गया। उस झूठ के साथ तुम सदा के लिए झूठे हो गए। तुम्हारी सारी प्रतिष्ठा सदा के लिए खो गई। अब तुम्हारे प्रति कभी सम्मान नहीं हो सकता। हां, दिखा सकता है सम्मान! जब मर जाओगे, तो श्राद्ध करेगा। लेकिन ज़िन्दा में, ज़िन्दा में रोज प्रार्थना करेगा कि पिता जी स्वर्गवासी कब होंगे।

स्वाभाविक है, वह जो प्यास है जानने की, वह सब तरफ़ से हर आदमी के भीतर है। ऐसा आदमी खोजना मुश्किल है। हां, मिल सकता है ऐसा आदमी। लेकिन वह, वह आदमी होगा जिसे सब मिल गया। उसके पास प्यास नहीं होगी। यह बात ठीक है, लेकिन कोई पूछता है मुझसे कि हममें प्यास नहीं है। अगर प्यास नहीं थी, तो आप यहां आए कैसे? और प्यास नहीं थी, तो यह काग़ज़ लिखने और प्रश्न लिखने की तकलीफ़ आपने कैसे की, और क्यों परेशान हुए? प्यास तो है। हां, कम-ज़्यादा हो सकती है। प्यास न हो, तब तो कोई उपाय नहीं है। कम-ज़्यादा हो सकती है। कम-ज़्यादा को बदला जा सकता है।

अगर कोई दीये में ज्योत न जलती हो, तो आप बाती ऊंचा करते रहें, उससे क्या होने वाला है, कोई बाती ऊंची करने से ज्योति जल जाएगी? बाती ऊंची करके और नासमझी होगी। लेकिन अगर ज्योति धीमी-धीमी जलती हो, तो बाती ऊंची की जा सकती है और ज्योति ज़ोर से जल सकती है।

प्यास तो सबके पास है। बिना प्यास के कोई आदमी पैदा नहीं होता। सत्य की प्यास कहें, धर्म की प्यास कहें, परमात्मा की प्यास कहें, कोई भी नाम दे दें, प्यास है। हां, लेकिन धीमी और कम जल सकती है।

धीमी और कम जलने का मतलब केवल इतना है, उसका मतलब यह नहीं कि पॉज़िटिव रूप से, विधायक रूप से किसी की प्यास कम और किसी की ज़्यादा है, नहीं यह भी नहीं है। उसका कुल मतलब यह है कि किसी की प्यास पर ज़्यादा बोझ है, दूसरी झूठी प्यासों का। और किसी की प्यास पर दूसरी झूठी प्यासों का बोझ कम है। जिसकी असली प्यास पर झूठी प्यास का बोझ कम है, उसकी प्यास ज़्यादा जलती हुई मालूम पड़ेगी।

हमने बहुत-सी झूठी प्यासें सीख रखी हैं और उन झूठी प्यासों को समझना ज़रूरी है, तो सच्ची प्यास एक़दम भभककर उठ बैठेगी। कैसी-कैसी झूठी प्यासें सीख रखी हैं, जिनका कोई हिसाब नहीं।

एक आदमी पड़ोस से निकला हुआ है, वह एक चश्मा लगाए हुए है। आपको ख़याल ही नहीं था कल तक कि चशमा लगाना है। एक आदमी को चश्मा लगाए देखकर आपको पहली दफ़ा पता चला कि चश्मा लगाना बहुत ज़रूरी है। आश्चर्य है। आपको चश्मे का सवाल ही नहीं था। एक दूसरे आदमी को चश्मा लगाए देखकर एक प्यास पैदा हो रही है कि आपको भी चश्मा लगाया जाना चाहिए।

फिर चारों तरफ़ हज़ारों-हज़ारों तरह के लोग हैं और सबको देखके आप नई-नई झूठी प्यासे गढ़ रहे हैं, जो आपके भीतर नहीं है। जो बाहर से देख करके आपके भीतर आती हैं और आप उन्हें पकड़ लेते हैं। और बचपन से मां-बाप उन्हें सिखा रहे हैं, शिक्षक उन्हें सिखा रहे हैं। मां कह रही है बेटे से कि देख पड़ोसी के बेटे को – किस ढंग से चलता है, इसी तरह तुझे भी चलना चाहिए। और मां को पता नहीं है कि लड़के को एक ख़तरनाक रास्ते पर ले जा रही है। पड़ोसी के लड़के की तरफ़ उसकी आंखें उठा रही है। वह ज़िन्दगी-भर पड़ोसी के लड़कों को देखता रहेगा, और पड़ोसी के लड़के जो कुछ भी करेंगे, वह भी करेगा।

आप जो कपड़े पहने हुए हैं, वे आपने नहीं पहन लिये हैं, पड़ोसी वैसे पहने हुए है, यह मुसीबत है। जिस सिनेमाघर में आप जा रहे हैं, आप नहीं गए हैं, पड़ोसी उस तरफ़ जा रहे हैं और आप भी चले जा रहे हैं। आप जो अख़बार पढ़ रहे हैं, वह आप नहीं पढ़ रहे हैं, पड़ोसी पढ़ रहे हैं।

बर्नार्ड शॉ ने अपनी पहली किताब लिखी, तो बामुश्किल तो छपी, किसी तरह छप गई। गहना, पैसा किसी तरह इन्तज़ाम करके गिरवी रखके किताब छप गई, लेकिन ख़रीदे कौन? क्योंकि किताब तो वही बिकती है, जो पहले से बिकती हो। क्योंकि बिकती हुई किताब को देखकर लोग ख़रीदते हैं। जब कोई पड़ोसी ख़रीद ले कोई किताब, तब आप ख़रीदते हैं।

अब जब किताब पहली दफ़ा लिखी, न कोई बर्नार्ड शॉ का काम जानता है, न कुछ। किताब कोई दुकानदार रखने को तैयार भी नहीं। तो बर्नार्ड शॉ ने अपने पांच-सात मित्रों से कहा कि तुम एक कृपा करो! अलग से करने को कुछ नहीं है, जहां से तुम निकलो, अगर किताब की दुकान मिल जाए, तो खड़े होकर इतना पूछ लेना कि जॉर्ज बर्नार्ड शॉ की फलानी किताब है? और ख़रीदने का कोई डर ही नहीं, क्योंकि किताब किसी दुकान पर है नहीं, तो तुम बेफ़िक्री से पूछ लेना। और आगे बढ़ जाना और इतना पन्द्रह दिन कृपा कर दो, जहां किताब की दुकान मिले, तुम इतना पूछते चले जाना – जॉर्ज बर्नार्ड शॉ की फलानी किताब है?

उन पांच-सात मित्रों ने पन्द्रह दिन के भीतर क़रीब-करीब सब किताबों की दुकान पर दस-पांच चक्कर लगा दिए। दुकानदार ने कहा : जॉर्ज बर्नार्ड शॉ कोई बहुत बड़ा लेखक मालूम होता है। हम अभी तक किताब नहीं मंगाए, जो देखो वही पूछ रहा है जॉर्ज बर्नार्ड शॉ की किताब।

दुकानदारों ने किताब मंगाकर रख ली। बर्नार्ड शॉ की किताबें ज़ोर से बिकीं। और ग्राहक भी आए, तो दुकानदारों ने कहा : पता है कुछ, सारी बस्ती जॉर्ज बर्नार्ड शॉ की किताब पढ़ रही है। जो आदमी आता है, वही पूछता है – जॉर्ज बर्नार्ड शॉ की किताब आपने देखी।

उन्होंने कहा कि जब सारी बस्ती पढ़ रही है, तो हमें पढ़नी ही पड़ेगी। किताब दो।

बर्नार्ड शॉ ने लिखा है कि मैंने पहली किताब इस तरह बेची और दूसरी किताबें पहली किताब बिकवाएं चली जा रही है, और बिकती रहेंगी। किताब जॉर्ज बर्नार्ड शॉ की, पता है आपको। अब रुकना बहुत मुश्किल है।

एक मुसलमान फ़कीर था, नसरुद्दीन। वह एक दिन मस्जिद में गया। मस्जिद में वह जाता नहीं था। कोई अच्छे आदमी कभी नहीं जाते। चला गया। गांव के लोगों ने कहा : मस्जिद में बड़े बुद्धिमान लोग इकट्ठे होते हैं। तो उसने कहा : ज़रा मैं देख आऊं। मस्जिद नहीं गया था, बुद्धिमान लोगों को देखने गया था। पहले तो उसने कहा कि बुद्धिमान लोगों का इकट्ठा होना ज़रा मुश्किल है। नासमझ तो इकट्ठे होते देखे जाते हैं, बुद्धिमान कहां इकट्ठे होते देखे जाते हैं, फिर भी जाऊं। वह गया। पीछे से पहुंचा, भीड़ बढ़ गई थी। वह मस्जिद में नीचे बैठ गया। सामने वाले आदमी का कुर्ता उसने ऐसा खींचा। उस आदमी ने लौटकर पीछे देखा। उसने कहा कि इस मस्जिद का ऐसा नियम है कि सामने वाले का कुर्ता खींचना पड़ता है। बस उस आदमी ने आगे वाले का कुर्ता खींचा। उस आदमी ने चौंककर पीछे देखा। उस आदमी ने कहा : यहां का ऐसा नियम मुझे बताया गया, आदमी का कुर्ता, आगे का, खींचना। पूरे मस्जिद के लोग एक-दूसरे का कुर्ता खींचने लगे, वह खड़ा हो गया और उसे कहा कि गोबर-गणेशो, तुम ईश्वर को खोजने आए हो?

हम एक-दूसरे को देखकर हज़ारों तरह की प्यासें पैदा कर रहे हैं। जो बिल्कुल झूठी हैं और दुनिया भर के विज्ञापनदाताओं को और दुकानदारों को यह पता चल गया है कि आदमी नासमझ है और आदमी में झूठी प्यास, फ़ाल्स थर्स्ट पैदा की जा सकती है। और वह विज्ञापन ज़ोर से करता है। और प्यास पैदा हो जाती है। और इस तरह की हज़ारों प्यास हमारे ऊपर हैं। और इन प्यासों के कारण, वह जो प्यास है, जो जन्म से मिली है, वह दबी है और तड़प रही है।

सवाल उस प्यास के कम होने का नहीं है, सवाल इन प्यासों के ज़्यादा

होने का है। मगर इन प्यासों का दायरा बहुत ज़्यादा है। अब एक आदमी को अगर मिनिस्टर होना है, तो परमात्मा की प्यास को तो दबाना ही पड़ेगा, एक तरफ़ रखना पड़ेगा। क्योंकि मिनिस्टर होने की दौड़, तो परमात्मा की दौड़ एक तरफ़ रखनी पड़ेगी। परमात्मा से कहना पड़ेगा, थोड़ी देर ठहरिए, मैं पहले मिनिस्टर हो जाऊं, फिर आप पर नज़र करेंगे। और यह मामला है ही कि मिनिस्टर हो जाओ तो और नई मुसीबत, फिर चीफ़ मिनिस्टर होना पड़ता है। फिर चीफ़ मिनिस्टर हो जाओ तो और मुसीबत, क्योंकि पीछे के लोग आगे धक्का देते हैं, और आगे और लोग दिखाई पड़ते हैं। और उनको देखकर ऐसा लगता है कि और आगे जाना एक़दम ज़रूरी है।

मैंने सुना है, एक कारागृह था, एक जेलख़ाना था, और उस जेलख़ाने में एक छोटा अस्पताल है कैदियों के लिए। वे सारे दी जो बीमार हो जाते हैं, उस अस्पताल में भर्ती किए जाते हैं। जेलख़ाने का अस्पताल है, बड़ी ऊंची दीवारें हैं और कैदी, हथकड़ियां बंधी हैं और अपनी-अपनी खाट से बंधे हैं, हिल भी नहीं सकते, सिर्फ़ एक दरवाज़ा है। उस दरवाज़े पर नम्बर एक की खाट है।

नम्बर एक का क़ैदी रोज़ सुबह उठके ऐसा बाहर झांकता है और कहता है : अद्‌भुत आकाश! ऐसा आकाश कभी दिखाई नहीं पड़ा। आह! कैसे रंगीन बादल हैं, कैसे फूल खिले हैं। गुलमोहर ने तो छा दिया है पूरे आसमान की रेखा को, सुर्ख़ कर दिया है, लाल अंगारे फैल गए हैं। कभी कहता है कि गुलाब की सुगन्ध आ रही है। कभी रात को कहता है कि चांदनी बरस रही है। रात-रानी हवा से भर गई और सारे अस्पताल के कैदी तड़प उठते हैं कि नम्बर एक की खाट पर हम कब पहुंचे। नम्बर एक की खाट पर क्या-क्या हो रहा है। चांद भी आया है, सूरज भी निकलता है। गुलमोहर भी खिलते हैं, रात-रानी भी खिलती है। कभी एक़दम कान लगाकर वह कहने लगता है : आह! कौन गीत गा रहा है, ऐसा गीत कभी नहीं सुना।

चाहती है तबीयत कि दिल्ली कब पहुंच जाए। पता नहीं राष्ट्रपति के सिंहासन पर बैठे आदमी को क्या दिखाई पड़ रहा है। कौन-से गुलमोहर खिल रहे हैं, कौन-सी चांदनी खिल रही है। क्या हो रहा है, कब जाएं, लेकिन

खाटें हैं और हथकड़ियां। वे अस्पताल में भी सब बंधे, वे सब रोज़ प्रार्थना करते हैं – हे भगवान! यह नम्बर एक का आदमी कब मर जाए। नम्बर एक का आदमी एक ही फ़ायदा में रहता है कि सारा मुल्क प्रार्थना करता है कि कब यह मर जाए। शायद भगवान को इसलिए दया आ जाती हो तो बात दूसरी है कि इतने लोग जिसको मारने के लिए कहते हैं, उसको कुछ दिन बचाओ। और तो कोई फायदा नहीं दिखाई पड़ता।

वह सारा अस्पताल, फिर आख़िर वह आदमी मर जाता है। कई बार मरने का धोखा देता है। आदमी एक़दम से थोड़े मरते हैं। आदमी कई दफ़ा धोखा देते हैं। कई दफ़ा उसके फिट आ जाता है। सब खुश हो जाते हैं। हालांकि ऊपर से सब दुखी हो जाते हैं और कहते हैं : बड़ा दुख हो रहा है। तुम चले जाओगे, तो हमारा क्या होगा! और भीतर से कहते हैं – कहीं रुक ही मत जाना।

नम्बर एक की खाट और हर मरीज़ डॉक्टरों की ख़ुशामद करता है। जब वह बीमार पड़ता है, तब सब मरीज़ एक़दम ख़ुशामद करने लगते हैं, उसका बीमार पड़ना डॉक्टरों के लिए, बड़ा मौसम आ जाता है। सब रुपए सरकाने लगते हैं कि ज़रा ख़याल रखना, नम्बर एक की जगह ख़ाली हो तो हमें पहुंचा देना। जहां नम्बर एक के आदमी के मरने की बात उठती है, वहीं सब तरफ़ रुपए खिसकने लगते हैं। सब तरफ़ आदमी चलने लगते हैं। सब तरफ़ गड़बड़ शुरू हो जाती है। कौन नम्बर एक।

आख़िर मर जाता है। आख़िर आदमी कब तक धोखा देगा, मरना ही पड़ता है। कितनी बार बीमारी से लौटोगे, एक बार तो जाना ही पड़ेगा। वह भी बेचारा मर गया। मर गया और एक दूसरा कैदी जीत गया डॉक्टरों को रिश्वत देने में। उसकी हथकड़ियां खोली गईं। सारे कैदी ताली पीट रहे हैं, कि अब हम तुम्हारे जन्मदिन पर कैदी दिवस मनाएंगे। क्योंकि तुम प्रथम हो गए। पहली बार ऐसे हमारी आंखों में दिखाई पड़ा है कि हमारे बीच से कोई क़ैदी पहली नम्बर की खाट पर जा रहा है। और वह कैदी अकड़कर गया, पहली नम्बर की खाट पर बैठा और बाहर देखा। वहां पत्थर की एक बड़ी दीवार के सिवाय और कुछ भी नहीं है। मगर उसने कहा – यह तो

बड़ी मुश्किल हो गई। अगर लौटकर मैं कहता हूं कि सिर्फ़ पत्थर की दीवार है, तो सिर्फ़ मैं ही मूढ़ बन जाऊंगा, और अब फ़ायदा भी क्या है? लौटकर वह कहता है : धन्य हुआ! कैसा सूरज खिला है, कैसे फूल खिले हैं। कैसा आनन्द बरस रहा है। मित्रो, कब तुम्हें यह मौका मिलेगा।

और फिर सारा अस्पताल प्रार्थना करता है कि कब तुम मरो, तभी यह मौका मिल सकता है। हे भगवान! नम्बर एक की जगह ख़ाली करो। और वह चलता है और उस अस्पताल में हमेशा से चल रहा है। और न मालूम कितने कैदी उस नम्बर एक की खाट पर आते हैं, मरते हैं और खत्म हो जाते हैं, लेकिन कोई कैदी इतनी हिम्मत नहीं जुटा पाता कि कह दे, बाहर, बाहर कुछ भी नहीं है, सिर्फ़ एक पत्थर की दीवार खड़ी है। और दौड़ जारी है।

हम इस तरह की नामालूम कितनी दौड़ों में संलग्न हैं। कितनी प्यासें हैं हमारी, और कैसी फ़िज़ूल की प्यासें हैं। एक आदमी थोड़ा अच्छा कपड़ा पहने हुए है, तो मैं अच्छा कपड़ा पहनने की प्यास से भर जाता हूं। एक आदमी थोड़े बड़े मकान में है, तो मैं मकान की प्यास से भर जाता हूं। एक आदमी नए मॉडल की कार में है, तो पिछले वर्ष की कार एक़दम बैलगाड़ी मालूम पड़ने लगती है। यह सारी दौड़, यह सारी प्यास उस प्यास को दबा रही है। और इसलिए वह प्यास नहीं मालूम पड़ती। इसे मुझसे मत पूछो कि वह प्यास तो हममें है नहीं। प्यास तो है लेकिन और प्यासें उसे दबाती होंगी। और हमारी शक्ति अगर बहुत-सी प्यासों की दिशाओं में भटक जाए, तो फिर मौलिक, केन्द्रीय, वह जो जड़ में प्यास है, वह वंचित रह जाती है। वह सूख जाती है। धीरे-धीरे हम भूल ही जाते हैं, सच तो यह है कि हम भूलना चाहते हैं, हम भुला देते हैं। हम धीरे-धीरे बिल्कुल ही भुला देते हैं कि और भी कोई प्यास हो सकती है। कमाओ धन, बनाओ मकान, बच्चे पैदा करो – पर्याप्त है। जीवन पूरा हो जाता है।

जो आदमी समझता है कि इन प्यासों में जीवन है, उसके लिए अभी देर है। उसके लिए बहुत देर है। उसकी परमात्मा की प्यास के अंकुर को बाहर फूटने में बहुत समय लग जाएगा। लेकिन ध्यान रहे, इसमें किसी और

को ज़िम्मेदार मत समझना। ज़िम्मेदार वह व्यक्ति स्वयं है।

तो अपने भीतर खोलके देखना कि मैंने कोई झूठी प्यासें तो नहीं पकड़ रखी हैं, कहीं मैं उनमें तो नहीं जी रहा हूं। अगर उनमें मेरी चेतना खो गई है, तो मूल प्यास का सिंचन बन्द हो जाएगा। उस प्यास की जड़ें कमज़ोर पड़ जाएंगी। वह प्यास दब जाएगी। क़रीब-क़रीब, मरी-मरी हो जाएगी। मनुष्य के जीवन में जो सर्वाधिक महत्त्वपूर्ण खोज है, वह मृत पड़ी है और जीवन में जो बिल्कुल व्यर्थ की खोजें हैं, वे सबकी सब सबल होकर सबके प्राणों को अवशोषित कर रही हैं।

धार्मिक प्यास से प्रभु की प्यास को जगा लेने का एक ही रास्ता है कि उन प्यासों से सावधान रहना, जो झूठी हैं। और जो केवल पड़ोसी को देखकर पैदा हो जाती हैं, उन प्यासों से सावधान रहना, जो सिर्फ़ नक़ल से पैदा होती हैं। जिनका कोई मौलिक कारण नहीं है भीतर। जिनके लिए भीतर सच में कोई बेचैनी नहीं है। जो बेचैनी क्रिएटिड है, बाहर से पैदा की गई। और अब तो बाहर से पैदा करने के ऊपर सारा व्यवसाय है, सारा व्यापार है। आदमी की इतनी ज़रूरतें नहीं हैं, जितनी ज़रूरतें दिखाई पड़ रही हैं। और जो ज़रूरतें होनी चाहिए, उनका कोई पता ही नहीं है, वे एक तरफ़ रखी हुई हैं।

एक गांव में बुद्ध गए हैं और गांव के कुछ लोगों ने आकर कहा कि आप तीस साल से आते हैं हमारे गांव में, लेकिन अब तक कितने लोगों को मोक्ष मिला है? कितने लोगों ने सत्य पाया? बुद्ध ने कहा : इसका उत्तर मैं सांझ को दूंगा। अभी मैं एक ज़रूरी काम में हूं। तुम थोड़ी मेरी सहायता करो। यह कागज़ ले जाओ। और गांव में जाकर लिख लाओ, कितने लोग मोक्ष जाना चाहते हैं, आज की रात वे आ जाएं। उस आदमी ने कहा : क्या मतलब? बुद्ध ने कहा : वह बाद में बताऊंगा, तुम जाओ।

छोटा-सा गांव है। तीन-चार सौ लोग होंगे। वह आदमी एक-एक के घर गया। उसने पूछा कि आज बुद्ध का आदेश हुआ है कि जो भी मोक्ष जाना चाहते हों, आज सांझ उनके दरख़्त के पास इकट्ठा हो जाएं। आज वे उसे मोक्ष भेज देंगे। और अपना नाम लिखा दें। लोगों ने कहा : जाओ

अभी अपना काम करो, हमें और काम नहीं है जो मोक्ष जाएं। किसी ने कहा: कैसे अपशकुन की बात करते हो, हम कोई मरने के करीब हैं। अभी हम जवान हैं। यह सब बूढ़ों के पास जाओ। बूढ़ों के पास भी वह आदमी गया। बूढ़ों ने कहा : तुम क्या समझते हो, हम बूढ़े हो गए, तो मर जाएं। शर्म भी नहीं आती आते, जाओ कहीं और, अभी हमें दूसरे काम हैं।

वह आदमी तो हैरान हो गया। गांव में एक नाम नहीं मिला और रोज़ बुद्ध की सभा में बहुत लोग आते थे। उस रात कोई नहीं आया। क्योंकि सब डरे कि कहीं मोक्ष मिल ही न जाए।

आप ही सोचिए, अगर कल मैं एक सभा और रखूं, रखूगा नहीं। और यह कह दूं कि कल सिर्फ़ वही लोग आएं, जो मोक्ष जाना चाहते हैं, क्योंकि मोक्ष चले ही जाएंगे वे यहीं से, फिर कोई नहीं आएगा। आने की बात दूर, इस रास्ते से कोई नहीं निकलेगा। पहचाना हुआ आदमी, झंझट कहीं कोई हवा लग जाए, कुछ बात हो जाए, कुछ-कुछ हो जाए। कोई नहीं आया। वह आदमी ख़ुद नहीं आया। लिस्ट लेकर। उस आदमी ने सोचा कि सुबह दे देंगे यह काग़ज़, ख़ाली तो ठहरा। हम क्यों जाएं। सुबह बुद्ध उसके घर गए और कहा कि महाशय तुम आए नहीं। उसने कहा : मैं डरा कि कोई तो जा नहीं रहा, हम भी क्यों जाएं। सुबह दे देंगे, काग़ज़ में कुछ है भी नहीं, नाम तो कोई मिला नहीं। बुद्ध ने कहा : अब भी तुम मुझसे पूछते हो, तीस साल से समझा रहा हूं, कितने लोग मोक्ष गए। मैं किसी को ज़बर्दस्ती धक्के देकर मोक्ष में भेज दूं। सत्य की प्यास, कोई धक्का देकर तो आपको नहीं दे सकता। लेकिन मैं कहता हूं, सत्य की प्यास है। धीमी जल रही है। मन्दी जल रही है, दबी-दबी है। पता नहीं चलता कहां है, क्योंकि उसके आसपास बहुत कुछ जल रहा है। बड़े-बड़े नाइलोन लाइट लगा रखे हैं उसके आसपास। वह छोटा-सा दीया पता नहीं चलता। उसकी कोई पहचान नहीं होती, उसकी कोई ख़बर नहीं मिलती। वह किरण दब गई है, वह आवाज़ दब गई है।

थोड़ा खोजें, थोड़ा अपनी प्यासों को हटाएं और कभी देखें कि सच में ये सारी प्यासें जो मैं चाहता हूं कि पूरी हो जाएं, अगर पूरी हो गईं;

फिर क्या। क्या फिर मेरी यात्रा पूरी हो जाएगी? मैं हो जाऊंगा आप्तकाम, आ जाएगा फुलफ़िलमेंट, कह सलूँगा पा लिया सब, मिल गई वह गाड़ी, मिल गया वह मकान, वह स्त्री, वह बच्चा सब? फिर तो शायद ख़याल आए असली प्यास यह नहीं हो सकती, क्योंकि जिसके पूरे होने पर फिर प्यास बाक़ी रहती है, वह प्यास असली नहीं हो सकती। तो फिर शायद...

एक अन्तिम बात, फिर मैं चर्चा पूरी कर दूंगा। कुछ मित्रों ने कहा है कि आप कुछ ऐसी बातें कह देते हैं कि मन को बड़ा धक्का लगता है, बहुत शॉकिंग हो जाती है।

अब बड़ा मुश्किल है, आपका मन बड़ा कमज़ोर है, इसमें हम क्या करें। ऐसा मन लेकर ऐसी ख़तरनाक जगह जाते क्यों हो। लेकिन मेरा कोई ज़रूर प्रयोजन, मैं धक्का मारना चाहता हूं।

हम ऐसे जड़ हो गए हैं कि कहीं से कोई धक्का ही नहीं लगता। जड़ हो गए हैं पत्थर की तरह। हिलते ही नहीं, और कभी हवा का झोंका ज़ोर से आए और पत्थर को थोड़ा हिलाए, तो पत्थर बहुत नाराज़ होता है। फूल बहुत खुश होता है, क्योंकि ज़िन्दगी है हवाओं में, नाचने में। पत्थर बहुत नाराज़ होता है। यह क्या गड़बड़ करते हो। यह कैसी हवा चलती है कि हम हिल जाते हैं, हमारी जगह से हिल जाते है, चोट लगती है मन को बहुत। एक छोटी-सी कहानी से समझाऊं।

एक फ़कीर था। बड़ा अद्भुत आदमी था। उसका नाम था बहाउद्दीन नक्सबन्द। नामालूम कितने लोग उसके पास आते थे। एक आदमी आया। दस-पच्चीस लोग उसके पास बैठे हैं। एक आदमी आया। पैर में झुक गया और कहने लगा कि मुझे सत्य की खोज करनी है। मैं आध्यात्मिक जिज्ञासु हूं। आप मुझे रास्ता बताएं। और उस फ़कीर ने कहा कि इसी वक़्त बाहर निकल जा और अब से अध्यात्म की बात छोड़ दे। अब अध्यात्म की बात ही मत करना, लौटके यहां आना मत, बाहर निकल, उठ!

सारे लोग जो बैठे थे, बहुत हैरान हो गए। यह क्या मामला है? यह आदमी कैसा है? इतना क्रोधी! जिसको हम समझते थे ज्ञानी, इतना

अभिमानी! जिसको हम समझते थे शान्त! दो-चार उठके चल दिए। उन्होंने कहा : इस आदमी का तो गड़बड़ हो गया। यह आदमी गड़बड़ है। हम समझे थे क्या, निकला क्या। डिसइलुज़न में दो-चार तो उठके चले गए, दो-चार उठना चाहे उनके पीछे, लेकिन कुछ संकोच, कुछ उसमें रुक गए। दो-चार इसलिए रुक गए कि यह पूछ लें, फिर जाएं। यह मामला क्या है। आदमी के साथ ऐसा व्यवहार करना पड़ता है। जब वह आदमी चला गया, तो उन्होंने पूछा कि हम बहुत दुखी हैं, आपकी बात सुनकर हमको बहुत पीड़ा हुई। आपने ऐसा दुर्व्यवहार किया। आपने उस आदमी को ऐसा धक्का दिया। इस तरह की बात कही। यह एक सन्त के लिए उपयोगी है?

उस फ़कीर ने कहा, इसके पहले कि मैं तुमको निकालूं। निकालूंगा मैं तुमको, तुम देख चुके हो। तुमको अभी निकालता हूं। लेकिन इससे पहले कि मैं तुमको निकालूं, मैं तुम्हें बता दूं कि बात क्या है। तुम्हें उदाहरण से समझा दूं। दो क्षण के लिए वह चुप हो गया।

खिड़की से एक पक्षी आया। और कमरे में चक्कर काटने लगा। और वह निकलना चाहता है और निकल नहीं पाता और आप जानते ही हैं कि पक्षी अगर कमरे में घुस जाए, तो खुले दरवाज़े को छोड़कर सब जगह रास्ता खोजता है।

दिमाग़ आदमियों में थोड़े ही ख़राब है, पक्षियों का भी ऐसा ही है। खुला दरवाज़ा है उसको छोड़ देगा, दीवार पर चोंच मारेगा, पर फड़फड़ाएगा और जितना घबड़ाने लगेगा, निकलने का रास्ता नहीं पाएगा, उतना ही खुले दरवाज़े के पास नहीं जाएगा और सब तरफ़, और वह फ़कीर चुप बैठा है और वे सारे लोग देख रहे हैं कि बात क्या है।

वह फ़कीर पक्षी को देख रहा है। वह कई चक्कर लगाकर, उस खुले दरवाज़े की पट्टी पर आकर बैठ गया। जैसे ही वह बैठा उस फ़कीर ने ज़ोर से ताली बजाई। वह पक्षी फड़फड़ाया और दरवाज़े के बाहर हो गया। उस फ़कीर ने कहा : देखो मित्रो, उस पक्षी को जब मैंने ताली बजाई, तो ज़रूर लगा होगा कि कौन दुष्ट आदमी है, मैं तो वैसे ही थका-मांदा बैठा हूं। और ताली बजाकर मुझे शॉक कर रहा है। लेकिन वही ताली उसे बाहर

ले गई। अब वह खुले आकाश में है। लेकिन जो ताली समझ सकेंगे, वे खुले आकाश में चले जाएंगे। जो ताली नहीं समझ सकेंगे, वे अपने और चूहों के बिलों में घुस जाएंगे। दरवाज़ा बन्द कर लेंगे कि अब इस आदमी के पास नहीं आना है। सब गड़बड़ हो गया।

जिनको आप शॉक समझ रहे हैं, आपके लिए परमात्मा से की गई मेरी प्रार्थना है। जिनको आप चोट समझते हैं, जिनसे आप क्रोधित हो जाते हैं, आपके लिए परमात्मा से किए गए मेरे निवेदन हैं।

जब आप खिड़की पर बैठे होते हैं, तब मैं ज़ोर से ताली बजाता हूं कि शायद उड़ जाएं, लेकिन वह पक्षी बड़ा समझदार था। इतने समझदार आदमी खोजने बहुत मुश्किल हैं, लेकिन इस आशा में कुछ नासमझ घूमते ही रहते हैं कि शायद इतने समझदार आदमी भी कहीं मिल जाएं। उसी की खोज में घूमता रहता हूं। कोई मिल जाए ठीक, नहीं मिला तो यह तो कहने को न होगा परमात्मा के सामने कि जब पक्षी बैठा था स्वतन्त्र होने के क़रीब, तो मैंने ताली नहीं बजाई थी। मैंने ताली बजा दी थी, अब यह पक्षी की बात कि वह बाहर न गया हो और भीतर आ गया हो।

इन तीन दिनों में मेरी बातों को इतनी शान्ति और प्रेम से सुना उससे बहुत अनुगृहीत हूं। और अन्त में सबके भीतर बैठे परमात्मा को प्रणाम करता हूं। मेरे प्रणाम स्वीकार करें।

पांचवां सूत्र

चित्त का निरीक्षण

मेरे प्रिय आत्मन!

एक छोटी-सी घटना से मैं अपनी चर्चा शुरू करना चाहूंगा। एक बहुत बड़े नगर में, एक बहुत बड़े विशाल भवन के सामने बहुत भीड़ इकट्ठी थी। सत्रहवीं मंज़िल से एक युवक उस भवन पर से कूदकर आत्महत्या करने को था। लोग उसे समझा रहे थे। सोलहवीं मंज़िल पर भी लोग इकट्ठे थे। और उस युवक को बचाने की कोशिश कर रहे थे। उस युवक ने अपने मकान के सब तरफ़ से द्वार बन्द कर रखे थे। और ऐसा प्रतीत होता था कि वह आज कूदे बिना नहीं मानेगा और सत्रहवीं मंज़िल से कूदने का क्या अर्थ हो सकता था। सोलहवीं मंजिल पर जो लोग इकट्ठे थे, उनमें से एक बूढ़े ने उस यवक को समझाने की कोशिश की। उस वृद्ध ने कहा : बेटे, अपने मां-बाप का ख़याल करो। यह तुम क्या कर रहे हो? वह युवक ऊपर से चिल्लाया : मेरे कोई मां-बाप नहीं हैं। उस बूढ़े ने कहा : तो अपने बच्चे, अपनी पत्नी का स्मरण करो, उनके जीवन का ख़याल करो। यह तुम क्या कर रहे हो? उस युवक ने कहा : माफ़ करें, न मेरी कोई पत्नी है और न मेरे कोई बच्चे। लेकिन वृद्ध भी हार मानने को राज़ी न था। उसने अन्तिम कोशिश की। उसने कहा : तुम किसी को तो प्रेम करते हो। अपनी प्रेयसी का ही ख़याल करो, उसके जीवन का। उस युवक ने कहा : मुझे स्त्रियों

से घृणा है। अन्तिम बार समझाने की कोशिश में वह वृद्ध आदमी चिल्लाया : तो अपना ही ख़याल करो, अपने ही जीवन का। वह मृत्यु के लिए तैयार युवक हंस पड़ा और बोला, काश! मुझे यही पता होता कि मैं कौन हूं, तो आत्महत्या का सवाल ही नहीं होता। लेकिन मुझे पता नहीं है कि मैं कौन हूं, मैं किसका ख़याल करूं।

आज क़रीब-क़रीब सारी मनुष्य-जाति इस हालत में आकर खड़ी हो गई है। चाहे हम किसी भवन की सत्रहवीं मंज़िल से खड़े होकर आत्महत्या करने को तैयार न हों, लेकिन जीवन में, जीवन का सारा आनन्द खो दिया है और हम जहां भी खड़े हैं, सिवाय मृत्यु की प्रतीक्षा के हमारे खड़े होने का और कोई अर्थ नहीं रह गया है। और कोई हमसे कहे कि जियो। मां-बाप के लिए जियो, पत्नी के लिए जियो। पुत्रों के लिए जियो। दूसरे के लिए जीना कभी भी बहुत गहरे में अर्थपूर्ण नहीं हो सकता, जो अपने लिए जीने में समर्थ नहीं उसके लिए। जो अपने लिए जीने में समर्थ है, वह दूसरे के लिए भी जी सकता है, जी पाता है। जो अपने भीतर आनन्द को उपलब्ध होता है, वह दूसरों के जीवन में भी आनन्द की सुगन्ध पहुंचाता है। लेकिन जो अपने भीतर ही इस प्रश्न से भरा हो कि मुझे पता नहीं कि मैं कौन हूं। जिसे अपने जीवन का भी कोई बोध न हो। उसके जीने में कितना अर्थ हो सकता है, कितना आनन्द हो सकता है?

एक मनुष्य ऐसी जगह होता, तो भी एक बात थी। सारी मनुष्यता ऐसी जगह आकर खड़ी हो गई है, जहां उसके सामने या तो व्यर्थ जीने का एक विकल्प है या इस जीवन को समाप्त कर लेने का। इन दो विकल्पों के बीच हम आज खड़े हैं। कोई राह, कोई मार्ग खोज लेना ज़रूरी है और इसके पहले कि हम उस मार्ग के सम्बन्ध में थोड़ा विचार करें, जो मनुष्य के जीवन को आनन्द से और आलोक से भर देता है। इसके पहले कि हम उस दिशा में आंखें उठाएं, जहां से जीवन का दुख विलीन हो जाता है और आनन्द की वर्षा शुरू होती है। यह जान लेना ज़रूरी होगा कि मनुष्य इस स्थिति में कैसे पहुंच गया है। बिना इस बात को समझे शायद हम उस रास्ते को ही नहीं खोज़ सकेंगे। यह पूछ लेना, पहचान लेना बहुत ज़रूरी है कि इतने विशाद की, इतने

सन्ताप की, इतने चिन्ताओं की और दुख की यह स्थिति कैसे पैदा हो गई है।

एक और छोटी-सी कहानी से मैं इस स्थिति को समझाने की कोशिश करूंगा और फिर जो मुझे आपसे आज कहना है, वह कहूंगा। बहुत पुराने दिनों की घटना है। एक राजमहल के सामने सुबह-ही-सुबह जब सूरज उगता था, एक भिक्षु ने आकर भिक्षा मांगी। राजा द्वार पर ही था। राजा ने पास खड़े नौकरों को कहा : जाओ, भिक्षु का पात्र भर दो। लेकिन उस भिक्षु ने कहा : ठहरो, मेरी एक शर्त है। मैं तभी भिक्षा स्वीकार करता हूं, जब कोई मेरे पूरे पात्र को भरने का आश्वासन दे देता है। क्या आप मेरे पूरे पात्र को भर सकेंगे? मैं अधूरे पात्र को भरा हुआ लेकर न जा सकूंगा। राजा ने कहा : तुम पागल हो क्या? इतना छोटा-सा पात्र लिये हो। इतने बड़े सम्राट के द्वार पर खड़े हो, क्या तुम्हें सन्देह होता है कि तुम्हारा पात्र हम पूरा न भर सकेंगे। उस भिक्षु ने कहा : मैं और भी राजाओं के द्वार पर खड़ा हुआ हूं। और आज तक मैंने इतना समृद्ध मनुष्य नहीं देखा, जो मेरा पूरा पात्र भर सके। इसलिए मैं यह शर्त पहले रख देता हूं। पीछे आपको पछताना न पड़े। सोच ले, मैं वापस लौट सकता हूं। भिक्षा देने की कोई ज़रूरत नहीं है। लेकिन भिक्षा यदि देनी है, तो पात्र पूरा भरना पड़ेगा। राजा हंस पड़ा। उसके राज्य की सीमाएं इतनी बड़ी थीं कि सम्भवतः उस समय किसी के राज्य की सीमाएं उतनी बड़ी नहीं थीं। उसकी तिजोरियों में इतना धन था कि उसकी कोई गणना न थी। उसके विजय की कथा बहुत बड़ी थी। वह हंस पड़ा और उसने अपने मन्त्रियों को कहा : अब अन्न से भरना ठीक न होगा। जाओ. स्वर्ण-अशर्फ़ियों से इसके पात्र को भर दो। और इतना भर दो कि पात्र से बाहर भी स्वर्ण-अशर्फ़ियां गिर जाएं।

कोई बात न थी। खेल था राजा के लिए यह सब। मन्त्री गया, स्वर्ण-अशर्फ़ियां भरकर लाया झोली में और भिक्षु के पात्र में डाली। लेकिन भिक्षु के पात्र में स्वर्ण-अशर्फ़ियां पड़ते ही राजा को पता चला, सौदा महंगा पड़ने का मालूम होता है। भिक्षु के पात्र में पड़ी अशर्फ़ियां कहीं खो गईं। पात्र ख़ाली का ख़ाली रहा। राजा के चेहरे पर घबड़ाहट आ गई, लेकिन हार मानने को कौन इतनी जल्दी राज़ी होता है। फिर वह राजा था, बहुत

बड़ा विजेता था। उसके अहंकार की कोई सीमा न थी। उसने मन्त्रियों को कहा : चाहे सारा राज हार जाऊं बाज़ी पर, लेकिन इसके पात्र को तो भरना ही होगा। फिर दोपहर हो गई। भिक्षु का पात्र ख़ाली का ख़ाली रहा, मन्त्री भागते रहे। तिजोरियों से धन समाप्त होता चला गया। फिर सांझ हो गई और राजा के वे ख़ज़ाने जिन्हें वह सोचता था, अकूत हैं, जिनकी कोई माप नहीं, उनकी भी सीमा आ गई। कोई ख़ज़ाना इतना बड़ा नहीं होता कि उसकी सीमा न आ जाए। लेकिन भिक्षु का पात्र ख़ाली था, ख़ाली ही रहा।

सांझ राजा को लगा, हार मान जाने के सिवाय अब कोई मार्ग नहीं है। बड़ी पीड़ा की बात थी। जो बड़े सम्राटों के सामने नहीं हारा था, एक भिखारी के सामने हारना पड़ेगा क्या उसे!

सूरज ढलने को हो गया। सारे राजमहल में उदासी और दुख छा गया। कोई दीया उस रात जलने को नहीं था, वहां। राजा भिक्षु के पैरों पर गिर पड़ा और कहा, मुझे माफ़ कर दें। आज मुझे ज्ञात हुआ कि भिक्षु का पात्र सम्राटों के राज्य से भी बड़ा है। भिखारी की भूख समृद्ध की तिजोरियों से बहुत बड़ी है। मैं नहीं भर सकूंगा इसे, माफ़ कर दें। सुबह अहंकार में मैंने जो कह दिया था, उसे मैं वापस लेता हूं। लेकिन जाने के पहले एक बात बताए जाएं। क्या रहस्य है इस पात्र का। क्या जादू है इसमें, किन मन्त्रों से यह सिद्ध किया गया है।

भिक्षु बोला कोई मन्त्र नहीं, कोई जादू नहीं। बड़ी सीधी-सी, सरल-सी बात है। मैं ख़ुद चकित हुआ था इसे पहली बार देखकर। एक मरघट से निकलता था। वहां एक आदमी की खोपड़ी पड़ी मिल गई। उससे ही मैंने यह पात्र बना लिया। लेकिन जब भी इसे भरा, तो पाया कि वह ख़ाली रह जाता है। तब मुझे समझ में आया, मनुष्य का मन कभी नहीं भरता है। इसलिए यह खोपड़ी भी भरने को तैयार नहीं है।

कोई मन्त्र नहीं, कोई जादू नहीं है। मनुष्य के मन का ही यह पात्र है। मनुष्य का सारा विशाद, मनुष्य के इस भिक्षा-पात्र से पैदा होता है। मनुष्य की सारी चिन्ता और दुख, मनुष्य के जीवन की सारी उदासी और पीड़ा, मनुष्य के जीवन का सारा दुर्भाग्य, मनुष्य के मन के इस भिक्षा-पात्र

में छिपा है। और हम निरन्तर इसे भरने के श्रम में, निरन्तर इसे भरने के संकल्प में, निरन्तर इसे भरने की यात्रा में संलग्न रहते हैं। कौन, कब, मनुष्य अपने मन को भर पाया है?

मनुष्य-जाति का पूरा इतिहास, लम्बा इतिहास है। करोड़-करोड़ लोगों ने आकांक्षाएं की हैं मन को भर लेने की, लेकिन क्या कभी कोई सफल हो पाया है आज तक, क्या कोई अपवाद हो पाया है? क्या, कोई मनुष्य कह सका कि मैंने भर लिया अपने मन को? मैं तृप्त हूं, मैं सन्तुष्ट हूं, मैंने पा लिया, जो मैंने चाहा था। अब मेरी कोई चाह नहीं, कोई आकांक्षा नहीं, क्या कभी कोई कह पाया है? आज तक तो नहीं कोई कह पाया। लेकिन हर मनुष्य को यह भ्रम है कि मैं अपवाद सिद्ध हो जाऊं। मैं कह सकूं। हर मनुष्य को यह भ्रम हमेशा रहा है, हर मनुष्य को यह ख़याल रहा है, न कर पाए होंगे दूसरे लोग तृप्त, लेकिन मैं कर लूंगा। मैं एक्सेप्शन, मैं अपवाद सिद्ध होने को हूं। और इस भ्रम में हर मनुष्य का जीवन चुक जाता है और मन ख़ाली का ख़ाली रह जाता है।

जिस मनुष्य का यह भ्रम टूट जाता है, उसके जीवन में धर्म की शुरुआत होती है। जिस मनुष्य का यह इलुज़न, यह भ्रम बना रहता है, उसके जीवन में धर्म का कोई मार्ग कभी नहीं खुलता है। वह चाहे मन्दिरौं के द्वार खटखटाए, वह चाहे शास्त्रों को सिर पर ढोए, वह चाहे कुछ भी करे, पूजा और प्रार्थना। नहीं, वे पूजा और प्रार्थना, वे मन्दिर और तीर्थों की यात्राएं भी उसके मन को न भर सकेंगी। जब तक उसे यह स्मरण न आ जाए कि मन कुछ ऐसा है कि वह भरा ही नहीं जा सकता। जब तक वह इस सत्य का साक्षात न कर ले कि मन स्वभावतः दुष्पूर है, उसे भरा नहीं जा सकता, उसे पूरा नहीं किया जा सकता।

सिकन्दर मरा था, जिस राजधानी में, उसकी अरथी निकली, लोग हैरान हो गए। ऐसी अरथी कभी किसी ने न देखी थी। बड़ी अजीब बात थी। सिकन्दर के दोनों हाथ अरथी के बाहर लटके हुए थे। लोग सोचे, क्या कोई भूल हो गई है। लेकिन सिकन्दर की अरथी भूल हो सकती थी क्या। कोई भिखारी न मर गया था, कि लोग उसे घसीटें और मरघट पर डाल आएं।

सिकन्दर की मृत्यु थी, वह कोई सामान्य मृत्यु न थी। क्यों हाथ बाहर लटके हुए थे। हर कोई यही पूछने लगा। सारे नगर में एक ही चर्चा थी, एक ही बात, सिकन्दर के हाथ अरथी के बाहर क्यों लटके हुए हैं। सांझ होते-होते धीरे-धीरे ख़बर उठी, लोगों को पता चला, सिकन्दर ने मरते वक़्त कहा था। मेरे हाथ अरथी के बाहर लटके रहने देना, ताकि हर आदमी देख ले, मैं भी ख़ाली हाथ जा रहा हूं। मेरे हाथ भी भरे हुए नहीं हैं। पता नहीं, लेकिन इन ख़ाली हाथों को देखकर सिकन्दर का यह सन्देश किसी तक पहुंचा या नहीं पहुंचा, क्योंकि सिकन्दर को मरे बहुत वक़्त हो गया। उसके ख़ाली हाथ हज़ारों लोग, करोड़ों लोग देख चुके हैं, लेकिन वे भी अपने हाथ भरने की उसी कोशिश में संलग्न हैं। मालूम होता है, सिकन्दर की अरथी के बाहर लटके हुए हाथ व्यर्थ चले गए, वे किसी को दिखाई नहीं पड़े। लोग शायद हंस लिये होंगे, लोग शायद सोचे होंगे कि सनकी था, जीवन-भर सनक रही और यह अन्त में सनक आई कि अपने हाथ बाहर लटका लिये। लेकिन हर आदमी ने सोचा होगा, तुम ख़ाली गए तो क्या, मैं भरा होकर जाने को हूं। मेरे हाथ अरथी के भीतर होंगे और मुट्ठियां मेरी भरी होंगी।

शायद इसलिए हर मरते आदमी के हाथ हम अरथी के भीतर संभाल के रख देते हैं, ताकि कोई देख न ले कि उसकी मुट्ठी ख़ाली है या भरी। लेकिन हम सब भली-भांति जानते हैं, कोई भी हाथ भरा हुआ नहीं जाता, न ही जा सकता है। शायद यह असम्भावना है कि किसी के हाथ भर सकें। शायद यह सम्भव नहीं है। सम्भव न होने के पीछे कोई कारण होगा, कोई वजह होगी, कोई बुनियादी बात होगी। अन्यथा अब तक क्या हर आदमी असफल हो जाता। और एक ही श्रम और एक ही संकल्प है सबका, एक ही अभीप्सा, एक ही आकांक्षा करोड़-करोड़ जन जीते हैं और समाप्त हो जाते हैं। और एक ही उनके प्राणों की उत्सुकता है कि किसी भांति उस भरेपन को पा लें, जिसके आगे कोई चाह न रह जाए। उस जगह पहुंच जाएं, जिसके आगे जाने को कोई मार्ग न रह जाए और वह मंज़िल मिल जाए जो अन्तिम हो, जिसके आगे फिर कोई यात्रा न करनी पड़े। लेकिन हर क़दम नई यात्रा को खोल देता है। और हर आकांक्षा की तृप्ति नई आकांक्षाओं के आकाश के दर्शन कराती है। हर तृप्ति मिलते ही नई

अतृप्तियों को खोलने की कुंजी मिल जाती है। और नई अतृप्तियों के द्वार खुल जाते हैं। और फिर वही दौड़। जन्म से लेकर मृत्यु तक। एक ही दौड़ और एक ही परिणाम। बड़े आश्चर्य की बात है। और फिर भी किसी को दिखाई न पड़ता हो। एक ही दौड़, एक ही परिणाम, एक ही असफलता, फिर भी किसी को दिखाई न पड़ता हो। तो शायद सोचना पड़े कि मनुष्य बड़ा अन्धा है।

क्राइस्ट ने एक दिन लोगों से कहा था : अगर तुम्हारे पास आंखें हों तो देखो। और अगर तुम्हारे पास कान हों, तो सुनो। किसी ने पूछा : क्या आप सोचते हैं हमारे पास कान और आंखें नहीं हैं। क्राइस्ट ने कहा : मैं सोचता नहीं, मैं देखता हूं कि नहीं है। काश! मनुष्य के पास आंखें होतीं, तो उन शक्तियों को देख पाता, जो निरन्तर मौजूद हैं, लेकिन फिर भी दिखाई नहीं पड़तीं। सबसे बड़ा सत्य, जो मनुष्य के पास रोज़ खड़ा है वह है, मनुष्य के मन की दुष्पूरता, मनुष्य के मन के न भरे जाने का सत्य। लेकिन नहीं उसे हम देखना नहीं चाहते हैं।

एक फ़कीर था। एक सुबह एक व्यक्ति ने आकर उससे कहा : मैं परमात्मा को पाना चाहता हूं। सत्य के दर्शन करना चाहता हूं। क्या यह हो सकता है! किसी ने कहा है : आपके पास जाऊं। शायद आपका इशारा मुझे उस यात्रा पर गतिमान कर दे। उस फ़कीर ने कहा : हो सकता है। मैं तो इशारा करूंगा, लेकिन तुम्हारे पास आंखें हैं कि तुम इशारे को देख सको। और जो ज़िन्दगी के इशारे को नहीं देख पाया : मुझ ग़रीब फ़कीर के इशारे देख सकेगा क्या? फिर भी तुम आए हो, तो सम्राटों के द्वार से तो लोग ख़ाली लौट जाते हैं, लेकिन फ़कीरों के द्वार से कब कौन ख़ाली लौटता है। इसलिए चलो, मैं इशारा कर दूं, शायद तुम देख सको। और उसने उठाई एक बाल्टी और एक बड़ा ड्रम और कहा कि आओ मेरे साथ कुएं की तरफ़।

आदमी कुछ समझा नहीं कि कुएं पर जाने और परमात्मा के दर्शन में और सत्य की खोज का क्या सम्बन्ध हो सकता है। लेकिन फिर भी धीरज रखना ज़रूरी था। उस फ़कीर ने रास्ते में कहा : अगर लौटते वक़्त

भी तुम कुएं से मेरे साथ रहे, तो शायद कुछ बात हो सके। उस आदमी ने सोचा – कैसा पागल है, लौटते वक़्त मैं क्यों साथ न रहूंगा। ज़रूर रहूंगा। मैं खोज करने आया हूं। कुएं पर वह फ़कीर गया। फ़कीर ने ड्रम नीचे रखा, तो वह आदमी देखकर हैरान रह गया कि पागल मालूम पड़ता था। उस ड्रम में कोई बॉटम न थी, कोई तलहटी न थी। वह दोनों तरफ़ से पोला था। क्या इसमें यह पानी भरने को आया हुआ है। फिर उसने बाल्टी कुएं में डाली और पानी खींचा और उस ड्रम में डाला। पानी तो नीचे बह गया। उसने बाल्टी फिर कुएं में डाल दी। वह आदमी चकित खड़ा देखता रहा। उसने सोचा – मैं भी किस पागल आदमी के पास परमात्मा की खोज करने आ गया हूं। भूल हो गई। यह आदमी ठीक ही कहता था कि कुएं से अगर लौटते वक़्त तुम मेरे साथ रहे, कौन इसके साथ रहेगा। मुझे घर चला जाना चाहिए। लेकिन जाने के पहले उचित है कि इस फ़कीर को चेता दूं कि यह क्या पागलपन करते हो, ऐसे पानी नहीं भरने वाला।

दूसरी बाल्टी तब तक फ़कीर डाल चुका था। वह भी बह गई थी, ड्रम ख़ाली था। तीसरी बाल्टी भरी जाती थी। उस आदमी का धीरज टूट गया। उसने कन्धे पर हाथ रखा और कहा : सुनो, पागल हो, देखते नहीं हो, उसमें कोई तलहटी नहीं है, कोई बॉटम नहीं है। उसमें कहीं पानी भरेगा। उस फ़कीर ने कहा : लो, तुम मुझसे सीखने आए थे और मुझे तुमने सिखाना शुरू कर दिया। अक्सर ऐसा होता है, शिष्य के नाम से जो लोग आते हैं बहुत जल्दी गुरु बन जाते हैं। अक्सर ऐसा होता है, अनुयायी के नाम से जो लोग पीछे आते हैं, बहुत जल्दी नेता के भी नेता बनने की कोशिश में लग जाते हैं। सारी दुनिया में अनुयायी नेताओं के नेता बन गए हैं। शिष्य गुरुओं के गुरु बन गए हैं। भक्त साधुओं के मालिक बन गए, अकारण थोड़े ही। कुछ वजह से।

उस फ़कीर ने कहा : क्षमा करो, यहीं नाता-रिश्ता तोड़ दो। तुम जाओ। वह आदमी बोला : तुम्हारे कहने की ज़रूरत नहीं, मैं ख़ुद ही जाने को था लेकिन जाते वक़्त चेता देना ज़रूरी है कि मर जाओ तुम भर-भर के, यह कुआं ख़ाली हो जाए, लेकिन यह ड्रम नहीं भरेगा। उस फ़कीर ने कहा :

तुम बड़े पागल मालूम पड़ते हो। ड्रम क्यों नहीं भरेगा, जब मैं भरने की कोशिश कर रहा हूं, तो ज़रूर भरेगा। आख़िर भरने की कोशिश से चीज़ें भरती हैं, मैं भरने की कोशिश कर रहा हूं, पूरे प्राणधन से कोशिश कर रहा हूं, पूरी ताक़त लगा रहा हूं, फिर क्यों नहीं भरेगा। उस आदमी ने कहा : सिर्फ़ कोशिश काफ़ी नहीं है, यह भी देख लेना ज़रूरी है; जिसमें तुम भर रहे हो वह भरा भी जा सकता है या नहीं। उसमें तलहटी नहीं है।

वह फ़कीर बोला : मुझे तलहटी से क्या लेना-देना। मुझे तलहटी से क्या सम्बन्ध! मैं ड्रम को भरना चाहता हूं, तो उसके ऊपर के किनारे पर अपनी आंखें लगाए हुए हूं कि जब वह ऊपर तक भर जाएगा, उठाके घर चला जाऊंगा, नीचे देखने से मुझे प्रयोजन? मैं ऊपर देख रहा हूं, जहां पानी आना चाहिए। फ़कीर की ये बातें सुनकर उस आदमी ने हाथ जोड़े और कहा : माफ़ करो, भूल से मैं आ गया। मेरे गांव के और लोग भी तुम्हारे पास आना चाहते थे, उनको जाकर चेता दूंगा।

वह आदमी वापस लौट गया। लेकिन रात उसने सोचा – इतनी सीधी-सी बात भी क्या उस फ़कीर को दिखाई नहीं पड़ती थी कि जिस बर्तन में वह पानी भर रहा है, उसमें कोई तलहटी नहीं है। उसमें कोई पेंदी नहीं है, उसमें पानी नहीं भरा जा सकता। क्या उसे यह सीधी-सी बात दिखाई नहीं पड़ती थी! ज़रूर उसे भी दिखाई तो पड़ती होगी। तो कहीं ऐसा तो नहीं है कि इस घटना से उसने मुझसे कुछ कहना चाहा हो! कहीं ऐसा तो नहीं हुआ कि मैं जल्दी वापस लौट आया! क्या उचित न हुआ होता कि मैं उसके साथ लौटते में भी चला जाता। हर्ज़ क्या था।

वह रात को उठा और फ़कीर के घर पहुंच गया। सोते से फ़कीर को जगाया और कहा : मुझे माफ़ कर दें। मैंने जल्दी की। शायद आप मुझे कोई शिक्षा देना चाहते थे, जो मैं नहीं समझ सका। शायद मैं आपके इशारे को नहीं पहचान पाया, मैं पूछने आया हूं।

वह फ़कीर खुश हुआ। उसने कहा : मुश्किल से कभी कोई आता है। यह तो मेरी रोज़ की परीक्षा है। जब भी कोई परमात्मा को खोजने आता है, तो पहले मैं कुएं पर ले जाता हूं, लेकिन तुम लौट के आए, तुम पहले

आदमी हो। मैं भी तुमसे यही पूछना चाहता हूं कि जिस मन को तुम भरना चाहते हो, उसमें कोई तलहटी है? कोई बॉटम है? कभी खोजा मन के पात्र को कि भीतर कोई उसमें जगह है जहां चीज़े रुक जाएं। लेकिन तुम भी ऊपर की तरफ़ आंखें लगाए हो कि मन भर जाए, लेकिन यह देखते नहीं कि भीतर मन को भरने के लिए कोई स्थान है, रोकने के लिए कोई जगह है, कोई बॉटम है। तुम भी यही देख रहे हो कि मैं मेहनत कर रहा हूं, तो मन भर जाएगा। बिना इस बात को देखे हुए कि हो सकता है, मन का पात्र पोला हो। तो इसके पहले कि कोई समझदार आदमी जीवन को आनन्द से भरने निकले, वह मन के पात्र की खोज कर लेता है। तो मेरे मित्र कुएं पर मैंने तुम्हें इशारा किया था। इशारा तो तुम नहीं समझे, उलटे मुझे शिक्षा देने लगे। लेकिन ठीक है कि तुम वापस लौट आए हो। अब आगे कुछ बात हो सकती है।

वह आदमी उस फ़कीर के पास सदा के लिए रुक गया। और वह आदमी जिस दिन मरा उस दिन वह गांव के लोगों से कह सका, मेरे हाथ ख़ाली नहीं हैं। आज तक ज़मीन पर कुछ थोड़े-से लोग, जिन्होंने मन को समझा है, यह कह सके हैं कि हमारे हाथ ख़ाली नहीं हैं। इसका यह अर्थ नहीं कि उनके हाथ भर गए। इसका यह अर्थ है कि जैसे ही उन्होंने हाथों को भरने की इस सारी दौड़ को समझा, उन्होंने भीतर देखा तो पाया, इस दौड़ के कारण, भीतर जहां कि वे सदा ही भरे हुए थे, इस दौड़ के कारण इस भरे हुए को नहीं देख पाते थे। इस दौड़ में उलझे रहते थे। और भीतर की सम्पदा, भीतर के साम्राज्य का कोई अन्त होने को न था। यह दौड़ में जीवन चुक जाता था। भरने की कोशिश में, और वे यह जान ही नहीं पाते थे कि इस कोशिश के पीछे जो खड़ा है, वह निरन्तर भरा हुआ है कि उसे भरने की कोई ज़रूरत नहीं। वह जो निरन्तर भरा ही हुआ है हमारे भीतर, उसका ही नाम आत्मा है। और जो हमारे भीतर निरन्तर ख़ाली है, उसका नाम मन है।

दो तरह की दौड़ें हैं। एक मन की दौड़ है और दो ही तरह के मनुष्य हैं। मन के पीछे यात्रा करते हुए लोग और मन की यात्रा की व्यर्थता को

जानकर, स्वयं में ठहर गए हुए लोग। जो स्वयं में ठहर जाता है, वह भर जाता है। और जो मन के पीछे दौड़ता है, वह निरन्तर ख़ाली-से-ख़ाली होता चला जाता है। आखिर में यह ख़ालीपन इतना घबड़ा देता है, यह एम्पटीनेस इतना घबड़ा देती है, यह निरन्तर भीतर कुछ भी नहीं कर पाता, सारा श्रम व्यर्थ हो जाता है। इतना फ्रस्ट्रेशन, इतनी पीड़ा इससे पैदा होती है, इतनी विफलता का विषाद पैदा होता है कि उस क्षण अगर किसी मनुष्य को लगता हो कि मैं अपने को समाप्त ही कर लूं, तो कोई आश्चर्य की बात तो नहीं है। कोई आश्चर्य की बात तो नहीं है कि कोई देख ले कि सब व्यर्थ हो गया है, तो जिऊं किसलिए! और एक दिन सारा जीवन ही राख मालूम पड़ने लगे। उसमें सब ज्योति बुझ जाए। कोई भी अपने को समाप्त कर लेने के ख़याल से भर सकता है।

आप में भी यहां शायद ऐसा कोई व्यक्ति हो, जिसने ज़िन्दगी में कई बार ख़ुद को ख़त्म कर लेने के ख़याल का अनुभव न किया हो। कई बार जिसे ऐसा न लगा हो कि सब व्यर्थ है। इसमें क्या करूं? इसमें आगे जाने में कौन-सी सार्थकता है? ऐसा विचारशील मनुष्य खोजना कठिन है, जिसके मन में आत्मघात का ख़याल कभी-न-कभी न आ गया हो। सिर्फ़ दो तरह के लोगों में आत्मघात का ख़याल नहीं आता। एक तो वे, जो नितान्त जड़ बुद्धि हैं, जिनकी बुद्धि में कुछ भी नहीं आता। और एक वे, जिनके जीवन में आत्मा का आलोक प्रकाशित हो जाता है। बीच के तो सारे लोगों के मनों में आत्मघात के ख़याल का आ जाना विचारशीलता का लक्षण है।

स्वभावतः आ जाएगी यह बात, कि क्या, अगर जीवन एक व्यर्थ का खेल है, अगर हम ताश के पत्तों का घर बनाएं, पैदा हो जाएगा। और इस तथ्य को बिना देखे आदमी जीवन की चिकित्सा करने की कोशिश करता है, निदान करता है। उसके सारे निदान भ्रान्त सिद्ध होते हैं। और बीमारी से भी ज़्यादा औषधियां ख़तरनाक सिद्ध होती हैं।

पांच हज़ार वर्षों से हज़ारों निदान प्रस्तुत किए गए, हज़ारों चिकित्साएं बताई गईं। यह करो, उपवास करो, प्रार्थना करो, सिर के बल खड़े हो जाओ, कपड़े छोड़ दो, नंगे हो जाओ, घर छोड़ दो, भाग जाओ, हज़ार-हज़ार उपाय

बताए गए हैं कि यह करो – इनके करने से सब ठीक हो जाएगा। लेकिन बुनियादी बात पर जिसका ख़याल नहीं है, वह कुछ भी करे, किसी भी बात से कुछ भी नहीं होगा, क्योंकि मन रहेगा मौजूद। आज दो उपवास करेंगे, मन कहेगा, इससे तो कुछ भी नहीं हुआ, कल तीन करें। कल तीन करेंगे और पाएंगे, इससे तो कुछ भी नहीं हुआ, कल सात करें। कल सात करेंगे, मन कहेगा, सात। इससे तो कुछ भी नहीं हुआ, कल पन्द्रह करें। वह वही दौड़ है, एक लाख रुपए हैं, तो मन कहता है कि कुछ भी नहीं हुआ, दो लाख चाहिए। दो लाख होते हैं, तो कहता है, तीन लाख चाहिए। चार लाख चाहिए, वह कहता ही चला जाता है, एक उपवास करो, दो उपवास करो, तीन करो, वह कहता ही चला जाता है। इससे भी कुछ नहीं हुआ, आगे शायद कुछ होगा। दौड़ वही है, चाहे उपवास करो, चाहे रुपए इकट्ठा करो। मन वही है, उस मन में कोई फ़र्क़ नहीं पड़ा।

एक आदमी एक भवन बनाता चला जाए। एक मंज़िल बनाता है, मन कहता – इससे कुछ भी नहीं हुआ, दूसरी मंज़िल बनाओ, तीसरी मंज़िल बनाओ, बनाते चले जाओ। आकाश छू लो, तब भी मन कहेगा कि कुछ नहीं हुआ। एक आदमी धन इकट्ठा करना शुरू करता है, तो मन कहता है और, और चाहिए और चाहिए तब कुछ होगा। एक आदमी त्याग करना शुरू करता है, तो मन कहता है और छोड़ो, और छोड़ो, और त्याग करो, तब कुछ होगा। लेकिन और की भाषा कायम रहती है। और की भाषा का नाम मन है। और चाहिए, चाहे छोड़ो, चाहे पाओ। लेकिन मन कहता है और करो। इससे कम पर राजी नहीं होता। उतने पर पहुंच जाते ही मन आगे फिर खड़ा हो जाता है और कहता है और करो।

न कोई त्यागी तृप्त होता है और न कोई भोगी। चूंकि दोनों के पीछे मन की यात्रा कायम रहती है। इसलिए हज़ारों साल से प्रस्तावित निदान व्यर्थ हो गए हैं। हज़ारों साल से बताई गई चिकित्साएं सार्थक नहीं हुई। आदमी वहीं का वहीं खड़ा है।

मैंने सुना है, न्यूयॉर्क के एक स्कूल में, एक छोटे-से बाल मन्दिर में, एक बच्चे के सम्बन्ध में वहां के शिक्षक बहुत चिन्तित हो गए। बच्चे में

कुछ ऐसे लक्षण दिखाई पड़ रहे थे कि चिन्ता स्वाभाविक थी। वैसे लक्षण बूढ़े में दिखाई पड़ें, तो कोई चिन्ता नहीं करता, क्योंकि वह अब जाने को है। उसके बाबत चिन्ता की ज़रूरत नहीं। लेकिन बच्चा तो अभी आने को है जगत में। और वह कुछ बूढ़ों जैसे लक्षण दिखाने लगा था। लक्षण की ख़बर इसलिए मिली थी कि उस बच्चे में इधर पन्द्रह दिनों से देखा गया था कि वह कोई भी चित्र बनाता था, तो काले रंग से बनाता था। फूल बनाता तो काले रंग का, गाय बनाता तो काले रंग की, लड़का बनाता तो काले रंग का। सभी कुछ काले रंग का बनाता था।

उसके शिक्षक को ख़याल गया इस बात पर। बात क्या है, काले रंग का इतना आग्रह इसमें क्यों है? काला रंग तो मौत का सबूत है, ज़िन्दगी का नहीं। काले रंग का इतना प्रेम तो उदासी की ख़बर है, दुख की ख़बर है, चिन्ता की ख़बर है, प्रफुल्लता की तो नहीं, आनन्द की तो नहीं।

और एक दिन तो हद हो गई, वह लड़का एक चित्र बनाकर लाया था, जो पूरा-का-पूरा काला था, जिसमें पहचानना मुश्किल था, क्या बनाया है। उसके शिक्षक ने पूछा कि यह क्या है। उस बच्चे ने कहा : देखते नहीं हैं, यह काला समुद्र है। यह काली नाव, यह काला आदमी बैठा हुआ है। ये काले दरख़्त लगे हुए हैं। यह काला सूरज निकला हुआ है, ये काले फूल लगे हुए हैं। देखते नहीं ये काले पहाड़ हैं, काली बदलियां हैं, सब-कुछ काला था। पहचानना बहुत मुश्किल था।

उसके शिक्षक ने सोचा कि ये ख़बर मनोवैज्ञानिक को कर देनी उचित है। इस बच्चे की ज़िन्दगी के भीतर कुछ गड़बड़ हो गई है। इसका इलाज होना ज़रूरी है। मनोवैज्ञानिक बुला लिया गया। उस मनोवैज्ञानिक ने पन्द्रह दिन खोजबीन की। पन्द्रह दिन की, यही बहुत कम है। हिन्दुस्तान का मनोवैज्ञानिक होता और कोई कमीशन बैठता, तो पन्द्रह साल करते। फिर पन्द्रह दिन थोड़ा ही वक़्त लिया, कोई ज़्यादा वक़्त नहीं लिया। फिर विशेषज्ञ जितना ज़्यादा वक़्त ले, उतना ही थोड़ा है। बड़े-बड़े ग्रन्थों के उद्धरण देके उसने सिद्ध किया कि बच्चे की क्या-क्या तकलीफे हैं। बच्चे के जन्म से लेकर अब तक का उसने सारा इतिहास लिखा। बच्चे के मां-बाप आपस

में लड़ते हैं, इसलिए बच्चा उदास है। उसके परिवार की स्थितियां अच्छी नहीं हैं। आर्थिक स्थितियां बुरी हैं। पड़ोस गन्दा है। सारी बातें उसने लिखी। मनोविज्ञान के जितने भी दुख के कारण हो सकते थे, सबका ब्यौरा लिखा। वह रिपोर्ट आई।

रिपोर्ट आई, स्कूल का जो चपरासी था, वह भी हैरान था कि बच्चे की इस इतनी-सी बात के लिए इतना बड़ा तूफ़ान किया जा रहा है। इतना अध्ययन किया जा रहा है। उसने उस बच्चे को एकान्त में पकड़ा और पूछा : बेटे तुम मुझे तो बताओ कि तुम काले रंग से चित्र क्यों बनाते हो। उस बच्चे ने कहा : असल बात यह है कि मेरी डब्बी के और सारे रंग खो गए हैं। सिर्फ़ काला रंग बचा हुआ है। उस बूढ़े चपरासी ने दूसरे रंग लाकर उसे दे दिए। दूसरे दिन से उसने काले चित्र बनाने बन्द कर दिए। फिर वह लाल फूल बनाने लगा और पीला सूरज उगाने लगा।

एक बुनियादी बात जो किसी ने भी उससे नहीं पूछी। सब उसके अध्ययन में लग गए। लेकिन उससे किसी ने भी सीधा नहीं पूछा कि बात क्या है।

आदमी की चिकित्सा भी इसी तरह की चल रही है और बहुत बड़े-बड़े विशेषज्ञों के हाथ में आदमियों की जान बड़ी मुश्किल में पड़ गई है। बड़े-बड़े धर्मज्ञों ने, धर्म पुरोहितों ने, धर्म पुरोहितों के भी अलग-अलग सम्प्रदाय हैं, हिन्दू हैं, मुसलमान हैं, जैन हैं, ईसाई हैं और न मालूम कितने तरह के रोग हैं सारी दुनिया में। और उन सबने इतने उपचार उपस्थित कर दिए हैं आदमी के साथ कि यह करो, यह करो! और उनके उद्धरण हैं। उनके ग्रन्थ हैं समर्थन में कि यह करने से यह होगा और वह करने से वह होगा। क्या आदमी बहुत विधृत खड़ा होकर रह गया है कि क्या करे और क्या न करे। और शायद कुल जमा बात इतनी है कि मनुष्य के मन को सीधा देखने की बात हम सब में से सभी भूल गए हैं। वह मन सीधा देखा जाना चाहिए कि जिसकी सब दौड़ दुख में ले जाती है। उस मन के साथ अभी कुछ करने का सवाल उतना बड़ा नहीं है, क्योंकि बिना मन को जाने, जो कुछ भी किया जाएगा, उसका परिणाम ग़लत होना निश्चित है, चाहे दुकान चलाई

जाए और चाहे प्रार्थना की जाए।

मन को बिना जाने जो कुछ भी किया जाएगा, उसका परिणाम खतरनाक होने वाला है, क्योंकि मन को बिना जाने, मन को बिना पहचाने किए गए कृत्य समाधान पर ले जाने वाले नहीं हो सकते। लेकिन हम सब यही पूछते फिरते हैं। हम जाके किसी को पूछते हैं – मन अशान्त है, क्या करें? तो वह कहता है – माला जपो। अशान्त आदमी अगर माला भी जपेगा, तो अशान्त आदमी ही तो माला जपेगा न। और अशान्त आदमी की माला जपने का क्या मूल्य हो सकता है। कोई उसे कह देता है, जाकर उपवास करो, वह अशान्त आदमी उपवास कर लेता है, वह और अशान्त हो जाता है, और क्रोधी हो जाता है। जानते हैं भलीभांति हम धार्मिक लोगों को, उनका क्रोध और बढ़ता चला जाता है। जिस-जिस मात्रा में धर्म बढ़ता है, उस-उस मात्रा में क्रोध बढ़ता है।

हर आदमी, हर घर में हर आदमी पहचानता है कि अगर कोई आदमी धार्मिक हो रहा है, तो उसका बढ़ता क्रोध इसकी ख़बर देता है कि वह आदमी धार्मिक होता चला जा रहा है। इसने पूजा शुरू कर दी, इसने मन्दिर जाना शुरू कर दिया, यह धर्म-शास्त्र पढ़ने लगा है। उसका कोई कसूर नहीं है, कसूर है चिकित्सकों का। जो बिना इस बात की फ़िक्र किए कि यह आदमी अशान्त हुआ है, तो अशान्त होने वाले मन में झांकने के लिए उपाय हो, अशान्त आदमी को कहते हैं कि यह करो, वह करो। अशान्त आदमी जो भी करेगा उससे अशान्ति और भी बढ़ जाएगी। सबसे अच्छा तो यह होगा कि अशान्त आदमी अगर कुछ भी न करे, कोने में बैठ जाए, तो भी शायद कुछ हो सकता है।

नादिरशाह अपनी विजय यात्राओं पर था। एक गांव में ठहरा और उसने सुन रखा था कि एक बहुत बड़ा चिकित्सक, एक बहुत बड़ा ज्योतिषी उस गांव में है। उसने उसे बुलवाया। नादिर को बहुत नींद आती थी। बहुत सोता था। उसने उस चिकित्सक को पूछा कि लोग कहते हैं कि आप बहुत सोते हैं, यह बुरी बात है। इसकी वजह से आपको सब तकलीफ़े होती हैं। क्या मैं कम सोना शुरू कर दूं? लोग मुझे ग्रन्थ लाके बताते हैं कि कम

सोना अच्छा है, ज़्यादा सोना बुरा, क्या मैं कम सोऊं। उस ज्योतिषी और चिकित्सक ने, जो अद्‌भुत रहा होगा, कहा : नहीं महानुभाव, आप चौबीस घंटे सोएं तो बहुत अच्छा। आपका जागना बहुत खतरनाक है। आप जैसे ख़तरनाक आदमी जितनी देर सोए रहें, उतना अच्छा है। अगर आप चौबीस घंटे सोए रहें, तो बहुत अच्छा। आप जितनी देर जागेंगे, उतना ही ज़्यादा उपद्रव जगत में होगा। नादिरशाह ने उसको मरवा डाला।

सच्ची बातें आदमी कभी भी नहीं सुन सका है। सच्ची बात कहने का एक ही पुरस्कार हो सकता है कि जिसके लिए आप कहने गए थे, वह ही आप को मार डाले। लेकिन उस चिकित्सक ने बात तो बड़ी अद्‌भुत कही थी। उसने कहा : ग्रन्थों को एक तरफ रख दो। अच्छे आदमी का जागना अच्छा होता है, बुरे आदमी का सोना। ग्रन्थों का सवाल नहीं है।

तो अशान्त आदमी पूछता फिरता है – मैं क्या करूं कि मैं शान्त हो जाऊं? और जो भी उससे कहता है – तुम यह करो, वह ग़लत सलाह दे रहा है, क्योंकि अशान्त आदमी जो भी करेगा, उसे करने से अशान्ति और बढ़ जाने वाली है। अशान्त आदमी को, अशान्त मन को करने का सवाल नहीं है, जानने का सवाल है। करना और जानना दोनों बड़ी बुनियादी, अलग बातें हैं। अशान्त मन क्यों है? इस तथ्य का पूरा साक्षात होना ज़रूरी है। इसके भीतर प्रवेश होना ज़रूरी है, इसका पूरा-का-पूरा ज्ञान होना ज़रूरी है, इस पर आंखें ले जानी ज़रूरी है कि अशान्त क्यों हूं मैं, क्यों हूं पीड़ित, क्यों हूं चिन्तित, क्यों हूं दुख से भरा हुआ।

भीतर की तरफ़ एक यात्रा ज़रूरी है मन को जानने के लिए। लेकिन अगर कभी आप भीतर की तरफ़ उत्सुक भी होते हैं, तो आत्मा को जानने के लिए उत्सुक होते हैं, जो बिल्कुल ग़लत बात है। मन को जाने बिना कोई कभी आत्मा को नहीं जान सकता है।

तो अगर आप उत्सुक भी होते हैं भीतर के लिए, तो इसलिए कि भीतर आत्मा है क्या। नहीं, आत्मा की बात भी करनी ठीक नहीं। अभी तो सवाल मन का है, जिसका मन बिल्कुल शान्त हो जाता है, जिसके मन की दौड़ चली जाती है, तभी और तभी उसे उसका अनुभव हो सकता है,

जो आत्मा है। उसके पहले आत्मा की सारी बातचीत बकवास है। उसके पहले आत्मा की बातचीत व्यर्थ है। उसके पहले आत्मा की बातचीत में भटकने वाला तरकीबें खोज रहा है इस मन से बचने की, जो उसे परेशान किए हुए है; और इसकी परेशानी से भागा नहीं जा सकता। इसकी परेशानी को जानना होगा, पहचानना होगा। और हम सब तो अपने-आप से भागते हैं, अपने-आप को कोई भी जानना नहीं चाहता। हम बातें ज़रूर करते हैं कि हम आत्मा को जानना चाहते हैं। आत्मा को जानना चाहते हैं, लेकिन अपने को नहीं। आत्मा शब्द से कुछ पता नहीं चलता।

आप हैं असली, आत्मा नहीं, आप! और आप क्या हैं? क्रोध हैं, हिंसा हैं, वैमनस्य हैं, द्वेष हैं, घृणा हैं, यह सब हैं आप। इसको नहीं जानना चाहते, आत्मा को जानना चाहते हैं, अमृत आत्मा को, जिसकी मृत्यु नहीं होती। ऐसी आत्मा को जिसमें आनन्द ही आनन्द है। ऐसी आत्मा को जहां कोई भय नहीं है। ऐसी आत्मा को जानना चाहते हैं, लेकिन अपने को नहीं। और जो अपने को नहीं जानता, वह आत्मा को कैसे जान सकेगा। और मैं यह कह रहा हूं – ये दोनों बातें बहुत अलग हैं। अपने को जानना अलग बात है, आत्मा को जानना बिल्कुल अलग।

जो अपने को जान लेता है, वह आत्मा को जानने का द्वार खोलता है। अपने से मेरा मतलब है ठोस व्यक्ति, जो मैं हूं। लेकिन ठोस व्यक्ति से हम बिल्कुल परिचित नहीं होना चाहते। बल्कि हम उस ठोस व्यक्ति को छिपाते हैं अच्छे-अच्छे वस्त्रों में कि न तो हम उसे जान पाएं, न दूसरा उसे जान पाए। जो आदमी हिंसक होता है, वह अपनी हिंसा को नहीं जानना चाहता। वह यही दिखलाना चाहता है कि मैं अहिंसक हूं।

तो अहिंसक होने के लिए वह कोई सस्ती तरकीबें खोज लेता है। वह पानी छानकर पीता है, रात को खाना बन्द कर देता है। ये बहुत ही सस्ती तरकीबें हैं।

अहिंसा इतनी सस्ती बात नहीं। धर्म इतना सस्ता नहीं है, धर्म बहुत महंगा है। वह दिन में पानी छानकर पी लेता है। रात खाना नहीं खाता। वह कहता है, मैं अहिंसक हूं। बहुत होशियार आदमी है, सारी हिंसा को

उसने भीतर छिपा लिया इस सस्ती अहिंसा में। भीतर है घृणा, लेकिन वह कहता है, मैं बहुत प्रेम से भरा हुआ हूं। वह प्रेम की बातें करता है, भीतर की घृणा को छिपाता है। अपनी पत्नी को वह कहता है, मैं तुझे प्रेम करता हूं। और अगर वह एक बार गौर से देखे, तो उसे पता चलेगा, ये शब्द निहायत झूठे हैं। अपने बेटों से वह कहता है, अपने बच्चों से, मैं तुम्हें प्रेम करता हूं। और अगर वह गौर से देखे, तो उसे पता चलेगा, ये शब्द सिर्फ़ किसी फ़िल्म से सुने गए, सीखे गए हैं। ये शब्द सच्चे नहीं हैं।

अगर बाप अपने बेटों को प्रेम करते हैं, भाई अपने भाइयों को प्रेम करते हैं, मां अपने बच्चों को प्रेम करती है, पति पत्नी को, पत्नी पति को प्रेम करती है, तो सारी दुनिया में इतना प्रेम है, तो फिर हिंसा कहां से आती है, घृणा कहां से आती है, क्रोध कहां से आता है? युद्ध कहां से पैदा होते हैं? जब हर आदमी प्रेम कर रहा है, क्योंकि हर आदमी किसी का भाई है, किसी का पति है, किसी का बाप है, किसी का बेटा है; जब हर आदमी प्रेम कर रहा है हज़ार-हज़ार रास्तों से, तो दुनिया तो प्रेम से भर जानी चाहिए! साढ़े तीन अरब लोग हैं ज़मीन पर। कितना प्रेम होता ज़मीन पर अगर ये सबकी बातें सच होतीं। इस साढ़े तीन अरब का हज़ार-हज़ार गुना प्रेम हो जाता, क्योंकि एक-एक आदमी हज़ारों नाते-रिश्तों से बंधा है। जिनसे वह कह रहा है कि मैं तुम्हें प्रेम कर रहा हूं। साढ़े तीन अरब हैं, इसमें हम कितना गुना कर देते प्रेम का, दुनिया एक प्रेम का सागर हो जाती, लेकिन नहीं, सच्चाई उलटी है। दुनिया घृणा का एक सागर है।

पिछले तीन हजार वर्षों में चौदह हज़ार युद्ध हुए। चौदह हज़ार युद्ध तीन हज़ार वर्षों में! यह आदमी प्रेम करता है? चौबीस घंटे कलह और संघर्ष है और यह आदमी प्रेम करता है? निश्चित ही एक बात तय है – यह प्रेम की बातें करता है, प्रेम नहीं करता, क्योंकि प्रेम अगर यह करता, तो दुनिया बिल्कुल दूसरी होती। पूरी दुनिया तो गवाह है इस बात की कि दुनिया घृणा का सबूत है, हिंसा का सबूत है, प्रेम का सबूत नहीं है। कौन बना रहा है इस दुनिया को? मैं और आप। मैं भी प्रेम करता हूं, आप भी प्रेम करते हैं, फिर यह घृणा कहां से आ रही है? हिंसा कहां से आ रही

है? कौन युद्ध में मर रहा है और मार रहा है? कौन हत्या कर रहा है, कौन हत्या की तैयारियां करवा रहा है?

नहीं, यह बात सच नहीं हो सकती। यह बात निहायत झूठी है कि हम प्रेम करते हैं। लेकिन हम प्रेम की बातें ज़रूर करते हैं। और हम जितने सभ्य होते जाते हैं, हमारी बातें उतनी ही सुन्दर होती चली जाती हैं। और जितनी हमारी बातें सुन्दर होती चली जाती हैं, उतनी हम यह बात भूलते चले जाते हैं कि भीतर बहुत कुरूप व्यक्ति छिपा हुआ है, सुन्दर बातों के पीछे, सुन्दर वस्त्रों के पीछे हमने बहुत नंगे और कुरूप आदमी को छिपा रखा है।

वह है ठोस व्यक्ति उसको जानना है, आत्मा वग़ैरह को नहीं। वह जो ठोस आदमी है भीतर, जो सब तरफ़ से झूठ से घिरा हुआ है, जिसने सब झूठे अभिनय ओढ़ रखे हैं, जिसने सब भांति के वस्त्रों में अपने को सब तरह से छिपा लिया है और सुरक्षित कर लिया है, और बड़ा कठिन और बड़ा मज़ा तो यह है कि जब एक आदमी दूसरों को धोखा देने के लिए झूठे वस्त्र ओढ़ लेता है, तो धीरे-धीरे वह ख़ुद भी उन वस्त्रों के धोखे में आ जाता है।

अमेरिका में जिस आदमी ने सबसे पहला बैंक खोला। जब वह सौ वर्ष का हो गया, वह आदमी सौ वर्ष का होके मरा, तो उसकी सौवीं जन्मतिथि पर बहुत बड़ा जलसा मनाया गया। और उससे किसी ने पूछा कि आप अमेरिका के पहले बैंक के बनाने वाले हैं, क्या आप बताएंगे कि आपने अपने बैंक की शुरुआत कैसे की? तो उस आदमी ने कहा : यह आप न पूछो तो अच्छा है। बैंक की मैंने शुरुआत की बड़ी अजीब तरह से। मैंने एक पेटी रख ली और दरवाज़े पर 'यहां बैंक है' इसकी तख्ती लगा दी। और खाते-बहियां लेकर मैं बैठ गया कि शायद कोई आदमी रुपया जमा करवाए बैंक में। मुझे विश्वास नहीं था कि कोई करवाएगा। लेकिन घंटे-भर बाद एक आदमी आया और डेढ़ सौ रुपए जमा करवा दिए। फिर घंटे-भर बाद एक आदमी आया उसने भी दो सौ रुपए जमा करवाए, तब तक मेरी हिम्मत इतनी बढ़ गई कि मेरे पास जो पचास रुपए थे, वे भी

मैंने बैंक में जमा करवा दिए। तब तक विश्वास बढ़ गया। कॉन्फिडेंस आ गया कि हां यह चलेगा काम। अभी तक मैंने अपने पचास रुपए जमा नहीं किए थे। अभी मैं देख रहा था, दो-चार लोग जमा करें, तो मैं भी हिम्मत करूं। बैंक मेरा ही था। फिर तो काम चल पड़ा।

लेकिन उसने बात बड़ी सच्ची कही। हम पहले चारों तरफ़ देख लेते हैं कि लोग विश्वास कर रहे हैं क्या, जो बात मैं कह रहा हूं, और अगर लोगों में दिखाई पड़ता है, वे लोग विश्वास कर रहे हैं, तो हम भी विश्वास कर लेते हैं कि बात सच्ची होनी चाहिए।

मैंने दो-चार लोगों से कहा : मैं तुमको बहुत प्रेम करता हूं, और उनकी आंखों में मुझे झलक दिखाई पड़ी, उन्होंने विश्वास किया। फिर धीरे-धीरे मैं भी विश्वास कर लेता हूं कि मैं प्रेम करता हूं।

और भीतर की जो घृणा थी, वह इस झूठे विश्वास में छिप गई। हमने भीतर इस तरह एक असली जो आदमी है हमारा, उसे छिपा रखा है, एक नक़ली आदमी को चारों तरफ़ से गढ़ लिया है। यह धोखा बहुत गहरा है, जिस व्यक्ति को भी जीवन के सत्य को जानना है, उसे इस धोखे को उघाड़ना पड़ेगा। यह बात बड़ी तपश्चर्यापूर्ण है, यह बहुत आर्डुअस है कि हम इसको उघाड़ें और देखें। दूसरे को तो उघाड़ना बहुत आनन्दपूर्ण है, लेकिन ख़ुद को उघाड़ना उतना ही कष्टपूर्ण है। हम सब दूसरों को निरन्तर उघाड़ते रहते हैं। निन्दा करते हैं, सुबह से शाम तक चर्चा करते हैं कि फलां आदमी बुरा है, फलां आदमी ऐसा है, फलां आदमी वैसा है।

नीचे से लेकर ऊपर तक, असाधु से लेकर साधु तक, निरन्तर चर्चा कर रहा है कि कौन आदमी को किस तरह उघाड़कर देख ले! किस आदमी की दीवार के छेद में से झांककर देख ले कि भीतर क्या हो रहा है। पड़ोसी के छप्पर में से देख ले कि पड़ोसी क्या कर रहा है। हर आदमी एक-दूसरे में झांकने की कोशिश में लगा हुआ है। लेकिन बहुत विरल हैं वे लोग, जो अपने छप्पर को उघाड़ते हैं और अपनी दीवार के छेद में से देखने की कोशिश करते हैं – मेरे भीतर क्या हो रहा है।

एक स्कूल में एक सुबह-ही-सुबह एक इंस्पेक्टर निरीक्षण के लिए पहुंचा। वह जैसे ही स्कूल में पहुंचा, उसने पहली कक्षा में प्रवेश किया। और उसने कहा कि इस कक्षा में जो तीन बच्चे सबसे ज़्यादा होशियार हों, सबसे ज़्यादा मेधावी व चुस्त हों, पहला लड़का जो सबसे ज़्यादा होशियार हो वह आगे आए और तख्ते पर जो मैंने सवाल लिखा है उसको हल करे। एक लड़का उठा और धीरे से आकर उसने तख़्ते पर सवाल हल किया और अपनी जगह बैठ गया। फिर दूसरा लड़का उठा, उसने भी जो सवाल दिया गया था, हल किया और अपनी जगह बैठ गया। फिर तीसरा लड़का उठा, वह कुछ झिझका और आने में कुछ डरा। लेकिन आया और तख़्ते पर सवाल हल करने लगा, तो इंस्पेक्टर ने उसे ग़ौर से देखा, तो पाया कि यह तो पहले ही वाला लड़का है, जो पहली दफ़ा आकर हल कर गया था।

उसने उसे रोका : क्यों तुम धोखा दे रहे हो? तुम तो पहले ही सवाल हल कर चुके हो। तीसरा लड़का कहां है तुम्हारी कक्षा का, उस लड़के ने कहा : माफ़ करें तीसरा लड़का तो सुबह से क्रिकेट का खेल देखने चला गया है। और मुझसे कह गया है कि उसकी जगह कोई भी काम आए तो मैं कर दूं। इंस्पेक्टर आग-बबूला हो गया। उसने कहा : हद हो गई। परीक्षाएं भी कोई किसी की जगह दे सकता है। धोखे की सीमा टूट गई। तुम दूसरे ही जगह परीक्षा दे रहे हो। यह बर्दाश्त के बाहर है। क्या नाम है तुम्हारा।

लड़का कंपने लगा, घबड़ा गया और शिक्षक की तरफ़ मुड़ा। वह इंस्पेक्टर, उसने कहा कि तुम खड़े हुए देख रहे हो। तुम्हें कहना चाहिए था, यह लड़का धोखा दे रहा है, तुम भी धोखे में सम्मिलित मालूम होते हो। उस शिक्षक ने कहा : माफ़ करें, मैं इस क्लास के लड़कों को पहचानता नहीं हूं। इंस्पेक्टर बोला : हद हो गई, तो तुम यहां किसलिए खड़े हो? तुम इस क्लास के शिक्षक नहीं हो क्या। उसने कहा : नहीं, इस क्लास का शिक्षक सुबह से क्रिकेट देखने चला गया है। वह मुझसे कह गया है कि मैं उसकी जगह ज़रा क्लास देख लूं।

तब तो हद हो गई बात की। इंस्पेक्टर पूरी तरह से गुस्सा हो आया, ज़ोर से चिल्लाने लगा, टेबल ठोकने लगा। और जितने भी नीति के वचन

उसे मालूम थे, सब उसने कहे। कोई मौक़ा नहीं छोड़ता है, किसी को उपदेश देने का। मौक़ा मिल जाए, कौन छोड़ता है! उसने भी नहीं छोड़ा। बहुत चिल्लाया, शिक्षक भी पसीना-पसीना हो गया। लड़के भी घबड़ाकर रह गए। पता नहीं अब क्या होगा और क्या न होगा। फिर इंस्पेक्टर जाने को हुआ और हंसने लगा और अन्तिम बात उसने यह कही।

उसने कहा : मेरे मित्रो, आज तुम बच गए मुसीबत से। वह तो तुम्हारा भाग्य है कि असली इंस्पेक्टर सुबह से क्रिकेट का खेल देखने चला गया। मैं उसका दोस्त हूं। अगर आज असली इंस्पेक्टर होता, तो तुम्हें इसका बहुत बुरा परिणाम भोगना पड़ता।

हमारी पूरी दुनिया ऐसी हो गई है। हर आदमी नहीं देख रहा है कि वह क्या कर रहा है और हर आदमी दूसरे की जगह खड़ा हुआ है। और हर आदमी दूसरे का अभिनय कर रहा है जो वह है नहीं, और हर आदमी ने इस तरह की एक्टिंग और इस तरह की प्रतिमाएं अपने चारों तरफ़ खड़ी कर ली हैं ख़ुद की। एक बड़े झूठ में हर आदमी घिर गया है।

और यह आदमी कहता है कि मुझे आत्मा को पाना है, मुझे शान्ति चाहिए, मुझे मोक्ष चाहिए, मुझे परमात्मा के दर्शन करने हैं। यह आदमी कह रहा है कि मुझे यह चाहिए। इस आदमी को सबसे पहले यही चाहिए कि वह अपने झूठे वस्त्रों को उतार दे, वह जो भीतर सच्चाई है, वह जो सच्चा आदमी है, उसको देखने के लिए राज़ी हो जाए। जिस दिन भी कोई आदमी अपने सच्चे आदमी को देखने के लिए राज़ी हो जाता है, उसी दिन उसके जीवन में एक क्रान्ति घटित होनी शुरू हो जाती है। उसी दिन एक परिवर्तन होना शुरू हो जाता है। उसी दिन एक नई, एक नए जगत का द्वार जैसे खुलने लगता है। क्योंकि जब हम देखते हैं अपने भीतर सच्चे आदमी को, जो हम हैं, झूठे आदमी को नहीं, जो हमने दूसरों को दिखा रखा है कि जो हम हैं। जिस दिन हम सच्चे और ठोस और सच्चे आदमी की परख करना शुरू करते हैं, उसी दिन मन का रहस्य हमारे सामने खुलना शुरू हो जाता है कि यह मन क्या है। फिर इस मन को भरने का सवाल नहीं रह जाता, फिर इस मन को पूरा करने का सवाल नहीं रह जाता; क्योंकि जो

मन क्रोध है, उसे कौन पूरा करना चाहेगा; क्योंकि जो मन द्वेष है, उसे कौन पूरा करना चाहेगा; क्योंकि जो मन चिन्ता है, दुख है, पीड़ा है उसे कौन पूरा करना चाहेगा।

जो मन इतना कुरूप है, उसकी सहायता में, उसके साथ, उसे पाने के लिए कौन यात्रा करना चाहेगा? तब इस मन के साथ अनिवार्यरूपेण, एक अनासक्ति फलित होती है। इस मन के दर्शन से, इस मन को देखने से, एक अनिवार्य वैराग्य इस मन के प्रति उदित होता है, उसे पैदा करना नहीं पड़ता। इस मन की कुरूपता को देखने से वह अपने-आप सहज पैदा हो जाता है। और तब, तब इस मन को जानने के, इस मन को पहचानने के, इस मन से पूरी तरह परिचित होने की सम्भावना पैदा होती है। जब तक हम इस मन को भरने की कोशिश में हैं तब तक कौन, जानने की फुर्सत किसे है, समय किसे है, अवकाश किसे है, ठहरने की सुविधा किसे है? मन कह रहा है, भागो-भागो इसको पाओ, उसको पाओ, यह लाओ, वह लाओ, यह मन क्यों कह रहा है? यह मन इसलिए कह रहा है, ताकि मन को आप न देख पाओ। भागते रहो, ताकि मन को न देख पाओ, क्योंकि जिस दिन भी आप रुकोगे, उसी दिन इस मन का दर्शन हो जाएगा।

और मन का दर्शन मन की मृत्यु है। मन को जो पूरी तरह देख लेगा, मन का नाश हो जाएगा। मन विलीन हो जाएगा। मन को पूरी तरह देख लेना वैसा ही है जैसे कोई ज़हर की प्याली को पूरी तरह जान ले कि यह ज़हर है। और इसको पीने से मृत्यु होने वाली है। बात ख़त्म हो गई फिर ज़हर को छोड़ना थोड़े ही पड़ेगा। जाकर किसी साधु के चरणों में बैठकर प्रतिज्ञा थोड़े ही लेनी पड़ेगी, कि मैं ज़हर को छोड़ने का व्रत लेता हूं। कि लेना पड़ेगा? कि जाके किसी मन्दिर में भगवान को साक्षी रखकर कहना पड़ेगा कि हे भगवान, मेरी सहायता करना। मैं ज़हर को छोड़ने का व्रत लेता हूं। आजीवन अब ज़हर न पिऊंगा। नहीं, फिर कोई व्रत लेने की ज़रूरत नहीं पड़ेगी। व्रत उसको लेना पड़ता है, जो अपने को धोखा दे रहा है। जो अपने को देखता है, उसके लिए कोई व्रत नहीं रह जाता।

वह देखना ही, परिणाम में, परिवर्तनं हो जाता है। इस बात को ठीक

से देखना कि यह मन कैसा अग्ली, कैसा कुरूप, कैसा गन्दा, कैसा रोगग्रस्त, कैसा दुष्पूर है। मन की इस बॉटमलेस पिट को, यह जो खड्ड है मन का, जिसको भरना सम्भव नहीं। इस अनन्त खड्ड को ठीक से देखना ही, इससे छुटकारा बन जाता है।

इसलिए पहली बात है, आत्मा को देखने की नहीं, मनुष्य की सच्चाई को, जैसा मनुष्य है, चाहे वह भीतर पशु हो, चाहे वह भीतर कितना ही कुरूप, कितना ही घिनौना हो, इस सीधे मनुष्य को पूरी तरह देखना ज़रूरी है। लेकिन हम, हम तो इसे कैसे देखेंगे, हम तो इसे छिपाने की कोशिश में संलग्न हैं। हम तो सब भांति फिर इसको ढांक रहे हैं कि यह दिखाई न पड़ जाए किसी को। हम तो इसे अच्छे-अच्छे शब्दों में, सभ्यता में, संस्कार में, समाज की बातों में, शिक्षा में इस तरह ढांक लेते हैं, जिसका कोई पता चलना ही मुश्किल हो जाता, पहचानना ही मुश्किल हो जाता है कि असली आदमी कहां है।

अगर हम ख़ुद भी अपने भीतर जाएं, तो हमें वस्त्रों पर वस्त्रों की क़तार-क़तार, पर्त-पर्त मिलेगी। मुश्किल हो जाएगा, भीतर असली आदमी कहां है! इतने वस्त्र हमने ओढ़ लिये हैं। और कोई भी थोड़ा-सा भी सजग होके देखेगा, तो उसे दिखाई पड़ेगा कि दिन-भर मैं वस्त्र ओढ़े हूं, दिन-भर मैं एक्टिंग कर रहा हूं। सुबह से लेकर सांझ तक। सांझ से लेकर फिर सुबह तक, सपने तक में हम वस्त्र ओढ़े खड़े रहते हैं। जागने की तो बात अलग है। और धीरे-धीरे भूल जाते हैं।

बर्ट्रेंड रसेल एक दिन सुबह अपने घर के द्वार पर टहल रहा था। एक आदमी ने उससे आकर कहा : महानुभाव, मैंने आपकी बहुत-सी किताबें देखी हैं, लेकिन मैंने उन सबको पढ़ने योग्य नहीं पाया। एक किताब मुझे पढ़ने योग्य मालूम पड़ी, तो मैंने उसे पढ़ा, लेकिन वह मेरी समझ में नहीं आई। केवल एक वाक्य मेरी समझ में आया और जो वाक्य समझ में आया वह निहायत ग़लत, बिल्कुल झूठ है जो तुमने कहा है उस किताब में।

रसेल ने कहा : वह कौन-सा वाक्य है? उसे भी उत्सुकता हो गई कि जिस आदमी ने सारी किताबें देखीं, एक किताब पढ़ने योग्य मालूम पड़ी, उस

एक किताब को पूरा पढ़ा तो कुछ समझ में नहीं आया। एक वाक्य समझ में आया और वह वाक्य भी ग़लत है। कौन-सा है वह वाक्य। उस आदमी ने कहा : तुमने अपनी किताब में लिखा है – सीज़र इज़ डेड, कि सीज़र मर गया। झूठी है यह बात – सीज़र को मरे सैकड़ों वर्ष हो चुके हैं।

रसेल भी घबड़ाया, उसने कहा कि क्यों इसका क्या प्रमाण है कि यह झूठी है। उसने कहा : प्रमाण यह कि मैं ही हूं सीज़र। और क्या प्रमाण चाहिए। रसेल ने उससे हाथ जोड़े। ऐसे आदमी से बातचीत करने का कोई अर्थ न था। पीछे पता चला, वह आदमी एक नाटक में 'सीज़र' का काम किया था और पागल हो गया था। और तब से वह यही समझने लगा है कि मैं सीज़र हूं। और वह यही कहता फिर रहा था कि मैं सीज़र हूं। मैं फलां हूं, मैं ढिका हूं। यह आदमी विक्षिप्त है, क्योंकि इसने अभिनय को सत्य समझ लिया।

हिन्दुस्तान के एक पागलखाने में, नेहरू तब ज़िन्दा थे, उस पागलख़ाने को देखने गए। एक पागल उस पागलख़ाने से मुक्त होने को था। वह स्वस्थ हो गया। अधिकारियों ने रोक रखा था कि कल नेहरू आने को हैं, तो उन्हीं के हाथ से इसे छुटकारा पागलख़ाने से दिला देंगे। उस दिन उत्सव हुआ। और नेहरू ने उस आदमी को धन्यवाद दिया, उसकी पीठ थपथपाई। और कहा कि बड़ा अच्छा है कि तुम ठीक हो गए। उस आदमी ने पूछा कि महाशय क्या मैं पूछ सकता हूं कि आपका नाम क्या है? उन्होंने कहा : मेरा नाम जवाहरलाल नेहरू है। उस आदमी ने जवाहरलाल नेहरू की पीठ थपथपाई और कहा : घबड़ाओ मत! आप भी अगर यहां दो-तीन साल रह जाओ, तो ठीक हो जाओगे। क्योंकि तीन साल पहले मुझे भी यही ख़याल था कि मैं जवाहरलाल नेहरू हूं। अब मैं बिल्कुल ठीक हो गया हूं। अब मुझे यह ख़याल नहीं है।

हम सारे लोगों को कुछ-कुछ ख़याल है कि हम कौन हैं और क्या हैं। अगर कोई धक्का दे दे आपको रास्ते में, तो आप कहते हैं – जानते नहीं मैं कौन हूं? सबको ख़याल है कि हम कुछ हैं। और बड़ा मज़ा यह है कि वह जो कुछ होने का ख़याल है, निश्चित ही झूठा होगा। क्योंकि

आपको यह तो पता ही नहीं है कि आप कौन हैं। वह कोई ओढ़ा हुआ अभिनय होगा, एक्टिंग होगी। कोई ख़याल आपको पकड़ गया होगा कि आप यह हैं। और फिर उसको आप ज़ोर देते चले गए होंगे कि मैं यह हूं, मैं यह हूं।

सारे वस्त्र उतारकर जो अपने सच्चाई से भरे, ठोस व्यक्तित्व को देखने चलेगा, उसके जीवन में एक क्रान्ति निश्चित हो सकती है। कैसे हम उसके वस्त्र उतार दें, और कैसे उन वस्त्रों के पीछे गहरे से गहरे आत्मा को, सच्चाई को, सत्य को खोज लें। उसकी बात मैं आने वाले दिनों की चर्चा में आपसे करूंगा। अभी तो मैं इतना ही कहना चाहता हूं कि झूठे हैं हमारे वस्त्र, नितान्त झूठे हैं। हमने दूसरों को धोखा देने के लिए उन वस्त्रों को ईजात किया है। मैं अच्छा आदमी हूं, भला आदमी हूं मैं, यह हूं, मैं वह हूं।

एक साधु गांधी के पास आया और उसने कहा फिर : मैं जाना चाहता हूं गांव में सेवा करने। गांधी ने कहा : पहली सेवा तुम यह करो, अपने यह गेरुए वस्त्र उतार दो, क्योंकि अगर इन वस्त्रों को पहनकर तुम गांव में गए, तो लोग तुम्हारी सेवा करेंगे, तुम उनकी सेवा न कर पाओगे। उस आदमी ने कहा : ये वस्त्र मैं कैसे उतार सकता हूं, मैं संन्यासी हूं। जैसे कि गेरुआ वस्त्र पहनना और संन्यासी होना एक ही बात है। जैसे कि गेरुए वस्त्र से संन्यास का कोई भी सम्बन्ध है। जैसे कि रंग और वस्त्रों से भी संन्यास का कोई वास्ता है। वह आदमी वापस लौट गया। उसने कहा : और सब-कुछ कहिए तो ठीक, लेकिन गेरुए वस्त्र, यह मैं कैसे उतार सकता हूं। मैं संन्यासी हूं।

हम सब भी कुछ-न-कुछ होने के वस्त्र पहने हुए हैं। और कोई अगर हमसे यह कहेगा – उतारिए यह वस्त्र, तो हम यह कहेंगे – मैं यह वस्त्र कैसे उतार सकता हूं? मैं तो मिनिस्टर हूं गुजरात का! ये वस्त्र मैं कैसे उतार सकता हूं? मैं तो फलां हूं। ये वस्त्र मैं कैसे उतार सकता हूं? और सब कहिए, वस्त्र उतारने की बात मत कहिए, क्योंकि यही तो मेरा व्यक्तित्व है। यही तो मेरी पर्सनेलिटी है। यही तो मैं हूं। और बड़ा मज़ा यह है कि इन्हीं वस्त्रों के कारण जो मैं हूं, उसे हम नहीं जान पाते।

एक बात आज सुबह अन्तिम रूप से आपसे कहना चाहता हूं। मनुष्य का सारा व्यक्तित्व, झूठे वस्त्रों का व्यक्तित्व है। और जो आदमी इन झूठे वस्त्रों को पकड़े रहेगा वह आदमी कभी उस सत्य को नहीं जान सकेगा, जो उसके भीतर छिपा है। वह आदमी कभी भी जीवन के अर्थ और आनन्द से परिचित नहीं हो सकता, क्योंकि झूठे वस्त्रों में कैसे हो सकता है कोई आनन्द? झूठे वस्त्रों में झूठा आनन्द ही हो सकता है। झूठे व्यक्तित्व में आनन्द की झूठी झलक ही हो सकती है। जब झूठे वस्त्रों के व्यक्तित्व को हम सच्चा समझे हैं, तो परिणाम में हम जिन आनन्दों को सच्चा समझे हैं, वे भी सच्चे नहीं हो सकते। हमारा सारा व्यक्तित्व एक बड़ी झूठ है। इसलिए हमारे सुख भी झूठे हैं। हमारे आनन्द भी झूठे हैं। हमारे जीवन की प्रफुल्लता और हंसी झूठी है।

किसी भी आदमी की मुस्कुराहट पकड़कर थोड़ा उसके भीतर जाओ, पाओगे कि मुस्कुराहट ऊपर थी, भीतर सब दुख है, सुबह से किसी आदमी से पूछो : कैसे हैं? ख़ूब मुस्कुराकर कहता है : बिल्कुल अच्छा हूं। बिल्कुल झूठी है यह बात। कोई आदमी बिल्कुल अच्छा नहीं है, नहीं तो दुनिया और हो जाती। लेकिन सब शब्द हैं, जो हम उपयोग कर रहे हैं और कहे जा रहे हैं।

नीत्शे से किसी ने पूछा कि तुम हमेशा हंसते रहते हो। इतने प्रसन्न। क्या बात है? शायद नीत्शे ने बड़ी अद्भुत और सच्चाई की बात कही। उसने कहा कि मैं इसलिए हंसता रहता हूं, ताकि रोने न लगू, इसलिए हंसता रहता हूं कि कहीं रोने न लगूं। इससे पहले कि रोना आए, मैं हंसने लगता हूं, ताकि जो रोना है, वह भीतर ही रह जाए और हंसी बाहर से काम कर जाए। और रोने का मौक़ा न आए। धीरे-धीरे मैं यह तरकीब सीख गया। अब तो मैं दिन-भर हंसता रहता हं, ताकि रोना ऊपर न आए। रोना बाहर आ जाए, तो बहुत कठिनाई हो सकती है।

तो हमने भीतर जो है वह बाहर न आ जाए, उसे भीतर छिपाने के लिए बाहर हंसी, बाहर फूल, बाहर सुन्दर बाग, बाहर सब सजा रखा है। भीतर सब कुरूप हो गया, भीतर सब बीमार और रुग्ण हो गया है। इसे

हम कैसे जान सकते हैं। और कैसे इसके पार हुआ जा सकता है, उसकी बात मैं आने वाले दो दिनों में आपसे करने को हूं।

एक छोटी-सी कहानी अन्त में और मैं अपनी चर्चा को पूरा करूंगा। एक रात, एक रेगिस्तानी सराय में एक काफ़िला आकर ठहरा। उसने अपने ऊंटों को बांधा, खूटियां गड़ाईं, रस्सियां बांधीं आधी रात हो गई थी बांधते-बांधते। आखिर में ऊंट के मालिकों को पता चला, एक ऊंट की खूंटी और रस्सी रास्ते में कहीं खो गई है। निन्यानबे ऊंट बांध दिए गए थे, सौवां ऊंट अनबंधा रह गया था। रात थी अंधेरी, अनबंधा ऊंट छोड़ा जा सकता था। रात भटक सकता था। बांध देना ज़रूरी था। वह भागा हुआ सराय के बूढ़े मालिक के पास गया और उसने कहा : खूंटी हो आपके पास एक और थोड़ी रस्सी, तो दे दें! एक ऊंट हमारा अनबंधा रह गया है।

उस मालिक ने कहा : नहीं, खूटी और रस्सी तो नहीं है, लेकिन रात अंधेरी है घबड़ाओ मत। जाओ, झूठी खूटी गाड़ दो, और झूठी रस्सी बांध दो और ऊंट से कहो – सो जाओ। वह आदमी हंसा। उसने कहा : मेरी ज़िन्दगी हो गई ऊंट बांधते हुए, कहीं झूठी खूटी से और झूठी रस्सी से ऊंट बंधे हैं। तुम क्या ऊंट को कोई आदमी समझते हो, कि झूठी खूंटी और रस्सियों से बंध जाए। लेकिन उस सराय के मालिक ने कहा : घबड़ाओ मत, ऊंट आदमी से ज़्यादा समझदार नहीं होते। तुम जाओ कोशिश करो, फिर कोई उपाय भी नहीं है इसके सिवाय। खूंटियां हैं नहीं हमारे पास। मजबूरी थी जाना पड़ा। ऊंट के मालिक ने झूठी खूंटी गाड़ी अंधेरे में, थी नहीं सिर्फ़ ठोका, आवाज़ की, जैसी कि असली खूंटी होती, तो आवाज़ करता। आवाज़ सुनकर ऊंट खड़ा था, बैठ गया। फिर उसने गले में हाथ डाला और झूठी रस्सी बांधी, जो थी नहीं, लेकिन उस तरह हाथ फेरा, जैसा कि असली रस्सी बांधता, तो फेरता, और रस्सी को बांध दिया। ऊंट से कहा : सो जाओ। और चला गया और देखके हैरान हुआ कि ऊंट सो गया। सुबह जल्दी ही उनको नई अपनी यात्रा पर निकलना था, सारे ऊंट की खूटियां उखाड़ दी गईं। उसकी तो कोई खूटी न थी, कौन उखाड़ता, कैसे उखाड़ता। सारे ऊंट उठकर खड़े हो गए जाने को, लेकिन बंधा हुआ ऊंट,

सौवां ऊंट बैठा रह गया, वह उठा नहीं। उसे बहुत धक्के दिए, कोड़े मारे, लेकिन वह उठता नहीं था। उठता भी कैसे वह? बेचारा बंधा हुआ था। बड़ी मुश्किल हो गई। भागे हुए उस बूढ़े के पास गए कि तुमने कोई मन्त्र कर दिया क्या। हमें तो रात ही हैरानी हुई थी कि हद हो गई कि ऊंट झूठी खूंटी से बंध गया। अरे ऊंट कोई आदमी है क्या। लेकिन फिर भी ऊंट भी धोखा खा गया। तुमने कर क्या दिया। ऊंट उठ नहीं रहा है। उस मालिक ने कहा : पहले खूटी उखाड़ो। पहले रस्सी खोलो। उन्होंने कहा : कौन-सी रस्सी, कौन-सी खूंटी? उसने कहा : वही जो रात गाड़ी थी और बांधी थी।

मजबूरी थी ऊंट उठता नहीं था। खूंटी उखाड़नी पड़ी, जो थी ही नहीं। रस्सी खोलनी पड़ी, जिसका कोई अस्तित्व न था। और ऊंट उठकर खड़ा हो गया।

मैंने यह घटना सुनी है ऊंट के बाबत। मुझे पता नहीं ऊंटों के सम्बन्ध में यह सच है या नहीं। लेकिन जितने आदमियों को मैंने अपनी ज़िन्दगी में देखा है, सबको ऐसी खूटियों से बंधा हुआ, जो हैं ही नहीं। और ऐसी रस्सियों से बंधा हुआ, जिनका कोई अस्तित्व नहीं है। लेकिन इन खूंटियों को भी उखाड़ना पड़ेगा, चाहे वह हो या न हो, और उन रस्सियों को भी खोलना पड़ेगा, चाहे उनका कोई अस्तित्व हो या न हो।

तो कैसे उन खूटियों को हमे उखाड़ सकते हैं, उसकी मैं आपसे बात करूंगा। मेरी बातों को आज की सुबह इतने प्रेम और शान्ति से आपने सुना। परमात्मा करे, आप सच में ही मेरी बातों को सुन पाए हों, क्योंकि कान बहुत दुर्लभ हैं और आंखें बहुत मुश्किल। लेकिन फिर भी मैं आशा करता हूं, किसी ने ज़रूर सुना होगा। और हो सकता है, यह बात उसके भीतर पहुंच जाए और उसके भीतर एक चिंगारी पैदा हो जाए और कुछ हो सके। मैं धन्यवाद देता हूं कि आपने कम-से-कम सुनने की कोशिश तो की, चाहे सुना हो, चाहे न सुना हो।

और अन्त में सबके भीतर बैठे परमात्मा को मैं प्रणाम करता हूं। मेरे प्रणाम स्वीकार करें।

छठा सूत्र

धर्म के तीन सूत्र

मेरे प्रिय आत्मन!

एक सन्ध्या एक पहाड़ी सराय में एक नया अतिथि आकर ठहरा था सूरज ढलने को था, पहाड़ उदास और अंधेरे में छिपने को तैयार हो गए थे, पक्षी अपने नीड़ों को वापस लौट आए थे, तभी उस पहाड़ी सराय में वह नया अतिथि पहुंचा था। सराय में पहुंचते ही उसे एक बड़ी मार्मिक और दुखभरी आवाज़ सुनाई पड़ी। पता नहीं कौन चिल्ला रहा था? पहाड़ की सारी घाटियां उस आवाज़ से दुख में भर गई थीं। कोई बहुत ज़ोर-से चिल्ला रहा था – स्वतन्त्रता! स्वतन्त्रता! स्वतन्त्रता!

वह अतिथि सोचता हुआ आया, किन प्राणों से यह आवाज़ उठ रही है? कौन प्यासा है स्वतन्त्रता को? कौन गुलामी के बन्धन तोड़ देना चाहता है कौन-सी आत्मा यह पुकार कर रही है, प्रार्थना कर रही है? और जब वह सराय के पास पहुंचा, तो उसे पता चला कि यह किसी मनुष्य की आवाज़ नहीं थी। सराय के द्वार पर लटका हुआ एक तोता स्वतन्त्रता की आवाज़ लगा रहा था, वह अतिथि भी स्वतन्त्रता की खोज में जीवन-भर भटका था। उसके मन को भी उस तोते की आवाज़ ने छू लिया।

रात जब वह सोया, तो उसने सोचा, क्यों न मैं इस तोते के पिजड़े को खोल दूं, ताकि यह मुक्त हो जाए, ताकि इसकी प्रार्थना पूरी हो जाए।

अतिथि उठा सराय का मालिक सो चुका था। पूरी सराय सो गई थी, तोता भी निद्रा में था। उसने तोते के पिजड़े का द्वार खोला, पिजड़े के द्वार खुलते ही तोते की नींद खुल गई, उसने ज़ोर-से सींखचों को पकड़ लिया और फिर चिल्लाने लगा – स्वतन्त्रता ! स्वतन्त्रता ! स्वतन्त्रता !

वह अतिथि हैरान हुआ। द्वार खुला था। तोता उड़ सकता था, लेकिन उसने तो सींखचे को पकड़ रखा था। उड़ने की बात दूर, वह शायद द्वार खुला देखकर घबड़ा गया था, कहीं मालिक न जाग जाए। उस अतिथि ने अपने हाथ को भीतर डालकर तोते को ज़बर्दस्ती बाहर निकाला। तोते ने उसके हाथ पर चोटें भी कर दी, लेकिन अतिथि ने उस तोते को बाहर निकालकर उड़ा दिया।

निश्चिन्त होकर वह मेहमान सो गया उस रात और अत्यन्त आनन्द से भरा हुआ। एक आत्मा को उसने मुक्ति दी थी, एक प्राण स्वतन्त्र हुआ था, किसी की प्रार्थना पूरी करने में वह सहयोगी बना था। वह रात सोया और सुबह जब उसकी नींद खुली, उसे फिर आवाज़ सुनाई पड़ी, तोता चिल्ला रहा था – स्वतन्त्रता ! स्वतन्त्रता ! वह बाहर आया, देखा, तोता वापस अपने पिंजड़े में बैठा हुआ है। द्वार खुला है और तोता चिल्ला रहा है – स्वतन्त्रता, स्वतन्त्रता।

वह अतिथि बहुत हैरान हुआ। उसने सराय के मालिक को जाकर पूछा : यह तोता पागल है क्या? रात मैंने इसे मुक्त कर दिया था। यह अपने-आप पिंजड़े में वापस आ गया है और फिर भी चिल्ला रहा है – स्वतन्त्रता? सराय का मालिक हंसंने लगा और उसने कहा : तुम भी भूल में पड़ गए, इस सराय में जितने मेहमान ठहरते हैं, सभी इसी भूल में पड़ जाते हैं। तोता जो चिल्ला रहा है, वह उसकी अपनी आकांक्षा नहीं है, सिखाए हुए शब्द हैं। तोता जो चिल्ला रहा है, वह उसकी अपनी प्रार्थना नहीं, सिखाए हुए शब्द हैं, यान्त्रिक शब्द हैं। तोता स्वतन्त्रता नहीं चाहता, केवल मैंने सिखाया है, वही चिल्ला रहा है। तोता इसीलिए वापस लौट आता है। हर रात यही होता है कोई अतिथि दया खाकर तोते को मुक्त कर देता है, लेकिन सुबह तोता वापस लौट आता है।

मैंने यह घटना सुनी थी। और मैं हैरान होकर सोचने लगा – क्या हम सारे मनुष्यों की भी स्थिति यही नहीं है? क्या हम सब भी जीवन-भर नहीं चिल्लाते हैं – मोक्ष चाहिए, स्वतन्त्रता चाहिए, सत्य चाहिए, आत्मा चाहिए, परमात्मा चाहिए। लेकिन मैं देखता हूं, तो हम चिल्लाते तो ज़रूर हैं, लेकिन हम उन्हीं सींखचों को पकड़े हुए बैठे रहते हैं, जो हमारे बन्धन हैं। हम चिल्लाते हैं – मुक्ति चाहिए, और हम उन्हीं बन्धनों की पूजा करते रहते हैं, जो हमारा पिंजड़ा बन गए, हमारा कारागृह बन गए। कहीं ऐसा तो नहीं, है कि यह मुक्ति की प्रार्थना भी सिखाई हुई प्रार्थना हो, यह हमारे प्राणों की आवाज़ न हो; अन्यथा कितने लोग स्वतन्त्र होने की बातें करते हैं, मुक्त होने की, मोक्ष पाने की, प्रभु को पाने की, लेकिन कोई पाता हुआ दिखाई नहीं पड़ता, और रोज़ सुबह मैं देखता हूं। लोग अपने पिंजड़ों में वापस बैठे हुए हैं। रोज़ अपने सींखचों में, अपने कारागृह में बन्द हैं और फिर निरन्तर उनकी वही आकांक्षा बनी रहती है।

सारी मनुष्य-जाति का इतिहास यही है। आदमी शायद व्यर्थ ही मांग करता है स्वतन्त्रता की। शायद सीखे हुए शब्द हैं। शास्त्रों से, परम्पराओं से, हज़ारों वर्षों के प्रभाव से सीखे हुए शब्द हैं। हम सच में स्वतन्त्रता चाहते हैं?

और स्मरण रहे कि जो व्यक्ति अपनी चेतना को स्वतन्त्र करने में समर्थ नहीं हो पाता, उसके जीवन में आनन्द की कोई झलक कभी उपलब्ध नहीं हो सकेगी। स्वतन्त्र हुए बिना आनन्द को पाने का कोई मार्ग नहीं है। दासता ही दुख है। यह जो स्प्रिच्युअल स्लेवरी है, यह जो हमारी मानसिक गुलामी है, वही हमारा दुख, वही हमारी पीड़ा, वही हमारे जीवन का संकट है। शायद हम सबके मन में उससे मुक्त होने का ख़याल भी पैदा होता है लेकिन हमें पता नहीं कि जिन बातों को हम पकड़े हुए बैठे रहते हैं, वे ही हमारे बन्धन को पुष्ट करने वाली बातें हैं। उन थोड़े से बन्धनों पर मैं चर्चा करूंगा और उन्हें तोड़ने के सम्बन्ध में भी, ताकि मनुष्य की आत्मा मुक्ति का कोई मार्ग खोज सके।

मनुष्य के ऊपर सबसे बड़े बन्धन क्या हैं? हैरान होंगे आप यह जानकर कि मनुष्य के ऊपर सबसे बड़े बन्धन विश्वास के, श्रद्धा के हैं।

शायद हमें इसका ख़याल भी न हो। हम तो सोचते हैं, जो मनुष्य विश्वासी है, जो मनुष्य श्रद्धालु है, वही धार्मिक है। और मैं आपसे निवेदन करना चाहूंगा, धर्म का श्रद्धा और विश्वास से कोई भी सम्बन्ध नहीं है। श्रद्धा और विश्वास से ग़ुलामी का सम्बन्ध है, धर्म का सम्बन्ध नहीं। धर्म तो परम स्वतन्त्रता से सम्बन्ध रखता है। धर्म तो परम स्वतन्त्रता की आकांक्षा है। और विश्वास और श्रद्धाएं बन्धन हैं, स्वतन्त्रताएं नहीं।

विश्वास का मतलब है, जो हम नहीं जानते, उसे हमने मान रखा है। और जो हम नहीं जानते। उसे मान लेना चित्त को ग़ुलाम बनाता है।

ज्ञान तो मुक्त करता है। विश्वास, विश्वास बन्धन में बांधता है। सारी दुनिया विश्वासों के बन्धन में पीड़ित है। फिर चाहे उन विश्वासों का नाम हिन्दू हो, उन विश्वासों का नाम मुसलमान हो, उन विश्वासों का नाम ईसाई हो, उन विश्वासों का नाम जैन हो, इससे कोई फ़र्क नहीं पड़ता। विश्वास-मात्र मनुष्य के चित्त को मुक्त नहीं होने देते, विश्वास-मात्र मनुष्य के जीवन में विचार को पैदा नहीं होने देते। और विचार, विचार की तीव्र शक्ति का जाग जाना विवेक का प्रबुद्ध हो जाना ही स्वतन्त्रता का पहला चरण है।

मनुष्य की आत्मा मुक्त हो सकती है विचार की ऊर्जा से, विश्वासों के बन्धन से नहीं। लेकिन यदि हम अपने मन की खोज करेंगे, तो पाएंगे, हम सब विश्वासों से बंधे हुए हैं।

विश्वास हमारे अज्ञान को बचा लेने का कारण बन जाते हैं, बचपन से ही हमें कुछ बातें सिखा दी जाती हैं और हम उनको मान लेते हैं, बिना पूछे, बिना प्रश्न किए, बिना खोजे, बिना अनुभव किए हम स्वीकार कर लेते हैं। यह स्वीकृति, यह सहयोग ही हमारे हाथ से अपने ही बन्धन निर्मित करने का कारण हो जाता है।

मैं एक छोटे-से अनाथालय में गया था। वहां अनाथालय के संयोजकों ने मुझसे कहा : हम अपने बच्चों को धर्म की शिक्षा देते हैं। मेरी दृष्टि में तो धर्म की कोई शिक्षा हो ही नहीं सकती। धर्म की साधना हो सकती है, शिक्षा नहीं; क्योंकि शिक्षा दी जाती है बाहर से और साधना का जन्म

होता है भीतर से। धर्म की कोई शिक्षा मेरी दृष्टि में नहीं हो सकती। तो मैंने उनसे पूछा : मैं ज़रूर चलकर देखना चाहूंगा कि क्या शिक्षा देते हैं?

वे मुझे बहुत ख़ुशी से अपने अनाथालय में ले गए। अनाथ दीन-हीन बच्चे थे। उन्हें जो भी सिखाया था, सीखना पड़ा था। उन्होंने उन बच्चों से पूछा : ईश्वर है? वे सारे दीन-हीन बच्चे हाथ उठाकर ऊपर खड़े हो गए ईश्वर की स्वीकृति में कि ईश्वर है। उन बच्चों को पता है ईश्वर के होने का? उन्हें ईश्वर का कोई भी अन्दाज़ है, कोई भी अनुभव, उन्हें ईश्वर के प्रकाश की कोई भी किरण मिली है? नहीं। कोई भी किरण का उन्हें पता नहीं। उन्हें जो सिखाया गया है कि ईश्वर है और जब हम पूछें कि ईश्वर है तो तुम हाथ ऊपर उठाना। उन्होंने हाथ ऊपर उठा दिए। वे हाथ बिल्कुल झूठे और असत्य हैं। वे हाथ ज्ञान के हाथ नहीं, विश्वास के हाथ हैं। वे हाथ असत्य हैं।

फिर उनसे पूछा कि आत्मा है? उन सारे बच्चों ने फिर हाथ उठा दिए। उनसे पूछा : आत्मा कहां है? उन सबने अपने हृदय पर हाथ रख दिए।

ये सारी सूचनाएं झूठी हैं, यह हृदय पर जाता हुआ हाथ झूठा है, सिखाया हुआ हाथ है यह। मैंने एक छोटे से बच्चे से पूछा : हृदय कहां है? उस बच्चे ने कहा : यह तो हमें बताया नहीं गया, मुझे मालूम नहीं।

जिस बच्चे को हृदय का पता भी नहीं कि कहां है, उसे यह पता है, आत्मा यहां है, परमात्मा यहां है – यह कैसे पता हो सकता है कि फिर यह बच्चे को, जब वह अबोध है, जब अभी उसके भीतर विचार का, चिन्तन का जन्म नहीं हुआ, यह बात उसके मन में डाल दी गई। जब वह बच्चा बड़ा होगा, यह बात उसके ख़ून में मिल जाएगी। वह जवान होगा, वह बूढ़ा हो जाएगा और जब भी जीवन में प्रश्न उठेगा उसके – ईश्वर है? तो बचपन का सीखा हुआ हाथ ऊपर उठ जाएगा और कहेगा – ईश्वर है।

यह उत्तर झूठा होगा, क्योंकि यह उत्तर बाहर से सिखाया गया है, इस उत्तर का धर्म से कोई सम्बन्ध नहीं रह जाता। अगर ये बच्चे रूस में पैदा हुए होते, तो रूस की हुक़ूमत और रूस के गुरु इन्हें दूसरी बात सिखाते।

वे सिखाते – कोई ईश्वर नहीं है, कोई आत्मा नहीं है। ये बच्चे रूस में इस बात को सीख लेते और ज़िन्दगी-भर इसी बात को दोहराते रहते। रूस में जो बात सिखाई जाती, वह सत्य होती?

शायद आपका मन कहेगा कि हम तो सत्य सिखा रहे हैं, वे असत्य सिखा रहे हैं; लेकिन मैं आपसे निवेदन करता हूं, सत्य को सिखाया ही नहीं जा सकता। जो भी सिखाया जाता है, वह सब असत्य होता है, क्योंकि सिखाई गई बात व्यक्ति के प्राणों से नहीं उठती, ऊपर से डाल दी जाती है। हम सब भी जो बातें जानते हैं जीवन के सम्बन्ध में, वे भी सीखी हुई बातें हैं, इसलिए झूठी हैं। इसलिए उन बातों से हमारे जीवन का अन्धकार नहीं मिटता, इसलिए उस ज्ञान से हमारे जीवन में आनन्द की कोई वर्षा नहीं होती, इसलिए उस रोशनी से हमारे जीवन में कोई मुक्ति, कोई स्वतन्त्रता उपलब्ध नहीं होती।

विश्वास से उपलब्ध हुआ ज्ञान धर्म नहीं है। लेकिन हमारा सारा ज्ञान ही विश्वास से उपलब्ध हुआ है। क्या हमें कोई ऐसे ज्ञान का भी अनुभव है, जो विश्वास से नहीं, अनुभव से उपलब्ध हुआ हो? अगर ऐसे किसी ज्ञान का कोई अनुभव नहीं है, तो उचित है कि हम अपने को अज्ञानी जानें, ज्ञानी न मान लें। तो उचित है कि हम समझें कि हम नहीं जानते हैं। वैसी समझ से कि मैं नहीं जानता हूं, जानने की खोज का प्रारम्भ हो सकता है। लेकिन इस भ्रान्त ख़याल से कि मुझे पता है, हमारे जानने की यात्रा भी शुरू नहीं हो पाती और तब यह जानने का भ्रम हमारा पिंजड़ा बन जाता है, जिसमें हम बन्द हो जाते हैं।

हम सब अपने-अपने ज्ञान में बन्द हो गए हैं। थोथे ज्ञान में, शब्दों के ज्ञान में, शास्त्रों और सिद्धान्तों के ज्ञान में बन्द हो गए हैं। और उसी बन्धन को हम ज़ोर से पकड़े हुए हैं और फिर हम चाहते हैं कि स्वतन्त्र हो जाएं! यह स्वतन्त्र होना कैसे सम्भव हो सकेगा।

ज्ञान की उपलब्धि के लिए, जो ज्ञान बाहर से सीख लिया गया, उससे छुटकारा पाना होता है। यह बहुत कष्टपूर्ण प्रक्रिया है। वस्त्र निकालना आसान है, धन छोड़ देना आसान है, घर-द्वार, पत्नी-बच्चों को छोड़ देना

बहुत आसान है। कठिन है तपश्चर्या उस ज्ञान को छोड़ देने की, जो हम सीखकर बैठ गए होते हैं। इसलिए एक व्यक्ति घर छोड़ देता है, पत्नी छोड़ देता है, समाज छोड़ देता है, लेकिन उन शास्त्रों को नहीं छोड़ पाता है, जिनको बचपन से सीख लिया है।

संन्यासी भी कहता है – मैं जैन हूं, संन्यासी भी कहता है – मैं हिन्दू हूं, संन्यासी भी कहता है – मैं ईसाई हूं, हद पागलपन की बातें हैं। संन्यासी भी हिन्दू, ईसाई और मुसलमान हो सकता है? संन्यासी की भी सीमाएं हो सकती हैं? संन्यासी का भी सम्प्रदाय हो सकता है? नहीं, लेकिन बचपन से सीखी गई धारणाओं से छुटकारा पाना बहुत कठिन है।

नग्न खड़ा हो जाना आसान, भूखा उपवासी खड़ा हो जाना अत्यन्त सरल, प्रियजनों को, समाज को छोड़ देना बहुत सुविधापूर्ण, लेकिन चित्त पर सिखाए गए ज्ञान की जो परतें जम जाती हैं, उन्हें उखाड़ देना बहुत कठिन, बहुत आर्डुअस हैं। इसलिए मैं तपश्चर्या एक ही बात को कहता हूं, सीखे हुए ज्ञान को छोड़ देना ही तप है। और जो सीखे हुए ज्ञान को छोड़ देने की सामर्थ्य उपलब्ध कर लेता है, उसे उस ज्ञान की उपलब्धि होनी शुरू हो जाती है, जो अनसीखा है, जिसे कभी सीखा नहीं जाता, जो भीतर छिपा है और मौजूद है।

ज्ञान तो मनुष्य की चेतना में समाविष्ट है।

ज्ञान ही तो मनुष्य की आत्मा है, लेकिन चूंकि हम बाहर से सीखे हुए ज्ञान को इकट्ठा कर लेते हैं, इसलिए भीतर के ज्ञान को बाहर आने की आवश्यकता नहीं रह जाती, वह भीतर हो पड़ा रह जाता है। वह तो बाहर उठता तभी है, जब हम बाहर से जो भी सीखा है उसे अलग कर दें, ताकि भीतर जो छुपा है, वह प्रकट हो सके।

आत्मा के ज्ञान के आविर्भाव की सम्भावना ऊपर की सारी परतों को तोड़ देने पर ही उपलब्ध होती है। लेकिन हम तो इन परतों को मजबूत किए चले जाते हैं। रोज़ इकट्ठा किए चले जाते हैं, रोज़ इन परतों को भरते चले जाते हैं, ताकि हमें यह ख़याल हो सके कि मैं जानता हूं –

यह मैं जानता हूं, बाहर से सीखे गए शब्दों के आधार पर बिल्कुल झूठ और व्यर्थ है।

क्या आपको पता है, अब तो मशीनें भी इस तरह के ज्ञान को जानने लगी हैं। कम्प्यूटर्स पैदा हो गए हैं। अब तो ऐसी मशीनें बन गई हैं, जिन्हें ज्ञान सिखाया जा सकता है। जिन्हें महावीर की पूरी वाणी सिखाई जा सकती है। और फिर उन मशीनों से प्रश्न पूछे जा सकते हैं कि महावीर ने अहिंसा पर क्या कहा, मशीन इतने सही उत्तर देती है कि कोई आदमी कभी नहीं दे सका।

आपको शायद पता न हो, कोरिया का युद्ध आदमी की सलाह से बन्द नहीं हुआ। कोरिया का युद्ध मशीन की सलाह से बन्द किया गया। मशीन को सारा ज्ञान दे दिया गया कि चीन के पास कितनी सामग्री है युद्ध की, कितने सैनिक हैं, चीन की कितनी शक्ति है, चीन कितने दिन लड़ सकता है और हमारी कोरिया के पास कितनी ताक़त है, कितने सैनिक हैं, कितने दिन लड़ सकते हैं। मशीन को दोनों ज्ञान दे दिए गए। फिर मशीन से पूछा गया, युद्ध जारी रखा जाए या बन्द कर दिया जाए, मशीन ने उत्तर दिया : युद्ध बन्द कर दिया जाए, कोरिया हार जाएगा।

आज अमेरिका और रूस में सारा ज्ञान मशीनों को खिलाया-पिलाया जा सकता है और उनसे उत्तर लिये जा सकते हैं। आप भी क्या करते हैं बचपन से! ज्ञान खिलाया जाता है स्कूलों में, पाठशालाओं में, धर्म मन्दिरों में। आपके दिमाग़ में ज्ञान डाला जाता है। फिर उस डाले हुए ज्ञान की स्मृति इकट्ठी हो जाती है। फिर उसी स्मृति से आप उत्तर देते हैं। इस उत्तर देने में आप कहीं भी नहीं हैं, केवल मन की मशीन काम कर रही है।

आपको सिखा दिया गया है कि ईश्वर है। फिर कोई प्रश्न पूछता है: ईश्वर है? आप कहते हैं : हां, ईश्वर है। इस उत्तर में आप कहीं भी नहीं हैं : यह सीखा हुआ उत्तर मन का यन्त्र वापस लौटा रहा है। अगर यह आपको न बताया जाए कि ईश्वर है, आप उत्तर नहीं दे सकेंगे। आपसे कोई पूछता है : आपका नाम क्या है? आप कहते हैं : मेरा नाम राम है। इसमें आप सोचते हों कि कुछ सोच-विचार है, तो आप ग़लती में हैं। बचपन

से आपकी स्मृति पर ठोंका जा रहा है, तुम्हारा नाम राम! तुम्हारा नाम राम! फिर कोई पूछता है आपका नाम? स्मृति उत्तर देती है, मेरा नाम राम है।

मेरे एक मित्र डॉक्टर हैं। वे ट्रेन से गिर पड़े, सिर को चोट लग गई। उनका नाम वग़ैरह भूल गए। वह जो डॉक्टरी उन्होंने पढ़ी थी, सब ख़त्म हो गई। यन्त्र चोट खा गया। तीन साल हो गए, अब उनसे कोई पूछे कि आपका नाम? वे बैठे रह जाते हैं। इन तीन सालों में जो नई घटनाएं घटी हैं, वे तो उन्हें याद हैं, लेकिन तीन साल के पहले जो हुआ वह उन्हें याद नहीं।

यन्त्र चोट खा गया है। स्मृति यान्त्रिक है, मैकेनिकल है। स्मृति ज्ञान नहीं है, मेमोरी ज्ञान नहीं है और हमारे पास स्मृति के सिवाय और क्या है! अगर आपसे मैं पूछूं कि आपके पास एकाध भी विचार ऐसा है, जो आपका हो, तो क्या आप हां में उत्तर दे सकेंगे? एक भी विचार ऐसा है जो आपका हो, जो आपने सीख न लिया हो। सब विचार सीखे हुए हैं, सब विचार उधार हैं, सब विचार बारोड हैं। इसलिए विचार का संग्रह ज्ञान नहीं है। फिर ज्ञान क्या है? विचार का संग्रह ज्ञान नहीं है, बल्कि निर्विचार की उपलब्धि ज्ञान है। एक ऐसी चित्तदशा जहां कोई विचार न रह जाए, इतनी शान्त और मौन, जहां कोई विचार की तरंग न हो, वहां जो अनुभव होता है, वह ज्ञान है। वह ज्ञान मुक्त करता है, और जो ज्ञान हम इकट्ठा कर लेते हैं स्मृति से, वह ज्ञान मुक्त नहीं करता, बांधता है। हम सब अपने ही सीखे हुए ज्ञान में बंधे हुए लोग हैं। अपने ही ज्ञान से हमने पिंजड़ा बनाया हुआ है। यह तो हमारी पहली परतन्त्रता है। पहला बन्धन है ज्ञान का, दूसरा बन्धन है अनुकरण का। हम सब किसी का अनुकरण कर रहे हैं कोई महावीर का, कोई बुद्ध का, कोई राम का, कोई कृष्ण का। हम सब किसी के पीछे चल रहे हैं, हम सब फ़ालोअर्स हैं, अनुयायी हैं।

पृथ्वी पर धर्म का जन्म नहीं हो पाया अनुयायियों के कारण, क्योंकि धर्म किसी का अनुगमन नहीं है, किसी के पीछे जाना नहीं है, धर्म है अपने भीतर जाना। और जो किसी के पीछे जाता है, वह कभी अपने भीतर नहीं जा सकता, क्योंकि किसी के पीछे जाने के लिए बाहर जाना पड़ता है।

महावीर के पीछे जाएं, बुद्ध के पीछे जाएं, कृष्ण के पीछे जाएं, मेरे पीछे जाएं; किसी के भी पीछे जाएं, किसी के पीछे जाएंगे तो आप बाहर जा रहे हैं, क्योंकि जिसके पीछे आप जा रहे हैं, वह आपके बाहर है।

जाना है अपने भीतर, जा रहे हैं किसी के पीछे। जो किसी के पीछे जाता है, वह भटक जाता है। सब अनुयायी भटक जाते हैं। जो अपने भीतर जाता है, किसी का अनुयायी नहीं है जो, किसी का फ़ालोअर नहीं है जो, जो अपनी ही आत्मा का अनुसरण करता है, वही व्यक्ति केवल धर्म को, सत्य को उपलब्ध होता है, वही केवल मुक्ति को उपलब्ध होता है। लेकिन हम सब तो किसी के अनुयायी हैं और हमें हज़ारों वर्षों से यही सिखाया जा रहा है कि पीछे चलो।

पीछे चलने की शिक्षा सबसे विषाक्त, सबसे विषपूर्ण, सबसे प्वाइज़नस। इसने आदमी के जीवन को नष्ट कर दिया है। इसलिए नष्ट कर दिया है, पहली बात, कोई मनुष्य किसी के पीछे जब भी जाएगा, तब आत्मच्युत हो जाएगा। तब वह अपनी आत्मा से डिग जाएगा, तब वह इस कोशिश में लग जाएगा कि मैं किसी दूसरे जैसा हो जाऊं। बनाए चला जाए, रोज़ बनाए और रोज़ हवाएं मिटा दें। रोज़ रेखाएं खींचे पानी पर, खींच भी न पाए और मिट जाएं। हाथ बड़े महिमाशाली हैं, लेकिन आपको पता है, बुद्ध ने अपने को किसके ढांचे में ढाला था, गांधी किसकी नक़ल हैं, क्राइस्ट किसकी कार्बन कॉपी हैं? ये सारे लोग अनूठे हैं अपने जैसे। लेकिन हम उन जैसे होने की कोशिश करेंगे, तो भटक जाएंगे। हम भूल कर लेंगे, हमारा जीवन ग़लत पटरियों पर दौड़ जाएगा, और हमारा जीवन ग़लत पटरियों पर दौड़ रहा है। मनुष्य हीन हो जाता है। जब भी अनुकरण करता है, तब दीन-हीन हो जाता है। अपने को अस्वीकार करता है। दूसरे को स्वीकार करता है, अपने को तोड़ता है, मिटाता है, दूसरे की नक़ल में अपने को बनाता है। तब उसकी आत्मा सब तरफ़ से दीन-हीन हो जाती है और यह दीनता और हीनता मुक्ति नहीं ला सकती।

पहली बात है अपनी आत्मा का, निजता का गौरव, गरिमा, अपनी आत्मा के अनूठे होने की स्वीकृति। अपने को दीन-हीन मानने के भाव का

त्याग धार्मिक मनुष्य का दूसरा गुण है। पहला गुण है विचार करने की क्षमता, दूसरा गुण है स्वयं जैसा होने का साहस। करेज टू बी वन सेल्फ़। ख़ुद होने का, ख़ुद जैसा होने का साहस, यही धार्मिक मनुष्य का दूसरा लक्षण है। जो ख़ुद जैसा होने का साहस करता है, उसे इस जगत में कोई बन्धन नहीं बांध सकते। लेकिन हम तो अपने हाथ से दूसरे जैसा होने की कोशिश करते हैं। तो फिर बन्धन तो अपने-आप खड़े हो जाते हैं, पिंजड़े को हम ख़ुद ही पकड़ लेते हैं और फिर रोते-चिल्लाते हैं कि स्वतन्त्र होना है, मोक्ष चाहिए।

कैसे स्वतन्त्र हो सकेंगे? दूसरी बात बन्धन है, मनुष्य के ऊपर अनुकरण। और तीसरी बात क्या है, मनुष्य के ऊपर बन्धन और ये तीन सूत्र हमें समझ में आ जाएं, तो हम कैसे मुक्त हो सकते हैं, वह भी समझ में आ सकता है। कौन-सी कड़ियां मनुष्य को बांध लेती हैं? तीसरी कड़ी हैं आदर्श – आइडियल्स। मेरे भीतर हिंसा है, मेरे भीतर क्रोध है, मेरे भीतर सेक्स है, काम है, वासना है, मेरे भीतर झूठ है। दो रास्ते हैं इस स्थिति का सामना करने के लिए।

एक रास्ता तो यह है कि मेरे भीतर हिंसा है, तो मैं अहिंसा ओढ़ने की कोशिश करूं, ताकि हिंसा मिट जाए। मेरे भीतर क्रोध है, तो मैं शान्ति साधने की कोशिश करूं, ताकि क्रोध नष्ट हो जाए। मेरे भीतर सेक्स है, तो मैं ब्रह्मचर्य की क़समें लूं, व्रत लूं, ताकि मेरा सेक्स विलीन हो जाए।

एक रास्ता तो यह है। यह रास्ता ग़लत है। इस रास्ते से मनुष्य कभी भी शान्त, स्वस्थ, मुक्त नहीं होता, बल्कि और बन्धनों में पड़ता चला जाता है? क्यों? क्योंकि भीतर होता है क्रोध और वह शान्ति का एक आदर्श निर्मित कर लेता है और उस आदर्श को ओढ़ने की कोशिश करता है। परिणाम क्या होता है? परिणाम होता है दमन। भीतर क्रोध को दबा-दबाकर छिपाता है, ऊपर शान्ति को थोपता है। क्रोध ऐसे नष्ट नहीं होता, भीतर इकट्ठा होता चला जाता है। उसके और गहरे प्राणों में क्रोध प्रविष्ट हो जाता है।

मैंने सुना है, एक गांव में एक अत्यन्त क्रोधी व्यक्ति था। उसके क्रोध की चरम सीमा आ गई, जब उसने अपनी पत्नी को धक्का देकर कुएं में

फेंक दिया। किसी क्रोध में पत्नी की हत्या कर दी। उसे ख़ुद भी बहुत पीड़ा और दुख हुआ, पश्चात्ताप हुआ। सभी क्रोधी लोगों को बहुत पश्चात्ताप होता है, इसलिए नहीं कि वे क्रोध को अब नहीं करेंगे। बल्कि इसलिए कि पश्चात्ताप करके वे मन में जो अपराध पैदा होता है क्रोध करने से, उसको पोंछके साफ़ कर लेते हैं, ताकि फिर से क्रोध करने के लिए तैयार हो सकें।

मन में जो ग्लानि पैदा होती है, क्रोध करने की पश्चात्ताप करके उस ग्लानि को पोंछ लेते हैं, भले आदमी फिर से हो जाते हैं कि मैंने पश्चात्ताप भी कर लिया, ताकि फिर क्रोध की तैयारी की जा सके। उस व्यक्ति को पश्चात्ताप हुआ। तो गांव में एक मुनि का आगमन हुआ था, लोग उसे उस मुनि के पास ले गए। मुनि के चरणों में सिर रखकर उसने कहा कि मुझे कोई रास्ता बताएं, मैं तो पागल हुआ जाता हूं क्रोध के कारण। मुनि ने कहा : रास्ता एक है कि संन्यास ले लो, संसार छोड़ दो, शान्ति की साधना करो।

उस आदमी ने तत्क्षण वस्त्र फेंक दिए, नग्न हो गया और उसने कहा कि मुझे आज्ञा दें, मैं संन्यासी हो गया। मुनि भी हैरान हुए, ऐसा संकल्पवान व्यक्ति पहले उन्होंने कभी नहीं देखा था कि इतनी शीघ्रता से, इतने त्वरित वस्त्र फेंक दे और संन्यासी हो जाए। उन्होंने भी उसकी पीठ ठोंकी, धन्यवाद दिया, गांव भी जय-जयकार से भर गया कि अद्भुत व्यक्ति है यह।

लेकिन भूल हो गई थी उनसे, वह आदमी था क्रोधी। क्रोधी आदमी कोई भी काम शीघ्रता से कर सकता है।

यह कोई संकल्प न था, यह केवल क्रोध का ही एक रूप था। लेकिन वह साधु हो गया, उसकी बहुत प्रशंसा हुई और क्योंकि शान्ति की तलाश में वह आया था, तो मुनि ने उसे नया नाम दे दिया, शान्तिनाथ। वे मुनि शान्तिनाथ हो गए।

क्रोधी व्यक्ति था इतना वह, अब तक दूसरों पर क्रोध निकाला था, पर दूसरों पर निकालने का उपाय न रहा, तो उसे अपने पर निकालना शुरू किया। दूसरे साधु तीन दिन के उपवास करते, तो वह तीस दिन के कर

सकता था। अपने पर क्रोध निकालने की क्षमता उसकी बहुत बड़ी थी। वह अपने पर हिंसक, वॉयलेंट हो सकता था। दूसरे साधु छाया में बैठते तो वह धूप में खड़ा रहता। दूसरे साधु पगडंडी पर चलते तो वह कांटों में चलता। उसने सब तरह से शरीर को कष्ट दिया। बहुत जल्दी उसकी कीर्ति सारे देश में फैल गई। महान तपस्वी की तरह वह प्रसिद्ध हो गया।

वह देश की राजधानी में गया। उसकी कीर्ति उसके चारों तरफ़ फैल रही थी। वैसा कोई तपस्वी न था। सच्चाई यह थी कि उस आदमी का क्रोध ही था यह। यह कोई तपश्चर्या न थी। यह क्रोध का ही रूपान्तरण था, यह क्रोध की ही अभिव्यक्ति थी, लेकिन दूसरों पर क्रोध निकलना बन्द हो गया, अपने पर ही लौट आया। लेकिन इसका किसको पता चलता।

राजधानी में उसका एक मित्र रहता था, बचपन का साथी। उस मित्र को बड़ी हैरानी हुई कि यह आदमी जो इतना क्रोधी था, क्या शान्तिनाथ हो गया होगा! जाऊं देखू, अगर यह परिवर्तन हुआ तो बहुत अद्भुत है।

वह मित्र आया, मनि तख़त पर बैठे थे। हज़ारों लोग उन्हें घेरे हुए थे। जो आदमी प्रतिष्ठा पा जाता है, वह फिर किसी को भी पहचानता नहीं है। चाहे वह मुनि हो जाए, चाहे मिनिस्टर हो जाए। फिर वह किसी को पहचानता नहीं। देख लिया मित्र को। लेकिन कौन पहचाने उस मित्र को। मुनि चुपचाप रहे। मित्र को भी समझ में तो आ गया कि उन्होंने पहचान लिया है, लेकिन पहचानना नहीं चाहते हैं।

मित्र निकट आया। थोड़ी देर बैठकर उनकी बातें सुनता रहा। फिर उस मित्र ने पूछा कि क्या मैं जान सकता हूं, आपका नाम क्या है? मुनि ने उसे गौर से देखा और कहा : अख़बार नहीं पढ़ते हो? सुनते नहीं हो लोगों की चर्चा? मेरा नाम कौन नहीं जानता है, मेरा नाम है मुनि शान्तिनाथ।

मित्र तो पहचान गया, क्रोध अपनी जगह है, कहीं कोई फ़र्क़ नहीं हुआ। थोड़ी देर मुनि ने फिर बात की। दो मिनट बीत जाने पर उस मित्र ने फिर पूछा : क्या मैं पूछ सकता हूं, आपका नाम क्या है? अब तो मुनि को हद हो गई, अभी तो इसने पूछा दो मिनट पहले। मुनि ने कहा : बहरे

हो, पागल हो, कहा नहीं मैंने कि मेरा नाम है मुनि शान्तिनाथ, सुना नहीं। फिर दो मिनट बात चलती होगी, उस आदमी ने फिर पूछा : क्या मैं पूछ सकता हूं कि आपका नाम क्या है? उन्होंने डंडा उठा लिया और कहा अब मैं बताऊंगा तुम्हें कि मेरा नाम क्या है। उस मित्र ने कहा : मैं पहचान गया, पुराने मित्र हैं आप मेरे और कुछ भी नहीं बदला है, सब वहीं के वहीं है।

क्रोध भीतर हो तो ऊपर से संन्यास ओढ़ लेने से समाप्त नहीं हो जाता। घृणा भीतर हो, तो ऊपर से प्रेम के शब्द सीख लेने से घृणा समाप्त नहीं हो जाती। दुष्टता भीतर हो, तो करुणा के वचन सीख लेने से दुष्टता का अन्त नहीं हो जाता। वासना भीतर हो, तो ब्रह्मचर्य के व्रत ले लेने से समाप्त नहीं हो जाती।

इन बातों से भीतर जो छिपा है, उसके अन्त का कोई भी सम्बन्ध नहीं, लेकिन धोखा पैदा हो जाता है, प्रवंचना पैदा हो जाती है। ऊपर से हम वस्त्र ओढ़ लेते हैं अच्छे-अच्छे और नग्नता भीतर छिप जाती है। दुनिया के लिए हम भले मालूम होने लगते हैं, लेकिन भीतर, भीतर हम वहीं के वहीं हैं।

ऐसे कोई व्यक्ति धार्मिक नहीं होता और न मुक्त होता है, बल्कि और गहरे बन्धनों में पड़ जाता है, फिर जो भीतर छिपा है, वह नए-नए रास्ते खोजता है, प्रकट होने के लिए। जैसे केतली में चाय बनती हो, हम ढक्कन को बन्द करके ढांक दें ज़ोर से, तो भाप थोड़ी देर में केतली को फोड़कर बाहर निकल आएगी। भाप बन रही है, तो रास्ता खोजेगी। मनुष्य के चित्त में जो भी बन रहा है, वह रास्ता खोजेगा। तो फिर पीछे के रास्ते खोजेगा, जब सामने के रास्ते हम बन्द कर देंगे। तो वह कहीं पीछे के रास्तों से घूम-घूमकर आना शुरू हो जाएगा। और यह पीछे के रास्ते से चित्त का बार-बार आना, इतने बन्धन, इतनी कॉम्प्लेक्सिटी, इतने उलझन खड़ी कर देगा, जिसका कोई हिसाब नहीं। आदमी पागल भी हो सकता है उस उलझन में। और पागल न हो, तो पाखंडी हो जाएगा; कहेगा कुछ, करेगा कुछ; होगा कुछ, बताएगा कुछ।

लन्दन में एक फोटोग्राफर था। उसने अपने दरवाज़े पर, अपने स्टूडियो पर एक तख़्ती टांग रखी थी। उस तख़्ती पे उसने अपने स्टूडियो में फोटो उतरवाने की दरें, क़ीमतें लिख रखी थीं, रेट्स लिख रखे थे। बड़े अजीब रेट्स थे उसके। एक भारतीय आदिवासी राजा लन्दन गया। वह भी फोटो उतरवाने गया। उस स्टूडियो में पहुंचा। दरवाज़े पर ही तख़्ती लगी थी। उस पर लिखा हुआ था – अगर आप वैसा फोटो उतरवाना चाहते हैं, जैसे कि आप हैं, तो दाम पांच रुपया। अगर वैसा फोटो उतरवाना चाहते हैं, जैसा कि आप लोगों को दिखाई पड़ते हैं, तो दाम दस रुपया। और अगर वैसा फोटो उतरवाना चाहते हैं, जैसा कि आप सोचते हैं कि आपको होना चाहिए, तो दाम पन्द्रह रुपया।

वह राजा बहुत हैरान हुआ, उसने कहा : फोटो भी तीन तरह के होते हैं, यह मेरी कल्पना में नहीं था। उसने उस फोटोग्राफर को पूछा कि बड़ी आश्चर्य की बात है, क्या तीन तरह के फोटो होते हैं? फोटो तो मैं सोचता था, एक ही तरह के होते हैं, जैसा मैं हूं। क्या नम्बर दो और नम्बर तीन के फोटो उतरवाने वाले लोग भी यहां आते हैं? उस फोटोग्राफर ने कहा : महाशय, आप पहले ही आदमी हैं, जो नम्बर एक का फोटो उतरवाने के ख़याल में हैं। अब तक तो दूसरे और तीसरे ही लोग आते रहे हैं।

कोई वैसा चित्र नहीं उतरवाना चाहता, जैसा कि वह है। दूसरा ही चित्र हम सब बनाए हुए हैं। दूसरा ही व्यक्तित्व, झूठा व्यक्तित्व बनाए हुए हैं।

आदर्श झूठा व्यक्तित्व पैदा करते हैं। हिंसा भीतर छिपी रहती है, ऊपर से अहिंसा ओढ़ ली जाती है। भीतर हिंसा उबलती रहती है, ऊपर अहिंसा का वेश। भीतर उबलता रहता है सेक्स, भीतर उबलती रहती है वासना, ऊपर ब्रह्मचर्य के व्रत।

एक साध्वी के पास एक सुबह समुद्र के किनारे मैं बैठा था। समुद्र की हवाएं आईं और मेरी चादर को उड़ाकर साध्वी को स्पर्श करा दिया। अब समुद्र की हवाओं को क्या पता कि साध्वी पुरुष के वस्त्र नहीं छूती है। मैं भी क्या करता, हवाएं वस्त्र उड़ा ही ले गई थीं। साध्वी लेकिन घबड़ाई।

मैंने उससे पूछा : आप बहुत घबड़ा गई हैं, बात क्या है। उसने कहा : पुरुष का वस्त्र छूना वर्जित है, पुरुष का वस्त्र मैं नहीं छू सकती हूं। यह मेरे ब्रह्मचर्य के व्रत के विरोध में है। मैंने कहा : मैं तो बहुत हैरान हो गया : अभी हम आत्मा की बातें करते थे और आप कहती थीं शरीर नहीं है, आत्मा अलग ही चीज़ है। मैं शरीर नहीं हूं, यह आप कह रही थीं अभी और पुरुष का वस्त्र आपको छू गया, वस्त्र भी पुरुष और स्त्री हो सकते हैं? वस्त्र के साथ भी सेक्स का सम्बन्ध जोड़ती हैं आप? यह चादर मैंने ओढ़ ली, तो पुरुष हो गई। और अगर चादर छूती है, तो आपको छू सकती है, क्योंकि आप तो कहती हैं, मैं आत्मा हूं, शरीर नहीं हैं। झूठ कहती होंगी, पढ़ी हुई बात कहती होंगी कि मैं आत्मा हूं। जानती तो बहुत गहरे में यही हैं कि मैं शरीर हूं! चादर भी छूता है, तो प्राण कंप जाते हैं। यह कैसा ब्रह्मचर्य है? भीतर सेक्स उबल रहा होगा, इसलिए चादर के छूने से इतनी तीव्र लहर दौड़ गई, अन्यथा इतनी तीव्र लहर नहीं दौड़ सकती।

बुद्ध एक वन में निवास करते थे। गांव के कुछ लोग किसी वेश्या को लेकर जंगल में आ गए थे। उन सबने शराब पी ली थी। शराब पिया देखकर वेश्या उनको छोड़कर भाग गई। वे उसे खोजने के लिए जंगल में ढूंढ़ते हुए घूमते थे। एक वृक्ष के नीचे बुद्ध को बैठे देखा, तो उन्होंने कहा : सुनिए स्वामी! क्या आप बता सकेंगे कि यहां से कोई स्त्री भागते हुए निकली है?

बुद्ध ने कहा : मेरे मित्रो, कोई भागता हुआ ज़रूर निकला, लेकिन स्त्री थी कि पुरुष, यह बताना कठिन है, क्योंकि जब से मेरी वासना चली गई है, स्त्री और पुरुष में बहुत फर्क नहीं दिखाई पड़ता। कोई निकला ज़रूर है, यह कहना मुश्किल है स्त्री थी कि पुरुष। जब से मेरी वासना चली गई, तब से भेद करने का बहुत कारण नहीं रहा। जब तक बहुत ग़ौर से ही न देखू, तब तक ख़याल ही नहीं आता और ग़ौर से देखने की कोई वजह नहीं रह गई है। तो यह आदमी तो हुआ होगा ब्रह्मचर्य को उपलब्ध। लेकिन चादर को छूने से किसी के प्राण कंप जाते हों, तो यहां भीतर वासना उबल रही है, कोई ब्रह्मचर्य नहीं है।

और ब्रह्मचर्य की क़समें खाई ही किसलिए जाती हैं, इसीलिए न कि

भीतर वासना उबल रही है। क़समें खाने से कुछ अन्त पड़ सकता है। नहीं। आदर्शों से व्यक्तित्व नहीं बदलता, सिर्फ़ छिपता है, वंचना, धोखा, सेल्फ़ डिसेप्शन पैदा होता है। फिर कैसे बदलता है व्यक्तित्व? तीन हैं बन्धन ये – सीखा हुआ ज्ञान, किसी का अनुसरण, आदर्शों को थोपने की चेष्टा। ठीक इन तीन के व्यक्तित्व, इन तीन के घेरों के बाहर, इन तीन भूलों के बाहर व्यक्ति की स्वतन्त्रता, मोक्ष और धर्म और आत्मा का प्रारम्भ है।

सीखा हुआ ज्ञान भूल जाना पड़ता है। मन को कर लेना होता है, सीखे हुए ज्ञान से मुक्त, ताकि भीतर जो छिपा है, वह प्रकट होने के लिए द्वार पा सके। अनुसरण छोड़ देना होता है, क्योंकि अनुसरण ले जाता स्वयं को बाहर। किसी के पीछे चलना बन्द कर देना होता है और चलना होता है स्वयं के भीतर। और तीसरी बात, आदर्श थोपने बन्द कर देने होते हैं। फिर चित्त जैसा है उसे जानने के प्रति सजगता, निरीक्षण, ऑब्ज़र्वेशन विकसित करना होता है।

अगर कोई व्यक्ति अपने क्रोध की वृत्ति के प्रति पूरी तरह सजग हो जाए, उस पूरी वृत्ति का निरीक्षण करने में समर्थ हो जाए, तो हैरान हो जाएगा। जैसे ही वह क्रोध को जानने में समर्थ हो जाएगा, वैसे ही पाएगा – क्रोध विसर्जित हो गया है। क्रोध को जानकर कभी भी कोई क्रोध नहीं कर सका। जैसे दीवाल को जानकर कोई दीवाल से निकलने की कोशिश नहीं करता है। हां, आंखें बन्द हों, तो कभी दीवाल से टकराकर निकलने की कोशिश करता है। लेकिन जिसे दरवाज़ा दिखाई पड़ता हो, वह दरवाज़े से निकलता है दीवार से नहीं। हमने निरीक्षण नहीं किया है चित्त का, हमने चित्त को जाना नहीं है, इसलिए क्रोध से टकरा जाते हैं, सेक्स से टकरा जाते हैं, लोगों से टकरा जाते हैं, दीवालों से सिर टकरा जाता है और टूट जाता है, लहू-लुहान हो जाता है। रोते हैं, चिल्लाते हैं, क़समें खाते हैं, उससे कुछ भी नहीं होता।

ठीक से चित्त के भीतर प्रवेश करके जानना होगा – क्या है यह चित्त? क्या हैं इसकी वृत्तियां? कहां से ये पैदा होती हैं? कैसे विकसित होती हैं? कैसे स्वयं को घेर लेती हैं? कैसे स्वयं को चालित कर देती हैं?

अगर कोई वृत्तियों के सम्यक निरीक्षण को, राइट ऑब्ज़र्वेशन को उपलब्ध हो जाता है, तो वह पाता है कि वृत्तियां विलीन हो गईं और उनकी जगह एक अपूर्व शान्ति, एक अपूर्व सौम्यता, एक दिव्यता उपस्थित हो गई है।

एक छोटी-सी कहानी, जिससे मैं समझा सकूं कि निरीक्षण का क्या मतलब है।

बहुत पुरानी कथा है, तीन ऋषि थे, उनकी बहुत ख्याति थी। लोक-लोकान्तर में उनका यश पहुंच गया। इन्द्र पीड़ित हो गया उनके यश को देखकर। और इन्द्र ने उर्वशी को, अपने उस गन्धर्व नगर की श्रेष्ठतम अप्सरा को कहा : इन तीन ऋषियों को मैं निमन्त्रित कर रहा हूं अपने जन्मदिन पर, तू ऐसी कोशिश करना कि उन तीनों का चित्त विचलित हो जाए।

उन तीन ऋषियों को आमन्त्रित किया गया। वे तीन ऋषि इन्द्र के नगर में उपस्थित हुए। सारे देवता, सारा नगर देखने आया जन्मदिन के उत्सव को।

उर्वशी ऐसी सजी थी कि ख़ुद इन्द्र और देवता हैरान हो गए। जो उससे परिचित थे, भली-भांति जानते थे, वह आज इतनी सुन्दर मालूम हो रही थी, जिसका कोई हिसाब न था। फिर नृत्य शुरू हुआ। उर्वशी ने आधी रात बीतते तक अपने नृत्य से सभी को मोहित, मन्त्र-मुग्ध कर लिया। फिर जब रात गहरी होने लगी और लोगों पर नृत्य का नशा छाने लगा, तब उसने अपने अलंकार फेंकने शुरू कर दिए। फिर धीरे-धीरे वस्त्र भी। एक ऋषि घबड़ाया और चिल्लाया : उर्वशी बन्द करो! यह तो सीमा के बाहर जाना है! यह नहीं देखा जा सकता। दूसरे दो ऋषियों ने कहा : मित्र, नृत्य तो चलेगा, यदि तुम्हें नहीं देखना हो, तो अपनी आंखें बन्द कर ले सकते हो। नृत्य क्यों बन्द होगा? इतने लोग. देखने को उत्सुक हैं, तुम्हारे अकेले के भयभीत होने से नृत्य बन्द होने को नहीं, अपनी आंख बन्द कर लो, तुम्हें नहीं देखना।

ऋषि ने आंखें बन्द कर लीं, सोचा था उस ऋषि ने कि आंखें बन्द

कर लेने से उर्वशी दिखाई पड़नी बन्द हो जाएगी। पाया कि यह ग़लती थी, यह भूल थी कि आंख बन्द करने से कुछ दिखाई पड़ना बन्द होता है? आंख बन्द करने से तो जिससे डरकर हम आंख बन्द करते हैं, वह और प्रगाढ़ होकर हमारे भीतर उपस्थित हो जाता है। रोज़ हम जानते हैं, सपनों में हम उनसे मिल लेते हैं, जिनको देखकर हमने आंख बन्द कर ली थी। रोज़ हम जानते हैं, जिस चीज़ से हम भयभीत होकर भागे थे, वह सपनों में उपस्थित हो जाती है। दिन-भर उपवास किया था, तो रात सपने में किसी राजभोग पर आमन्त्रित हो जाते हैं, यह हम सब जानते हैं।

उस ऋषि की भी वही गति हुई, आंख बन्द की, और भी मुश्किल में पड़ गया। नृत्य चलता रहा। फिर उर्वशी ने और भी वस्त्र फेंक दिए, केवल एक ही अधोवस्त्र उसके शरीर पर रह गया। दूसरा ऋषि घबड़ाया और चिल्लाया कि बन्द करो उर्वशी कि यह तो अब अश्लीलता की हद हो गई। बन्द करो! यह नृत्य नहीं देखा जा सकता, यह क्या पागलपन है। तीसरे ऋषि ने कहा : मित्र, तुम भी पहले ऋषि का अनुगमन करो, आंख बन्द कर लो। नृत्य तो चलेगा, इतने लोग देखने को उत्सुक हैं, फिर मैं भी देखना चाहता हूं। तुम आंख बन्द कर लो, नृत्य बन्द नहीं होगा। दूसरे ऋषि ने भी आंख बन्द कर ली।

आंख जब तक खुली थी, तब तक उर्वशी एक वस्त्र पहने हुए थी, आंख बन्द करते ही ऋषि ने पाया, वह वस्त्र भी गिर गया। स्वाभाविक है, चित्त जिस चीज़ से भयभीत होता है, उसी में ग्रसित हो जाता है। चित्त जिस चीज़ को निषेध करता है, उसी में आकर्षित हो जाता है।

फिर उर्वशी का नृत्य और आगे चला, उसने सारे वस्त्र फेंक दिए। वह नग्न हो गई। फिर उसके पास फेंकने को कुछ भी न बचा। वह तीसरा ऋषि बोला : उर्वशी और भी कुछ फेंकने को हो तो फेंक दो! मैं आज पूरा ही देखने को तैयार हुआ हूं। अब तू अपनी इसकी चमड़ी को भी फेंक दे, ताकि मैं और भी देख लूं कि और आगे क्या है?

उर्वशी ने कहा : मैं हार गई आपसे। वह पैरों पर गिर पड़ी उस ऋषि के। उसने कहा : अब मेरे पास फेंकने को कुछ भी नहीं है। मैं हार गई,

क्योंकि आप अन्त तक देखने को तैयार थे। दो ऋषि हार गए, क्योंकि बीच में ही उन्होंने आंखें बन्द कर लीं। मैं हार गई, अब मेरे पास फेंकने को कुछ भी नहीं और जिसने मुझे नग्न जान लिया, अब उसके चित्त में जानने को कुछ शेष न रहा, उसका चित्त मुक्त हो गया मुझसे।

चित्त का निरीक्षण करना है पूरा। मन के भीतर जो भी उर्वशियां हैं, मन के भीतर जो भी वृत्ति की अप्सराएं हैं – चाहे काम की, चाहे क्रोध की, चाहे लोभ की, चाहे मोह की – उन सबको पूरी नग्नता में देख लेना है, उनका एक-एक वस्त्र उतारकर देख लेना है, आंख बन्द करके भागना नहीं है, एस्केप नहीं है, पलायन नहीं है – जीवन की साधना।

जीवन की साधना है, पूरी खुली आंखों से चित्त का दर्शन। और जिस दिन कोई व्यक्ति, अपने चित्त के सब वस्त्रों को उतारकर चित्त की पूरी नग्नता में, पूरी नेक्डनेस में, पूरी अग्लीनेस में, चित्त की पूरी कुरूपता में पूरी आंख खोलकर देखने को राज़ी हो जाता है, उसी दिन चित्त की उर्वशी पैरों में गिर पड़ती है और कह देती है, मुझे क्षमा करें, मैं हार गई। अब आगे जानने को कुछ भी नहीं है। चित्त की पूरी जानकारी, चित्त का पूरा ज्ञान चित्त से मुक्ति बन जाता है।

ज्ञान से, सीखे हुए ज्ञान से छुटकारा, अनुकरण से छुटकारा और पलायन, एस्केप से छुटकारा – ये तीन छुटकारे धर्म के सूत्र हैं और हम इन तीनों का उलटा कर रहे हैं, इसलिए हम बन्धन में हैं। इन तीन को जो साधता है, वह साधक है। इन तीन को जो साधता है, वह परमात्मा के मन्दिर में प्रविष्ट हो जाता है। उस मन्दिर में नहीं, जो आपके गांव में बना है।

आदमियों का बनाया हुआ कोई मन्दिर परमात्मा का मन्दिर नहीं। उस मन्दिर में जो आपके भीतर है, जो चेतना का मन्दिर है, जो चिन्मय, मिट्टी का नहीं, पत्थरों का नहीं, चेतना की ईंटों से बना जो आपके भीतर मन्दिर है, जो इन तीन सूत्रों को साध लेता है, वह उस मन्दिर की सीढ़ियां पार कर जाता है और प्रविष्ट हो जाता है। उस मन्दिर में पहुंचकर ज्ञात होता है कि न तो कोई दुख है, न कोई चिन्ता, न कोई पीड़ा। उस मन्दिर में पहुंचकर ज्ञात होता है, कोई मृत्यु भी नहीं है, उस मन्दिर में पहुंचकर ज्ञात

होता है कि जीवन एक अमृत है! एक अमृत, एक आनन्द, एक आलोक है। उस मन्दिर में पहुंचकर ही अनुभव होता है उस सत्य का, जिसको हम प्रभु कहें। और उस मन्दिर में कोई भी नहीं पहुंच सकेंगे, क्योंकि मन्दिर के बाहर हमने अपने पिंजड़े बना रखे हैं और उनके सींखचों को पकड़कर ज़ोर से चिल्ला रहे हैं – स्वतन्त्रता! स्वतन्त्रता! स्वतन्त्रता!

और कोई चाहे भी कि आपको निकाल ले बाहर और मुक्त कर दे। सुबह होने के पहले आप वापस अपने पिंजड़े में बैठ जाएंगे। कोई दूसरा आपको निकाल भी नहीं सकता, जब तक कि आपको ही यह दिखाई न पड़ने लगे कि मैं स्वतन्त्रता चाहते हुए भी जो कर रहा हूं, परतन्त्रता निर्मित हो रही है उससे। जिस दिन आपको यह दिखाई पड़ जाएगा, यह कंट्राडिक्शन, जीवन का यह विरोधाभास कि मांगता हूं आज़ादी, निर्मित करता हूं ग़ुलामी; जाना चाहता हूं पूरब, चलता हूं पश्चिम; खोजता हूं प्रकाश, आंखें बन्द किए अंधेरे को बना लेता हूं स्वयं। जिस दिन यह विरोधाभास जीवन का दिखाई पड़ जाएगा, उसी दिन आपके जीवन में एक क्रान्ति हो सकती है।...

सातवां सूत्र

प्रेम है दान स्वयं का

मेरे प्रिय आत्मन!

उस कहानी का सम्बन्ध, कल मैंने जो आपसे कहा है, उससे बहुत गहरा है। कल मैंने जो आपसे कहा है, वह उस कहानी में पूरा-का-पूरा वापस आपके सामने खड़ा हो सके, इसीलिए उसे दोहराऊंगा।

एक सम्राट के दरबार में एक दिन एक बहुत आश्चर्यजनक घटना घटने को थी। सारी राजधानी महल के द्वार पर इकट्ठी हो गई। शाही दरबार के सारे सदस्य मौजूद थे और सभी बड़ी आतुर प्रतीक्षा से ठीक घड़ी का इन्तज़ार कर रहे थे। एक व्यक्ति ने आज से छह महीने पहले सम्राट को कहा था, तुम इतने बड़े सम्राट हो, तुम्हें साधारण आदमी के वस्त्र शोभा नहीं देते। तुम चाहो, तो मैं देवताओं के वस्त्र स्वर्ग से तुम्हारे लिए ला सकता हूं। सम्राट के लोगों को यह बात पकड़ गई थी। और उसने सोचा, उचित होगा यह, कि मनुष्य जाति के इतिहास में मैं पहला मनुष्य होऊंगा, जिसने देवताओं के वस्त्र पहने।

सन्देह तो उसके मन को हुआ कि देवताओं के वस्त्र कैसे लाए जा सकेंगे? लेकिन, हर्ज़ भी क्या था। थोड़े-बहुत रुपयों का ख़र्च ही हो सकता था। वह आदमी धोखा भी क्या दे सकता था। सम्राट ने कहा : मैं राज़ी हूं, जो भी ख़र्च हो, करो और देवताओं के वस्त्र ले आओ। कब ला सकोगे?

उस आदमी ने छह महीने का समय मांगा और कई लाख रुपए मांगे, क्योंकि देवताओं तक पहुंचने में द्वारपालों से लेकर बीच के सभी अधिकारियों को बहुत रिश्वत देनी ज़रूरी थी। ज़मीन पर ही रिश्वत चलती हो ऐसा नहीं है, वहां स्वर्ग में भी चलती थी।

उसे रुपए दे दिए गए। और वह हर माह और रुपए की मांग करने लगा। उतने से कुछ नहीं हो सकता, और रुपए चाहिए। दरबारियों को सन्देह था, वज़ीरों को सन्देह था कि वह आदमी धोखा दे रहा है, लेकिन राजा अपने लोभ के कारण सन्देह को दबाए बैठा था। और प्रतीक्षा कर रहा था कि आख़िर वह कितने लेगा और छह महीने पूरे होने को आ गए।

जिस दिन सुबह उसे वस्त्र लेकर दरबार में उपस्थित होना था, उस रात उस आदमी के महल पर चारों तरफ़ पुलिस का पहरा लगा दिया गया था कि कहीं वह रात भाग न जाए। लेकिन वह भागा नहीं, वह अपने वचन का पूरा सिद्ध हुआ और सुबह लोगों ने देखा कि वह एक बहुमूल्य पेटी में वस्त्रों को लेकर राजमहल की तरफ़ चल पड़ा।

स्वभावतः सभी की उत्सुकता थी। उसने पेटी जाकर राजदरबार में रखी। अब तो सन्देह का कोई कारण न था। वह वस्त्र ले आया था। राजा ने अपने वज़ीरों की तरफ़ देखा, जो निरन्तर कहते रहे थे कि यह आदमी धोखेबाज़ मालूम होता है। देवताओं के वस्त्र न कभी देखे गए, न सुने गए। उस आदमी ने पेटी खोली और पेटी खोलने के बाद, उसने कहा राजा को : अपने वस्त्र उतार दें और नए वस्त्र सबके सामने पहन लें। लेकिन इसके पहले कि मैं वस्त्र आपको दूं, देवताओं ने एक शर्त रख दी है, वह बता देना ज़रूरी है। ये वस्त्र केवल उसी को दिखाई पड़ेंगे, जो अपने ही पिता से पैदा हुआ हो।

उसने पेटी खोली और ख़ाली हाथ बाहर निकाला, कहा : यह पगड़ी संभालो। राजा को हाथ ख़ाली दिखाई पड़ रहा था, लेकिन पूरे दरबारी तालियां बजा रहे थे और कह रहे थे, ऐसी सुन्दर पगड़ी हमने कभी देखी नहीं। सभी दरबारियों को हाथ ख़ाली दिखाई पड़ रहा था, लेकिन शेष सारे लोग जब तालियां बजा रहे हों, तो कौन पागल बने और कौन अपने पिता

पर सन्देह की अंगुली उठवाए। इसलिए हर आदमी बहुत ज़ोर से प्रशंसा कर रहा था, ताकि पड़ोसी यह समझ ले कि मुझे बिल्कुल ठीक-ठीक दिखाई पड़ रही है, पगड़ी बहुमूल्य थी, ऐसी कभी देखी नहीं गई थी।

राजा हतप्रभ खड़ा था, अगर इनकार करता था, तो इससे ज़्यादा असम्मान की और कोई बात नहीं हो सकती थी। हां भरना ही उचित था। उसने अपनी पगड़ी, जो कि थी, उस आदमी के हाथों में दे दी और वह पगड़ी ले ली, जो कि बिल्कुल नहीं थी और सिर पर रख ली। लेकिन पगड़ी तक ही बात होती तो मामला चल जाता। फिर कोट भी उतर गया, फिर कमीज़ भी, फिर धोती भी और फिर अन्तिम वस्त्र के उतरने का समय आ गया।

एक-एक वस्त्र वह आदमी निकालता गया और बोलता गया यह लें। और राजा एक-एक वस्त्र छोड़ता गया। अन्तिम वस्त्र छोड़ने में उसे बहुत घबराहट मालूम हुई, वह बिल्कुल नग्न हुआ जा रहा था। लेकिन सारे दरबारी ताली बजा रहे थे कि धन्य हैं हमारे महाराज! इतने सुन्दर वस्त्र! वे इतने सुन्दर कभी नहीं दिखाई पड़े थे। ऐसे वस्त्र पहली दफ़े मनुष्य को उपलब्ध हुए हैं।

राजा इनकार भी करता तो क्या? उसने सोचा, उचित है कि मैं नग्न ही हो जाऊं। अन्तिम वस्त्र भी छोड़ दिया गया, राजा बिल्कुल नग्न खड़ा था। हर आदमी देख रहा था राजा नंगा है, लेकिन कौन कहता। और तब वह आदमी जो देवताओं के वस्त्र लेकर आया था, उसने कहा : उचित होगा देवताओं के वस्त्र पृथ्वी पर पहली बार उतरे हैं, तो आपकी शोभा-यात्रा निकले, जुलूस निकले, सारा नगर देख ले। इनकार करना कठिन था। मजबूरी थी, राजा को राज़ी होना पड़ा।

नग्न राजा रथ पर बैठकर नगर में चला, लाखों लोगों की भीड़ दोनों तरफ़ इकट्ठी है। हर आदमी देख रहा है कि राजा नंगा है, लेकिन कौन कहे। भीड़ तालियां बजा रही थी और वस्त्रों की प्रशंसा कर रही थी। सारे नगर में वस्त्रों की प्रशंसा थी और एक भी आदमी यह कहने वाला नहीं था कि मुझे वस्त्र दिखाई नहीं पड़ते। राजा नंगा है।

एक छोटे-से बच्चे ने, जो अपने बाप के कन्धे पर सवार होकर भीड़ में वस्त्रों को देख रहा था, उसने कहा : अपने पिता से कहा, लेकिन मुझे तो वस्त्र दिखाई नहीं पड़ते। उसके पिता ने कहा : चुप नासमझ, अभी तुझे कोई अनुभव नहीं है। मैं अनुभव से कहता हूं जीवन-भर के, कि वस्त्र हैं और मैंने अपने बाल धूप में नहीं पकाए। चुप रह इस तरह की बात मुंह से मत निकाल। जब तू भी अनुभवी हो जाएगा, तो तुझे भी वस्त्र दिखाई पड़ने लगेंगे। शायद और छोटे कुछ बच्चों ने शक पैदा किया हो, लेकिन बच्चों की कौन सुनता है, बूढ़े बहुत समझदार हैं। और बूढ़ों ने बच्चों की ज़बानें बन्द कर दी होंगी। अनुभवी लोग ग़ैर-अनुभवी लोगों की ज़बान हमेशा बन्द कर देते हैं।

वह शोभा यात्रा निकल गई, गांव-भर में उस दिन, उस रात उन्हीं वस्त्रों की चर्चा होती रही और हर आदमी अपने मन में सोचता रहा कि राजा नंगा था, फिर ये सारे लोग वस्त्रों की प्रशंसा क्यों कर रहे हैं?

इस कहानी से इसलिए शुरू करना चाहता हूं अपनी बात को, कि मनुष्य के जीवन में ऐसा ही हो गया है। हज़ारों असत्यों पर हम केवल इसलिए स्वीकृति दे रहे हैं कि भीड़ उन असत्यों के लिए ताली बजा रही है और हां कर रही है। हज़ारों असत्यों को हम इसलिए मानने को राज़ी हो गए हैं, क्योंकि हममें अकेले होने की हिम्मत नहीं है, हम हमेशा भीड़ के साथ खड़ा होना पसन्द करते हैं, ज़्यादा सुरक्षित अनुभव करते हैं। किसी व्यक्ति में व्यक्ति होने का साहस नहीं है, इसलिए असत्य हमारे जीवन में सत्य बनकर बैठ गए हैं और फिर हज़ारों वर्ष तक जब असत्य दोहराए जाते हैं और हज़ारों वर्षों की परम्परा जब उन असत्यों को सत्य की प्रतिभा दे देती है, सत्य की प्रतिष्ठा दे देती है और जब बचपन से बच्चे के अबोध मन पर उनकी छाप डालनी शुरू कर दी जाती है, तो शायद हमें स्मरण ही नहीं रह जाता कि असत्य सत्य जैसे कब प्रतीत होने लगे।

एक छोटे-से बच्चे को हम मन्दिर में ले जाते हैं, और एक पत्थर की मूर्ति के सामने उससे कहते हैं : भगवान हैं ये, इनको प्रणाम करो। बच्चे के मन में वही होता होगा, कहां हैं भगवान! यहां तो एक पत्थर की मूर्ति

रखी हुई है। वही होता होगा जो उस नगर में बच्चों के मन में हुआ था कि राजा तो नंगा है, लेकिन बड़े-बुज़ुर्ग कह रहे थे कि वस्त्र पहने हुए हैं। वह बच्चा भी देखता है और उसके पिता झुक रहे हैं, उसके पिता के पिता भी झुकते रहे हैं और हज़ारों वर्षों से इस मूर्ति को भगवान मानने वाले लोग रहे हैं और मैं नासमझ, मैं अबोध हूँ। वह शायद स्वीकार कर लेता है और राज़ी हो जाता है। और जब तक उसका बोध जागता है, तब तक इस आदत का वह इतना आदी हो जाता है कि फिर शक करने का, सन्देह करने का उसे ख़याल भी नहीं उठता। वह भी अपने बच्चों को इसी झूठ को सिखा जाएगा, जो उसके मां-बाप ने उसे सिखा दिए हैं।

इस तरह झूठ यात्रा करते हैं हज़ारों साल की। और फिर उन हज़ारों साल के प्रतिष्ठित झूठों से मनुष्य बंध जाता है। जो आदमी इन बन्धनों को न तोड़े, इन झूठी खूटियों से अपने को मुक्त न कर ले, उस आदमी के जीवन में सत्य का कभी आगमन नहीं हो सकता। जो असत्य को उघाड़कर असत्य की भांति देखने में समर्थ नहीं है, सत्य के दर्शन की भी सम्भावनाओं को बन्द कर रहा है। सत्य को जानने के पहले असत्य को असत्य की भांति जान लेना बहुत ज़रूरी है, जो असत्य से नहीं छूटता सत्य से उसका कोई सम्बन्ध नहीं हो सकता है।

इसलिए सत्य की दिशा में जहां-जहां असत्य हैं, परम्परा से पूजित हज़ारों वर्ष की प्रतिष्ठा से मंडित, हज़ारों सदियों से हज़ारों लोगों के द्वारा उच्चरित उन सब पर सन्देह की एक दृष्टि और विचार की एक प्रक्रिया से, उन सबको फिर से देख लेना, हर व्यक्ति के लिए ज़रूरी है। जो आदमी ठीक से सन्देह करना नहीं सीख पाता, वह कभी फिर धार्मिक नहीं हो सकता, क्योंकि सन्देह किए बिना, राइट डाउट किए बिना, ठीक-ठीक सन्देह किए बिना, कोई मनुष्य असत्यों की असत्यता को कैसे देख सकेगा।

सन्देह का सत्य, सन्देह की शक्ति यही है कि वह असत्य के असत्य होने को प्रदर्शित कर देती है। सन्देह असत्य की हत्या का उपकरण है, लेकिन हमें तो हज़ारों वर्षों से सिखाया जा रहा है कि विश्वास करो।

पूछे हैं प्रश्न, कोई दस-पांच मित्रों ने पूछे हैं कि बिना श्रद्धा और बिना

विश्वास के तो धर्म नष्ट हो जाएगा? सच्चाई उलटी है, विश्वास और श्रद्धा के कारण धर्म का जन्म ही नहीं हो पाया है। ठीक-ठीक धर्म पैदा होगा सम्यक सन्देह से, तर्क और विचार से, चिन्तन और मनन से स्पष्ट और निष्पक्ष विचार की ऊर्जा ही ठीक-ठीक धर्म को जन्म देती है, क्योंकि जो विश्वास कर लेता है, वह अन्धा हो जाता है। सब विश्वास, विश्वास-मात्र अन्धे होते हैं।

एक मित्र ने पूछा है कि अन्धी श्रद्धा तो बुरी बात है, हम मान सकते हैं, लेकिन श्रद्धा ही बुरी बात है, यह हम नहीं मान सकते। शायद उन्हें पता नहीं है, श्रद्धा यानी अन्धापन, अन्धी श्रद्धा जैसी कोई चीज़ नहीं होती। श्रद्धा-मात्र अन्धी होती है। श्रद्धा का मतलब क्या है? विश्वास का, विलीव का अर्थ क्या है? उसका अर्थ है, जो मैं नहीं जानता हूं, उसे मैंने मान लिया है। जिससे मैं परिचित नहीं हूं, उसे मैंने स्वीकार कर लिया है। जो मुझे अज्ञात है, उसे मैंने दूसरों की बातों के कारण ज्ञात मान लिया है। क्या यह अन्धापन नहीं है?

आस्तिक भी अन्धे होते हैं और नास्तिक भी। आस्तिक मान लेते हैं सुनी हुई इन बातों को कि ईश्वर है, और नास्तिक मान लेता है सुनी हुई इन बातों को कि ईश्वर नहीं है। दोनों अन्धे हैं। दोनों ने सुने हुए को स्वीकार किया है और दोनों ने देखने की कोई कोशिश नहीं की, कोई प्रयास नहीं किया। देखने के प्रयास में तो श्रम पड़ता है, देखने के प्रयास में तो कुछ करना पड़ेगा, मानने के प्रयास में कुछ भी नहीं करना पड़ता। जितने आलसी लोग हैं पृथ्वी पर, इसलिए वे मानने के लिए राज़ी हो जाते हैं, जानने की फ़िक्र छोड़ देते हैं।

मानना आलसी चित्त का लक्षण है। मैं न मानने को नहीं कह रहा हूं, क्योंकि न मानना मानने का ही एक रूप है। मैं कह रहा हूं, जानने की फ़िक्र होनी चाहिए भीतर, और वह तभी हो सकती है, जब हम मानने को या न मानने को, विश्वास करने को या अविश्वास करने को बहुत जल्दी तत्पर न हो जाएं।

वह व्यक्ति, जो यह कहने में समर्थ है कि मुझे ज्ञात नहीं है कि ईश्वर

है, मुझे यह भी ज्ञात नहीं है कि ईश्वर नहीं है, मैं बिल्कुल अज्ञान में हूं, मुझे कुछ भी ज्ञात नहीं है, ऐसा व्यक्ति ठीक स्थिति में है। इसकी यात्रा हो सकती है सत्य के प्रति। इसने कुछ भी माना नहीं है, और अपने अज्ञान को स्वीकार किया है। अज्ञान सत्य है। इस सत्य अज्ञान को, जो स्वीकार करता है, वह तो सत्य तक पहुंच सकेगा। लेकिन इस सत्य अज्ञान को जो दूसरों की बातों से ढांकके ज्ञान बना लेता है, वह आदमी कैसे सत्य तक पहुंच पाएगा।

आपको पता है, ईश्वर के सम्बन्ध में, आप जानते हैं, पहचानते हैं, है वही या नहीं है – दोनों बातें आपको पता नहीं हैं। लेकिन बचपन से हम कुछ सुन रहे हैं और उस सुने को हमने स्वीकार कर लिया है। और उस स्वीकृति पर ही हमारी खोज की मृत्यु हो गई, हत्या हो गई। जो आदमी स्वीकार कर लेता है, वह आदमी अन्धा हो गया।

एक मित्र ने पूछा है : लेकिन यदि हम इस भांति स्वीकार न करें; अगर हम इस भांति, जो लोग जानते हैं उनकी बात स्वीकार न करें, तो हम खोजेंगे कैसे?

नहीं, जो लोग जानते हैं कि यह भी हमारी स्वीकृति है। हमें कैसे पता है कि वे जानते हैं। यह भी हमारा विश्वास है कि वे जानते हैं और फिर उन्हें मिला है कुछ, इसलिए हम थोड़े ही खोज करते हैं; हम खोज इसलिए करते हैं कि हमारे प्राणों में एक रिक्तता है। हमारे प्राणों में एक दुख है, एक अंधेरा है। और वह अंधेरा मांग करता है प्रकाश की, वह दुख मांग करता है आनन्द की। हमारे भीतर एक अज्ञान है, वह ज्ञान की अभीप्सा हमारे अन्दर पैदा करता है। हमारे भीतर एक प्यास है, जो हमें सरोवर की तरफ़ ले जाती है।

पानी के सम्बन्ध में दूसरे लोगों की कही हुई बातें थोड़ी किसी को सरोवर तक ले जाती हैं। भीतर की प्यास ले जाती है सरोवर की खोज में। कोई कितना ही पानी के सम्बन्ध में बातें करे और जल पर ग्रन्थ लिखे, उसके ग्रन्थ पढ़कर थोड़ी कोई सरोवर की खोज में जाएगा। सरोवर की खोज में तो तभी कोई जाता है, जब उसके प्राण प्यासे हो उठते हैं।

इसलिए कोई दूसरा किसी को परमात्मा की खोज में न कभी ले गया है और न ले जा सकता है। परमात्मा की खोज में तो ले जाता है जीवन का दुख, जीवन का अज्ञान, जीवन की अपूर्णता, जीवन की पीड़ा और चिन्ता, वह जो जीवन का सन्ताप है, वह जो एंग्विस है, वह जो प्रतिपल सब अन्धकारपूर्ण है, वह हमसे कहता है – प्रकाश को खोजो। लेकिन जो व्यक्ति दूसरों की प्रकाश की कही गई बातों को मान लेता है, वह एक बड़े ख़तरे में पड़ जाता है। वह ख़तरे में इसलिए पड़ जाता है कि दूसरे की प्रकाश की बातें, जिसके पास अपनी आंखें न हों, उसके लिए बहुत अजीब अर्थ लेकर स्पष्ट होती हैं।

एक अन्धे आदमी को उसके मित्रों ने दावत दी थी। बहुत मिष्टान्न बनाए थे। उसने मिठाइयां खाकर पूछा : किससे बनी हैं, कैसे बनी हैं, क्या है वह? उसे मैं जानना चाहता हूं। मित्रों ने कहा : दूध से बनी हैं ये मिठाइयां। उस अन्धे आदमी ने कहा : दूध कैसा होता है, कैसा है उसका रंग? नासमझ होंगे मित्र। अन्धे का पूछना तो उचित था, जिज्ञासा ठीक थी। एक मित्र ने कहा : सफ़ेद, शुभ्र। उस अन्धे आदमी ने पूछा : शुभ्र क्या होता है, सफ़ेद क्या होता है? उसे तो किसी रंग का, कोई प्रकाश का कभी कोई अनुभव नहीं था। उसकी तो आंखें बन्द थीं। शुभ्र और सफ़ेद शब्द-मात्र थे, इनसे कुछ भी स्पष्ट न होता था। आंख वाले मित्रों में से एक ने कहा : बगुला देखा है – बगुला के पंखों जैसा सफ़ेद होता है दूध। उस अन्धे आदमी ने कहा : पहेलियों पर पहेलियां पैदा कर रहे हैं आप। मुझे दूध का ही पता नहीं है, अब यह बगुला क्या होता है और यह बगुले का रंग कैसा होता है? यह और एक कठिनाई हो गई, तो पहले कृपा करके बगुले के सम्बन्ध में समझा दें, फिर मैं दूध के सम्बन्ध में भी समझ लूंगा।

पिछला प्रश्न अपनी जगह खड़ा रहा, समझाने की कोशिश ने नया प्रश्न खड़ा कर दिया, और समझाने की कोशिश और नया प्रश्न खड़ा कर देगी। पांच हज़ार सालों से दार्शनिक समझाते जाते हैं, उनके हर समझाने की कोशिश नए प्रश्न खड़े कर देती है, पुराने प्रश्न अपनी जगह मौजूद हैं। उनमें कोई अन्तर नहीं पड़ता, नए प्रश्न खड़े करते जाते हैं। बर्ट्रेंड रसेल

ने पीछे एक जगह कहा कि पहले जब मैं बच्चा था, तो मैं सोचता था – फिलोसफी ने, दर्शन ने, दार्शनिकों ने, विचारकों ने, दुनिया के प्रश्न हल किए हैं। अब जब मैं बूढ़ा हो गया हूं, तो मैं समझता हूं, उन्होंने केवल नए प्रश्न खड़े किए हैं, क्योंकि पुराने प्रश्न तो अपनी जगह खड़े हुए हैं। कोई प्रश्न आज तक, कोई दार्शनिक हल नहीं कर पाया है। प्रश्न अपनी जगह खड़ा है, उसने जो उत्तर दिया है, उससे नए प्रश्न ज़रूर खड़े हो गए हैं।

उस अन्धे आदमी की भी वही मुश्किल हो गई। लेकिन मित्र समझाने के पीछे दीवाने थे, उन्हें इसकी फ़िक्र ही न थी कि आदमी अन्धा है। उन्हें अपने समझाने की फ़िक्र थी, उनको अपना रस आ रहा था समझाने का। उन्हें समझाकर छोड़ना था।

एक आदमी ने उस अन्धे की बग़ल में हाथ किया और कहा : मेरे हाथ पर हाथ फेरो। जैसा मेरा हाथ तुम्हें लम्बा और सुडौल मालूम पड़ता है, ऐसे ही बगुले की गर्दन होती है। थोड़ा-बहुत तो इससे तुम्हें बगुले की समझ आ ही जाएगी। उस आदमी ने उसके हाथ पर हाथ फेरा और वह खुशी से नाच उठा। और उसने कहा : मैं समझ गया, दूध कैसा होता है। आदमी के हाथ की तरह दूध होता है।

ठीक है उसकी समझ। दूध के लिए प्रश्न उठा था। यह सारी कथा से इस सारे अनुमान से, उस अन्धे आदमी ने निष्कर्ष निकाला कि दूध आदमी के झुके हुए हाथ की तरह होता है।

ईश्वर के सम्बन्ध में हमारे सब निष्कर्ष ऐसे ही हैं। और चूंकि अलग-अलग मुल्कों में अन्धों ने अलग-अलग निष्कर्ष ले लिये हैं, तो किन्हीं अन्धों ने मस्जिद बना ली है, किन्हीं अन्धों ने मन्दिर, किसी ने भगवान की एक शक्ल, किसी ने दूसरी, क्योंकि किसी को बगुले की तरह समझ में आया है, किसी को किसी और तरह समझाया गया है। और फिर इन अन्धों ने हद कर दी आख़िर में, न केवल यह कहते हैं कि दूध झुके हुए हाथ की तरह होता है, बल्कि यह भी कहते हैं कि अगर कोई और तरह के दूध को मानता है, तो हम हत्या कर देंगे, वह ग़लत बात कहता है।

तो फिर उन अन्धों ने सारी दुनिया में उपद्रव किए हैं। धर्म के नाम पर जो उपद्रव हुए हैं, वे अन्धे आदमियों के उपद्रव हैं। नहीं तो धर्म के नाम पर उपद्रव हो सकते हैं, धर्म के नाम पर हत्याएं हो सकती हैं, धर्म के नाम पर मकान और मन्दिर जलाए जा सकते हैं और बच्चे और औरतें मारी जा सकती हैं, धर्म के नाम पर ख़ून हो सकता है? निश्चित ही धर्म के नाम पर कुछ अन्धे लोग काम कर रहे होंगे, अन्यथा धर्म के नाम पर यह सब-कुछ कैसे हो सकता है।

पिछले मनुष्य-जाति के धर्मों का इतिहास, अन्धों की लड़ाइयों का इतिहास है। और हम आज भी यही पूछते चले जा रहे हैं, कैसे विश्वास करें, विश्वास करेंगे तो अन्धे हो जाएंगे। विश्वास का सवाल नहीं है। उस अन्धे आदमी के मित्रों में अगर मैं भी रहा होता, तो मैं उसको दूध को समझाने की कोशिश न करता। मैं उस आदमी को कहता : यह प्रश्न तुम्हारा ग़लत है। वह जिसके पास आंख नहीं है, वह प्रकाश, रंग और रूप के सम्बन्ध में प्रश्न करे, यह व्यर्थ है। तम्हें इसके सम्बन्ध में प्रश्न नहीं, तुम्हें पूछना चाहिए कि मेरी आंख कैसे ठीक हो सकती है? वह तुम्हारा ठीक प्रश्न होगा, वह राइट क्वेश्चन होगा। और तब मैं तुम्हें उत्तर नहीं दूंगा, ले चलूंगा किसी चिकित्सक के पास कि तुम्हारी आंख का इलाज हो, तुम्हारी आंख का उपचार हो। जिस दिन तुम्हारी आंख ठीक हो सकेगी, उस दिन तुम जान सकोगे कि प्रकाश कैसा है, दूध कैसा है, रंग कैसे हैं, रूप कैसे हैं। उस दिन बिना किसी के समझाए तुम देख सकोगे और जब तक तुम समझाए हुए को मानोगे, तब तक तुम्हारे अनुमान बहुत असंगत, बहुत काल्पनिक, बहुत झूठे होने वाले हैं, और उन अनुमानों पर अगर तुम रुक गए, तो शायद तुम्हारी अपनी आंख खोलने की जो पीड़ा और खोज होनी चाहिए, वह समाप्त हो जाएगी।

वह अन्धा आदमी नाच उठा था खुशी से कि मैंने जान लिया है कि दूध कैसा है। अब, अब उसे आंख की खोज का कोई सवाल ही न रहा। बिना आंख के ही दूध जान लिया गया है। अगर उसे यह अनुभव होता कि बिना आंख के दूध नहीं जाना जा सकता, तो शायद यह पीड़ा कि मैं

जानना चाहता हूं, उसे अपनी आंख की चिकित्सा में ले गई होती।

मैं आपसे कहना चाहता हूं कि विश्वास मत करें, ताकि आप अपनी आत्मा की चिकित्सा में जा सकें। विश्वास मत करें, ताकि आप अपनी भीतर की आंखों को खोलने के प्रति आतुर हो सकें, व्याकुल हो सकें। जो विश्वास कर लेगा, उसकी व्याकुलता समाप्त हो जाएगी। इसलिए मैंने कहा कि विश्वास अन्धा है। विश्वास नहीं, चाहिए अत्यन्त सतेज विचार, चाहिए अत्यन्त जागरूक चिन्तन, चाहिए खोज-अनुसन्धान, चाहिए इनक्वायरी। और ये जब किसी व्यक्ति में पैदा होनी शुरू होती हैं, तो उसके भीतर एक आलोक का रास्ता धीरे-धीरे खुलने लगता है।

लेकिन किसी मित्र ने पूछा है कि सारे धर्मगुरु, धर्मशास्त्र तो यही कहते हैं कि विश्वास करो और आप यह कैसी अनूठी बात कह रहे हैं कि विश्वास नहीं करना चाहिए। निश्चित ही, विश्वास से कुछ हित होगा तभी तो वे ऐसा कहते हैं, उन्होंने पूछा है। हित है, आपका नहीं धर्म-गुरुओं का। स्वार्थ है, आपका नहीं धर्मगुरुओं का।

मैंने सुना है, एक बहुत बड़ा विचारक एक छोटे-से गांव में रहता था। वह एक दिन सुबह-सुबह अपने गांव के तेली के पास तेल ख़रीदने गया था। तेली की दुकान लगी थी, तेली अपनी दुकान पर बैठा तेल बेचता था। उस विचारक ने तेल देने को कहा। तेल तोला जाने लगा। तभी उसने देखा कि पीछे तेली का बैल दुकान के पीछे ही कोल्हू को चला रहा है। तेल पेर रहा है। लेकिन कोई उसे चलाने वाला नहीं था, बैल ख़ुद ही चल रहा था। उसने उस तेली को पूछा : बड़े आश्चर्य की बात है, आदमी जब बैल को ज़बर्दस्ती चलाता है, तब वह चलता है। अरे आदमी को ही कोई ज़बर्दस्ती न चलाए, तो आदमी नहीं चलता। तो यह तो बैल है, यह अपने आप चल रहा है स्वेच्छा से। बड़ी खूबी की बात है। ऐसा बैल मैंने कभी नहीं देखा। वह तेली हंसा और उसने कहा कि यह स्वेच्छा से नहीं चल रहा है, इसमें तरकीब काम रही है। देखते नहीं हैं, मैंने उसकी आंखें बन्द कर रखी हैं, बैल की दोनों आंखों पर पट्टी थी। तेली ने कहा : बैल को दिखाई नहीं पड़ रहा है कि पीछे कोई है या नहीं। वह मान रहा है कि कोई पीछे है।

लेकिन उस विचारक ने कहा कि कभी रुककर भी तो जांच कर सकता है कि कोई पीछे है या नहीं, कभी जांच नहीं करता रुककर? बड़ा विश्वासी बैल है, बड़ा श्रद्धालु बैल है। उसे तेली ने कहा : नहीं, श्रद्धा का सवाल नहीं है, देखते नहीं गले में घंटी बांध रखी है मैंने। चलता रहता है, तो घंटी बजती रहती है, मुझे आवाज़ सुनाई पड़ती रहती है। जब खड़ा होता है। मैं फ़ौरन जाकर फिर उसे हांक देता हूं, उसको ख़याल बना रहता है कि पीछे कोई है और घंटी बजती है, तो मुझे पता रहता है कि बैल चल रहा है।

उस विचारक ने कहा : अरे कभी ऐसा नहीं कर सकता बैल कि खड़ा हो जाए, गर्दन हिलाता रहे, ताकि घंटी बजती रहे और तुमको धोखा दे दे। उस तेली ने कहा : महाशय आप जल्दी दुकान से जाइए, कहीं आपकी बातें बैल न सुन ले। ये बड़ी ख़तरनाक बातें हैं। मेरी सारी दुकान बन्द करवाने का इरादा करते हैं आप। किसी तरह अपनी रोटी-रोज़ी चला लेता हूं, तुमसे मेरी क्या दुश्मनी है। क्यों ऐसी बातें करते हो। आइन्दा किसी और दुकान से तेल लेना, यहां मत आना। क्या भरोसा बैल सुन ले, तो सब मुश्किल हो जाए।

धर्मगुरु भी आदमी को चला रहा है बहुत दिनों से। और बिल्कुल नहीं चाहता कि मेरा जैसा आदमी उसकी दुकान पर जाए और तेल ख़रीदे, क्योंकि उसको डर है कि मेरी बातें अगर सुन ले बैल तो बड़ी मुश्किल। आदमी का शोषण किया जा रहा है, उसकी आंख पर पट्टियां बांधकर, उसके गले में घंटियां बांधकर विश्वास की, अन्धे विश्वास की। आदमी का शोषण किया जाता रहा है। निरन्तर आदमी का शोषण हुआ है।

हमारे बीच जो सबसे ज़्यादा चालाक और कनिंग आदमी हैं, उन्होंने बहुत पहले यह बात समझ ली कि धर्म के नाम पर आदमी का बहुत अद्भुत रूप से शोषण किया जा सकता है। वे सिर्फ़ शोषण कर रहे हैं, इसमें उनका हित है। किस-किस भांति उन्होंने शोषण किया है, अगर यह कथा किसी दिन पूरी स्पष्ट हो जाए, तो हम घबड़ा जाएंगे। तब हमको दिखाई पड़ेगा कि शायद धर्मगुरुओं से ज़्यादा अधार्मिक लोग ज़मीन पर और कोई नहीं

रहे। वे तो निश्चित ही कहेंगे कि विश्वास करिए। लेकिन उनके कारण आपका शोषण होता तो भी ठीक था। उनके कारण ठीक-ठीक धर्म का जन्म नहीं हो पाया, जो और भी बड़ी कठिन बात है, और भी दुर्भाग्य की बात है। आदमी का शोषण भी ठीक था, कि वे आदमी का शोषण करते रहते, लेकिन उनके इस सारे उपद्रव के कारण, उनके इस सारे षड्यन्त्र के कारण आदमी के जीवन में सच्चे धर्म का जन्म नहीं हो सका, क्योंकि सच्चा धर्म से उनकी इस दुकान का अन्त हो जाएगा, क्योंकि सच्चा धर्म होगा विचार पर खड़ा, सच्चा धर्म होगा चिन्तन की बुनियाद पर खड़ा, सच्चा धर्म होगा वैज्ञानिक, वह होगा साइंटिफिक। उसमें सुपरस्टीशन, उसमें अन्धेपन, अन्धविश्वास, विश्वास इन सबके लिए कोई जगह रह जाने वाली नहीं है। इसलिए निरन्तर उन पुरोहितों का हम, चाहे वह किसी धर्म के हों, इससे कोई फ़र्क नहीं पड़ता, चाहे वे किसी तरह के मत से सम्बन्धित हो, इससे कोई फर्क नहीं पड़ता। उनका वर्ग निरन्तर विचार के विरोध में रहा है और विश्वास के पक्ष में रहा है।

ज़रूर उनका हित है, लेकिन आपका हित नहीं है, मनुष्यता का कोई हित नहीं है। और न ही धर्म का ही कोई हित है, इसलिए हम रोज़ पिछड़ते चले गए। विज्ञान तो बढ़ता गया रोज़, क्योंकि विज्ञान विश्वास पर खड़ा हुआ नहीं है। विज्ञान है खड़ा हुआ विचार पर, चिन्तन पर, मनन पर। विज्ञान तो रोज़ गति करता गया और धर्म रोज़ पिछड़ता चला गया। क्यों? अगर धर्म भी विचार और वैज्ञानिक दृष्टिकोण पर खड़ा होता, तो धर्म तो परम विज्ञान बन जाता, वह तो सुप्रीम विज्ञान बन गया होता कभी का। जीवन में उसकी वैज्ञानिकता हरेक के हृदय में पहुंच गई होती। लेकिन नहीं, एक वर्ग है शोषकों का, जो उसे नहीं पहुंचने देगा, नहीं वैज्ञानिक बनने देगा। क्योंकि उसका वैज्ञानिक बनना, उनकी मौत के सिवाय और कुछ भी नहीं है।

एक बहुत अद्‌भुत घटना हुई है। दोस्तोएक्स्की एक रूसी लेखक था। उसने अपनी किताब में अठारह सौ वर्ष बाद कल्पना की है कि क्राइस्ट को स्वर्ग में रहते-रहते अठारह सौ वर्ष हो गए और तब उन्हें ख़याल आया

कि अब मैं एक बार जाकर ज़मीन पर फिर से देखू, अब तो करोड़ों लोग क्रिश्चियन हो गए हैं, अब तो मेरे मानने वाले ज़मीन पर आधे लोग हैं, अब तो मेरा बड़े खुले हृदय से स्वागत होगा। और अब जो मैं कहूंगा, वह तो लोगों के प्राणों में पहुंच जाएगी बात। अब तो लोग मुझे सूली पर नहीं चढ़ाएंगे। अब तो राजसिंहासन पर बैठाएंगे। आधी ज़मीन मेरी है। ज़मीन पर हर गांव में मेरे चर्च हैं, हर गांव में मेरा पादरी है, मेरा पुरोहित, गांव-गांव में मेरा क्रॉस लगा हआ है। अब तो मैंने जमीन जीत ली है। मैं जाऊं एक दफ़ा देखू। पिछली बार तो जब गया था, तो बहुत बुरा स्वागत हुआ था, पत्थर मारे लोगों ने और अन्त में मेरी हत्या कर दी। लेकिन तब पुरोहित दूसरों के थे, यहूदी थे, अब तो अपने पुरोहित हैं।

क्राइस्ट जेरुसलम के बाज़ार में एक दिन सुबह उतरे। रविवार का दिन था और लोग चर्च से घर लौट रहे थे। वे झाड़ के नीचे खड़े हो गए। लोग भी उधर से निकले, तो उन्होंने देखा – अरे यह कौन आदमी एक्टिंग कर रहा है क्राइस्ट की! यह कौन आदमी अभिनय कर रहा है, बिल्कुल क्राइस्ट जैसा मालूम पड़ता है। लोगों की भीड़ इकट्ठी हो गई और उन्होंने कहा : महानुभाव, कौन हो तुम, बड़ा ग़ज़ब किया है, बिल्कुल शक्ल मिला ली है, बिल्कुल वैसे मालूम पड़ते हो? क्राइस्ट हंसे और उन्होंने कहा : तुम भूलते हो, मैं वही हूं। लोग हंसे और उन्होंने कहा : ऐसी ग़लती मत करना, नहीं तो पादरी अगर सुन लेगा, तो मुसीबत में पड़ जाओगे। और पीछे से महापुरोहित आ गया और उसने कहा : यह कौन बदमाश यहां गड़बड़ कर रहा है, नीचे उतरो...

...और न बचने चाहिए उनके कारण मनुष्य, मनुष्य से टूट गया है और जो बात मनुष्य को मनुष्य से तोड़ देती हो, क्या वह बात मनुष्य को प्रभु से जोड़ सकती है। जो मनुष्य को मनुष्य से भी नहीं जोड़ पाती, वह मनुष्य को परमात्मा से कैसे जोड़ सकेगी। नहीं, यह कोई सम्भावना नहीं है।

एक मित्र ने पूछा है कि क्या मन्दिर, पूजा, प्रार्थना-गृह इनकी क्या कोई ज़रूरत नहीं है? क्या धर्म के लिए यह अनिवार्य नहीं है?

एक छोटी-सी कहानी कहूं तो शायद ख़याल आ सके।

एक रात एक चर्च के द्वार पर एक आदमी ने दस्तक दी। चर्च के पुरोहित ने द्वार खोला। देखा एक नीग्रो, एक काला आदमी खड़ा हुआ है। देखते ही उसके मन में आग लग गई। वह चर्च सफ़ेद लोगों का चर्च था। वहां सफ़ेद चमड़ी के लोगों को भीतर आने की आज्ञा थी। काला आदमी कैसे वहां आ गया? कोई चर्च, कोई मन्दिर सभी आदमियों के लिए नहीं है। किन्हीं आदमियों के लिए है, बाक़ी के लिए द्वार बन्द है। पुराने दिन होते, तो उसने कहा होता – शूद्र, हट यहां से, तेरी छाया पड़ गई साफ़ कर सीढ़ियों को। अपवित्र हो गई हैं, मन्दिर की सीढ़ियां तेरे कारण।

धर्मगुरु ने बहुत दिनों बहुत बार ऐसी भाषा बोली है कि जिसके भीतर परमात्मा छिपा है, उसको भी अपवित्र और शूद्र कहा है और निरन्तर वह ग्रन्थों में यह लिखता रहा है कि सबके भीतर परमात्मा है। लेकिन काली चमड़ी के भीतर, गरीब आदमी के भीतर, शूद्र के भीतर – उसके भीतर परमात्मा नहीं है, वह तो अपवित्रता की खान है। लेकिन ज़माना बदल गया है, अब ऐसी भाषा नहीं बोली जा सकती।

लेकिन आदमियों के दिल थोड़े ही बदले हैं। भाषा बदल जाती है, तरकीबें वही हैं, उस पादरी ने कहा : मेरे मित्र, झूठा था यह सब। मित्रता उसके मन में ज़रा भी न थी, उस आदमी के प्रति। लेकिन कहा उसने : मेरे मित्र! आए हो तुम मन्दिर में किसलिए, परमात्मा को खोजने। लेकिन क्या तुम्हें पता है, जब तक हृदय पवित्र न हो और जब तक मन शान्त न हो और जब तक प्राण मौन न हो, तब तक परमात्मा को कैसे पा सकोगे, चर्च में आना फ़िज़ूल है। जाओ, पहले मन को पवित्र करो, शान्त करो फिर आना। सोचा उसने अपने मन में – न होगा मन पवित्र, न यह दोबारा यहां आएगा। द्वार बन्द कर दिया।

वह आदमी सीधा-सादा था, वापस लौट गया। सीधा-सादा न होता, तो परमात्मा को खोजने चर्च में जाता? इतनी बड़ी दुनिया छोड़कर चर्च में परमात्मा को खोजने जाता। सीधा-सादा आदमी होगा। लौट गया, मान गया बात। उसी दिन से मन प्रार्थनाओं से भर लिया उसने। उसी दिन से प्रतिपल रोने लगा। प्रार्थना करने लगा। हृदय को उसकी ही आतुरता से भरने लगा।

एक वर्ष बीत गया, वह आदमी नहीं आया और न दिखाई पड़ा।

एक दिन चर्च के पास से निकलता पादरी ने उसे देखा। सोचा कि कहीं वह आज आ तो नहीं रहा है, नहीं तो फिर एक मुसीबत हुई। वह सोचने लगा कि आज किस तरकीब से इसको रोकूंगा। लेकिन नहीं, वह सोचता ही रह गया, वह आदमी तो आगे निकल गया चर्च को छोड़कर। जाते हुए उस आदमी को उसने गौर से देखा, तो हैरान हुआ। वह आदमी तो जैसे बदल गया, जैसे ट्रांसफार्म हो गया था। उसकी छाया में एक शान्ति आ गई, उसके आसपास जैसे एक पवित्रता छा गई थी। उसकी आंखों में एक मौन दिखाई पड़ रहा था। उसके चेहरे पर कोई आलोक आ गया था। वह पादरी भागा। उसे रोका और कहा : मित्र, फिर तुम दोबारा आए नहीं। वह आदमी हंसने लगा और उसने कहा : मैं तो आता था, लेकिन एक गड़बड़ हो गई और मैं नहीं आ सका, और अब कभी नहीं आ सकूंगा।

क्या गड़बड़ हो गई?

तो उस आदमी ने कहा : प्रार्थनाओं में मेरे दिन बीते, माह बीते। मुझे याद भी न रहे कि कितने दिन बीत गए। और मेरा मन शान्त होता गया। और एक रात जब कि मैं पूरी तरह शान्त सो गया, मैंने सपने में देखा कि भगवान आए हैं और वे मुझसे पूछते हैं – तू क्यों रोता है, क्यों दीवाना हुआ जा रहा है, क्या चाहता है? तो मैंने उन भगवान से कहा – तुम्हारा वह जो चर्च है गांव है, उसमें मैं प्रवेश चाहता हूं, ताकि तुम्हारे चरणों में आ सकूं। तो वे भगवान हंसने लगे और बोले – तू पागल है, कोई और वरदान मांग ले। यह वरदान मैं तुझे न दे सकूंगा, क्योंकि दस साल से मैं ख़ुद ही उस चर्च में घुसने की कोशिश कर रहा हूं, वह पादरी घुसने नहीं देता। वह पादरी मुझे भीतर नहीं आने देता है। मैं ख़ुद ही हारकर थक गया हूं, तो मैं तुझे कैसे वरदान दूं, कि तू जा सकता है, मेरी ताक़त के बाहर है। इस पुरोहित को छोड़कर मेरी ताक़त सब पर चल जाती है, इस पर मेरी ताक़त नहीं चलती। वह मुझे घुसने नहीं देता है।

और शायद संकोचवश भगवान ने दस साल की ही यह बात कही होगी। सच्चाई तो यह है कि आज तक किसी मन्दिर में और किसी चर्च

में किसी पादरी ने, किसी पुरोहित ने उसे घुसने नहीं दिया है, क्योंकि अगर परमात्मा प्रवेश कर जाए, तो फिर चर्च और मन्दिर व्यवसाय के स्थान नहीं रह सकते।

जहां प्रेम है वहां व्यवसाय असम्भव है। जहां परमात्मा है, वहां व्यवसाय असम्भव है। और वे तो सब व्यवसाय के केन्द्र बन गए हैं। तो वहां खोजने जाने की नासमझी न करें। इतनी विराट चारों तरफ़ जीवन की लीला है, इतना बड़ा मन्दिर है, इतना बड़ा आकाश, इतने चांद-तारे हैं, इतने पौधे हैं, इतने फूल हैं, इतनी बड़ी दुनिया है, इस बड़ी दुनिया में अगर परमात्मा का सान्निध्य उपलब्ध नहीं होता, तो इस भूल में न पड़ें कि आदमी की बनाई गई चारदीवारों के बीच उसका अनुभव हो सकेगा।

मैं आपसे निवेदन करूंगा कि परमात्मा को खोजना है, तो परमात्मा के ही मन्दिर में खोजें। आदमी का बनाया हुआ कोई भी मन्दिर उसकी खोज में सहयोगी नहीं हो सकता। आदमी परमात्मा का मन्दिर बनाएगा, यही बात पागलपन की और अहंकार की है। आदमी और परमात्मा को गढ़ेगा, मूर्तियां बनाएगा और आदमी की बनाई हुई मूर्तियां परमात्मा हो सकती हैं? आदमी इतना छोटा, इतना क्षुद्र! इतने क्षुद्र मनुष्य से क्या विराट परमात्मा का निर्माण हो सकेगा! इतने छोटे मन से, क्या उसके विराट रूप के लायक मन्दिर बन सकेगा, जिसमें वह प्रवेश पा जाए? नहीं, बनाने वाले से, बनाई गई चीज़ बड़ी कभी नहीं हो पाती। हमेशा बनाने वाले से बनाई गई चीज़ छोटी होती है।

आदमी जो भी बनाता है, वह आदमी से भी छोटा है। और विराट और अनन्त को उसमें कैसे प्रवेश मिल सकता है, किसी मन्दिर में नहीं, आदमी के बनाए किसी मन्दिर में नहीं। लेकिन एक मन्दिर है, जो आदमी का बनाया हुआ नहीं है। चारों तरफ़ मौजूद है वह मन्दिर। चारों तरफ़ उसके घंटे बजते हैं, उसकी ध्वनि होती है। उसके पक्षी बोलते हैं, उसके पौधे जीवन्त होते हैं और उठते हैं। उसके तारों से प्रकाश झरता है, उसका सूरज है, उसका आकाश है। चारों तरफ़ उसका बनाया हुआ मन्दिर है। उसके प्रति हम अन्धे हैं और हम कहते हैं, हम मन्दिर जा रहे हैं। अपने बनाए हुए

मन्दिर में। जो इतने विराट मन्दिर का अनुभव नहीं कर पाता, वह किसी मन्दिर में कभी नहीं पहुंच सकेगा। और जो उसका यहां अनुभव कर लेगा, उसके लिए फिर सारी ज़मीन मन्दिर है, सब-कुछ मन्दिर है।

धार्मिक आदमी वह नहीं है, जो मन्दिर जाता है, धार्मिक आदमी वह है कि वह जहां भी होता है, वहीं अनुभव करता है कि मन्दिर है। धार्मिक आदमी वह नहीं है, जो प्रार्थना करता है, धार्मिक आदमी वह है कि जो भी करता है, पाता है कि वह प्रार्थना है। धार्मिक आदमी वह नहीं है जो किसी मूर्ति के सामने हाथ जोड़कर खड़ा हो जाता है, धार्मिक आदमी वह है कि जो भी उसके सामने पड़ता है, उसे प्रतीत होता है कि परमात्मा है।

लेकिन हमने बहुत तरक़ीब निकाल ली है, सस्ती धार्मिक होने की। उठके सुबह मन्दिर चले जाते हैं और सोचते हैं, धार्मिक हो गए। इतना सस्ता धर्म, इतना सस्ता परमात्मा, इतनी सस्ती प्रार्थना? नहीं, यह सम्भव नहीं है, इतने सस्ते में नहीं खरीदा जा सकता उसे। जो अपने को ही खोने को राज़ी होता है, वही केवल उसे पाने में समर्थ हो पाता है।

लेकिन हम तो अपने को खोने को राजी नहीं हैं। हम तो चार शब्द सीख लेते हैं तोतों की तरह और प्रार्थना कर लेते हैं। और सोचते हैं, बात पूरी हो गई। किसी मन्त्र को दोहरा लेते हैं, किसी शास्त्र के शब्दों को दोहरा लेते हैं, और पाते हैं कि बात पूरी हो गई। नहीं, बात इतनी आसानी से पूरी नहीं हो सकती।

पूरा जीवन, पूरा प्राण, पूरी श्वास – श्वास प्रार्थनापूर्ण हो जानी चाहिए। पल-पल, प्रतिपल, सब-कुछ प्रार्थनापूर्ण हो जाना चाहिए। प्रार्थना कही गई स्तुतियों में नहीं, किए गए प्रेम में है। प्रार्थना बोले गए शब्दों में नहीं, निःशब्द हो गए मौन में है। प्रार्थना हम कर नहीं सकते, लेकिन प्रार्थना में हम हो सकते हैं। प्रार्थना कोई करने की चीज़ नहीं, प्रार्थना एक मनःस्थिति है, जिसमें हम हो सकते हैं।

कौन-सी वह मनःस्थिति है, जिसे हम प्रार्थना कहें? यह भी पूछा किसी मित्र ने, कौन-सी मनःस्थिति है, जिसे प्रार्थना कहें? कौन-सी मनःस्थिति है,

जिसे ध्यान कहें? कौन-सी मनःस्थिति है, जिसे प्रेम कहें? कल मैंने प्रेम की चर्चा की थी, उस सम्बन्ध में पूछा है कि यह प्रेम क्या है? दो-तीन छोटी बातें और अन्त में मैं कहूंगा एक – प्रार्थना क्या है? प्रेम क्या है? परमात्मा क्या है? मेरे लिए वे तीनों बातें एक ही अर्थ रखती हैं।

एक छोटी-सी घटना कहूं, उससे शायद मेरी बात समझ में आ सके। एक भिखारी सुबह-सुबह अपने द्वार से नगर की ओर भिक्षा मांगने के लिए निकला। उसने अपनी झोली में चावल के थोड़े से दाने डाल लिए थे। सभी समझदार भिखारी अपनी झोली में कुछ डालकर घर से निकलते हैं, ताकि जिसके द्वार पर वे खड़े हो जाएं, उसे ऐसा न लगे कि पड़ोसियों ने कुछ भी नहीं दिया है। पड़ोसियों ने कुछ दिया है, यह ख़याल उनके अहंकार को चोट पहुंचाता है, वे भी कुछ देने के लिए राज़ी हो जाते हैं। वे अपने पड़ोसियों से पीछे नहीं हैं, वे पड़ोसियों से कम धार्मिक नहीं हैं, वे पड़ोसियों से कम दयालु नहीं हैं।

इस ख़याल को पैदा करने के लिए समझदार भिखारी झोली में कुछ डालकर ही चलते हैं। वह भी समझदार भिखारी था, कुछ डालके चला। जैसे ही राजपथ पर आया, सुबह का सूरज निकलता था, सुबह की ठंडी हवाएं, सूरज की नई किरणें। राजपथ पर आते ही उसे दिखाई पड़ा, दूर से राजा का स्वर्ण-रथ चमकता हुआ चला आ रहा था। हृदय भर गया ख़ुशी से। अब तक राजा के सामने कभी भिक्षा नहीं मांगी थी। गया था राजद्वार पर, लेकिन द्वारपाल वहीं से भगा देते थे। कौन भीतर घुसने देता, राजा तक कौन पहुंचने देता। आज तो राह पर ही राजा मिल गया है। तो राह छोड़कर झोली फैला देगा।

हो सकता है, आने वाली पीढ़ियों तक के लिए मुझे भिक्षा मांगने की ज़रूरत न रह जाए। राजा कुछ भी देगा, वह मेरे लिए तो बहुत हो जाएगा। ऐसे सपने बांधने लगा कि राजा क्या देगा, क्या नहीं देगा। झोंपड़े की जगह महल बनाने लगा। हम सभी बनाते हैं। वह भी साधारण मनुष्य था। सोचने लगा कल्पनाओं में कि राजा यह देगा और यह ऐसा होगा। और सोचते-सोचते सपनों में खड़ा था वह, कि राजा का रथ सामने आकर

ठिठककर खड़ा हो गया। इसके पहले कि वह झोली फैलाता, राजा नीचे उतरा और राजा ने अपनी झोली उस भिखारी के सामने फैला दी। कभी-कभी जीवन में ऐसा मज़ाक़ भी हो जाता है कि राजा भी एक भिखारी के सामने भीख मांगने लगता है। और उस राजा ने कहा : ज्योतिषियों ने कहा है कि अगर मैं आज सुबह से जाकर भिक्षा मांग लूं, इतनी दीनता करूं, इतनी विनम्रता दिखाऊं कि भीख मांग लूं जो पहला आदमी मुझे मिले, उससे भीख मांग लूं, तो शायद देश पर जो आने वाली विपत्ति है, पड़ोसी राज्य हमला करने को है, वह शायद टल जाए। इसलिए मैं भीख मांगने को हूं, तुम्हीं पहले आदमी हो, तो दो मुझे कुछ।

भिखारी का सोच सकते हैं क्या हो गया होगा हाल, सारे सपने तो मिट्टी में मिल गए। पाने की तो बात अलग, देने का सवाल खड़ा हो गया। और उस भिखारी ने जीवन में कभी दिया न था, हमेशा लिया था। देने की कोई आदत न थी, कोई साहस न था। मांगने-मांगने की कामना थी, मांगने-मांगने की आदत थी। खड़ा रह गया, हाथ हिलते न थे। राजा ने कहा : जल्दी करो, समय बीता जाता है और मुझे जाना है। कुछ भी दे दो। और देखो राष्ट्र पर आती विपत्ति का ख़याल करो, इनकार मत कर देना, मना मत कर देना।

बड़ी मुश्किल में पड़ गया होगा वह भिखारी। झोली में हाथ डालता था, मुट्ठी बांधता था चावलों की, पर छोड़ देता था। एक मुट्ठी चावल व्यर्थ चले जाने को थे, फिर किसी भांति हिम्मत कर उसने मुट्ठी बांधी, एक चावल निकालकर लाया और राजा की झोली में डाल दिया। आधा चावल करना उतनी जल्दी सम्भव न था, इसलिए एक ही उसने डाल दिया। राजा बैठा रथ पर चला गया, धूल उड़ती रह गई, भिखारी रोता रह गया। दिन-भर भीख मांगी, सांझ लौटा बहुत उदास था। आज झोली बहुत भरी थी, बहुत भिक्षा मिली थी। लेकिन खुशी इसकी न थी कि जो झोली भर गई थी, दुख इसका था कि एक चावल छूट गया था, खो गया था।

हम सबकी भी वैसी ही सोचने की दशा है, जो हमें मिलता है, उसका हमें ख़याल नहीं रहता, जो नहीं मिल पाता या छूट जाता है, वह स्मरण

में रह जाता है। वह रोता हुआ घर लौटा, सांझ पत्नी ने कहा : इतने उदास, झोली इतनी भरी है, ख़ुश हो जाओ, आनन्दित हो जाओ। लेकिन वह बोला : कैसे ख़ुश हो जाऊं, कैसे आनन्दित हो जाऊं! एक चावल का दाना और हो सकता था, जो नहीं है। ख़ाली है झोली, एक चावल का दाना कम है वहां। उसकी पत्नी कुछ समझ न सकी, झोली खोली पत्नी ने, सारे चावल के दाने नीचे बिखर गए। भिखारी तो छाती पीटकर रोने लगा। अब तक तो धीरे-धीरे मन में रोता था. अब छाती पीटकर चिल्लाने लगा, रोने लगा। झोली खोलते ही दिखाई पड़ा, एक चावल का दाना सोने का हो गया है। तब वह छाती पीटकर रोने लगा कि मैंने सारे चावल के दाने क्यों न दे दिए। वे सब सोने के हो जाते। लेकिन अवसर बीत गया और अब कुछ भी नहीं हो सकता था सिवाय इसके कि वह रोता।

मुझे पता नहीं कि यह कहानी कहां तक सच है। लेकिन आदमी की ज़िन्दगी को जितना मैं समझता जाता हूं, पाता हूं, यह कहानी सच होनी ही चाहिए, क्योंकि दिखाई ही पड़ता है कि जो आदमी अपने जीवन में प्रेम से जितना दे देता है, बांट देता है, उसका जीवन उतना ही स्वर्ण का हो जाता है। और जो आदमी जितना रोक लेता है, उतना ही मिट्टी हो जाता है आख़िर में।

प्रेम है दान स्वयं का, बिना शर्त दान, अनकंडीशनल। हम जितना अपने को दे सकें और बांट सकें, जितने बिना शर्त अपने को समर्पित कर सकें और छोड़ सकें चारों तरफ़, जो विराट जगत है सबमें, उसके प्रति हम जितने प्रेमपूर्ण दान से भर सकें, उतने ही हम प्रार्थना में प्रविष्ट हो जाते हैं। प्रार्थना आत्मदान है, स्तुति नहीं है। और आत्मदान से जिस हृदय की प्रार्थना उठती है, वह हृदय परमात्मा के स्वर्ण से भर जाता है।

कैसे यह प्रार्थना उठे और कैसे यह जीवन स्वर्णमय हो जाए, जो बिल्कुल मिट्टी है, वह कैसे स्वर्ण बन जाए, उसकी बात मैं कल सुबह आपसे करूंगा।

मेरी बातों को इतने प्रेम और शान्ति से सुना है, उसके लिए अत्यन्त अनुगृहीत हूं। सबके भीतर बैठे परमात्मा को प्रणाम करता हूं। मेरे प्रणाम स्वीकार करें!

आठवां सूत्र

परिस्थिति नहीं मन:स्थिति

मेरे प्रिय आत्मन !

मैं अत्यन्त आनन्दित हूं कि अपने हृदय की थोड़ी-सी बातें आपसे कह सकूंगा। एक छोटी-सी कहानी से, मैं अपनी बात शुरू करूंगा।

बहुत वर्षों पहले, यूनान में एक बादशाह बीमार पड़ा। उसका जितना इलाज हुआ, बीमारी बढ़ती गई। बीमारी उस जगह पहुंच गई, जहां कि बादशाह का मरना क़रीब-क़रीब तय हो गया। मरने की प्रतीक्षा शुरू हो गई। महल उदास हो गए और राजधानी फीकी पड़ गई। आज या कल, कल या परसों बादशाह मर जाएगा, इसकी सम्भावना, इसकी उदासी ने पूरी राजधानी को घेर लिया। लेकिन तभी गांव में एक फ़क़ीर आया। और राजमहल तक यह ख़बर पहुंची कि एक फ़क़ीर गांव में आ गया है, जिसके बावत कहा जाता है कि वह मुर्दों को भी छू दे तो वे जी जाएं, तो राजा तो अभी जीवित है, अगर उस फ़क़ीर की कृपा हो जाए, तो राजा ठीक हो सकता है।

राजा जो कि महीनों से बिस्तर पर पड़ा था और उठ भी नहीं सकता था, वह उठकर बैठ गया और उसने कहा : जल्दी उस फ़क़ीर को बुलाओ। वह फ़क़ीर बुलाया गया और उस फ़क़ीर ने आकर कहा : इस राजा को कोई भी ऐसी बीमारी नहीं है कि यह मर जाए। एक छोटा-सा इलाज इसे

ठीक कर सकेगा, इलाज का इन्तज़ाम करो। उसके वज़ीरों ने कहा : कोई भी इलाज हो, हम व्यवस्था कर सकेंगे, लेकिन वह फ़क़ीर बोला : इलाज बहुत छोटा-सा है। तुम्हारी राजधानी में अगर कोई सुखी और समृद्ध व्यक्ति हो, तो उसके कपड़े ले आओ, उसके कपड़े लाके राजा को पहना दो, पहनते ही यह ठीक हो जाएगा। उन वज़ीरों ने कहा : यह कौन-सी कठिन बात है। वे भागे गए, राजधानी समृद्ध लोगों से भरी थी। आकाश को छूने वाले भवन उस राजधानी में थे।

वे नगर के सबसे बड़े धनपति के पास गए और उन्होंने कहा कि राजा बीमार है और मरने के करीब है। और किसी फ़क़ीर ने कहा है कि कोई समृद्ध और सुखी व्यक्ति अगर अपने कपड़े दे दे, तो राजा ठीक हो जाएगा। उस धनपति ने कहा : राजा को बचाने के लिए मैं अपने प्राण भी दे सकता हं, लेकिन मेरे कपड़े काम नहीं पड़ेंगे। समृद्धि तो मेरे पास है, लेकिन सुख, सुख से मैं अपरिचित हूं, सुख मैंने कभी नहीं जाना।

फिर वे एक महल से, दूसरे महल में गए और ख़ाली हाथ ही हर महल से वापस लौटे, क्योंकि सभी ने यह कहा कि हम अपने प्राण दे सकते हैं, लेकिन हमारे वस्त्र किसी काम के नहीं, समृद्धि हमने जानी है, लेकिन सुख, सुख से हमारा कोई परिचय नहीं हुआ। हमने जीवन-भर कोशिश की है कि हम सुख को पा लें, समृद्धि तो इकट्ठी होती गई है, लेकिन सुख हमसे दूर होता चला गया है।

सांझ होने लगी और सूरज ढलने लगा। और वे वज़ीर निराश हो गए और उन्होंने सोचा, अब राजा को किस मुंह को ले जाके हम दिखाएं। और तो उनमें से एक बूढ़े वज़ीर ने कहा : मित्रो, मैं तो पहले ही समझ गया था कि यह प्रयास असफल हो जाएगा, यह दवा नहीं मिल सकेगी, क्योंकि तुम और मैं. हम जो कि राजा के वज़ीर हैं और हमारे पास अपार सम्पत्ति है, जब हमारे कपड़े ही देने का हमें ख़याल पैदा नहीं हुआ, तभी मैं समझ गया था कि किसी और के कपड़े कैसे काम पड़ेंगे। और अगर धन वाले के कपड़े ही काम पड़ जाएंगे, तो राजा बीमार ही क्यों पड़ता। राजा के पास तो सबसे ज़्यादा धन है, उसके ख़ुद के कपड़े ही काम आ जाते। तो

मैं तो समझ गया था कि यह दवा नहीं मिल सकेगी और राजा मरेगा।

वे दुखी वापस लौटते थे, यह सोचके कि अंधेरा हो जाए तो हम जाएं। नदी के किनारे महल के पास आकर उन्होंने किसी आदमी की बांसुरी की आवाज़ सुनी। कोई नदी के किनारे बांसुरी बजाता था। उसके स्वरों में कुछ ऐसी शान्ति थी, कुछ ऐसे आनन्द की झलक थी कि उन्होंने सोचा – जाएं और उससे पूछ लें, हो सकता है यह आदमी सुखी हो। इसके गीत में सुख की गन्ध है। वे गए। और अंधेरे में उस आदमी से कहा कि मित्र, मालूम होता है, तुम सुख को उपलब्ध हो गए। तुम्हारी बांसुरी की आवाज़ किसी बड़े गहरे आनन्द से निकलती हुई मालूम पड़ती है। क्या यह सच है। हमारा राजा बीमार है, और हमें एक सुखी और समृद्ध आदमी के वस्त्र चाहिए, तो उसे हम बचा सकेंगे। उस आदमी ने बांसुरी बजाना बन्द किया और उसने कहा कि मैं अपने प्राण दे दूं, तुम्हारे राजा को बचाने को। और निश्चित ही मैं सुख को उपलब्ध हो गया हूं, लेकिन अंधेरे में तुम देख नहीं पा रहे हो, मैं नंगा बैठा हुआ हूं मेरे पास कपड़े नहीं हैं।

दूसरे दिन सुबह वह राजा मर गया, क्योंकि उस बड़ी राजधानी में एक भी ऐसा आदमी नहीं खोजा जा सका, जो सुखी भी हो और समृद्ध भी। समृद्ध लोग थे, लेकिन वे सुखी नहीं थे। और एक सुखी आदमी मिला था, तो उसके पास वस्त्र ही नहीं थे, वह नंगा था।

यह कहानी किसी विशेष कारण से मैंने कहनी चाही है। मैं यह कहना चाहता हूं, आज तक दुनिया में कोई ऐसी संस्कृति पैदा नहीं हो सकी, जो सुख को और समृद्धि को संयुक्त कर सके। आज तक कोई ऐसा धर्म पैदा नहीं हो सका, जो मनुष्य के जीवन में सुख और समृद्धि दोनों ला सके। एक तरफ़ पूरब के मुल्कों ने, इस तरह की संस्कृति पैदा की, जिसने कपड़े छीन लिये, आत्मा की तलाश में शरीर को खो दिया। और पश्चिम के लोगों ने, एक ऐसी संस्कृति पैदा की, जिसने वस्त्रों की खोज में और शरीर की रक्षा में आत्मा को खो दिया। ये दोनों संस्कृतियां अधूरी और खंडित हैं। अब तक समग्र और पूर्ण संस्कृति पैदा नहीं हो सकी। इसका परिणाम यह हुआ, पूरब के लोग ग़रीब होते गए, भिखमंगे और नंगे होते गए। पूरब

के लोग बीमार और दरिद्र होते गए, गुलाम होते गए। और पूरब से जीवन की सारी रौनक उड़ गई। पूरब एक महामारी की भांति दिखाई पड़ने लगा। एक बीमार मनुष्य का आविर्भाव पूरब में हुआ।

आत्मा की बात, परमात्मा की बात चलती रही और हम जीवन से अपनी जड़ों को खोते गए। दूसरी तरफ़ पश्चिम में एक समाज पैदा हुआ, जिसने धन के अम्बार लगा दिए। और जिसके मकानों ने आकाश छू लिया। और जिसके वस्त्र सोने के हो गए। लेकिन मकानों की इस खोज और तलाश में मनुष्य की आत्मा मर गई। अब तक यह हुआ। और आज भी जो लोग विचार करते हैं, वे इन दो विकल्पों में से किसी एक को चुनने का ख़याल करते हैं, वे या तो पूरब की बातें करते हैं या पश्चिम की। या तो वे पूरब की आत्मवादी बातें दोहराते हैं या पश्चिम की शरीरवादी। लेकिन आज भी ज़मीन पर कोई ऐसा विचार नहीं है, जो इन दोनों के बीच एक समन्वय का सेतु बन सके। और जो यह कह सके कि मनुष्य न तो केवल शरीर है, और न मनुष्य केवल आत्मा है। मनुष्य दोनों का एक अद्‌भुत जोड़ है। इसलिए कोई भी संस्कृति और कोई भी धर्म, और कोई भी जीवन-व्यवस्था, जो दोनों बातों पर समवेत, साथ-साथ एक-सा बल न देती हो, वह अधूरी और खंडित होगी। और अधूरी संस्कृति और धर्म से हम पीड़ित रहे हैं। क्या यह हो सकता है कि समग्र जीवन को स्वीकार करने वाला एक धर्म जन्म ले सके। क्या यह हो सकता है कि जीवन की एक ऐसी दृष्टि हो, जो भूत को और चैतन्य को, जो जड़ को और आत्मा को, दो विरोधों की तरह न देखे। बल्कि दो समवेत स्वरों की तरह देखे, जिन दोनों से जीवन का संगीत पैदा होता है।

यह मैं इसलिए निवेदन करना चाहता हूं कि जीवन की सारी विकृति इस विरोध के कारण पैदा हुई है, जीवन की सारी विकृति, मनुष्य के जीवन को दो खंडों में तोड़ लेने से, सारा का सारा जीवन एक अजीब उलझन में पड़ गया है। जो लोग आत्मवादी अपने को समझते हैं, वे जाने-अनजाने शरीर के शत्रु हो जाते हैं। वे शरीर के साथ दमन और हिंसा करने लगते हैं और वे यह रस लेने लगते हैं कि जितना शरीर को सताएंगे जैसे उतने

ही ज़्यादा उन्हें आत्मा की उपलब्धि हो जाएगी। यह निपट पागलपन और नासमझी है।

शरीर की हिंसा से, शरीर के दमन से, शरीर की शत्रुता से कोई आत्मा को उपलब्ध नहीं होता। यह एक दूसरी एक्सट्रीम की प्रतिक्रिया है, रिएक्शन है। दूसरी प्रतिक्रिया यह है कि जिस व्यक्ति को भी शरीर के सुख पाने हैं, जिस व्यक्ति को भी शरीर के रस पाने हैं, उसे आत्मा को इनकार कर देना चाहिए, उसे आत्मा की हत्या कर देनी चाहिए। लोग सोचते हैं कि आत्मा की यदि हमने बातें की, परमात्मा और सत्य और धर्म का विचार किया, तो शायद हम जीवन के रस-भोग से वंचित हो जाएंगे। इसलिए आत्मा को छोड़ दो, उसकी बात को छोड़ दो, उसे भूल जाओ और शरीर को भोगो। यह एक एक्सट्रीम है, एक अति है।

दूसरी अति यह है कि आत्मा की बात करने वाला शरीर का शत्रु हो जाए, और शरीर की शत्रुता के इतने उपाय पैदा हुए हैं कि जिनका कोई हिसाब नहीं है। सारा धर्म शरीर की शत्रुता से पीड़ित हो गया है। और सारी सभ्यता, आत्मा की शत्रुता से पीड़ित है।

इन दो अतियों ने, इन दो एक्सट्रीम ने, जीवन को इतने तनाव और इतने टेंशन से भर दिया है कि कोई आदमी शान्त नहीं हो सकता। जो शरीर का मित्र है और आत्मा का शत्रु है, वह कभी शान्त नहीं हो सकता, क्योंकि जीवन के केन्द्र को अस्वीकार कर रहा है। जो आत्मा का मित्र है और शरीर का शत्रु है, वह भी कभी शान्त नहीं हो सकता, क्योंकि जीवन की परिधि को अस्वीकार कर रहा है। केन्द्र और परिधि संयुक्त हैं, शरीर और आत्मा जीवन में संयुक्त हैं। क्या इन दोनों के साहचर्य से, इन दोनों के कोऑपरेशन पर कोई धर्म खड़ा नहीं हो सकता। अब तक जो हुआ है, वह शत्रुता है, सहयोग नहीं। अब तक जो है, वह मित्रता नहीं है और इस मित्रता के न होने के क्या-क्या फल हुए हैं, वे हमारी आंखों के सामने हैं।

धार्मिक लोग कहते हैं – शान्ति चाहिए। भौतिकवादी लोग भी कहते हैं – सुख चाहिए। लेकिन न तो भौतिकवादियों को सुख मिलता हुआ मालूम

पड़ता है और न तथाकथित धार्मिक लोगों को शान्ति मिलती हुई दिखाई पड़ती है। यह मिलेगी भी नहीं, क्योंकि उन्होंने जीवन में एक अन्तर्द्वन्द्व, एक कॉन्फिलिक्ट को स्वीकार कर लिया है, जीवन को दो टुकड़ों में तोड़ लिया है, जो कि अविभाजित है, जो कि इंटिग्रेटेड है, इकट्ठा है, उसको दो हिस्सों में तोड़ने से सारी तकलीफ़ और परेशानी पैदा हो गई। इन दोनों के बीच जब तक मध्य बिन्दु नहीं खोजा जा सकेगा, तब तक हम दुनिया में शान्त, स्वस्थ आदमी का निर्माण नहीं कर सकते।

कनफ्यूशियस एक छोटे से गांव में गया था, उस गांव के बाहर ही, गांव के लोगों ने उसे बताया कि हमारे गांव में भी एक बहुत बड़ा विचारशील पंडित है। आप हमारे गांव में आए हैं, तो हमारे पंडित से ज़रूर मिलें।

कनफ्यूशियस ने कहा : मैं ज़रूर मिलूंगा, लेकिन क्या मैं यह जान लूं कि उस पंडित की क्या खूबी है, जिसकी वजह से तुम आदर देते हो। उन लोगों ने कहा कि हमारा जो विचारशील आदमी है हमारे गांव का, वह किसी भी काम को करने के पहले तीन दफ़ा विचार करता है। वह इतना विचारशील है। कन्फ्यूशियस ने कहा : यह ज़्यादा हो गया, जो एक दफ़ा विचार करता है, वह कम विचार करता है, जो तीन दफ़े विचार करता है, वह ज़्यादा विचार कर गया। ये दोनों अतियां हैं। जो दो दफ़े विचार करता है वह सम्यक है, वह ठीक है, वह शान्त है। कनफ्यूशियस ने कहा कि जो बीच में ठहर जाता है, एक अति से दूसरी अति पर जाना बहुत आसान है, जैसे घड़ी का पेंडुलम एक कोने से दूसरे पेंडुलम पर चला जाता है, यह बिल्कुल आसान है, लेकिन बीच में वह कभी नहीं ठहरता। दूसरी अति से पहली अति पर चला जाता है। मनुष्य का मन ऐसा है। पापी से महात्मा हो जाना बिल्कुल आसान है, लेकिन बीच में ठहरना बहुत कठिन है। महात्मा से वापस पापी हो जाना एक़दम आसान है, लेकिन बीच में ठहरना बहुत कठिन है। और बीच में ठहरना सबसे बड़ी कला है, क्योंकि जीवन का सारा रहस्य मध्य में है, अतियों पर नहीं है।

एक आदमी जो भोजन का बहुत प्रेमी है, अगर बदल जाए, तो उपवास का प्रेमी हो जाएगा, यह बहुत आसान है, इसमें कोई कठिनाई नहीं है। जो

आदमी बहुत वस्त्रों का शौक़ीन है, अगर बदल जाए तो नंगा खड़ा हो जाएगा, यह कोई कठिन नहीं है, यह बिल्कुल आसान है। यह वही आदमी है, जो आदमी स्त्रियों के पीछे भागता है, अगर यह बदल जाए, तो स्त्रियों से भागने लगेगा, यह वह ही आदमी है, इसमें कोई फ़र्क नहीं हुआ है। दूसरी एक्सट्रीम, दूसरी अति पर, दूसरे रिएक्शन पर यह पहुंच गया है। जिस आदमी की लार टपकती है धन को देखकर, वह धन की तरफ़ आंख बन्द कर ले, इसमें कठिनाई नहीं है।

एक बड़े महात्मा के लिए मुझे अभी किसी ने कहा है कि उनके सामने कोई पैसे ले जाए, तो वह आंख बन्द कर लेते हैं। मैंने कहा कि उनको लार टपकने का डर होगा तभी, नहीं तो क्यों आंख बन्द करेंगे। आंख बन्द करने में लार टपकने का डर होगा, नहीं तो क्यों आंख बन्द करेंगे। लार टपकती है यह भी आसान है, आंख बन्द कर लेना यह भी आसान है। लेकिन आंख खुले हुए शान्त रह जाना, बहुत कठिन है। घर में रहकर, गृहस्थी में रहना, एक आसानी है, गृहस्थी छोड़कर साधु और संन्यासी हो जाना भी बिल्कुल आसान है। ये दो एक्सट्रीम हैं, ये दो अतियां हैं, लेकिन जीवन में रहते हुए संन्यस्त हो जाना बहुत कठिन है, वही मध्य है।

हमने जीवन को दो हिस्सों में तोड़ लिया है, शरीर और आत्मा के। इसलिए समाज दो हिस्सों में टूट गया – गृहस्थ और संन्यासी।

संन्यासी वह है, जो आत्मा-आत्मा की बातें कर रहा है; गृहस्थ वह है, जो शरीर-शरीर की बातें कर रहा है। मनुष्य को तोड़ लिया है शरीर और आत्मा में। और समाज को तोड़ लिया, गृहस्थ और संन्यासी में। न तो आत्मा और शरीर टूटे हुए हैं जीवन में और न तो गृहस्थ और संन्यासी टूटा हुआ हो सकता है। ये अतियां हैं, बीमारियां हैं। एक ऐसा मनुष्य चाहिए जो गृहस्थ होते हुए, संन्यासी हो, तो हम दुनिया को धर्म से भर सकेंगे, नहीं तो नहीं भर सकेंगे। एक ऐसा मनुष्य चाहिए, जो घर में, दुकान में, धर्म में हो। हमने दो-दो हिसाब बना लिए हैं। दुकान अलग, मन्दिर अलग। यह बेईमानी है। यह वह ही अति का खंडन है। हमने सोच लिया है, एक तरफ़ दुकान बना ली है और उसी दुकानदार ने एक तरफ़ मन्दिर बना लिया

है, जो घंटे-भर के लिए मन्दिर आता और तेईस घंटे दुकान में रहता है और सोचता है, हम दोनों काम संभाल रहे हैं, धर्म भी संभाल रहे हैं और दुकान भी संभाल रहे हैं।

मैं आपको कहूं, जिस दिन मकान-मकान मन्दिर बनेगा, उस दिन दुनिया में धर्म आ सकेगा, उसके पहले धर्म नहीं आ सकता। जब तक रहने का मकान अलग और पूजा का मकान अलग, तब तक दुनिया में धर्म कभी नहीं आ सकता। यह ज़िन्दगी टूटी हुई नहीं है। ज़िन्दगी इकट्ठी है। ज़िन्दगी बिल्कुल इकट्ठी है। और अगर आप सोचते हों कि मैं तेईस घंटे दुकान पर बैठूंगा और घर का काम करूंगा और घंटे-भर के लिए मन्दिर में भी आकर बैठ जाऊंगा, तो आप सोचते हैं, क्या तेईस घंटे का आदमी घंटे-भर के लिए बदल जाएगा, दूसरा हो जाएगा? यह कैसे सम्भव है। जो आप तेईस घंटे थे, चेतना अविछिन्न है, कंटिन्युअस है। जो आप तेईस घंटे थे वही मन्दिर में बैठकर भी, आप घंटे-भर में होंगे। आप माला फेरते हों, इससे कोई फ़र्क नहीं पड़ता; आप नमोकार पढ़ते हों; इससे कोई फर्क नहीं पड़ता; आप गीता पढ़ते हों, इससे कोई फर्क नहीं पड़ता; पढ़ने वाला व्यक्ति वही है, जो दुकान पर बैठा था। उसका चित्त वही है, उसके जीवन की दृष्टि और ढंग वही है। वह माला पढ़े, वह मन्दिर में आए, वह जप करे, वह कुछ भी करे, इससे कुछ होने वाला नहीं है। नहीं होने वाला इसलिए है कि इन सारी बातों से चेतना परिवर्तित नहीं होती।

लेकिन इससे एक तरक़ीब, एक आसानी हो जाती है और वह आसानी यह हो जाती है कि बिना धार्मिक हुए धार्मिक होने की सुविधा और मज़ा आ जाता है और रस आ जाता है। सस्ती तरक़ीबें हमने निकाल ली हैं धार्मिक होने की। मज़ा यह है कि जब तक पूरा जीवन धार्मिक न हो, तब तक कोई आदमी कभी धार्मिक नहीं होता। लेकिन हमने सस्ती तरक़ीबें निकाल ली हैं। हमने कई रास्ते निकाल लिए हैं, सस्ते नुस्खे निकाल लिए हैं। हम बैठकर थोड़ी देर के लिए कोई तरक़ीब से आसन लगाके बैठ जाते हैं, कोई मन्त्र पढ़ने लगते हैं, किसी प्रतिमा का ध्यान करने लगते हैं, कोई शास्त्र खोलके बैठ जाते हैं, और सोचते हैं कि हम धार्मिक हो गए।

अगर इस भांति दुनिया धार्मिक होती होती, तो अब तक सारी दुनिया धार्मिक हो जानी चाहिए थी। कितने मन्दिर हैं, कितने मस्जिद हैं, कितने शिवालय, कितने गिरजे और सारे लोग उनमें जाने वाले हैं, सारे लोग उनमें आने वाले हैं, लेकिन दुनिया अधार्मिक की अधार्मिक ही है। कहीं कोई भूल है।

और वह भूल, मैं आज की सुबह आपसे निवेदन करना चाहता हूं; इस बात में है कि हम धर्म को और जीवन को तोड़कर देखते हैं। जब तक हम तोड़के देखेंगे, तब तक जीवन कभी धार्मिक नहीं हो सकता। धर्म और जीवन जिस दिन हमें एक ही चीज़ दिखाई पड़ेंगे, उस दिन जीवन में कोई क्रान्ति हो सकती है। जिस दिन मेरा उठना-बैठना, मेरा खाना-पीना, मेरा बोलना, मेरा चलना, मेरा सोना, मेरा सपना देखना भी जिस दिन मेरे लिए धर्म होगा, जिस दिन मेरा धर्म और मेरा जीवन ओतप्रोत होंगे, संयुक्त होंगे, इकट्ठे होंगे उस दिन, उस दिन मेरे जीवन में एक रूपान्तरण हो सकता है, एक क्रान्ति हो सकती है, एक परिवर्तन हो सकता है।

लेकिन यह नहीं हो पा रहा है, क्योंकि हमने दो कम्पार्टमेंट बना लिए हैं। धर्म का कम्पार्टमेंट अलग है और जीवन का अलग। हम कहते हैं कि हम धर्म मन्दिर में जा रहे हैं, इसका मतलब क्या हुआ, आप ज़रूर अधार्मिक आदमी हैं, नहीं तो धर्म मन्दिर में जाते कैसे।

एक मुसलमान फ़क़ीर था। वह कोई अपने जीवन के पचास वर्षों तक रोज़ नमाज़ पढ़ने मस्जिद में जाता रहा। एक भी दिन नहीं चूका। एक भी नमाज़ नहीं चूका। पांच दफ़ा जाता था। कभी अपने गांव को नहीं छोड़ा उसने। कहीं जाऊं, रास्ते में मस्जिद न हो तो फिर कहां नमाज़ पढ़ेगा – इसलिए वह अपने गांव को छोड़कर साठ सालों से कहीं नहीं गया था। वहीं जड़ हो गया था उसी गांव में। उसी मस्जिद से बंध गया था, जैसे सभी धार्मिक लोग बंध गए हैं, कोई किसी मन्दिर से, कोई किसी मस्जिद से, ऐसा वह भी बंध गया था। जैसे सभी लोगों की धार्मिक लोगों की यात्रा बन्द हो जाती है, वे हिलते-डुलते नहीं हैं, इधर-उधर नहीं जाते। ऐसे वह भी कहीं नहीं गया था। उसी गांव में ठहर गया था, जड़ हो गया था। साठ साल! बीमार हो तो भी मस्जिद गया था। कभी चूका नहीं था।

एक दिन सुबह लोगों ने देखा, वह नहीं आया। तो एक ही कारण हो सकता था कि वह मर गया हो। और किसी कारण की कल्पना नहीं हो सकती थी। मस्जिद से लोग उठे और उसके घर गए। वह अपने सामने दरख़्त के नीचे बैठा हुआ खंजड़ी बजाकर गीत गा रहा था, तो लोग बहुत हैरान हुए और उन्होंने कहा : अब बुढ़ापे में अधार्मिक हो रहे हो? ज़िन्दगी-भर नमाज़ पढ़ी, प्रार्थना की, अब बुढ़ापे में अधार्मिक हो रहे हो? उस आदमी ने कहा : मैं अधार्मिक था, इसलिए मस्जिद आता था। अब तो मैं जहां भी हूं, वहीं मस्जिद है। कल तक इस घर में मुझे धर्म नहीं मालूम पड़ता था और मस्जिद में धर्म मालूम पड़ता था, इसलिए मैं मस्जिद जाता था। आज तो मैं जहां हूं, वहां मन्दिर है। साठ साल मैंने एक भूल की, मैंने ज़िन्दगी को धर्म न जाना और एक छोटे से मकान में धर्म को केन्द्रित कर दिया। मैंने जीवन में परमात्मा को न जाना और एक मकान में परमात्मा को बांधकर रख दिया और अब मुझे समझ में आया कि वह मेरी तरकीब थी, वह तरक़ीब, अधार्मिक बने रहने की तरकीब थी। घंटे-भर के लिए धर्म और बाक़ी दिन अधर्म। एक मकान में धर्म और बाकी मकानों में धर्म नहीं। एक मकान में भगवान और बाकी जगह संसार। तो मैंने एक तरक़ीब बना ली थी। दोनों तलों पर जीने का मैंने एक हिसाब कर लिया था।

हम सारे लोग दो तलों पर जी रहे हैं। मेरा कहना है, जीवन में कोई तल नहीं है और दो तल मनुष्य के मन की तरक़ीब है, ईज़ाद है, टेक्नीक है, होशियारी है, कनिंगनेस है, चालाकी है कि जीवन को दो तलों में बांट दिया है।

दो तलों में बांटने से बड़ी सुविधा हो गई है, बहुत सुविधा हो गई है। मन को समझाने के लिए रास्ता मिल गया है कि हम तो संसारी लोग हैं, हम तो गृहस्थ हैं, इसलिए जब हम संन्यासी हो जाएंगे और सब छोड़ देंगे तब धार्मिक भी हो जाएंगे। हम तो गृहस्थ हैं, हम तो संसारी हैं – इसलिए संन्यासी का हम पैर छूते हैं, क्योंकि हम तो संसारी हैं, आप संन्यासी हो, इसलिए आपका पैर छूते हैं, आदर करते हैं, जिस दिन हम भी हो जाएंगे

हैं। उसने कहा : यह सब क्या पागलपन है, यहां शान्ति कैसे मिलेगी। उस गुरु ने कहा : यहां शान्ति मिल जाए तो ही जीवन में शान्ति मिल सकती है। पहाड़ पर शान्ति मिल जाए वह झूठी है, क्योंकि पहाड़ के एकान्त में शान्त कोई भी हो सकता है। वह शान्ति आपकी चेतना का परिवर्तन नहीं है, वह पहाड़ की करतूत है। समुद्र के किनारे एकान्त में शान्ति मिल सकती है, वह आपकी आत्मा का परिवर्तन नहीं है, समुद्र का प्रभाव है। घर छोड़कर भागे हुए आदमी को शान्ति मिल सकती है, इसलिए नहीं कि उसकी चेतना बदल गई, बल्कि जीवन की वे परिस्थितियां वह छोड़कर भाग गया, जहां अशान्ति पैदा होती थी। लेकिन अशान्ति पैदा नहीं होती, अशान्ति भीतर होती है। बाहर मौके होते हैं, जिनमें दिखाई पड़ती है। आप मौक़े छोड़कर भाग सकते हैं। आपको दिखाई नहीं पड़ेगी कि अशान्ति है अब। लेकिन वह अशान्ति का मिट जाना नहीं है।

अगर मैं एक ऐसी जगह रहूं, जहां सब मुझे आदर करें और कोई मेरा अनादर न करे, तो मुझे अपमान का दुख न होता हो, तो इसमें आश्चर्य क्या है। अपमान कोई करता नहीं है। मैं एक ऐसी जगह रहूं, जहां मुझे क्रोध में लाने का कोई उपाय न करे और मुझे क्रोध न आए तो इसमें कौन-सा आश्चर्य है, किसी को भी न आएगा। नहीं, लेकिन जीवन में जहां क्रोध के मौके हैं, जहां अशान्ति के लिए सारी व्यवस्था है, जहां चिन्ताएं पैदा होती हैं, जहां सन्ताप मन को पकड़ता है, वहीं जो शान्त होने की प्रक्रिया है, वहीं जो जीवन को बदल लेना है, वही धर्म है। धर्म जीवन को छोड़कर भाग जाने का नाम नहीं है। जो भाग जाते हैं, वे कमज़ोर हैं। धर्म जीवन से पलायन कर जाने का नाम नहीं है। जो पलायन कर जाते हैं, वे अपने को धोखा देते हैं।

धर्म है जीवन में संघर्ष। धर्म है जीवन के घनीभूत संग्राम में खड़ा होना और साथ ही अपने को परिवर्तित भी करना। और मैं आपसे निवेदन करूंगा, वहीं वास्तविक परिवर्तन फलित हो सकता है। क्यों? क्योंकि वही अवसर हैं अशान्त होने के। धार्मिक आदमी अवसर को छोड़कर भागता नहीं है, लेकिन अवसर के प्रति अपना दृष्टिकोण बदलता है। और जो कमज़ोर है, वह भाग

जाता है, अवसर को छोड़कर। वह दृष्टिकोण बदलने से बच जाता है।

मैं यहां हूं, आप सारे लोग अपमानित करने लगें और गालियां देने लगें, मैं भाग जाऊं यहां से। यह भाग जाना तो बहुत आसान है। सवाल यह नहीं था कि मैं वहां से भाग जाऊं, जहां लोग गाली देते थे; सवाल यह था कि गालियों से जो मेरे मन में पीड़ा पैदा होती थी, क्या उस पीड़ा के रुख को मैं बदल सकता हूं?

बुद्ध का एक शिष्य था, पूर्ण। वह जब, उसकी शिक्षा पूरी हो गई, तो बुद्ध ने उससे कहा : अब तुम क्या करोगे। उस पूर्ण ने कहा : मैं जाऊंगा किसी इलाके में और वहां पहुंचा दूंगा आपके प्रेम के सन्देश को।

किस जगह जाओगे?

सूखा नाम की एक जगह थी। उसने कहा : मैं वहां जाऊंगा। बुद्ध ने कहा : वहां मत जाओ, वहां के लोग बहुत बुरे हैं। वहां के लोग बहुत बुरे हैं। हो सकता है कि वे तुम्हारा अपमान करें और गालियां दें, तो तुम क्या करोगे? तो उस पूर्ण ने कहा : जब वे मुझे गालियां देंगे और अपमान करेंगे तो मैं जानूंगा, कितने भले लोग हैं, मारते नहीं हैं, केवल गालियां देते हैं, मार भी तो सकते थे।

बुद्ध ने कहा : यह भी हो सकता है कि उनमें से कुछ दुष्टजन तुम्हें मारें, तुम्हें सताएं, तो तुम्हें क्या होगा। तो उस पूर्ण ने कहा कि मैं जानूंगा, कितने भले लोग हैं, सिर्फ़ मारते हैं, मार भी डाल सकते थे।

बुद्ध ने कहा और यह भी हो सकता है पूर्ण कि कोई तुम्हें मार ही डाले। तो तुम्हें क्या होगा? तो उस पूर्ण ने कहा : जब वे मुझे मार ही डालेंगे, तब भी मैं जानूंगा – कितने भले लोग हैं! उस जीवन से मुझे छुटकारा दिला दिया, जिस जीवन में कोई भूल-चूक हो सकती थी।

जिस जीवन में कोई भूल-चूक हो सकती थी। यह धार्मिक व्यक्ति का दृष्टिकोण है। धार्मिक व्यक्ति का सम्बन्ध परिस्थितियों के परिवर्तन से नहीं, दृष्टिकोण के परिवर्तन से है। और हज़ारों साल से हम परिस्थितियां बदलने को धर्म समझ रहे हैं, इससे सारी कठिनाई हो गई। आदमी वहीं के वहीं

बने रहते हैं, परिस्थितियां बदल जाती हैं और दृष्टिकोण वही का वही बना रहता है। दृष्टिकोण का परिवर्तन। संन्यास वस्त्रों में नहीं है, और न धर्म दृष्टिकोण के परिवर्तन में है। और दृष्टिकोण के परिवर्तन के लिए ज़रूरी है कि आप जहां हैं, वहीं दृष्टि को बदलने के प्रयास में संलग्न हों।

एक रात एक साध्वी एक छोटे-से गांव में मेहमान होना चाहती थी। उसने जाकर गांव के दरवाज़े खटखटाए, लेकिन लोगों ने दरवाजे बन्द कर दिए। क्योंकि उस गांव के लोग दूसरे धर्म को मानते थे और साध्वी दूसरे धर्म की थी।

यह धार्मिक लोगों ने ऐसा पागलपन पैदा किया है दुनिया में कि उन्होंने आदमी-आदमी के बीच बहुत दीवालें खड़ी करवा दी हैं। और इस पागलपन को भी वे धर्म कहे जाते हैं, वे कहते हैं – हम जैन हैं तुम हिन्दू हो, वह मुसलमान है। ये बीमारियों के नाम होंगे – जैन, हिन्दू और मुसलमान। धर्म का इससे क्या सम्बन्ध!

धर्म तो प्राणों की एक ही अनुभूति है, उसका जैन, हिन्दू, मुसलमान और ईसाई से क्या वास्ता!

स्वास्थ्य तो एक ही प्रकार का होता है, बीमारियां हज़ार तरह की होती हैं। धर्म एक ही तरह का होता है, अधर्म हज़ार तरह के होते हैं।

उस गांव के लोग दूसरे धर्म को मानते थे, जैसे कि दो धर्म हो सकते हैं, वह साध्वी दूसरे धर्म की थी। उन गांव के लोगों ने दरवाज़े बन्द कर लिए। उन्होंने कहा : यहां नहीं ठहरो और दूसरे गांव में चली जाओ। औरत थी, रात ऊपर आ गई थी। दूसरा गांव दूर था, वह कहां जाए, लेकिन गांव के लोगों ने दरवाज़े बन्द कर लिए। धार्मिक लोग, तथाकथित धार्मिक लोग बड़े कठोर हैं, ये किसी के लिए भी दरवाज़ा बन्द कर सकते हैं। इन्होंने अपनी दुष्टता को धार्मिक नाम उढ़ा दिए हैं। और इसलिए इनको तरक़ीब भी मिल गई है बचने की। अपने को धार्मिक भी समझते हैं। नहीं तो दुनिया में अगर धार्मिक लोग कठोर न होते, तो कौन हिन्दू-मुसलमान को लड़ाता है, कौन जैन-हिन्दू को लड़ाता है, कौन हत्या करता है? बहुत कठोर हैं,

इनसे ज़्यादा हिंसक लोग ज़मीन पर दूसरे नहीं हैं। धार्मिक लोगों पर कितनी हिंसा है इसका पता है।

पांच हज़ार साल में जितना पाप हुआ है दुनिया में, उसका आधे से ज़्यादा धार्मिक लोगों ने किया है।

धार्मिक लोग बड़े अजीब हैं। इन्होंने मकान जलाए, मूर्तियां तोड़ीं, मन्दिर तोड़े, मस्जिदें तोड़ी, ये धार्मिक लोग बड़े अजीब हैं। और इनको हम समझते हैं कि बड़े सरल हृदय लोग हैं। उस गांव के लोग भी धार्मिक थे, जैसे कि सारी दुनिया में धार्मिक लोग होते हैं, उन्होंने दरवाज़े बन्द कर लिए। उन्होंने कहा : जाओ दूसरे धर्म की साध्वी हो, तो दूसरे गांव में डेरा डालो, यहां नहीं रुक सकतीं।

वह बेचारी औरत उस रात गांव के बाहर एक झाड़ के नीचे सो गई। अकेली औरत जंगल में झाड़ के नीचे, चेरी का कोई दरख़्त था, उसके नीचे वह सो गई। रात, पूरे चांद की रात थी, कोई आधी रात उसकी नींद खुली, ऊपर पूरा चांद आ गया था और चेरी के फूल चटक-चटककर खिलना शुरू हो गए थे। उसने आंख खोली, आकाश में छोटी बदलियां भटकती थीं। चांद था, चेरी के फूल खिलते थे। उसका हृदय आनन्द से भर गया, वह उठकर नाचने लगी और वह वापस गांव में गई।

और आधी रात में उसने लोगों के दरवाज़े खटखटाए और कहा : मित्रो, दरवाज़ा खोलो, मैं तुम्हें धन्यवाद देने आई हूं। कहीं तुमने सांझ मुझे अपने घर में ठहरा लिया होता, तो मैं आज की रात के सौन्दर्य को देखने से वंचित रह जाती। तुम बड़े प्यारे लोग हो। तुम बड़े अच्छे लोग हो, तुमने मुझे घर में नहीं ठहराया, तो मैंने रात चांद को और चेरी के फूलों को बातें करते देखा। आकाश में बादल उड़ते देखे। आज जैसी रात मैंने जीवन में कभी नहीं देखी थी। आज जैसा सौन्दर्य मैंने कभी अनुभव नहीं किया था। तो मैं तुम्हें धन्यवाद देने आई हूं कि तुमने मुझे घर में नहीं ठहराया, अगर तुम ठहरा लेते तो मैं तुम्हारे घर की दीवालें जानती, आकाश का असीम सौन्दर्य देखने से वंचित रह जाती।

यह धार्मिक व्यक्ति की दृष्टि है। जिन लोगों ने घर से बाहर निकाल दिया था, उनके प्रति भी उसके मन में धन्यवाद का भाव उठता है। जिन लोगों ने द्वार बन्द कर लिए थे, उनके प्रति भी उसके मन में धन्यवाद का भाव उठता है।

जीवन है। दृष्टि का परिवर्तन है धर्म। हिन्दू और मुसलमान होना धार्मिक होना नहीं है। धार्मिक होने का अर्थ है, वह जो मेरे देखने की दृष्टि है, जो एटिट्यूट है, वह जो मेरी एप्रोच है, चीज़ों को मैं कैसे लेता हूं, उससे धर्म का सम्बन्ध है।

एक गांव में एक सुबह एक यात्री आया। उसने अपने घोड़े को रोका। गांव के दरवाज़े पर बैठे हुए एक बूढ़े आदमी से उसने पूछा कि इस गांव के लोग कैसे हैं? मैं इस गांव में ठहरना चाहता हूं। इसी गांव में निवास करना चाहता हूं। उस बूढ़े आदमी ने कहा : मेरे मित्र, पहले मैं तुमसे यह पूछूंगा, तुम जिस गांव को छोड़कर आ रहे हो, उस गांव के लोग कैसे थे? उसने कहा : उस गांव के लोगों का नाम भी न लें! उनका नाम लेते मेरे हृदय में आग की लपटें जलने लगती हैं। और मेरा बस चले तो उनकी हत्या कर दूं। उस गांव के लोग इतने बुरे हैं, जिसका कोई हिसाब नहीं। ज़मीन पर उतने बुरे लोग खोजना कठिन है। उस बूढ़े आदमी ने कहा : मित्र, घोड़े को आगे बढ़ा लो, मैं पचास साल से इस गांव में रहता हूं। इस गांव के लोग, उस गांव से भी ज़्यादा बुरे हैं। तुम इस गांव के लोगों को, उस गांव से भी बदतर पाओगे। तुम आगे जाओ। तुम कोई दूसरा गांव खोज लो। यह बहुत बुरा गांव है।

वह आदमी गया भी नहीं था कि एक बैलगाड़ी आकर रुकी और एक आदमी अपने परिवार को लिये उसमें आया। और उसने भी उस बूढ़े आदमी से पूछा : मैं इस गांव में रहना चाहता हूं। इस गांव के लोग कैसे हैं? उस बूढ़े ने कहा : पहले मुझे बता दो, जिस गांव से तुम आते हो, उस गांव के लोग कैसे थे? उसने कहा : उनका नाम भी मेरे हृदय को आनन्द से और कृतार्थता से भर देता है। बड़े भले थे वे लोग। उन्हें छोड़ना पड़ा। इससे आंसू अब तक मेरे गीले हैं। लेकिन मजबूरी थी कुछ कि छोड़कर

आना पड़ा। इस गांव के लोग कैसे हैं? उसे बूढ़े ने कहा : आओ, तुम्हारा स्वागत है, पचास साल से इस गांव में रहता हूं, इस गांव के लोग तो उस गांव से बहुत बेहतर हैं जिस गांव को तुमने छोड़ा। तुम इस गांव के लोगों को इतना अद्‌भुत पाओगे कि कभी छोड़के न जा सकोगे। आ जाओ, गांव तुम्हारा स्वागत करता है।

सवाल आपका है, सवाल गांव का नहीं है। आप कैसे हैं, गांव वैसा हो जाएगा। सवाल आपका है, सवाल गृहस्थ होने का और संन्यासी होने का नहीं है। आप कैसे हैं, वैसा घर हो जाएगा। और अगर आप ग़लत हैं, तो आप संन्यासी होकर भी दुनिया में ग़लती करते चले जाएंगे। संन्यासी कितनी ग़लतियां कर रहे हैं, जिसका कोई हिसाब है। संन्यासियों ने कितने मतभेद खड़े कर दिए हैं, कितने पन्थ खड़े किए हैं, कोई हिसाब है? संन्यासियों ने आदमी-आदमी को कितना तोड़ दिया है कोई हिसाब है? दो संन्यासियों के अहंकार कितने ख़तरे ला सकते हैं, इसका कोई हिसाब है? बहुत मुश्किल हो गया है। वही बीमार गृहस्थ संन्यासी हो जाएगा तो और खतरनाक है, क्योंकि गृहस्थ था, तो कम-से-कम उपदेश तो नहीं करता था। संन्यासी होकर और उपदेश करेगा और न मालूम कितने लोगों के दिमाग़ में कीटाणु भेजेगा ख़तरे के, बीमारियों के।

आप, आप पर सवाल है कि आप किस गांव में रहते हैं, इसका सवाल नहीं है। आप गृहस्थ रहते हैं कि संन्यासी हो जाते हैं, इसका सवाल नहीं है। आप आप आपकी दृष्टि है क्या जीवन को देखने की। आप जीवन को कैसे लेते हैं, आनन्द से लेते हैं या दुख से? अगर दुख से लेते हैं? तो आप जीवन के प्रति जो भी करेंगे, वह सुखद नहीं हो सकता। जीवन को आनन्द से लें, जीवन को धन्यता से लें, ग्रेटिट्यूड, जीवन को कृतार्थता से लें। और जीवन के प्रति प्रेमपूर्ण, शान्तिपूर्ण, जीवन के प्रति अत्यन्त निर्हंकार के भाव से व्यवहार करें तो आपके भीतर धार्मिक व्यक्ति का जन्म होगा। और हो सकता है कि इस जन्म का परिणाम यह हो कि आप जहां हैं, वहीं आपके जीवन में संन्यास आ जाए। संन्यास आपका आत्मिक परिवर्तन है।

घृणा से भरा हुआ मनुष्य, भेदभाव से भरा हुआ मनुष्य, क्रोध से भरा हुआ मनुष्य, दुख और चिन्ता से भरा हुआ मनुष्य गृहस्थ है, चाहे वह कैसे ही कपड़े पहने हो। शान्ति से भरा हुआ व्यक्तित्व, आनन्द जिसके हृदय में वीणा बजाता हो, कृतार्थता और धन्यता की सुगन्ध जिसके जीवन से निकलती हो, शान्ति से, प्रेम से जो जीता हो, ऐसा मनुष्य कहीं भी हो, कैसा भी हो, किन्हीं भी कपड़ों में हो, वह संन्यासी है, वह धार्मिक है।

धार्मिक होना चित्त का परिवर्तन है। ट्रांसफ़ॉर्मेशन ऑफ़ माइंड है। लेकिन हम अभी धर्म को और जीवन को तोड़कर देखते हैं, इसलिए यह ट्रांसफ़ॉर्मेशन नहीं हो पाता। इस सुबह और बहुत बातें आपसे नहीं कह सकूंगा। इतनी ही थोड़ी-सी बात आपसे मुझे कहनी है, धर्म को जीवन से अलग करके मत देखना। धर्म और जीवन को एक ही जानना। धर्म को और जीवन को दो हिस्सों में खंडित मत करना। धर्म को वस्त्रों के, मकानों के परिवर्तन का नाम मत जान लेना, चेतना का परिवर्तन। और जो लोग वस्त्रों इत्यादि पर बहुत आग्रह रखते हों बदलाहट का, उन्हें शायद इस बात का पता नहीं है कि क्या बदलना है, किसको बदलना है। परिस्थिति नहीं बदलनी है, मनःस्थिति बदलनी है। परिस्थिति नहीं मनःस्थिति, बाहर नहीं भीतर और जब भीतर कोई बदल जाता है, तो बाहर सब अपने आप बदल जाता है और जब भीतर एक ज्योति जगती है शान्ति की और प्रेम की, तो बाहर का जीवन दूसरा हो जाता है।

वह शान्ति और प्रेम की ज्योति कैसे जग सकती है, वह तो आज मैं नहीं कह सकूंगा, कल सुबह, परसों सुबह दो चर्चाएं हैं, उनमें मैं उस सम्बन्ध में बात करने को हूं कि भीतर शान्ति की और प्रेम की ज्योति कैसे जग सकती है। उसकी बात तो मैं वहां करूंगा, किसी का ख़याल हो तो वह वहां आ सकता है। अभी तो इतना ही मुझे कहना था कि अगर मनुष्य के जीवन में, मनुष्यता के जीवन में धर्म नष्ट हुआ है, तो इस कारण हुआ है कि हमने जीवन और धर्म को तोड़ दिया। हमने संन्यासी और गृहस्थ को तोड़ दिया। हमने दो हिस्से बना दिए। हमने अखंड जीवन की धारा को टुकड़े-टुकड़े कर दिया।

जीवन की धारा है अखंड। उसमें कौन है संन्यासी, कौन है गृहस्थ, यह ऊपर से तय नहीं किया जा सकता। यह तो प्राणों की ऊर्जा निर्णित करती है और प्राणों की ऊर्जा का परिवर्तन दृष्टिकोण का परिवर्तन है। उसको, उस दृष्टिकोण के परिवर्तन पर ध्यान दें। मुझे नहीं लगता कि हमारे ख़याल में यह बात है। हमारे ख़याल में बाहरी परिवर्तन हैं, भीतरी परिवर्तन नहीं हैं। लेकिन जो भीतर से बदलता है, वही केवल बदलता है। और जो बाहर से बदलाहट है, ओढ़ लेता है वह बदलता नहीं, बदलने का धोखा देता है। यह धोखा दूसरों के लिए ख़तरनाक नहीं है, ख़ुद के लिए ख़तरनाक है। सेल्फ़ डिसेप्शन, यह आत्मप्रवंचना है। और मनुष्य बहुत होशियार है, अपने को धोखा देने में।

मैं प्रार्थना करूंगा कि धर्म के नाम पर अपने को धोखा मत देना। लोग दे रहे हैं, चारों तरफ़ चल रहा है यह, इसलिए यह प्रार्थना करता हूं। अगर धर्म के नाम पर अपने को धोखा नहीं दिया, तो हर मनुष्य अपने जीवन में एक क्रान्ति ला सकता है।

जो महावीर के जीवन में हुआ हो, बुद्ध के जीवन में हुआ हो या किसी के भी जीवन में हुआ हो, वह मेरे और आपके जीवन में भी हो सकता है, क्योंकि बीज रूप में हम सबकी क्षमताएं समान हैं। मेरी और महावीर की, आपकी और महावीर की क्षमताओं में भेद नहीं है। भेद हो सकता है इस बात में कि मैं अपने बीज को बीज ही बना रखता हूं, महावीर अपने बीज को विकसित कर लेते हैं और फूलों तक पहुंचा देते हैं। प्रत्येक मनुष्य के भीतर परमात्मा है जो श्रम करता है, वह उसे उपलब्ध कर लेता है। लेकिन जो धोखा देता है, वह कभी उपलब्ध नहीं कर पाता। परमात्मा करे, आत्मवंचना से वे लोग बच सकें, जो अपने को धार्मिक समझते हैं। तो दुनिया दूसरी हो सकती है, मनुष्य दूसरा हो सकता है।

मेरी बातों को इतने प्रेम से सुना है, हो सकता है, उनमें ऐसी बातें हों, जिनसे चित्त बेचैन हो और चोट लगे। चोट लगने वाली बात को भी प्रेम से सुना इसलिए बहुत-बहुत अनुगृहीत हूं। चोट मैं देना चाहता हूं, इसलिए उसके लिए क्षमा नहीं मांगूंगा। चाहता हूं कि जितनी चोट पहुंचा सकूं आपको

पहुंचाऊं, क्योंकि जीवन ऐसा मृत और मुर्दा हो गया है कि कोई चोट पहुंचाए तो ही शायद थोड़े जीवन की लहर पैदा हो सकती है।

मेरी बातों को प्रेम से सुना उसे पुनः धन्यवाद। सबके भीतर बैठे हुए परमात्मा को प्रणाम करता हूं, मेरे प्रणाम को स्वीकार करें।

...

मैं अत्यन्त आनन्दित हूं, क्योंकि जो मैं चाहता था, वह हुआ। यह होना चाहिए। केवल वे लोग, जो चुपचाप सुन लेते हैं, मुर्दा हैं। जिनके मन में विरोध उठता है, जिनके मन में यह ख़याल उठता है कि शायद यह बात ग़लत हो, उन सभी लोगों का मेरे मन में स्वागत और आदर है, क्योंकि उन्हें मैं जीवित समझता हूं। मुनि जी ने यह कहा कि अनेकान्तवाद के विरोध में हैं, उन्होंने भली बात कही। लेकिन जहां तक मेरा सम्बन्ध है, मैं ख़ुश हूं उन मित्रों से, जिन्होंने विरोध उठाया और नाखुश हूं उन लोगों से, जो चुपचाप बैठे हैं। उसका कारण है।

हज़ारों साल से चीज़ों को चुपचाप सुन लेने की वृत्ति के मैं विरोध में हूं। हज़ारों साल से चीज़ों को चुपचाप स्वीकार कर लेने और विश्वास कर लेने की वृत्ति के भी मैं विरोध में हूं। मेरी तो समझ ही यही है कि कोई कौम धीरे-धीरे मर जाती है, जो कौम चीज़ों को चुपचाप सुन लेती है और स्वीकार कर लेती है। विरोध विचार का लक्षण है। लेकिन विरोध नासमझी से भरा हो जाए, अशिष्ट हो जाए, असभ्य हो जाए, तो अविचार का लक्षण बन जाता है। मैं इस बात से तो खुश हूं कि आपके मन को कोई चोट पहुंचे। जैसा मैंने कहा है कि मैं तो चाहता हूं कि चोट पहुंचे। रह गई बात यह, यह मेरी भावना भी नहीं है कि मैं जो कहूं, उसे आप स्वीकार करें। मेरी तो समझ ही यही है कि जो भी मैं कहूं, आप जितना उसे अस्वीकार कर सकें उतना शुभ है, जितना उस पर सन्देह कर सकें उतना शुभ है, जितना उस पर विचार और मन्थन कर सकें उतना शुभ है। विश्वासों ने मनुष्य के मन में जड़ता पैदा कर दी है।

तो विश्वास के मैं पक्ष में नहीं हूं। जो बात कही जाए, उस पर श्रद्धा

करें, उसके पक्ष में भी नहीं हूं। उस पर विचार करें, लेकिन अविश्वास करना विचार करना नहीं है, अश्रद्धा करना विचार करना नहीं है। विचार करने वाला व्यक्ति न तो श्रद्धा करता है और न अश्रद्धा करता है। चीज़ों को समझता है खुले मन से, ओपन माइंड से, समझने की कोशिश करता है, तोड़-फोड़ करता है, विश्लेषण करता है, पहचानने की कोशिश करता है, क्या सही है और क्या ग़लत है।

तो मैंने जो भी कहा है और जो भी कहता हूं रोज़, निरन्तर यह निवेदन करता हूं कि मेरी बात को मान मत लेना, क्योंकि जो लोग मानने के लिए आग्रह करते हैं, वे लोग शत्रु हैं मनुष्य के। मैं तो कहता हूं : सोचना और विचारना। तो आपमें विचार पैदा हो यह तो शुभ है। दो-तीन बातें पूछी हैं, समय तो बहुत हुआ, लेकिन दो शब्द उस सम्बन्ध में आपसे कहूं।

मैंने कहा : संन्यास एक ग्रोथ है, एक विकास है। पूछा है, कि संन्यास का यह विकास, यह ग्रोथ क्या वैसे ही है जैसे गृहस्थी का। नहीं, इन दोनों में फ़र्क़ है। गृहस्थी का जो विकास है, वह वासनापूर्ण है; संन्यास का जो विकास है, वह विवेकपूर्ण है। जो केवल वासना में ही जिएगा, वह गृहस्थ ही रहकर समाप्त हो जाएगा। उसके जीवन में संन्यास का जन्म नहीं होगा। लेकिन जो गृहस्थी का वासनापूर्ण जीवन विवेक के साथ जिएगा, वह धीरे-धीरे पाएगा – विवेक जीतता जाएगा और वासना हारती जाएगी। और एक दिन जिस दिन विवेक का पलड़ा वासना से ज़्यादा भारी हो जाएगा, उस दिन वह पाएगा कि संन्यास का प्रारम्भ हो गया है। जिस दिन वासना शून्य हो जाए और विवेकपूर्ण, उस दिन संन्यास पूर्ण हो जाता है।

मैंने जो कहा कि ग्रोथ है, उससे मेरा मतलब यह है, यह कोई एक क्षण में होने वाला परिवर्तन नहीं है, यह कोई रेवोल्यूशन नहीं है, एवोल्यूशन है। यह कोई क्रान्ति नहीं है, गृहस्थ से संन्यासी हो जाना। यह एक विकास है। क्रान्ति का मतलब यह कि मैं एक गृहस्थ हूं और मैंने आज तय किया है कि संन्यासी हो जाना है, तो मैं संन्यासी हो गया। मैं नहीं मानता कि ऐसे कोई संन्यासी हो सकता है।

जीवन के निरन्तर अनुभवों, वासना के साथ निरन्तर विवेक का संघर्ष,

निरन्तर वासना का हारता जाना और विवेक का जीतता जाना – यह लम्बी प्रक्रिया है, यह कोई एक क्षण में होने वाली बात नहीं है। यह कोई ऐसी बात नहीं है कि एक क्षण में हो जाए, इसलिए मैंने कहा – ग्रोथ है।

उन्होंने पूछा कि क्रोध, घृणा, हिंसा इनकी भी तो ग्रोथ होती है, निश्चित। और मेरा जो इस सम्बन्ध में बुनियादी विचार है, वह यह कि, वह आपके मानने के लिए नहीं, आपके सोचने के लिए है। मेरा बुनियादी ख़याल यह है कि क्रोध की क्षमता जिसके भीतर है, क्रोध की क्षमता ही विकसित और विवेक के द्वारा परिवर्तित होकर क्षमा बन जाती है। सेक्स जिनके भीतर है, सेक्स ही विवेक से संयुक्त और परिवर्तित होकर ब्रह्मचर्य बन जाता है। तो क्रोध, हिंसा, लोभ – ये सभी शक्तियां हैं, इनका अगर सम्यक विकास हो, तो आप हैरान हो जाएंगे, इनका ही सम्यक विकास इनसे बिल्कुल विपरीत दिखने वाली शक्तियों में परिवर्तित होता है।

जिस व्यक्ति के भीतर क्रोध नहीं है, उस व्यक्ति के भीतर क्षमा का कभी जन्म नहीं होगा और जिस व्यक्ति के भीतर सेक्स नहीं है, कामवासना नहीं है, उसके भीतर ब्रह्मचर्य का कभी जन्म नहीं होगा। तो ये विरोधी दिखने वाली चीजें, विरोधी नहीं हैं। मेरी दृष्टि में इनके भीतर एक इनर ग्रोथ है। अगर कोई व्यक्ति अपने क्रोध पर विवेकपूर्ण उपयोग करे और अपने क्रोध के साथ विवेक को जगाए और क्रोध से परिचित हो, तो वह पाएगा कि क्रोध क्रमशः क्षीण होता जाएगा और वही क्रोध की शक्ति क्षमा में परिवर्तित होती चली जाएगी।

हम खाद ले आते हैं अपने घर में और रख लें, तो खाद दुर्गन्ध से भर देगा, सारे भवन को। और उसी खाद को हम बगीचे में डाल देते हैं और बीज बो देते हैं। फूल आते हैं और सुगन्ध से घर भर जाता है। वह जो खाद की दुर्गन्ध थी, वही फूलों में प्रविष्ट होकर परिवर्तित होकर सुगन्ध बन जाती है।

जीवन में जो बुरा है, वह शत्रु नहीं, मेरी दृष्टि में, वह केवल अभी काम में न लाया गया मित्र है। अगर हम उसे काम में ले आएं, तो वह मित्र सिद्ध होगा। तो जीवन की सारी शक्तियां हैं – क्रोध, घृणा – सभी जीवन

की शक्तियां हैं। और मैं सभी जीवन की शक्तियों का स्वागत करता हूं, क्योंकि उन्हीं शक्तियों को निश्चित विकास के द्वारा परिवर्तित किया जा सकता है।

धन्य हैं वे लोग, जो लोग क्रोधी हैं, क्योंकि उनके भीतर विवेक के द्वारा क्षमा का जन्म हो सकता है। क्रोध का भी स्वागत है, क्योंकि क्रोध ही परिवर्तित होकर क्षमा बनेगा, नहीं तो क्षमा क्या बनेगा। क्षमा क्या पैदा होगी आपके भीतर। तो इसलिए जीवन में मुझे तो सभी चीजों में ग्रोथ दिखाई पड़ती है।

दो तरह की ग्रोथ है – वासना की ग्रोथ है। वासना की ग्रोथ पर आदमी गृहस्थी पर अटका रह जाता है, यह एक एक्सट्रीम है, जैसा उन्होंने पूछा कि क्या यह भी एक एक्सटीम है। वह गहस्थ होकर ही अटका रह जाता है। अगर वासना के साथ जीवन की ग्रोथ हो और यदि विवेक के साथ ग्रोथ हो, तो संन्यास का जन्म होता है। लेकिन गृहस्थी के विरोध में अगर कोई संन्यास हो जाए, तो वह दूसरी एक्सट्रीम है। लेकिन अगर गृहस्थी के साथ जीवन में विवेक है तो जिस संन्यास का जन्म होता है, वह संन्यास न तो संन्यास है और न गृहस्थी है, वह मध्यबिन्दु है। वही बीच का बिन्दु है। अभी मुनि जी ने कहा, वीतराग शब्द का प्रयोग किया, तो अन्त में मैं आपसे यह कह दूं, राग एक एक्सट्रीम है, विराग एक एक्सट्रीम है, वीतराग एक्सट्रीम नहीं है। वीतराग मध्य का बिन्दु है। जहां न चित्त में राग रह जाता है और न विराग। वहां वीतरागता का फूल फलित होता है।

महावीर विरागी नहीं हैं, महावीर संन्यासी नहीं हैं, उन अर्थों में जिन अर्थों में संन्यासी हमें दिखाई पड़ता है। न महावीर गृहस्थ हैं उन अर्थों में जिस अर्थों में गृहस्थ दिखाई पड़ता है। महावीर न तो तथाकथित गृहस्थ हैं, न तथाकथित संन्यासी हैं; महावीर के चित्त में न राग है, न विराग है; महावीर वीतराग को उपलब्ध हुए हैं। वीतराग का अर्थ है मध्यबिन्दु। जहां राग और विराग क्षीण हो जाते हैं और चित्त समता को, मध्य को उपलब्ध हो जाता है, सम्यक्त को उपलब्ध हो जाता है। आज तो ज़्यादा और बात आपसे नहीं कर सकूंगा, लेकिन धन्यवाद करता हूं उनको...

शायद यह मानते हों कि झूठ जो है वह सत्य का एक रूपान्तर है या सत्य जो है झूठ का रूपान्तर है। जैसे क्रोध क्षमा का रूपान्तर है।

नहीं, सत्य असत्य झूठ का रूपान्तर नहीं है।

प्रश्न यह है कि जो क्रोध है, हिंसा है वह क्या अहिंसा में और क्षमा में बदलता है या दोनों समानान्तर हैं या एक-दूसरे की अस्तित्वहीनता है, अगर क्षमा के साथ-साथ चलता है तो समय पर चेतावनी का और कुछ समय के बाद बदल जाता है। हम लोग ऐसा मानते हैं, जहां क्रोध है वह फिर क्षमा का अब तक विरोध है और जहां क्षमा है वह क्रोध की अत्यन्त अभाव स्थिति है। वह दोनों की समता नहीं है, जैसे कि जहां सत्य है, वहां असत्य हो नहीं सकता; और जहां असत्य है, वहां सत्य नहीं रह सकता। इसी तरह जहां क्रोध है, वहां क्षमा करने वाली बात नहीं है, वह तो अभाव है, अत्यन्त अभाव।

समझा आपकी बात को, क्रोध और क्षमा में जो सम्बन्ध है, वह सत्य और असत्य में नहीं है। क्रोध एक शक्ति है, असत्य एक शक्ति नहीं है। क्रोध हमारी एक शक्ति है, असत्य हमारी एक शक्ति नहीं है। सेक्स हमारी एक शक्ति है, असत्य हमारी एक शक्ति नहीं है। तो असत्य, सत्य का अभाव है, क्रोध क्षमा का अभाव नहीं है, क्रोध क्षमा की अविकसित स्थिति है, असत्य सत्य का अभाव है, एब्सेंस है। इसलिए सत्य और असत्य, इसीलिए मैंने असत्य की बात नहीं की, असत्य हमारी कोई शक्ति नहीं है, बल्कि सच तो यह है कि असत्य उनमें ही होता है, जिनमें सत्य की कोई शक्ति नहीं होती। सत्य की शक्ति का अभाव है। इसलिए सत्य को मैं कोई गुण नहीं मानता, अब लम्बी बात करनी पड़ेगी।

असत्य सूचना है, लक्षण है, इस बात का कि मनुष्य के भीतर उसकी शक्तियां विकसित नहीं हो पाईं। और सत्य इस बात का लक्षण है कि मनुष्य की शक्तियां विकसित हो गईं। असत्य और सत्य लक्षण हैं, मनुष्य के पूरे

विकास के या अविकास के। क्रोध और घृणा उसकी शक्तियां हैं। जिस मनुष्य के भीतर क्रोध क्षमा में परिवर्तित हो जाता है, ट्रांसफ़ॉर्म हो जाता है, घृणा प्रेम में ट्रांसफ़ॉर्म हो जाता है, जिसके भीतर सारी नीचे की चीज़ें, लोहे की चीज़ें सोना बन जाती हैं, उसके जीवन में सत्य का उदय होता है। और जिसके जीवन में क्रोध क्रोध बना रहता है, घृणा घृणा बनी रहती है, उसके जीवन में असत्य का प्रदर्शन होता है। असत्य लक्षण है कि व्यक्ति के भीतर का विकास शक्तियों में नहीं हो सका। सत्य लक्षण है कि व्यक्तित्व का विकास परिपूर्णता को उपलब्ध हुआ। और यह जो ख़याल में है कि क्रोध विरोधी है क्षमा का, यह उसी तरह की बात है, जैसे कोई कहे ठंड विरोधी है गर्मी की। दीखती है विरोधी, लेकिन विरोध नहीं है। ठंड और गर्मी के बीच डिग्रीज़ का एक फ़ासला है, विरोध नहीं है। किस जगह चीज़ ठंडी है और किस जगह गर्म है, यह कहना मुश्किल है। शून्य डिग्री से लेकर सौ डिग्री तक जहां पानी भाप बनता है, एक ग्रोथ है। शून्य डिग्री पर जो पानी है, सौ डिग्री पर जो पानी है, उनके बीच में विरोध नहीं है, कमोबेश अन्तर है, रिलेटिव अन्तर है, सापेक्ष अन्तर है।

क्रोध और क्षमा के बीच सापेक्ष अन्तर है, इसलिए क्रोध परिवर्तित हो सकता है क्षमा में। क्रोध की शक्ति रूपान्तरित हो सकती है क्षमा में। घृणा रूपान्तरित हो सकती है प्रेम में। दोनों शून्य हो जाएं ऐसी स्थिति भी है, जहां कि क्रोध और घृणा दोनों शून्य हो जाएं। उस स्थिति को हम जीवन की स्थिति नहीं कहते, उस स्थिति को हम जीवन से मुक्त हो जाने की स्थिति कहते हैं। उस स्थिति को हम मोक्ष कहते हैं। मोक्ष में, उस स्थिति में, उस अवस्था में न क्रोध है और न क्षमा है। क्रोध और क्षमा की दोनों शक्तियां शून्य हो जाएं, घृणा की और प्रेम की दोनों शक्तियां क्षीण हो जाएं, समाप्त हो जाएं, तो जो शून्य बचता है वह मुक्ति है, वह मोक्ष है; फिर वह जीवन नहीं है, जीवन का अतिक्रमण है। लेकिन उसके बावत बात करनी कठिन होगी।

अभी दो दिन मैं यहां हूं, किसी मित्र को ख़याल हो बात करने का तो मैं उपलब्ध हूं। वे ज़रूर आएं और खुशी से इस सम्बन्ध में कोई शंका

हो, कोई विरोध हो, तो उसे प्रकट करें। और अगली बार आऊं, तो अभी तो आपने मुझे निमन्त्रण देकर बुलाया था, इसलिए थोड़ी शिष्टता रखी एक ही व्यक्ति ने, दो व्यक्ति ने कुछ बातें कहीं। अगली दफ़ा मैं आपको निमन्त्रण दूंगा कि मैं स्थानक में आता हूं, फिर शिष्टता रखने की कोई ज़रूरत नहीं रह जाएगी, क्योंकि मैं ख़ुद अपनी तरफ़ से आऊंगा, फिर आप सबको निमन्त्रण करता हूं कि सबको जो-जो विरोध सूझे, जो-जो शंका सूझे वे करें, एक ज़िन्दा समाज होगा, ज़िन्दा सभा होगी, हम कुछ बात करेंगे। शायद उससे कुछ समझ निकले, कोई विकसित हो तो अगली बार मैं निमन्त्रण दूंगा आपको कि आ जाएं स्थानक में। इतनी ही कृपा करना कि मुझे आ जाने देना; और फिर कुछ बात कर लेंगे।

नौवां सूत्र

जीवन यानी परमात्मा

मेरे प्रिय आत्मन!

एक बहुत बड़े मन्दिर में बहुत पुजारी थे। विशाल था वह मन्दिर। सैकड़ों पुजारी उसमें सेवारत थे। एक रात एक पुजारी ने स्वप्न देखा कि कल सन्ध्या जिस प्रभु की पूजा वे निरन्तर करते रहे थे, वे साक्षात ही मन्दिर में आने को हैं। दूसरे दिन तो उस मन्दिर में उत्सव का दिन हो गया। दिन-भर पुजारियों ने मन्दिर को स्वच्छ किया, साफ़ किया। प्रभु आने को थे, उनकी तैयारी थी। सन्ध्या तक मन्दिर सजकर दुल्हन की भांति खड़ा हो गया। मन्दिर के कंगूरे-कंगूरे पर दीये जल गए थे, धूप-दीप, फूल की सुगन्ध से मन्दिर बिल्कुल नया हो उठा था।

सांझ आ गई, सूरज ढल गया और प्रभु की प्रतीक्षा शुरू हो गई। पुजारी द्वार पर खड़े थे। लेकिन घड़ियां बीतने लगी और उस प्रभु के आने का कोई, कोई भी सुराग न मिला। उसके रथ के आगमन की कोई सूचना न मिली। फिर रात गहरी होने लगी। और पुजारियों को शक हो आया। कोई कहने लगा : स्वप्न का भी क्या भरोसा है कोई? स्वप्न, स्वप्न होते हैं, स्वप्न भी कहीं सत्य हुए हैं। भूल में पड़ गए हम। व्यर्थ हमने श्रम किया। फिर वे थक गए थे दिन-भर के, सो गए। दीयों का तेल चुक गया और दीये बुझ गए। धूप बुझ गई। घनघोर अंधेरे में मन्दिर रोज़ की भांति फिर डूब गया।

लेकिन कोई आधी रात गए स्वप्न सत्य होने लगा, उस प्रभु का रथ उस मार्ग पर मुड़ा जहां वह मन्दिर था। रथ के घोड़ों की टाप सुनाई पड़ने लगी और उसके पहियों की आवाज़। सोये हुए थे पुजारी, किसी एक पुजारी की टूटी नींद, लगा रथ आता है। उसने कहा चिल्लाकर : उठो, जागो, शायद उसका रथ आ रहा है, सुनते नहीं आवाज़ सुनाई पड़ती है घोड़ों की टापों की, रथ के पहियों की। लेकिन सब सोये थे। किसी ने चिल्लाके कहा : चुप रहो, शोर न करो, नींद न तोड़ो। कोई नहीं आता, सपने भी कभी सच हुए हैं। बादलों की गड़गड़ाहट होगी, कहां है रथ, कहां है कौन। कोई आने को नहीं है। वे फिर सो गए।

वह रथ द्वार पर आकर रुका। जिसकी प्रतीक्षा थी वह अतिथि उतरा। उसने अपने पावन चरणों से उस अंधेरे से भरे मन्दिर की सीढ़ियों को पार किया। द्वार पर दस्तक दी। लेकिन पुजारी सब सोये हुए थे। फिर किसी को दस्तक सुनाई पड़ गई। उसने कहा : कोई द्वार ठोंकता है। मालूम होता है, प्रतीत होता है, जिसकी हम प्रतीक्षा में थे; वह आ गया है। लेकिन फिर किसी सोये हुए ने चुप करा दिया उसे और कहा : चुप हो जाओ, हवा के थपेड़े होंगे। कौन आता है, सपने कहीं सच होते हैं और आया हुआ अतिथि वापस लौट गया।

सुबह वे उठे, सुबह उस पूरे नगर ने देखा – वे पुजारी छातियां पीट रहे हैं और रो रहे हैं। रथ के चिह्न सीढ़ियों तक बने थे और सीढ़ियों की धूल पर उस पावन अतिथि के पैरों के भी चिह्न थे, द्वार तक वह आया था। लेकिन जिनके द्वार वह आया था, वे सोये हुए थे, इसलिए उसे लौट जाना पड़ा।

इस छोटी-सी कहानी से मैं अपनी आज की बात शुरू करना चाहता हूं। इसलिए कि जीवन तो हमारे द्वार पर रोज़ आता है, उसके रथ के पहियों की आवाज़ भी सुनाई पड़ती है, उसके घोड़ों की टाप भी सुनाई पड़ती है। लेकिन द्वार हैं हमारे बन्द और हम हैं सोये हुए। इसलिए जीते जी भी हम जीवन से परिचित नहीं हो पाते। जीवन रोज़ आता है प्रतिपल और लौट जाता है। द्वार हैं बन्द हमारे और भीतर जो है, वह सोया हुआ है। वह

जागा हुआ हो, तो शायद जीवन से हमारा सम्पर्क हो सके।

इसलिए यह केवल दिखाई पड़ता है कि हम जीते हैं, हम जीते हैं मुर्दों की भांति, जो अपनी-अपनी कब्रों में बन्द हैं और सोए हुए हैं। कोई जीता नहीं है, बहुत कम लोग जीवन को उपलब्ध होते हैं। उस जीवन को उपलब्ध होने का क्या मार्ग है, किस द्वार से जीवन का अतिथि हमारे प्राणों में आएगा और हमें पुलकित कर देगा। उस सम्बन्ध में ही मुझे आज बात करनी है।

इसके पहले कि मैं उस सम्बन्ध में कुछ कहूं, यह ठीक से समझ लेना ज़रूरी है कि हम किस भांति सोए हुए हैं, क्योंकि सोये हुए मनुष्य के लिए जीवन का कोई सम्पर्क, कोई संस्पर्श नहीं हो सकता। सोये हुए के लिए कोई जीवन नहीं है। जीवन है जाग्रत चित्तता में, जागे हुए में, होश में और हम सब सोये हुए हैं। कैसे हम सोये हुए हैं, उस सम्बन्ध में थोड़ा समझेंगे, तो शायद जागने की बात भी हमारे ख़याल में आ सके।

बहुत-बहुत रूप हैं हमारे सोए होने के। शायद एक़दम से आश्चर्य होगा यह जानकर कि मैं आपको सोया हुआ कहूं। आप सब जागे हुए हैं, आंखें खुली हुई हैं, चलते हैं, उठते हैं, बात करते हैं और जागने का क्या अर्थ हो सकता है। नहीं, लेकिन हमारा यह जागना और हमारी ये खुली आंखें सबूत नहीं हैं सचमुच जागने के।

एक आदमी शराब पिए खड़ा हो, आंखें खुली होंगी, बातें भी करता होगा, फिर भी हम नहीं कह सकते कि जागता है। हम कहेंगे : सोया है, बेहोश है, मूर्छित है। हम भी आंखें खोले खड़े हैं, लेकिन बहुत-बहुत प्रकार की शराब हमने पी रखी है, जो हमारी निद्रा बन गई है। बहुत प्रकार की बेहोशियां हैं, जिनमें हम डूबे हुए हैं, आंखें खुली हैं, चलते हैं, बोलते हैं, बात करते हैं, लेकिन भीतर सब कोई बेहोश है, सब कोई मूर्छित है। और उसके कारण यह सब जागरण केवल दिखाई पड़ने वाला जागरण है। वस्तुतः जागरण नहीं है।

रात हम सोते हैं, सुबह हम जागते हैं, तो यह भ्रम होता है कि नींद

टूट गई। नींद टूटती नहीं। रात आकाश में तारे होते हैं, सुबह सूरज निकल आता है, तो शायद हम सोचते होंगे, तारे समाप्त हो गए। तारे समाप्त नहीं होते, केवल सूरज की रोशनी में ढक जाते हैं। मौजूद तो होते हैं वे वहीं, जहां थे और कोई बहुत गहरे कुएं में चला जाए, अंधेरे कुएं में तो दिन में भी उसे आकाश में तारे दिखाई पड़ जाएंगे। रात हम सोते हैं और सपने देखते हैं, सुबह हम उठ जाते हैं, तो सोचते हैं कि हमारे सपने समाप्त हो गए, तो हम भूल में हैं। सपने केवल जीवन की भागदौड़ में छिप जाते हैं। कोई थोड़ा आंख बन्द करके भीतर देखेगा, तो पाएगा कि सपने वहां मौजूद हैं और चल रहे हैं। वहां कोई सपना भीतर, वहां कोई कल्पना भीतर, वहां कोई विचारों का ऊहापोह चल रहा है। और उस ऊहापोह में दबे हुए हम जाग नहीं सकते। वह ऊहापोह बिल्कुल शान्त हो जाए, शून्य हो जाए तो ही भीतर जो चेतना छिपी है, वह पूरे अर्थों में प्रकट होती और जागती है। इसलिए जब तक कोई मनुष्य सब प्रकार की बेहोशियां न छोड़ दे, सब तरह के बेहोशियों के द्वार तोड़ न दे, तब तक जाग नहीं सकता। थोड़ा समझें कि कैसे-कैसे हम बेहोश हैं।

कोई आदमी धन के लिए बेहोश हो सकता है, कोई आदमी यश के लिए बेहोश हो सकता है, कोई आदमी पद के नशे में मूर्छित हो सकता है और बड़े आश्चर्यों का आश्चर्य यह है कि कोई त्याग में भी मूर्छित हो सकता है, कोई धर्म में भी मूर्छित हो सकता है। कोई संगीत में मूर्छित हो सकता है। मूर्छा के बहुत रूप हैं, लेकिन सूत्र एक ही है, जहां भी आत्मविस्मरण है, जहां भी सेल्फ़ फ़ोरगेटफुलनेस है, वहीं मूर्छा है, वहीं बेहोशी है, वहीं निद्रा है। जागरण का एक ही सूत्र है – जहां सेल्फ़ रिमेम्बरिंग है, जहां आत्मस्मृति है।...

मैंने सुना है, एक नगर में बहुत वर्षों पहले एक बहुत बड़ा वीणावादक आया। नगर एक राजधानी थी। एक नवाब का राज्य था। उस वीणावादक ने नवाब को कहा : बजाऊंगा वीणा, लेकिन एक ही शर्त पर, मुझे सुनने वालों में से कोई सिर को न हिला सकेगा। और सिर कोई हिला, मैं वीणा बजाना उसी क्षण बन्द कर दूंगा। यह मेरे बर्दाश्त के बाहर है कि कोई

सिर हिले। नवाब पागल था, अक्सर नवाब पागल होते ही हैं, क्योंकि जो पागल नहीं होता, वह नवाब बनने को कभी उत्सुक नहीं होता। उसने कहा : घबड़ाओ मत, जो सिर हिलेगा, तुम्हें चिन्ता करने की बात नहीं, घबड़ाओ मत, हिलता हुआ सिर, अलग ही करवा देंगे। तुम निश्चिन्त होकर बज़ाओ, बीच में बन्द करने की ज़रूरत नहीं। हमारे सिपाही मौज़ूद होंगे, देखते रहेंगे, जो भी सिर हिलेगा, उसे अलग ही करवा देंगे।

गांव में ख़बर पहुंचा दी गई, सन्ध्या लोग संभलकर आएं। जो सिर हिलेगा वीणा को सुनते समय, वह कटवा दिया जाएगा। हज़ारों लोग आए होते वहां सुनने, आप भी गए होते, लेकिन लोग घर रुक गए, आप भी रुक गए होते। थोड़े-से लोग गए। उस दिन फिर वहां बहुत भीड़ नहीं थी, उस भवन में। दो-एक सौ लोग इकट्ठे हुए थे। बड़ी राजधानी थी, संगीत को बहुत प्रेम करने वाले थे, लेकिन जो बहुत संयमी होंगे, जो योगासन वग़ैरह जानते होंगे, वे वहां गए, ताकि स्थिर रह सकें, कहीं सिर भूल से भी हिल गया तो ख़तरा है।

वीणा बजी। एक घड़ी बीत गई। रात गहरी होने लगी और वैसे ही वीणा के स्वर भी गहरे होने लगे। दो घड़ियां बीत गई होंगी, तीन घड़ियां बीत गईं, लोग ऐसे बैठे थे, जैसे मूर्तियां हों पत्थर की। श्वास भी लेने में जैसे डर रहे हों। भूल से भी सिर न हिल जाए, राजा की नंगी तलवारें लिये हुए आदमी खड़े थे। लेकिन जैसे-जैसे आधी रात होने लगी और रात की मूर्च्छा और संगीत की मूर्च्छा गहरी होने लगी, कुछ सिर हिलने शुरू हो गए। रात पूरी हो गई, वह संगीत की रात पूरी हुई। बीस आदमी पकड़ लिये गए थे, जिन्होंने सिर हिलाए थे।

और राजा ने कहा उस संगीतज्ञ को : इनके सिर अलग करवा दें। और उनसे पूछा : पागलो, मालूम था तुम्हें, फिर भी सिर क्यों हिलाए। वे लोग कहने लगे, जब तक हम मौजूद थे, हमने सिर नहीं हिलाए। जब हम मौज़ूद ही न रहे, तब का हमारा कोई वश नहीं है। हम जब तक होश में थे, सिर हमने नहीं हिलाए। लेकिन जब बेहोशी आ गई होगी, हम भूल गए अपने को और हो गए संगीत के साथ एक। तब के लिए हमारी कोई

ज़िम्मेदारी नहीं। सिर हिला होगा, हमने नहीं हिलाया। संगीतज्ञ से पूछा : इनके सिर अलग करवा दें। उसने कहा : नहीं। किसी कारण से किसी और कारण से मैंने यह शर्त रखी थी। कल भी मैं वीणा बजाऊंगा, लेकिन ये बीस ही लोग आ सकेंगे। कोई और नहीं आ सकेगा। बीस ही लोग आ सकेंगे। कल भी मैं वीणा बजाऊंगा। बस ये ही सुनने में समर्थ हैं। वे लोग तो छोड़ दिए गए।

लेकिन जिस बात के लिए मैंने यह घटना कहनी चाही है, वह यह है – संगीत उन्हें एक ऐसी जगह में ले गया, जहां वे मौजूद नहीं थे। जहां वे मूर्छित थे। जहां उनकी आत्मस्मृति खो गई थी। जहां उन्हें अपने होने का कोई बोध नहीं रह गया था। वे हिले थे, लेकिन उन्होंने ख़ुद अपने को नहीं हिलाया था। वे जैसे यन्त्र की भांति कम्पित हुए थे, जैसे हवा आई थी और पत्तों को हिला गई थी। हवा आई थी और नदी की लहरों को कंपा गई थी, ऐसे ही वे हिले थे। कुछ हुआ था, कोई हवा बही थी गीत की और उसमें वे कंप गए थे। उसमें वे परवश थे, अपने वश में नहीं थे। वे मूर्छित थे, वे सोये हुए थे। इस सोने में ज़रूर उन्हें बहुत सुख मिला होगा। सोने में हमेशा सुख मिलता है, जागरण एक पीड़ा है।

सपनों में कौन सुखी नहीं हो जाता, क्योंकि सपनों में हम अपने में बन्द हो जाते हैं, नींद में और बाहर के जगत से टूट जाते हैं। लेकिन जैसे ही आंख खुलती है, जीवन की समस्याएं खड़ी हो जाती हैं।

और इन जीवन की समस्याओं से भागने को हम हज़ार-हज़ार रास्तों से मूर्च्छा के मार्ग खोजते हैं, कोई संगीत में खोजता होगा, कोई सेक्स में खोजता होगा, कोई सौन्दर्य में खोजता होगा, कोई कहीं और। कोई धन में खोज लेता है, जीवन-भर धन के लिए दौड़ता रहता है स्वयं को भूलकर। कोई पद के लिए दौड़ता रहता है, कोई मोक्ष के लिए दौड़ता रहता है। ख़ुद को भूलने की, ख़ुद से एस्केप की, ख़ुद से पलायन की हमने बहुत-सी विधियां खोज ली हैं। और इसलिए हम सोये ही रह जाते हैं, जाग नहीं पाते हैं।

शब्दों में, विचारों में, ज्ञान में भी कोई अपने को भूल सकता है। जीवन को, जीवन के प्रति आंखें बन्द कर सकता है। अक्सर पंडित जीवन से

अपरिचित रह जाते हैं। जीवन को छोड़कर कहीं बन्द हो जाते हैं, किन्हीं शास्त्रों में, शब्दों में, थोथे और मृत और वहीं खो जाते हैं, वहीं रुक जाते हैं।

रवीन्द्रनाथ एक रात एक नौका पर सवार थे। एक बहुत बड़ा ग्रन्थ किसी मित्र ने भेंट किया था – सौन्दर्यशास्त्र पर, एस्थेटिक्स पर। उसे अपने बजरे में बैठकर दीये को जलाकर पढ़ते रहे आधी रात तक। सौन्दर्य क्या है – इसकी ही उसमें चर्चा और विचार था। खोते गए, खोते गए, जितना शास्त्र को पढ़ते गए उतना ही ख़याल भूलता गया कि सौन्दर्य क्या है! और उलझन, और उलझन, शब्द और सिद्धान्त और तब ऊबकर आधी रात बन्द कर दिया ग्रन्थ।

आंख उठाकर देखा तो हैरान रह गए, बजरे की खिड़की के बाहर सौन्दर्य मौजूद था, खड़ा था। पूरे चांद की रात थी। आकाश से चांदनी बरस रही थी। नदी की लहरें चांदी हो गई थीं। सन्नाटा और मौन था। दूर-दूर तक सब नीरव था। सौन्दर्य वहां मौजूद था। तब उन्होंने सिर पीट लिया अपना, कि पागल हूं मैं – सौन्दर्य द्वार के बाहर मौजूद है और मैं किताब में खोजता हूं, जहां केवल मुर्दा शब्द हैं और कुछ भी नहीं। बन्द कर दी वह किताब।

मित्र को लिखा – मित्र तुम्हारी किताब वापस पहुंचा देता हूं। सौन्दर्य क्या है अगर इसे जानना है तो सौन्दर्य को ही देख लूंगा, लेकिन तुम्हारे शास्त्र में खोजूं। जितनी देर तुम्हारे शास्त्र में खोजूंगा, उतनी देर सौन्दर्य थपकी दे रहा है द्वार पर और मैं उससे वंचित रह जाऊंगा। बन्द कर दी थी किताब, फूंककर बुझा दिया था दीया और हैरान हो गए थे, दीये के बुझते ही जो चांदनी बाहर खड़ी थी, वह रंग-रंग से द्वार-द्वार से बजरे के भीतर आ गई थी, उसका नाच भीतर आ गया था।

और तब उन्होंने कहा था एक और सत्य भी मुझे दिखाई पड़ा कि छोटा-सा दीया जलाकर मैं बैठा था, तो परमात्मा की दीये की रोशनी भीतर नहीं आ पा रही थी। मेरा दीया परमात्मा के दीये का दीवाल बना हुआ था, भीतर नहीं आने देता था। बुझा दिया था मेरा दीया, तो जो द्वार पर खड़ा था, वह भीतर आ गया।

ज्ञान का हम अपना-अपना दीया जलाए बैठे हुए हैं और चारों तरफ़ बरस रहा है प्रकाश उसका। और इस छोटे-से दीये की टिमटिमाती रोशनी में और धुंधियारी रोशनी में नहीं प्रवेश कर पाता है और वह बाहर खड़ा रह जाता है।

तो कुछ हैं, जो ज्ञान में खो देते हैं अपने को, शब्दों के ज्ञान में और शास्त्रों के ज्ञान में, और विस्मरण कर देते हैं उसे, जो सत्य है स्वयं के भीतर भी और स्वयं के बाहर भी। कुछ हैं, जो धन में खो देते हैं, कुछ हैं जो पद में खो देते हैं।

मैंने सुना है, एक धनपति मृत्यु की शैया पर था। जीवन-भर, जीवन-भर धन की ही दौड़ थी, धन का ही हिसाब था, कभी कुछ और न सोचा था, न समय पाया था। अपनी तरफ़ कभी लौटकर देखने का अवसर और अवकाश भी न मिला था। मृत्यु आ गई थी। चिकित्सकों ने कह दिया था : बचना कठिन है। शायद घर के लोग सोचते होंगे, गीता सुना दें उसे, धर्मग्रन्थ सुना दें उसे। वे धर्मग्रन्थ और गीता सुनाते भी थे। सोचते होंगे, शायद यह सुनता भी है। लेकिन जिसने जीवन-भर धन का जोड़ किया था, वह सुन भी कैसे सकेगा। उसके भीतर उसका ही जोड़ चलता था, उसका ही कारोबार चलता था। ऊपर से गीता चलती थी, भीतर उसका अपना हिसाब चलता था। वह सुनता नहीं था, सुन कैसे पाता, भीतर एक और ही मूर्च्छा थी। अन्तिम दिन, डूबने लगा था उसका प्राण बिल्कुल, तो उसने आंख खोली और अपनी पत्नी से पूछा : मेरा बड़ा लड़का कहां है। उसकी पत्नी ने कहा : मौजूद है, आपकी बगल में बैठा है, निश्चिन्त रहें। पत्नी गद्गद हो आई – जीवन में कभी उसने किसी को नहीं पूछा था सिवाय पैसे के। शायद मृत्यु के इस क्षण में प्रेम उसे आ गया है, वापस लौट आया है। धन्य है यह भी भाग्य कि मृत्यु के क्षण में भी वह प्रेम दिल होकर विदा हो सकेगा। उसने पूछा : और उससे छोटा लड़का? वह भी मौजूद था और उससे छोटा वह भी। उसकी पत्नी ने कहा : निश्चिन्त रहें, आपके पांचों लड़के आपके पास मौजूद हैं, आप शान्त रहें।

वह आदमी जो मरणासन्न था, उठकर बैठ गया और बोला : इसका

क्या मतलब, फिर दुकान पर कौन बैठा है?

भूल में थी पत्नी, भूल में थी वह। यह प्रेम का स्मरण न था, पैसे का ही स्मरण था। भीतर उसके वही हिसाब चलता था। मृत्यु के क्षण में भी मूर्च्छा उसकी वही थी। मृत्यु के क्षण में भी अपना उसे स्मरण न था, स्मरण था दुकान का, वही उसकी मूर्च्छा थी। हम हज़ार-हज़ार रूपों में अपनी मूर्च्छा खोज ले सकते हैं। हज़ार-हज़ार रूपों में हम मूर्छित हो सकते हैं।

एक बहुत बड़े विचारक को लन्दन के पास, किसी छोटे गांव में एक चर्च में निमन्त्रण मिला था बोलने का। भुलक्कड़ था बहुत, जैसा विचारक होते हैं, क्योंकि विचार में इतने मूर्च्छात होते हैं कि स्वयं का स्मरण खो जाता है। मूर्च्छा ही है वह, नशा ही है वह। सात बजे सन्ध्या उसे पहुंच जाना था, उस चर्च में। यह एक घंटे का रास्ता था। अपने घोड़े पर सवार होकर वह घंटे-भर में पहुंच सकता था। लेकिन यह सोचके कि कोई भूल-चूक हो जाए, दो घंटे पहले निकल चलना उचित है।

वह दो घंटे पहले अपने घोड़े पर चल पड़ा। पांच बजे ही घर से निकल गया, सोचा एक घंटे वहां रुक लेंगे, लेकिन समय पर पहुंच जाना उचित है। चल पड़ा अपने घोड़े पर, चर्च के द्वार पर जाकर रुक गया, तब छः ही बजे थे। अभी सुनने आने वालों को एक घंटे की देर थी। वह घोड़े पर बैठा-ही-बैठा कुछ सोचने लगा। बीच में स्मरण आया, अपने सिगार को जला लेने का। सिगार मुंह में लगाकर वह जलाना चाहता था। हवा सामने से ज़ोर से आती थी। उसने घोड़े को उलटा कर लिया। सिगार जला लिया। बैठा रहा। घोड़े ने चलना वापस शुरू कर दिया। घंटे-भर बाद जब उसने घड़ी देखी, सोचा कि अब लोग आ गए होंगे, आंख उठाकर देखी, अपने घर में वापस खड़ा था।

इस आदमी को होश में कहिएगा, इस आदमी को मूर्छित कहिएगा या कि जाग्रत कहिएगा। यह आदमी होश में है, जागा हुआ है। नहीं, इसका चित्त बिल्कुल ही मूर्च्छात है। अपने ही ख़यालों में, विचारों में सोया हुआ। ऐसे हम सब बहुत-बहुत रूपों में मूर्छित हैं। इस मूर्छा के रहते जीवन से कोई सम्पर्क नहीं हो सकता। जीवन से सम्पर्क होने के लिए मूर्च्छा टूट जानी

चाहिए, जागरण का द्वार हृदय पर खुलना चाहिए। कैसे खुलेगा वह द्वार, और हम द्वार को खोलने की जो भी चेष्टा करते हैं, अक्सर तो यही है कि उससे द्वार और बन्द हुआ चला जाता है। अक्सर उससे द्वार और बन्द होता है, खुलता नहीं। हमारी चेष्टा बहुत भ्रान्त है।

तीन सूत्रों पर मैं चर्चा करूंगा, जिनसे जीवन का यह द्वार खुल सके।

पहला सूत्र, केवल वे ही लोग, केवल वे ही लोग जाग सकते हैं और आत्मस्मरण से भर सकते हैं, जो अन्धे विश्वासों और श्रद्धाओं से अपने को मुक्त कर लें। जो विचार की तीव्रता में जाग्रत हो जाएं। जो विचार के ज्वलन्त प्रकाश में, विचार के आलोक में अपनी चेतना को स्थापित कर सकें, प्रतिष्ठित कर सकें, क्योंकि जो श्रद्धा में है, वह आंख बन्द कर लेता है। आंख बन्द कर लेने से सो जाता है। जो विश्वास करता है, वह आंख बन्द कर लेता है। विश्वास का अर्थ ही है, मैं किसी को मान लेता हूं, ख़ुद की खोज छोड़ देता हूं। जिस क्षण मैं ख़ुद की खोज छोड़ता हूं, उसी क्षण निद्रा शुरू हो जाती है। किसी के सहारे आंख बन्द करके मैं सोचता हूं, पार हो जाऊं। किसी के अनुगमन में, किसी के पीछे, किसी के अनुसरण में, किसी को अपने ऊपर ओढ़कर मैं पार हो जाऊंगा, तो मैं भूल में हूं। मैं जितना ही परनिर्भर होता चला जाऊंगा, उतनी ही मेरी निद्रा गहरी होती जानी है, उतना ही जागरण कठिन हो जाना है।

लेकिन हम सब हज़ारों वर्षों से विश्वास में दीक्षित किए गए हैं। तर्क में हमारी दीक्षा नहीं है। विचार में, सचेत चिन्तन में हमारी दीक्षा नहीं है। हमारी दीक्षा है विश्वास में, श्रद्धा में। वे सुलाने वाले तत्त्व हैं, वे मादक द्रव्य हैं। श्रद्धा सबसे बड़ी ड्रग है, सबसे बड़ी बेहोशी की दवा है, जो आदमी ने अब तक खोजी है। उसमें सारी दुनिया सो गई है। कुछ लोगों का हित है इसमें। लोग सो जाएं तो शोषण आसान है। लोग सोए हों तो उनकी जेब ख़ाली कर लेनी आसान है। लोग जागे हुए हों, शोषण मुश्किल है। धर्म के नाम पर शोषण है। लोग जितने सोए हुए हों उतना शोषण आसान है।

एक विचारक था एक गांव में। वह सुबह-सुबह गांव के तेली के पास तेल ख़रीदने गया था। एक अजीब-सी बात उसने देखी तो पूछ बैठा।

विचारक था, सोचता था, जो भी दिखाई पड़ जाए तो प्रश्न बन जाता था। देखा कि तेली है, तेल बेचता है। उसके पीछे ही बैल का कोल्हू है, जो चलता है और तेल पेरता है, लेकिन बैल को कोई चला नहीं रहा है, बैल अपने-आप चला जाता है। उसने तेली से पूछा : मित्र क्या तरक़ीब है तुम्हारी, बैल को कोई चलाने वाला नहीं है और बैल चला जाता है। बड़ा श्रद्धालु बैल मालूम होता है, बड़ा विश्वासी बैल है, इसको पता नहीं कि कोई चला भी नहीं रहा है. रुक जाए पागल क्यों चल रहा है। उस तेली ने कहा : देखते नहीं बैल की आंखें मैंने पट्टियों से बन्द कर रखी हैं। बैल को अन्धा कर दिया है, उसे पता नहीं चलता कि कोई चलाने वाला पीछे है या नहीं।

उस विचारक ने पूछा : लेकिन कभी-कभी ठहर करके तो पता लगा सकता है कि कोई पीछे है या नहीं। उस तेली ने कहा : मैं बैल से ज़्यादा समझदार हूं, देखते नहीं बैल के गले में घंटी बांध रखी है, चलता रहता है, घंटी बजती रहती है। मुझे पता रहता है, बैल चल रहा है। खड़ा हो जाता है, घंटी बन्द हो जाती है, मैं पीछे जाकर फिर हांक देता हूं। बैल को पता नहीं चल पाता है कि पीछे कोई मौजूद नहीं है, उसे ख़याल रहता है कि कोई हमेशा मौजूद है। जब भी खड़ा होता है, तब हांक शुरू हो जाती है।

विचारक ने कहा : यह नहीं कर सकता बैल कि खड़े होकर सिर को हिलाता रहे, ताकि घंटी बजे और तुम धोखे में आ जाओ। उस तेली ने कहा : महाराज, मैं हाथ जोड़ता हूं, ज़रा धीरे बात करें, कहीं बैल ने सुन लिया तो बहुत मुश्किल हो जाएगी।

तेली बैल को नहीं सुनने देना चाहता है। धर्मपुरोहित भी विचार की बात धार्मिकों को नहीं सुनने देना चाहते हैं। हज़ारों वर्षों से उन्होंने बहुत-बहुत रूपों से आंखें बांध रखी हैं, ताकि कोई विचार की बात न सुन ले। हज़ार तरह के भय खड़े कर रखे हैं कि विचार किया तो नरक चले जाओगे और विश्वास किया तो स्वर्ग। विश्वास करोगे तो मार्ग मिल जाएगा और सन्देह करोगे तो भटक जाओगे। हज़ार तरह के डर हैं और प्रलोभन हैं और आंखों पर पट्टियां हैं और आदमी चला जा रहा है। इसीलिए तो ज़मीन पर मन्दिर

बहुत, मस्जिद बहुत, गिरजे बहुत, रोज़ प्रार्थनाएं करने वाले लोग बहुत, भगवान की मूर्तियां बहुत, शास्त्र बहुत, सब-कुछ बहुत, लेकिन धर्म का कोई भी पता नहीं।

आदमी रोज़ अधार्मिक होता गया है और धर्म बढ़ते चले गए हैं। धर्म का विचार इतना है, लेकिन धर्म का जीवन, वह कहीं खोजे से भी नहीं दिखाई पड़ता। उसे कहीं भी खोजने चले जाएं, उसका कोई पता नहीं चलता कि धर्म कहां है। हां, धर्म-स्थान खोजने हों, धर्मतीर्थ खोजने हों, तो वे बहुत हैं, धर्मपुरोहित खोजने हों, तो वे बहुत हैं। धर्मशास्त्र खोजने हों, तो बहुत हैं। लेकिन धर्म में जीवन कहां है। इतना सब धर्म का व्यापार है, लेकिन धर्म में जीवन क्यों नहीं है। नहीं है इसलिए, कि धर्म का जीवन हो सकता था सतेज, विचार होता तो!

अन्धे आदमी धार्मिक नहीं हो सकते। अन्धा आदमी कुछ भी नहीं हो सकता है। अन्धा आदमी किसी के हाथ का खिलौना है। धर्म के नाम पर मनुष्य के भीतर जो धर्म की प्यास है, उसका अद्भुत शोषण हुआ है। इससे बड़ा और कोई शोषण नहीं है। और उस शोषण की ईज़ाद और तरकीब रही है – आदमी विश्वास करे। क्यों करे आदमी विश्वास?

विश्वास झूठा है, सिखाया हुआ है। सन्देह मनुष्य के लिए स्वाभाविक है। जिज्ञासा मनुष्य की अपनी है, अपनी निजिता है। छोटा-सा बच्चा भी पूछता है क्यों? उसके प्राण जानना चाहते हैं, क्यों? क्यों के पीछे छिपी है ज्ञान को पाने की एक आतुर प्यास। लेकिन धर्मपुरोहित शिक्षा सिखाता है – क्यों मत पूछो, जो हम कहते हैं उस पर विश्वास करो। क्यों पूछना नास्तिकता है।

क्यों को दबाता है और सिद्धान्तों को थोपता है ऊपर से। ये सिद्धान्त ऊपर से इकट्ठे हो जाते हैं, भीतर सन्देह सरकता चला जाता है, छिपता चला जाता है। प्राणों के भीतर रह जाता है सन्देह और विश्वास हो जाते हैं ऊपर से। ये विश्वास, बातचीत करनी हो, तो काम देते हैं। जहां जीवन का सवाल उठता है, यह विश्वास व्यर्थ सिद्ध हो जाते हैं, क्योंकि प्राणों के गहरे में इनकी कोई जगह नहीं है, प्राणों के गहरे में बैठा है सन्देह और

ऊपर से वस्त्र हैं विश्वास के, तो दूसरे को दिखाने के काम आ जाता है, विश्वास। लेकिन अपने काम, अपने पैरों पर चलने के काम नहीं आ पाता। वहां सन्देह बैठा हुआ है।

जो आदमी विश्वास से जीवन की यात्रा शुरू करेगा, वह मौत पर सन्देह को साथ लिये हुए समाप्त हो जाएगा। सन्देह विश्वासों से समाप्त नहीं होता। लेकिन जो व्यक्ति ठीक-ठीक सन्देह से, राइट डाउट से, सम्यक सन्देह से जीवन की खोज शुरू करता है, एक दिन इस खोज के परिणाम में उस असन्दिग्ध तत्त्व को उपलब्ध हो जाता है, जहां, जहां फिर कोई सन्देह नहीं रह जाता। जहां पूरे प्राण किसी प्रकाश से आलोकित हो जाते हैं। जहां फिर पूरा जीवन आपूरित हो जाता है।

सन्देह से जो शुरू करता है, वह निश्चित रूप से किसी दिन निसन्दिग्ध सत्य को उपलब्ध हो जाता है; लेकिन जो विश्वास से शुरू करता है, वह कभी सन्देह के पार नहीं जा पाता। इसलिए बात उलटी दिखाई पड़ेगी मेरी। मैं सच में ही वहां ले जाना चाहता हूं, जहां निस्सन्देह हो जाए चेतना, जहां कोई शक न रह जाए। जहां जीवन और मेरे बीच कोई सन्देह न रह जाए। हम जुड़ जाएं। लेकिन उस तक जाने का रास्ता सन्देह ही है। उस तक जाने का रास्ता विश्वास नहीं है, क्योंकि विश्वास का अर्थ है कि मैंने उसे स्वीकार कर लिया, जिसे मैंने जाना नहीं। असत्य शुरू हो गया, धोखा शुरू हो गया। और जिसके मन्दिर की बुनियाद धोखे पर खड़ी हो, जिसके जीवन की पहली शिला ही धोखे पर और असत्य पर रखी हो, उस मन्दिर के शिखर में, सोचते हैं आप, सत्य की पताका लहरा सकेगी? नहीं, कभी भी यह नहीं हो सकेगा।

विश्वास मनुष्य की निद्रा को गहरा करते रहे हैं। चाहिए विचार का जागरण, चाहिए तीव्र जिज्ञासा, चाहिए इनक्वायरी, चाहिए पूछताछ, चाहिए सन्देह स्वस्थ, ताकि हम खोज सकें, ताकि जीवन एक प्रश्न बन सके। जब भी जीवन प्रश्न बनता है, तो प्राण खोजने को उत्सुक, व्याकुल हो जाते हैं। और हमने जीवन को बना लिया एक विश्वास, तो खोजने की सारी व्याकुलता, सारी तड़प मर गई है। और जो खोज नहीं रहा है, वह सो रहा

है। जो खोज रहा है वह जागेगा, क्योंकि खोज बिना जागे नहीं हो सकती। विश्वास सोए-सोए भी किए जा सकते हैं, लेकिन खोज के लिए तो जागना ही पड़ता है।

तो खोज हो गहरी भीतर पैदा, तो जागरण उसकी छाया की भांति आना शुरू होता है।

इसलिए उसकी पहली बात, एक वैचारिक आन्दोलन चाहिए व्यक्तित्व में। लेकिन वैचारिक आन्दोलन का यह अर्थ नहीं है कि हम बहुत विचार इकट्ठे कर लें। बहुत विचार इकट्ठे कर लेने से कोई विचारवान नहीं हो जाता, बल्कि विचारवान न होने की जो स्थिति है, उसको छिपाने के लिए लोग दूसरों के विचार इकट्ठे कर लेते हैं। विचार बहुत और बात है, विचारों का संग्रह बहुत और बात है। विचार हैं, चेतना की क्षमता; और विचारों का संग्रह, विचारों का संग्रह है, कबाड़खाना इकट्ठा कर लेना।

दुनिया भर से विचारों को इकट्ठा करके कोई आदमी संग्रह तो कर ले सकता है, लेकिन इससे विचारवान नहीं हो जाता। विचार और बात है, विचार का संग्रह और बात है। संग्रह होता है स्मृति में। स्मृति बिल्कुल यान्त्रिक, बिल्कुल मैकेनिकल चीज़ है।

अब तो हमने मशीनें ईज़ाद कर ली हैं और आदमी की स्मृति को बहुत दिन तक बहुत परेशान नहीं होना पड़ेगा। अब तो मशीनें उत्तर दे सकेंगी। अब तो मशीनें बता सकेंगी। अब आदमी की स्मृति को बहुत भार देने की ज़रूरत नहीं। शायद आपको पता न हो, कोरिया के युद्ध में अमेरिका यह निर्णय कि चीन पर हम हमला न करें, किसी सेनापति से पूछकर नहीं लिया, किसी युद्ध-विशेषज्ञ से पूछकर नहीं लिया; यह तो मशीन से पूछी गई बात है, यह तो कम्प्यूटर से पूछी गई बात है। यह तो यन्त्र मस्तिष्क से पूछी गई बात है कि युद्ध में जाएं हम चीन से या नहीं। और उस मशीन को सारे तथ्य सिखा दिए गए, चीन के पास कितनी ताक़त है, कितने सैनिक हैं। अमेरिका के पास कितनी ताक़त है, कितने सैनिक हैं। उचित होगा युद्ध में उतर आना या नहीं, पूछा उस यन्त्र को। यन्त्र ने उत्तर दिया : लड़ना ठीक नहीं है।

और चीन पर हमला नहीं हुआ अमेरिका का। यह निर्णय किया एक यन्त्र ने। यन्त्र के निर्णय ज़्यादा सक्षम, कम भूल-चूक भरे होंगे, आदमी से भूल-चूक हो सकती है।

हमें, बचपन से सिखा दिया जाता है – मेरा नाम राम है, मेरा नाम राम है। फिर मुझे कोई पूछता है, तुम्हारा नाम? तो मैं कहता हूं कि मेरा नाम राम है। इसमें कोई विचार की ज़रूरत पड़ती है? यान्त्रिक स्मृति में भर दी गई है बात, उत्तर निकल आता है। लेकिन जिस बात को न भरा गया हो यान्त्रिक स्मृति में, उसका उसके पास कोई उत्तर नहीं होता। बचपन से सिखा दिया जाता, ईश्वर है, तो हम सीख लेते हैं: ईश्वर है। और हम रूस में पैदा हुए होते और सिखा दिया जाता है, ईश्वर नहीं है; तो हम सीख लेते हैं, ईश्वर नहीं है। और आज मैं आपसे पूछूं – ईश्वर है और आप कहें – है, तो आप यह मत समझना कि यह उत्तर विचार से आया है, यह उत्तर स्मृति से आया है। आप रूस में होते, स्मृति दूसरी होती। आप दूसरा उत्तर देते।

यहीं एक हिन्दू है, यहीं एक मुसलमान है, यहीं एक जैन है, यहीं एक ईसाई है। पूछ लें आप एक प्रश्न, चार उत्तर निकलेंगे। आप यह मत सोचना कि ये विचार से आते हैं। इन चारों की स्मृति को अलग-अलग पोषण मिला, अलग-अलग भोजन मिला। यह केवल स्मृति है, विचारों का संग्रह है। यह कोई ज्ञान नहीं है।

ज्ञान तो कोई और ही बात है। ज्ञान है, जीवन के तथ्यों का सीधा साक्षात, स्मृति का बीच में व्यवधान न हो।

सुभाष के एक बड़े भाई थे शरद्चन्द्र। वे एक ट्रेन में यात्रा करते थे। अंधेरी रात थी, कोई सुबह के चार बजे होंगे। बाथरूम में गए। हाथ-मुंह धोते थे, घड़ी निकाली हाथ से वह छूट गई। संडास के रास्ते नीचे गिर गई। अंधेरी रात थी। भागती गाड़ी थी, चैन खींची। लेकिन खड़े होते-होते मील-भर का फ़ासला हो गया होगा। कंडक्टर ने, गार्ड ने कहा : बहुत मुश्किल है घड़ी का खोज लेना। अंधेरी रात है एक मील का फ़ासला हो गया, कहां हम खोजेंगे, छोटी-सी घड़ी है। इस जंगल में कहां उसे खोजेंगे, कैसे उसे

खोजेंगे, दिन भी होता तो कोई बात थी, बहुत मुश्किल है। क्षमा करें गाड़ी चलने दें। लेकिन शरद ने कहा : नहीं, घड़ी मिल सकेगी, मैंने चलती हुई सिगरेट उसके पीछे डाल दी है। वह जल रही होगी। उसके आसपास ही फीट-आधा फीट की दूरी पर घड़ी होगी और जलती सिगरेट मिल जाएगी, आदमी दौड़ा दें।

आदमी दौड़ाया गया, वह घड़ी मिल गई। जलती सिगरेट को गिरी हुई घड़ी के पीछे डाल देना, किसी स्मृति का काम नहीं हो सकता, क्योंकि पहले कभी ऐसा नहीं हुआ था। और न ही किसी गीता और कुरान में लिखा है, घड़ी गिर जाए तो जलती सिगरेट उसके पीछे डाल दें। किसी किताब में भी नहीं है। किसी धर्म की शिक्षा भी नहीं है कि ऐसा करना। और शरद के जीवन में भी यह मौक़ा पहली दफ़ा आया था। मौक़ा था नया, स्मृति के पास कोई उत्तर न था। और अगर स्मृति के पास उत्तर भी होता तो देर लग जाती, स्मृति को समय लगता उत्तर देने में। उतनी देर में तो घड़ी पीछे छूट जाती। स्मृति से नहीं आया उत्तर।

एक समस्या थी सामने, चेतना में सीधा उसे देखा, देखने से, आघात से आया उत्तर। यह उत्तर स्मृति का नहीं है। स्मृति के उत्तर को आप विचार मत समझ लेना। इसलिए विचार की जिसे खोज करनी है, उसे क्रमशः स्मृति को मार्ग से अलग कर देना होता है। अगर पूछना हो ईश्वर है और स्मृति कोई उत्तर दे, तो उसे कहना – क्षमा करो, तुम चुप रहो, तुम्हारा उत्तर उत्तर नहीं है। मत आओ मेरे बीच और मेरे प्रश्न के बीच। मुझे सीधा मेरे प्रश्न से निपट लेने दो। मैं सीधा अपने प्रश्न के साथ साक्षात कर सकूं, मेरा प्रश्न और मैं सीधा जी सकूं साथ-साथ।

जो आदमी जीवन की समस्या के साथ सीधा जीना शुरू कर देता है, उस आदमी के भीतर विचार का जन्म होता है। स्मृति के मार्ग से विचार का जन्म नहीं होता, इसीलिए पंडित बहुत विचारहीन हो जाता है। पंडित विचारहीन हो ही जाता है। उसका सारा आग्रह अपनी स्मृति के संग्रह पर होता है। वह वहीं जीता है।

मैंने सुनी है एक और गणितज्ञ के सम्बन्ध में एक घटना। बहुत बड़ा

गणितज्ञ था। कहते हैं, उसने ही पहली दफा गणित पर बहुत बड़ी-बड़ी किताबों का संग्रह किया। वह एक दिन सुबह अपनी पत्नी और अपने बच्चों को लेकर पहाड़ी पर पिकनिक के लिए गया हुआ था। बीच में था एक नाला, उसे पार करना था। उसकी पत्नी ने कहा : बच्चों को धीरे-धीरे पार करा दें, कोई बच्चा डूब न जाए। उसने कहा : ठहरो, मैं कोई साधारण आदमी नहीं हूं, इतना बड़ा गणितज्ञ हूं। मैं अभी नदी की औसत गहराई, एवरेज गहराई नापे लेता हूं। अपने बच्चों की औसत ऊंचाई भी नापे लेता हूं। फिर देखें क्या। छोटा-सा नाला था, उसने जल्दी से नाप लिया। अपने बच्चों को नापा। रेत पर हिसाब लगाया। उसने कहा : बेफ़िक्र रहो, नदी की औसत गहराई से हमारा औसत बच्चा ऊंचा है। जाने दो।

वह आगे हो गया। उसकी पत्नी ने पति को मान लिया। पत्नियां हमेशा पतियों को मानती रही हैं, यह बहुत पुराना दुर्भाग्य है। यह कथा बहुत पुरानी है। पत्नियां तो मान लेती हैं पति को। मान लिया उसने, इतना बड़ा गणितज्ञ है, दूर-दूर तक लोग मानते हैं। वह पीछे हो गई।

एक छोटा बच्चा डुबकियां खाने लगा। नदी को गणित का कोई पता है या कि बच्चे को। एक छोटा बच्चा डुबकियां खाने लगा। औसत ऊंचाई और बात है, एक-एक आदमी की ऊंचाई और बात है। कहीं नदी उथली थी, कहीं गहरी थी, कोई बच्चा छोटा था, कोई बच्चा बड़ा था। सबका जोड़ औसत तो गया। लेकिन असली बच्चा डूबने लगा था। उसकी पत्नी चिल्लाई कि वह छोटा बच्चा डूबता है। जानते हैं, विचारक ने क्या किया? वह भागा बच्चों को बचाने को नहीं, नदी पार उस तरफ़, जहां रेत पर हिसाब किया था कि देखूं क्या कोई गणित में भूल हो गई।

उसकी दौड़ है अपने विचार के तन्त्र की तरफ़, गणित में कोई भूल तो नहीं हो गई, नहीं तो डूब कैसे सकता है बच्चा। तो वह बच्चा डुबकियां खाता रहा और वह नदी के किनारे अपने गणित को देखने चला गया। जो स्मृति पर जीता है, जब भी जीवन समस्याएं खड़ी कर देता है, तब वह दौड़ता है अपने शास्त्रों में, अपनी स्मृति में कि कहां है उत्तर। कहीं कोई भूल तो नहीं हो गई।

लेकिन जीवन की समस्या को सीधा साक्षात नहीं करता। दौड़ता है नदी की रेत पर, अपने हिसाब को देखने। तब तक बच्चा डूब ही जाता है। ज़िन्दगी आगे बढ़ जाती है। नदी कोई राह देखती रहेगी कि तुम्हारा गणित ठीक हो जाए या गलत।

ज़िन्दगी गणित से नहीं चलती और न ज़िन्दगी किताबों और शास्त्रों से चलती है। जिस दिन ज़िन्दगी गणित और किताबों से चलने लगेगी समझ लेना कि ज़िन्दगी ख़त्म हो गई है। उस दिन मशीनें होंगी ज़मीन पर, कोई आदमी नहीं। उस दिन जीवन नहीं होगा, जड़ता होगी। चेतना के रास्ते अनूठे हैं, कोई गणित, कोई सिद्धान्त उसे बांध नहीं पाता। इसलिए सब सिद्धान्त पीछे पड़ जाते हैं और जीवन रोज़ आगे बढ़ा जाता है।

लेकिन पंडित का मन, विचार के संग्रह करने वाले का मन जुड़ा रहता है अपने शास्त्रों से। वह बार-बार जीवन के और अपने बीच में शास्त्रों को ले आता है। और तब उलझन सुलझती नहीं और बढ़ती चली जाती है। लेकिन विचारक यही सोचता है, यह तथाकथित विचारक कि शायद कहीं सिद्धान्त के समझने में कोई भूल हो गई है, इसलिए सब गड़बड़ हुआ जा रहा है।

ज़िन्दगी मुसीबत खड़ी करती है, तो वह कहता है कि गीता को समझने में भूल हो गई या हम गीता का ठीक से आचरण नहीं कर पाए। इसलिए सब गड़बड़ हुई जा रही है, कि बाइबिल को हम ठीक से नहीं समझ पाए, कि कुरान की व्याख्या में कुछ भूल हो गई है, इसलिए ज़िन्दगी गड़बड़ हुई जा रही है। ज़िन्दगी, साहब, इसलिए गड़बड़ नहीं हो रही है, ज़िन्दगी इसलिए गड़बड़ हो रही है कि ज़िन्दगी है रोज़ नई, किताबें हैं सब पुरानी। सिद्धान्त हैं सब बीते हुए और ज़िन्दगी रोज़ अनूठे, अज्ञात, अननोन रास्तों पर बह जाती है। ज़िन्दगी पल-पल नई है और उसूल और सिद्धान्त और थीसिस सब पुरानी, सब फिलासफीज़ पुरानी हैं।

नई ज़िन्दगी को पुराने उसूलों से जोड़ने की कोशिश से सारी गड़बड़ है। बीत गए से, अतीत से, जो जा चुका उससे उसको जोड़ने की कोशिश जो आ रहा है, भूल है। उससे उसे नहीं जोड़ा जा सकता। चेतना पुरानी पड़ जाती है उससे जोड़ने से, और जीवन हो जाता है नया। इसलिए चेतना

का जीवन से कभी कोई सम्पर्क नहीं हो पाता। सम्पर्क होगा तब, जब नित नए होते जीवन के साथ चेतना भी नित नई हो जाए।

नया हो जीवन, नई हो चेतना, तो होगा सम्पर्क जीवन से। पुरानी चेतना से नए जीवन का कैसे सम्पर्क हो सकता है। हम सबकी चेतना पुरानी हो जाती है, विचार के संग्रह के कारण। होनी चाहिए नई, इसलिए विचार का संग्रह, विचार नहीं है। विचार को विदाई, विचार का अपरिग्रह। विचार से विचारों के संग्रह से मुक्त चेतना। जीवन को सीधा, सीधा बिना बीच में किसी को लिये देखने में समर्थ चेतना, विचार को जन्माती है।

दूसरी बात, विचार अनुमान भी नहीं है, कि हम बैठे हैं और विचार कर रहे हैं कि ईश्वर कैसा है, कि हम बैठे हैं और विचार कर रहे हैं कि स्वर्ग के रास्ते कैसे हैं और ज़मीन कैसी है और भूगोल कैसा है। कि हम बैठे विचार कर रहे हैं कि देवताओं के पैर सीधे होते हैं कि उलटे, कि भूत-प्रेत कैसे होते हैं। इस सबका कोई अनुमान विचार नहीं है। अनुमान बच्चों का खेल है, लेकिन बूढ़े-से-बूढ़े दार्शनिक भी अनुमान के खेल में लगे रहे हैं और ऐसे-ऐसे अजीब अनुमान इकट्ठे कर दिए हैं, जो सिवाय मनुष्य की कल्पना की उड़ानों के और कुछ भी नहीं और उन अनुमानों को हमने इतने ज़ोर से अपने ऊपर ले लिया है कि उन अनुमानों के कारण सत्य से सम्पर्क होना कठिन है।

कभी-कभी कोई भूल-चूक से अनुमान अंधेरे में फेंके गए तीर की तरह कहीं लग भी जाता हो, तो उससे कोई अर्थ नहीं है। सवाल है, अनुमान कभी भी सत्य तक नहीं ले जा सकता। इन्फरेंस कभी भी सत्य तक नहीं ले जा सकता। सत्य के लिए तो अनुमान और कल्पना करने वाला मन नहीं, बल्कि कल्पनाओं, अनुमानों से मुक्त मन की ज़रूरत है।

मैंने एक छोटी-सी घटना सुनी है। मैंने सुना है, एक स्कूल में एक इंस्पेक्टर का आगमन हुआ। उसके आने के पहले ही उसके पागल होने की ख़बर भी उस स्कूल में पहुंच चुकी थी। प्रतिभा की ख़बरें पहले ही पहुंच जाती हैं। लोगों को बहुत दिन से शक हो आया था कि उसका दिमाग़ ख़राब है। शक हो जाने का सबसे पहला कारण तो यही था कि दूसरा कोई इंस्पेक्टर

कभी मुआयने को, निरीक्षण को नहीं जाता था, घर बैठकर डायरी भर देता था। यह पागल निरीक्षण करने को जाने लगा था, तो इंस्पेक्टरों को शक हो गया था कि इसका दिमाग़ खराब है।

फिर और घटनाएं घटीं, जिससे शक होने लगा। वह ऐसे प्रश्न पूछता था, जिनके कोई उत्तर नहीं हो सकते थे। और स्कूलों की रिपोर्ट ख़राब कर आता था।

नए स्कूल में वह आने को था आज। सारा ही स्कूल थर्राया हुआ था। सारे स्कूल में तैयारी की गई थी, बच्चों को अनूठे-अनूठे प्रश्नों के उत्तर सिखाए गए थे, पता नहीं वह क्या पूछ लेगा। उसके पूछने का कोई अनुमान भी नहीं कर सकता था।

आख़िर वह आ गया, प्रधानाध्यापक कंपता हुआ खड़ा है, अध्यापक कंप रहे हैं। जो सबसे बड़ी क्लास थी, उसमें उसे ले गए हैं। उसने आते ही कहा : मैं एक प्रश्न पूछूंगा और अगर तुम उसका उत्तर दे सके, तो फिर मैं दूसरा प्रश्न नहीं पूछूंगा, क्योंकि हंडिया का एक ही चावल देख लेना काफ़ी होता है। लेकिन अगर पहले प्रश्न का तुम उत्तर न दे सके, तो फिर आज मैं हूं और तुम हो। फिर प्रश्न मैं पूछूंगा शाम तक। और जो प्रश्न मैं पूछने को हूं, अब तक बहुत जगह पूछा है, कोई उत्तर नहीं दे पाया है। ऐसे बहुत सरल-सा प्रश्न है। उसने प्रश्न रख दिया। घबड़ा गए शिक्षक, उसका कोई उत्तर होना कठिन था। उसने पूछी थी एक बात कि दिल्ली से एक हवाई जहाज़ कलकत्ते की तरफ़ उड़ा, दो सौ मील प्रति घंटा उसकी रफ़्तार है, क्या तुम बता सकते हो कि मेरी उम्र कितनी है?

वे बच्चे भौचक्के रह गए, अध्यापक घबड़ाए कि आ गई वही बात, जिससे बच रहे थे, क्या होगा इसका उत्तर! क्या इसका कोई उत्तर भी हो सकता है। क्या यह कोई प्रश्न है। लेकिन इससे भी ज़्यादा मुसीबत तो तब हो गई, जब एक बच्चे ने हाथ हिलाया कि मैं उत्तर दे सकता हूं। अध्यापक और घबड़ाए, चुप रह जाते तो भी ठीक था, यह और उत्तर देगा तो क्या होगा। प्रश्न ही मुश्किल था, उत्तर तो और मुश्किल में ले जाएगा। लेकिन इंस्पेक्टर खुश हुआ। उसने कहा : तुम पहले लड़के हो, जिसने मेरे प्रश्न

के उत्तर में कम-से-कम हाथ तो हिलाया है। उठो शाबाश! बोलो! उस लड़के ने कहा : आपकी उम्र है चवालीस वर्ष। इंस्पेक्टर तो हैरान हो गया, उसकी उम्र इतनी थी। उसने पूछा कि कैसे तुमने यह पता लगाया। क्या है तुम्हारा मैथड, क्या है तुम्हारी विधि? उस लड़के ने कहा : आपको मैं यह भी बता दूं, मेरे अतिरिक्त यह प्रश्न कोई हल नहीं कर सकता था। मेरा एक बड़ा भाई है, वह आधा पागल है, उसकी उम्र बाईस वर्ष है।

इस पर हमें हंसी आती है, लेकिन हमारे बड़े-से-बड़े फिलॉस्फर्स और दार्शनिक यही करते रहे हैं। इससे ज़्यादा ज़रा भी उन्होंने कुछ नहीं किया है। ऐसे ही अनुमान अंधेरे में फेंके गए तीरों की सारी कथा है, फिलॉसफी।

मध्य युग में, ईसाई विचारक सोचते रहे, एक आल्पिन के ऊपर कितने देवता खड़े हो सकते हैं, कितने इंजिल्स खड़े हो सकते हैं। हंसिएगा इनकी बात पर! हंसिएगा तो बहुत बुरा मानेंगे लोग, क्योंकि वे बड़े-बड़े महात्मा थे, जो इस पर विचार रहे थे कि एक आल्पिन की सुई पर कितने इंजिल्स खड़े हो सकते हैं।

लूथर जैसे समझदार आदमी ने यह लिखा है कि मक्खियां शैतान ने बनाई होंगी। क्यों, क्योंकि लूथर जब किताब पढ़ता था, धर्मग्रन्थ तो मक्खियां उसकी नाक पर बैठकर उसको परेशान करती थीं। तो उसने लिखा है कि ज़रूर ही भगवान ने मक्खी नहीं बनाई होगी, धर्म में बाधा देती है। यह शैतान की बनाई हुई होनी चाहिए। क्या यह अनुमान चवालीस वर्ष के अनुमान से कुछ भिन्न है। इनमें कुछ भेद है। और यह लम्बी कथा है, सबकी बात मैं नहीं कह सकूंगा। लेकिन अगर आंख खोलकर पुरानी किताबों को उठाकर देखेंगे दार्शनिकों की, तो आप हैरान हो जाएंगे।

यह सब क्या पागलपन है। आदमी को जिन्दगी का अ ब स पता नहीं है और तुम स्वर्ग और नरक की नाप-जोख बता रहे हो। आदमी के द्वार पर जो दरख़्त लगा हुआ है, उसका उसे परिचय नहीं है कि वह क्या है। एक पति के पास पत्नी चालीस वर्ष रह गई है, उसे उसकी पहचान नहीं है कि वह कौन है। और तुम ईश्वर की पहचान करवा रहे हो। दूर हैं सब बातें।

एक आदमी को पूरी ज़िन्दगी रहते यह भी पता नहीं चलता कि मैं कौन हूं? और तुम मोक्ष और परलोक की सर्वज्ञता में उसको दीक्षित कर रहे हो। नासमझियों का एक लम्बा खेल है। और एक लम्बा जाल है अनुमानों का और कल्पनाओं का। नहीं, विचार का अनुमान और कल्पनाओं से कोई सम्बन्ध नहीं है। विचार की तेज़ धार तो सारे अनुमान और सारी कल्पनाओं को छेदकर अलग कर देती है, ताकि आंख पर से परदे हट जाएं और जीवन से सीधा मेल हो सके। फिर विचार क्या है?

अन्तिम सूत्र में, मैं आपको कहना चाहूंगा, विचार का ठीक-ठीक अर्थ है – जागरूकता, अवेयरनेस। विचार न तो विचारों का संग्रह है, विचार न अनुमान और कल्पना है। विचार है, जागरूक चित्तता, विचार है माइंडफुलनेस, विचार है होश से भरा हुआ चित्त। होश से चित्त भरे तो विचार का जन्म होता है। और जहां विचार है, वहां निद्रा विलीन हो जाती है। वहां एक चित्त प्रबुद्ध होता है। खुलती है आंख, उसके प्रति जो चारों तरफ़ है। और उसके प्रति भी जो भीतर है। वे दोनों कुछ अलग नहीं हैं कि जो बाहर है वह अलग है, कि जो भीतर है वह अलग है। एक वह ही है निद्रा में, दो मालूम होता है; जागरण में एक। लेकिन वह जागरण जिसको मैं कहूं विचार, वह कैसे पैदा होता है। बैठे-बैठे माला जपने से वह पैदा होने को नहीं है। माला जपना, नींद न आती हो, तो नींद लाने की अच्छी तरकीब है।

मैंने तो सुना है कि कुछ चिकित्सक जो समझदार हैं, जिन लोगों को नींद न आने की बीमारी होती है, उनसे कहते हैं : मन्दिरों में जाओ, धर्मकथा सुनो, उससे नींद आने लगती है। मन्दिर में अक्सर सोए हुए लोग दिखाई पड़ते हैं। माला जपो, राम-राम कहो या कृष्ण-कृष्ण कहो या महावीर-महावीर कहो या कोई और शब्द दोहराओ। कोई भी शब्द की बहुत पुनरुक्ति जागरण नहीं लाती, नींद लाती है।

एक बच्चा नहीं सोता है, उसकी मां उसे सुलाती है। कहती है : राजा बेटा सो जा, राजा बेटा सो जा, राजा बेटा सो जा। मां सोचती होगी, बहुत मधुर कंठ की वजह से राजा बेटा सो गए हैं। नहीं, राजा बेटा बोरडम की वजह से सो गया। राजा बेटा तो क्या, राजा बेटा के राजा बाप भी सो

जाते, अगर इस बात को बार-बार दोहराया जाता। तो ऊब पैदा होती है, किसी भी शब्द की पुनरुक्ति से बोरडम पैदा होती है। ऊब, घबड़ाहट, परेशानी। अगर एक ही शब्द कोई दोहराए चला जाए, तो घबड़ाहट पैदा होगी। अगर मैं यहां बैठकर घंटे-भर तक एक ही शब्द को दोहराए चला जाऊं, तो लोग उठकर चले जाएंगे या लोग सो जाएंगे, और क्या करेंगे!

पुनरुक्ति, रिपीटिशन तो डलनेस पैदा करता है, और डलनेस नींद लाती है। नहीं, इस भांति कोई कभी जागा नहीं है। जागने के लिए तो कुछ और प्रयोग करना होगा। जागने के लिए तो जागने का ही सतत; सतत प्रयोग करना होगा। उठते, बैठते, चलते सावधानी से, अवेयरनेस से, एक-एक शब्द बोलते, आंख की पलक भी हिलाते हुए होश से पूरी तरह जानते हुए, पूरे माइंडफुल, तो होगा।

एक छोटी-सी कहानी से शायद मेरी बात समझ में आए। जापान में एक राजा ने अपने युवक पुत्र को एक फ़क़ीर के पास भेजा। फ़क़ीर गांव में आया था, राजधानी में और उस फ़क़ीर ने कहा था कि जीवन की एक ही बात सीखने जैसी है और वह है जागना। उस राजा ने कहा : यह जागना, हम रोज़ सुबह जागते हैं, वह जागना नहीं है? उस फ़क़ीर ने कहा : अगर वही जागना होता तो दुनिया सत्य को कभी का जान लेती। लेकिन सत्य का कोई पता नहीं है, तो यह जागना कैसा है। यह जागना नहीं है, क्योंकि जागी हुई चेतना के लिए फिर सत्य को जानने में कौन-सा अवरोध है। उस राजा से कहा उसने : मैं जागना, एक सूत्र जानता हूं जीवन को सीखने का। राजा ने अपने लड़के को कहा : जा, और इस फ़क़ीर के पास रह। मैंने तो अपना जीवन खो दिया, तू कोशिश कर कि क्या इसके पास जागना सीख सकता है। वह राजकुमार गया।

उस फ़क़ीर ने कहा : सुनो मेरी शिक्षा किताबें पढ़ाने वाली नहीं है। मेरी शिक्षा बहुत अनूठी है। कल सुबह से तुम्हारा पाठ शुरू होगा। यह लकड़ी की तलवार देखते हो। कल सुबह से मैं हमला शुरू करूंगा तुम्हारे ऊपर। तुम किताब पढ़ रहे होगे, मैं पीछे से हमला कर दूंगा, बचाव की सावधानी रखना। तुम खाना खा रहे होगे, हमला हो जाएगा। तुम स्नान करने कुएं

पर खड़े होगे, हमला हो जाएगा। चौबीस घंटे, कहीं भी हमला हो सकता है। तो सजग रहना, सावधान रहना, बचाव की हिम्मत करना। नहीं तो हड्डी-पसली टूट जाएगी।

राजकुमार बहुत घबड़ाया यह कौन-सी शिक्षा शुरू होती है। लेकिन मजबूरी थी। पिता ने उसे भेजा था। सभी बच्चे मजबूरी में पढ़ने जाते हैं। पिता भेज देते हैं, उनको जाना पड़ता है। उसको भी जाना पड़ा था, लौट सकता नहीं था।

दूसरे दिन से शिक्षा शुरू हो गई। वह पढ़ रहा है कोई किताब, पीछे से हमला हो गया। चोट से तिलमिला उठे। एक दिन, दो दिन, तीन दिन बीते सब हड्डी-पसलियों पर चोट हो गई, जगह-जगह दर्द होने लगा, लेकिन साथ ही उसे ख़याल में आने लगी एक नई चीज़, जिसका उसे पता ही नहीं था। एक सावधानी श्वास-श्वास के साथ रहने लगी कि हमला होने को है, पता नहीं कब हो जाए, किस क्षण। वह हर वक्त जैसे सचेत, जैसे ख़याल में, जैसे स्मृति में रहने लगा। अब शायद आता है, ज़रा-सी हवा चल जाए, पत्ते हिल जाएं वह जाग जाए, ज़रा-सी घर में खटपट हो, किसी के पैर के क़दम पड़ें, और वह सचेत हो जाए कि हमला होने को है, बचाव करना है।

सात दिन बीतते-बीतते वह बहुत हैरान हो गया। यह गुरु अद्भुत था। चोट सिर्फ़ हड्डियों पर नहीं हो रही थी, भीतर चेतना पर भी होनी शुरू हो गई थी। कोई चीज़ जागती थी, कोई चीज़ उठ रही थी, जो सोई हुई थी। तीन महीने बीत गए। रोज़-रोज़ यह चलता रहा। और रोज़-रोज़ उस युवक ने पाया कि फ़र्क पड़ रहा है कोई बहुत गहरा। धीरे-धीरे वह हमले से बचाव करने लगा। हमला होता, हाथ पहुंच जाते। कोई चीज़ निरन्तर सावधान थी, निरन्तर एटेंटिव थी, हाथ पहुंच जाते, रोक लेता। तीन महीने बीत गए, हमला करना मुश्किल हो गया। गुरु हमला करता, वे हमले रोक लिये जाते। तीन महीने बीत जाने पर गुरु ने कहा : पहला पाठ पूरा हुआ। अब कल से दूसरा पाठ शुरू होगा। अब नींद में भी सावधान रहना। सोते में भी हमला कर सकता हूं। उस युवक ने माथा ठोंक लिया, जागने

तक गनीमत थी, किसी तरह उपाय कर लेता था, सोने में क्या होगा और सोते में हमले कैसे रोके जा सकेंगे। लेकिन एक बात का उसे ख़याल आ गया था।

इन तीन महीनों में कोई चीज़ उसने बहुत अद्‌भुत रूप से भीतर जागते हुए पाई थी। जैसे कोई बुझा हुआ दीया जल गया हो। एक बहुत सावधानी क़दम-क़दम पर आ गई थी। श्वास-श्वास पर आ गई थी। और एक अजीब अनुभव हुआ था उसे कि जितना वह सावधान रहने लगा था, उतना ही विचार कम हो गए थे। मन मौन हो गया था। सावधानी के साथ-साथ यह जो अटेंशन उसे चौबीस घंटे देनी पड़ रही थी, उससे धीरे-धीरे विचार क्षीण हो गए थे। मन एक सायलेंस में, एक मौन में रहने लगा था। बड़े आनन्द की ख़बरें भीतर से आ रही थीं। इसलिए वह तैयार हो गया कि देखें, दूसरे पाठ को भी देख लें।

और दूसरे दिन से दूसरा पाठ शुरू हो गया, नींद में हमले होने लगे। लेकिन एक महीना बीतते-बीतते ही, नींद में भी उसे होश रहने लगा। नींद भी चलती थी, भीतर कोई एक धारा चेतना की बहती रहती, जिसे ख़याल बना रहता कि हमला हो सकता है। हैरान हुआ वह – सोया भी था, जागा भी था। आज उसने पहली दफ़ा जाना शरीर सोया हुआ है, मैं जागा हुआ हूं।

एक मां सोती है रात, बच्चा बीमार होता है, रोता है, नींद में ही हाथ पहुंच जाता है बच्चे पर। शायद सुबह उससे पूछो, उसे पता भी न हो कि मैंने रात बच्चे को चुपाया था। हम सारे लोग यहां सो जाएं आज और रात में कोई आधी रात में आकर बुलाए – राम! राम! तो जिसका नाम राम हो, वह पूछे क्या है, लेकिन बाक़ी लोगों को पता भी न चले कि कोई आवाज़ हुई थी।

ज़िन्दगी-भर एक नाम के प्रति अटेंशन रही है, राम। वह भीतर गहरी घुस गई है। कोई रात में भी बुलाता है, तो वह सावधान हो जाता है आदमी, जिसका नाम राम है।

तीन महीने बीतते-बीतते नींद में भी हमला मुश्किल हो गया। नींद में भी हमला होता और हाथ से रोक लिया जाता। गुरु ने कहा : तेरे दो पाठ पूरे हो गए, अब तीसरा और अन्तिम पाठ शुरू होने को है। उस युवक ने सोचा – अब कौन-सा पाठ होगा और। जागना और सोना दो बातें थीं। उसके गुरु ने कहा : अब तक लकड़ी की तलवार से हमला करता था, कल से असली तलवार काम में ले ली जाएगी। यह प्राण को कंपा देने वाली बात थी। लकड़ी फिर भी लकड़ी थी, चोट ही करती थी। इसमें तो प्राण भी जा सकते हैं।

लेकिन उस युवक ने देखा था इन तीन महीनों में रात, उसके भीतर जैसे कोई स्तम्भ खड़ा हो गया था, जागरूकता का। विचार जैसे समाप्त हो गए। जीवन से जैसे सीधी पहुंच, जीवन से सीधा सम्पर्क होने लगा था। एक अद्भुत आनन्द और आलोक फैल रहा था। उसने सोचा : अन्तिम पाठ को छोड़कर चले जाना ठीक नहीं है। पता नहीं और क्या छिपा हो। राज़ी हो गया।

असली तलवार के हमले शुरू हो गए। हाथ में चौबीस घंटे सोते-जागते ढाल बनी रहती, लेकिन पन्द्रह दिन बीत गए गुरु एक भी चोट नहीं पहुंचा पाया। हर अंधेरे कोने से अनजान में की गई चोट भी झेल ली गई। बैठा था युवक एक दिन सुबह, एक अचानक ख़याल उसे आया, वह एक झाड़ के नीचे बैठा है। दूर बहुत दूर उसका गुरु दूसरे झाड़ के नीचे बैठा कुछ पढ़ता है। सत्तर साल, अस्सी साल का बूढ़ा आदमी! उसके मन में अचानक ख़याल आया, यह बूढ़ा छह महीने से मुझे परेशान किए हुए है – सावधान! सावधान! सावधान! हर तरफ़ से हमला करता है, सोते हुए भी हमला करता है। आज मैं भी तो इस पर हमला करके देखूं, यह ख़ुद भी सावधान है या नहीं। कहीं मैं ही तो परेशान नहीं किया जा रहा हूं। ऐसा उसने इधर सोचा और उधर उसका गुरु झाड़ की नीचे से चिल्लाया : ठहर, ठहर, ऐसा मत कर देना। वह बहुत घबड़ाया, उसने कहा : मैंने कुछ किया नहीं। उसके गुरु ने कहा : तू तीसरा पाठ पूरा तो कर ले, फिर तुझे पता चल जाएगा।

जब चित्त पूरा सावधान होता है, तो दूसरे के पैर की ध्वनि ही नहीं,

दूसरे के विचार की ध्वनि भी सुनाई पड़ने लगती है। थोड़ा ठहर, अन्तिम पाठ पूरा कर ले। चित्त की जागरूकता का ऐसा अर्थ है सावधानी, जैसे हम तलवार से घिरे हुए जीते हों और हम जी रहे हैं तलवार से घिरे हुए, मौत चारों तरफ़ तलवार से घेरे हुए है। ज़िन्दगी एक सतत असुरक्षा है, इंसिक्योरिटी है, कोई सुरक्षा नहीं है जीवन में। हम तलवार से घिरे जी रहे हैं। भूल में हैं हम, हम सोचते हों कि हम सुरक्षित हैं और कोई हमला हम पर नहीं हो रहा है। हर वक़्त हमला है, पल-पल हमला है। इस हमले के प्रति अगर बहुत सजग होकर कोई जिए। एक-एक क़दम, एक-एक श्वास अटेंटिवली, तो उसके जीवन में धीरे-धीरे सजगता का जन्म होगा। कोई सोई चीज़ जागेगी, कोई कली फूल बन जाएगी। और तब, और तब ही केवल जो है विराट जीवन, जो अनन्त अमृत उससे, उससे मिलना है, उससे जुड़ जाना है, उससे एक हो जाना है।

धार्मिकता का अर्थ मेरी दृष्टि में सजगता के अतिरिक्त और कुछ भी नहीं है। न मन्दिरों की पूजा और न प्रार्थना। न शास्त्रों का पठन-पाठन। सोया हुआ आदमी यह सब करता रहेगा, तो यह सब और सो जाने की तरकीबों से ज़्यादा नहीं है। लेकिन जागा हुआ आदमी पाता है, नहीं किसी मन्दिर में जाता है पूजा करने फिर, बल्कि पाता है कि जहां वो है, वहीं मन्दिर है। नहीं फिर किसी मूर्ति में भगवान उसे देखने को और खोजने की ज़रूरत पड़ती है, बल्कि पाता है कि जो भी है और जो भी दिखाई पड़ता है, वही भगवान है।

धार्मिक आदमी वह नहीं है, जो मन्दिर जाता हो। धार्मिक आदमी वह है, जहां होता है, वहीं मन्दिर को पाता है। धार्मिक आदमी वह नहीं है, जो प्रार्थना करता हो। धार्मिक आदमी वह है, जो पाता हो कि जो भी किया जाता है, वह प्रार्थना हो गई। धार्मिक आदमी नहीं है वह, जो भगवान की खोज में कहीं भटकता हो, बल्कि आंख खोले हुए वह आदमी है, जो पाता है कि जहां भी मैं जाऊं, भगवान के अतिरिक्त कोई और से तो मिलना नहीं होता है। लेकिन यह होगा एक जागरूक चित्तता में। और जागरूक चित्तता ही जीवन की परिपूर्ण अनुभूति है।

मत पूछे मुझसे कि जीवन क्या है। और न जाएं किसी को सुनने, जो समझाता हो कि जीवन क्या है। जीवन कोई किसी को न समझा सकेगा। जीवन कोई समझाने की बात है, प्रेम कोई समझने की बात है, सत्य कोई समझाने की बात है? कोई शब्दों से और विचारों से कुछ कह सकेगा उस तरफ़? नहीं, कभी कोई कुछ नहीं कह सका है।

जीवन तो ख़ुद जानने की बात है। जीना पड़ेगा उस मार्ग पर, जहां जीवन जाना चाहता है और मार्ग वह है जागरूकता का, वह मार्ग है सचेतता का। उठते-बैठते, चलते-फिरते, बात करते जिएं; देखते हुए, आंख खोले हुए होश से भरे हुए तो रोज़-रोज़ कोई जागने लगेगा। कोई प्राण की ऊर्जा विकसित होने लगेगी। और एक दिन, एक दिन जो महाविराट ऊर्जा है जीवन की, उससे उसका मिलन हो जाएगा। जैसे कोई सरिता बहती है पहाड़ों से और भागती चली जाती है, भागती चली जाती है। न मालूम कितने मार्गों को पार करती, कितनी घाटियों को छलांगती और एक दिन सागर तक पहुंच जाती है।

ऐसे ही जागरूकता की धारा, जो व्यक्ति जगाना शुरू कर देता है, सारी बाधाओं को, सारे पहाड़-पर्वतों को पार करती पहुंच जाती है वहां, जहां प्रभु का सागर है, जहां जीवन का सागर है।

जीवन मेरे लिए परमात्मा का ही पर्यायवाची है। जीवन यानी परमात्मा। जीवन और प्रभु भिन्न नहीं हैं। लेकिन जो सोए हैं पुजारी अपने मन्दिर में, उनके द्वार पर आएगा जीवन का रथ और वापस लौट जाएगा। जीवन तो रोज़ आता है द्वार पर। उसके रथ की गड़गड़ाहट सुनाई पड़ती है, उसके घोड़ों की टाप सुनाई पड़ती है, लेकिन नींद में लगता है, बादल गरजते होंगे, वर्षा के बादल घिरे होंगे, बिजली कड़कती होगी। जीवन का प्रभु तो रोज़ आता है द्वार पर। द्वार थपथपाता है, खोलो, लेकिन सोए हुए मनुष्य को लगता है, हवा आई होगी, द्वार खड़खड़ाती होगी।

भीतर कोई जागा हो, तो इसी क्षण अभी और यहीं। इसी क्षण जीवन का प्रभु मिलन है। उस ओर जागने के लिए निवेदन और प्रार्थना करता हूं। उस ओर इशारा करता हूं, मेरी बातों को भूल जाएं, उनसे कुछ लेना-देना

नहीं है, उनसे क्या सम्बन्ध। कोई आदमी इशारा करे चांद की तरफ़, हम उसकी अंगुली पकड़ लें तो भूल हो जाती है, अंगुली से क्या मतलब। भूल जाएं इशारे को, देख लें चांद को। चांद को इशारा किया जा सकता है, लेकिन हम इशारों को पकड़ लेते हैं।

कोई महावीर की अंगुली पकड़े हुए है, कोई बुद्ध की, कोई क्राइस्ट की। और अंगुलियों की पूजा चल रही है, प्रार्थना चल रही है। पागल हो गया है आदमी। इशारे पूजा के लिए नहीं हैं, भूल जाने के लिए हैं। देखना है उसे, जिस तरफ़ इशारा है, उधर।

थोड़ी-सी ये बातें मैंने कहीं। इस इशारे को इतने प्रेम और शान्ति से सुना। उससे बहुत-बहुत अनुगृहीत हूं। सबके भीतर बैठे परमात्मा को अन्त में प्रणाम करता हूं। मेरे प्रणाम स्वीकार करें।

दसवां सूत्र

विचार नहीं, भाव है महत्त्वपूर्ण

मेरे प्रिय आत्मन!

शुक्रिया! ईश्वर के सम्बन्ध में मेरे क्या विचार हैं – इस सम्बन्ध में बोलने को मुझसे कहा गया है। यह सवाल ही थोड़ा कठिन है। कठिन इसलिए है, कि शायद ईश्वर अकेली एक ऐसी अनुभूति है, जिसके सम्बन्ध में कोई विचार नहीं हो सकते। और जो विचार रखता होगा ईश्वर के सम्बन्ध में, उसका ईश्वर से कोई मिलना नहीं हो सकता।

ईश्वर के सम्बन्ध में सोचने का कोई उपाय नहीं है। ईश्वर को हम अपने सोचने का औचित्य, अपने सोचने का विषय नहीं बना सकते। और जब तक हम सोचते हैं, विचार करते हैं, तब तक ईश्वर का हमें कोई पता भी नहीं लग सकता है।

तो पहली तो कठिनाई यह है कि ईश्वर के सम्बन्ध में कोई विचार, कोई आइडिया, कोई धारणा, कोई कॉन्सेप्ट नहीं हो सकता है। हैं बहुत धारणाएं – ईसाई की धारणा है, हिन्दू की धारणा है, बौद्ध की धारणा है; और बहुत-बहुत लोगों के बहुत विचार हैं। लेकिन कोई भी धारणा परमात्मा तक नहीं पहुंचाती है, न पहुंचा सकती है।

कि जहां तक मेरा विचार है, वहां तक मैं मौजूद हूं। और जहां तक मैं हूं, वहां तक परमात्मा के होने का अवसर नहीं है। मुझे मिटना पड़े, मुझे

खोना पड़े, मुझे समाप्त होना पड़े, तो ही शायद उसे मैं जान पाऊं, जिसे हम परमात्मा कहते हैं।

जीसस का एक वचन मुझे याद आता है। जीसस ने कहा है – जो अपने को बचाएगा, वह अपने को खो देगा। और वे जो अपने को खो देते हैं, अपने को बचा लेते हैं।

ईश्वर के सम्बन्ध में भी यह कहा जा सकता है कि जो ईश्वर को जानने चलेगा, उसे अपने को खोना पड़ेगा। अपने सारे विचारों को, अपनी सारी मान्यताओं को, अपने सारे विश्वासों को, अपनी सारी बिलीव्स – सब खो देने पड़ेंगे। और अन्ततः अपने को भी खो देना पड़ेगा, तो ही वह परमात्मा को जान लेने में समर्थ हो सकता है।

इसलिए मैंने कहा कि यह बात थोड़ी कठिन है। मेरा ईश्वर के सम्बन्ध में विचार दो कारणों से कठिन है – एक तो इसलिए कि ईश्वर का कोई विचार नहीं हो सकता और दूसरा इसलिए कि ईश्वर के समक्ष मैं नहीं हो सकता हूं। जहां तक मैं हूं, वहां तक ईश्वर प्रकट नहीं होगा। मुझे मिटना होगा। जैसे बीज मिट जाता है ज़मीन में, और तब वृक्ष पैदा होता है। बीज बना रहे, तो वृक्ष कभी भी पैदा नहीं होगा। बीज के मिटने से वृक्ष का जन्म है। मनुष्य के मिटने से परमात्मा का प्रारम्भ है।

जहां तक मैं हूं, वहां तक उसका कोई पता न चलेगा, क्योंकि मैं ही बाधा हूं, मैं ही बेरियर हूं, मैं ही रुकावट हूं, मेरे कारण ही उसका पता नहीं चल रहा है। वह कहीं दूर नहीं है कि मुझे कोई यात्रा करनी है, उसे खोजने की। वह कहीं छिपा हुआ नहीं है कि मुझे उसे उघाड़ना है। ईश्वर का अर्थ ही यह है, जो है, दैट विच इज़, जो है, वह सभी ईश्वर है।

तो मेरे चारों ओर जो है, मेरे भीतर जो है, मेरे बाहर जो है, उस सब टोटेलिटी का, उस समग्र का नाम ही ईश्वर है। इसलिए इंच-भर का फ़ासला भी नहीं है, जो मुझे पार करना पड़े। आंख भी खोलने की ज़रूरत नहीं है उसे जानने को, क्योंकि आंख के भीतर जो है वह भी वही है। प्रकाश की भी ज़रूरत नहीं है उसे पहचानने को, क्योंकि अंधेरे में जो है, वह भी वही है।

फिर बाधा क्या है?

बुद्ध को जिस दिन पता चला सत्य का या कहें परमात्मा का, तो कुछ लोग उनके पास गए और बुद्ध से उन्होंने पूछा कि आपने क्या जान लिया है, क्या पा लिया है? तो बुद्ध हंसने लगे और उन्होंने कहा : पाया कुछ भी नहीं है, क्योंकि जो मिला ही हुआ था, उसे पाने की बात कहनी ठीक नहीं है। और जाना भी कुछ नहीं, क्योंकि जो जानने वाला था वह वही था, जिसे आज पहचान लिया है। कहा उन्होंने कि पाया कुछ भी नहीं, क्योंकि जो पाया ही हुआ था, जो सदा से मिला ही हुआ था, उसे ही जान लिया है।

फिर बाधा क्या है, फिर अड़चन क्या है, फिर कौन-सी चीज़ रोक लेती है कि हम उसे नहीं जान पाते? यह बहुत मज़े की बात है कि हमारे विचार ही बाधा हैं, हम ही बाधा हैं। कोई और बाधा हो तो हम तोड़ दें, कोई दीवाल हो तो हम गिरा दें, कोई द्वार बन्द हो तो हम खोल लें, कोई दीया न जला हो तो हम जला दें। कठिनाई यही है कि हम ही बाधा हैं। इसलिए तपश्चर्या करें, प्रार्थना करें, पूजा करें और अगर मैं मौजूद हूं, तो मेरी सारी तपश्चर्या व्यर्थ हो गई, मेरी सारी प्रार्थना व्यर्थ हो गई, मेरी सारी पूजा व्यर्थ हो गई। जहां मैं मौजूद हूं वहां पहुंचना असम्भव है, क्योंकि यह ख़याल कि मैं हूं, ईश्वर को रोकने वाला ख़याल है। जैसे समुद्र की किसी लहर को यह ख़याल आ जाए कि मैं हूं, तो उसका यह ख़याल ही उसे समुद्र से तोड़ देगा। और अगर कोई लहर यह समझ ले कि मैं हूं तो वह तत्क्षण अलग हो गई है सागर से। फिर सागर को पहचानना मुश्किल हो जाएगा। लहर यह जाने कि मैं नहीं हूं, तो ही जान सकती है कि मैं सागर हूं।

हमारे इस जानने में कि मैं हूं, बाधा है; हमारे इस पहचान लेने में कि मैं नहीं हूं, द्वार खुल जाता है। तो मेरी धारणा, माई आइडिया जैसी कोई चीज़ नहीं हो सकती! क्योंकि मैं ही नहीं हो सकता हूं। और मैं ही न रहूं तो मेरे विचार का क्या सवाल। इसलिए आदमियों ने जितना विचार किया है ईश्वर के सम्बन्ध में, उतना ही ईश्वर को उलझन में डाला हुआ है।

विचारक तो नहीं पहुंचता है, जिसको हम थिंकर कहें, वह तो परमात्मा तक नहीं पहुंचता है। जिसे हम फिलोसफी कहें, दर्शन कहें, सोचना कहें, वह तो नहीं पहुंचता है। पहुंचते हैं वे लोग, जो विचार की बाधाओं को भी पीछे छोड़कर आ जाते हैं, जो विचार के भी पार चले जाते हैं, जो विचार से भी आगे चले जाते हैं। और यह थोड़ी समझने जैसी बात है कि मैं विचार करूंगा, मैं सोचूंगा, मेरा सोचना, मेरा विचारना मुझसे बड़ा कैसे हो सकेगा। मेरा सोचना, मेरा विचारना सदा मुझसे छोटा होगा, मुझसे बड़ा नहीं हो सकता। मैं कितना भी बड़ा विचार करूं, मेरे अहंकार, मेरे ईगो से बड़ा न होगा, क्योंकि मैं ही करूंगा, वह मेरे हाथ का खिलौना होगा।

इसलिए 'मैं' सोचकर परमात्मा को कैसे पा सकूंगा। परमात्मा मेरे हाथ का खिलौना नहीं है, बल्कि हम जिसके हाथ के खिलौने हैं, वह परमात्मा है। इसलिए हम विचार करें, सोचें, कॉन्सेप्ट बनाएं, धारणा बनाएं; बना सकते हैं, शास्त्र निर्मित कर सकते हैं, लेकिन वे सब खेल की तरह होंगे। उनका सत्य से कोई सम्बन्ध न होगा।

और आदमी ने जितनी धारणाएं बनाई हैं उतना उपद्रव, उतनी परेशानी पैदा हो गई है, क्योंकि सब विचारों के आसपास पन्थ इकट्ठे हो गए हैं, सम्प्रदाय इकट्ठे हो गए हैं, धर्म इकट्ठे हो गए हैं और हर विचार दूसरे विचार के विरोध में खड़ा हुआ है, क्योंकि विचार कभी भी टोटल नहीं हो सकता, विचार कभी भी पूर्ण नहीं हो सकता। जब भी विचार खड़ा होगा, किसी के विरोध में खड़ा होगा। सिर्फ़ निर्विचार, थोटलेसनेस टोटल हो सकती है, विचार कभी पूर्ण नहीं हो सकता। अगर मैं परमात्मा के सम्बन्ध में एक विचार रखूं, तो वह विचार उन सब लोगों के विरोध में हो जाएगा, जो दूसरा विचार रखते हैं।

समझ लें, कोई आदमी मानता है कि परमात्मा प्रकाश है, अगर कोई कहे – गोड इज़ लाइट, तो फिर अंधेरे का क्या होगा?

एक फ़क़ीर हुआ है। उसने कहा : मैंने तो जहां तक समझ पाया है कि परमात्मा को प्रकाश कहना ठीक नहीं, परमात्मा को परम अन्धकार कहना ज़्यादा ठीक है, क्योंकि प्रकाश तो आता है और चला जाता है

अन्धकार सदा है। और प्रकाश को तो हमें बनाना पड़ता है और मिटाना पड़ता है, अन्धकार है। अन्धकार को न हम बना सकते हैं, और न हम मिटा सकते हैं, अन्धकार है। और प्रकाश में तो थोड़ी उत्तेजना है, थोड़ा तनाव है, लेकिन अन्धकार परम शान्ति है। और प्रकाश की तो सीमा है, लेकिन अन्धकार असीम है। अगर कोई कहे – परमात्मा प्रकाश है, तो कोई कह सकता है कि परमात्मा अन्धकार है। फिर क्या हो?

कैसे होगा, हम परमात्मा की जो भी धारणा बनाएंगे, वह हमारी च्वाइस होगी, वह हमारा चुनाव होगा। और मनुष्य की कोई भी धारणा कभी भी अपनी विरोधी धारणा से मुक्त नहीं हो पाती। हम कोई भी धारणा बनाएंगे, तो वह जो विरोधी धारणा है, वह सदा मौजूद रहेगी। अगर हम कहेंगे – परमात्मा शुभ है, कहेंगे परमात्मा गुडनेस है, तो फिर इविल का क्या होगा, बुराई का क्या होगा! और तब हमें या तो एक दूसरा परमात्मा जिसको हम शैतान कहते हैं, बुराई का परमात्मा ईज़ाद करना पड़ेगा और कहना पड़ेगा कि वह शैतान है, जो बुरा है। और हमारा परमात्मा अच्छा है और शैतान बुरा है। लेकिन शैतान भी है, तो परमात्मा की स्वीकृति से ही हो सकता है अन्यथा कैसे हो सकता है। और अगर परमात्मा को स्वीकार नहीं है शैतान, तो शैतान कैसे हो सकता है। और अगर हम मानते हों कि परमात्मा के अनचाहे भी शैतान हो सकता है, तब तो परमात्मा से भी बड़ी शक्ति को हमने स्वीकार कर लिया। शैतान और भी बड़ा और शक्तिशाली हो गया।

नहीं, अगर शैतान भी है, अगर इविल भी है, तो परमात्मा की स्वीकृति से ही हो सकता है, क्योंकि उसकी स्वीकृति के बिना कुछ भी नहीं हो सकता। और परमात्मा बुराई को स्वीकार करे, तो हम कठिनाई में पड़ जाएंगे। इसलिए जो कहता है, परमात्मा गुडनेस है, वह आधे को चुन रहा है, आधे को छोड़ रहा है। और अगर यह बहुत कठिनाई होता कि हम यह मान लें कि परमात्मा दोनों हैं – जो अच्छा है वह भी, जो बुरा है वह भी...वे भी परमात्मा के बेटे हैं, तो हमें थोड़ी कठिनाई शुरू हो जाती है। लेकिन वे दोनों ही परमात्मा के बेटे हैं, जो सूली पर लटकता है वह भी और जो सूली पर लटकाता है वह भी, क्योंकि परमात्मा के बेटे होने के अतिरिक्त और कोई उपाय नहीं है।

अगर परमात्मा सब-कुछ है, तो जिसे हम विरोध में बांट लेते हैं, उसे हमें बांटना बन्द कर देना होगा। लेकिन तब हमारी बुद्धि कठिनाई में पड़ती हैं, क्योंकि हमारी बुद्धि सोचना चाहती है, और निर्णय लेना चाहती है। और जब भी बुद्धि निर्णय लेती है, तो सीमाएं बनाती है। वह कहती है – यहां तक स्वीकार करना ठीक है, इसके आगे स्वीकार करना मुश्किल है। तो हम कहते हैं, परमात्मा जीवनदायी है। तो फिर मौत कौन देता है। मौत भी वही देता है। तो हम कहते हैं, परमात्मा परम कृपालु है, तो फिर कठोर कौन होगा।

और हम परमात्मा को अच्छा-अच्छा बना दें, तो बुरे के अस्तित्व का उपाय कहां, फिर बुरा ठहरेगा कहां, रुकेगा कहां? तो फिर हमें झूठी बातें ईज़ाद करनी पड़ती हैं। शैतान से बड़ा झूठ नहीं है या जो लोग शैतान को ईज़ाद नहीं करते, वे कहेंगे – माया है, इल्यूज़न है, वह कुछ और ही ईज़ाद करेंगे। लेकिन परमात्मा के अलावा उन्हें कुछ और भी मानना पड़ेगा। और जिसे वह अलावा मानेंगे, उसे परमात्मा के विरोध में मानना पड़ेगा।

ईश्वर की कोई भी धारणा हम बनाने चलेंगे, तो विरोधी धारणा का क्या होगा? और ध्यान रहे धारणा कभी भी विरोधी को आत्मसात नहीं कर पाती। प्रकाश की धारणा में अन्धकार आत्मसात नहीं होता। और शुभ की धारणा में अशुभ आत्मसात नहीं होता। अच्छे की धारणा में बुरा बाहर रह जाता है। कोई भी धारणा पूर्ण नहीं हो सकती। इसलिए परमात्मा की कोई धारणा सम्भव नहीं, क्योंकि परमात्मा पूर्ण है। हमारी सारी धारणाएं उसके द्वार पर गिरकर मर जाती हैं। हमारी सारी धारणाएं, वहां जाकर हमें अनुभव होता है, व्यर्थ हो गईं, मीनिंगलेस हो गईं। क्या हम इसे ऐसा कहें कि परमात्मा एब्सर्ड है। किगार्ड ने शायद कुछ बहुत करीब की बात कही है। किगार्ड का ख़याल जैसे बहुत क़रीब पहुंचता है। किगार्ड कहता है कि परमात्मा को, अगर हम एब्सर्ड को स्वीकार कर सकते हों, अगर हम अर्थहीन को स्वीकार कर सकते हों, तो ही हम परमात्मा को समझ पा सकते हैं।

अब अगर परमात्मा बुराई और भलाई, दोनों है, तो बहुत एब्सर्ड हो गया, अर्थहीन हो गया। और अगर परमात्मा मृत्यु और जीवन दोनों है, तो

बड़ा व्यर्थ हो गया। और अगर परमात्मा शैतान भी है। और परमात्मा एक तरफ़ से जीसस को भी पैदा करे और दूसरी तरफ़ से जीसस को सूली लगाने वालों को भी प्रेरित करे, तो बात बड़ी बेहूदी हो गई। सारा अर्थ खो गया। लेकिन इतनी सामर्थ्य अगर हमारी हो, इस सामर्थ्य का मतलब क्या है, इस सामर्थ्य का मतलब क्या? अगर हम अपनी बुद्धि की कैटेगिरी, वह जो हमारे विचार करने के ढांचे हैं, उनको अगर हम छोड़कर परमात्मा तक आने की सामर्थ्य रखते हों, तो ही हम उसे समझ पा सकते हैं।

इसलिए उसकी कोई धारणा नहीं हो सकती। और जितनी हमने धारणाएं बनाई हैं, सब बचकानी, सब चाइल्डिश हैं। हमारी सब धारणाएं बहुत छोटी-छोटी, बच्चों के खिलौने हैं। यह ऐसे ही है, जैसे कोई सागर के किनारे पहुंच जाए, एक मुट्ठी पानी सागर का अपने हाथ में ले ले और कहे कि मैंने सागर को अपने हाथ में बांध लिया।

बुद्ध एक जंगल से गुज़रते थे। पतझड़ के दिन थे। और सारे वृक्षों के पत्ते ज़मीन पर गिर रहे थे। रास्ते पत्तों से भर गए थे। सूखे पत्ते जगह-जगह उड़ रहे थे। बुद्ध के एक शिष्य आनन्द ने बुद्ध से कहा : आपने तो सब जान लिया और सब बता दिया। तो बुद्ध बहुत हंसने लगे, उन्होंने मुट्ठी-भर पत्ते अपने हाथ में उठा लिये, सूखे पत्ते। और उन्होंने कहा : जितना मैंने जाना, वह इस मुट्ठी-भर पत्तों जैसा है। और जितना जानने को है, वह इस जंगल में जितने सूखे पत्ते पड़े हैं, शायद उनसे भी ज़्यादा है, क्योंकि सूखे पत्ते गिने जा सकेंगे। वह जो जानने को है, उसकी कोई गिनती नहीं हो सकती। और तुमसे जो मैंने कहा है, वह तो इतना भी नहीं है, मुट्ठी-भर भी, क्योंकि जब मैं कहने चलता हूं, तो मुट्ठी भर भी नहीं कह पाता। शब्द उसको भी नहीं बता पाते। एकाध पत्ता ही रह जाता है। वह भी पूरा तुम नहीं समझ पाते।

वे ठीक कहते हैं, धारणा मनुष्य की इतनी छोटी बात है और ईश्वर इतना विराट कि हम उसे धारणा में कहीं भी न बांध पाएंगे। आइडिया इतनी छोटी बात है और ट्रुथ इतना बड़ा, कि कोई आइडिया ट्रुथ नहीं हो सकता। लेकिन सभी विचार दावा करते हैं कि हम सत्य हैं और सभी

आइडियोलॉजियां दावा करती हैं कि हमने सत्य को पा लिया है।

इनके ये दावे मनुष्य को बहुत महंगे पड़े। और इसलिए भविष्य में अब कोई दावेदार की ज़रूरत नहीं है। अब हमें दावेदार नहीं चाहिए, जो कहें कि हमारा विचार ही सत्य है, क्योंकि ये सब दावेदार परमात्मा को खंड-खंड कर देते हैं, टुकड़ा-टुकड़ा कर देते हैं। ये सब दावेदार परमात्मा को एक रंग देना शुरू कर देते हैं। ये कहते हैं, जो रंग हमने दिया है, वही सच्चा परमात्मा है। जो रंग दूसरे ने देखा है, वह सच्चा परमात्मा नहीं है। जब कि सभी रंग उसके हैं।

हमारी कोई भी धारणा उसे प्रकट नहीं कर पाती। और भी आश्चर्य की बात तो यह है कि हम धारणा भी कैसे बना लेते हैं। जो जानते हैं, वे धारणा नहीं बनाते, जो नहीं जानते, वे धारणा बनाते हैं।

अगर हम जीसस से पूछे या बुद्ध से या कृष्ण से कि ईश्वर की क्या धारणा है, तो वे चुप रह जाएंगे। पायलट ने पूछा है जीसस से, सूली देने के पहले पछा है – व्हाट इज़ ट्रुथ, सत्य क्या है। वह यही पूछ रहा है कि तुम्हारी सत्य की धारणा क्या है, तुम किस चीज़ को सत्य कहते हो, कौन है परमात्मा, क्या है सत्य? तो जीसस ने उत्तर नहीं दिया है, वे चुप रहे। शायद पायलट ने सोचा हो, इसे पता नहीं, शायद पायलट ने सोचा हो, यह कहना नहीं चाहता। पता नहीं पायलट ने क्या सोचा, उसका कोई पता नहीं। लेकिन जीसस का हमें पता है कि पायलट ने पूछा कि सत्य क्या है, तो जीसस चुप रह गए। लेकिन एक ईसाई से पूछे कि सत्य क्या है, चुप न रह जाएगा, एक हिन्दू से पूछे सत्य क्या है, चुप न रह जाएगा, एक मुसलमान से पूछे सत्य क्या है, चुप न रह जाएगा। जीसस चुप रह जाते हैं, लेकिन ईसाई चुप नहीं रह पाता। जीसस क्यों चुप रह गए हैं। अगर सत्य को जानते हैं तो कह ही दें।

और यह अन्तिम क्षण है कि इससे बेहतर क्षण न होगा बताने का, फिर पूछने का समय भी नहीं है, फिर सूली लगने के करीब है। बता ही दें, अगर उन्हें सत्य पता है। लेकिन जीसस चुप क्यों है, चुप वे इसलिए हैं कि जो बताया जा सकता है, वह सत्य नहीं हो सकता है। जो कहा जा

सकता है, वह सत्य नहीं हो सकता है। जो शब्द में बंध जाता है, वह सीमित हो जाता है। और जो है वह है असीमित। उसकी कोई सीमा नहीं है। तो जीसस ने भी कहने की कोशिश की है, लेकिन पायलट नहीं समझ पाया और शायद जिन्होंने रिकॉर्ड की हैं, घटना वे भी नहीं समझ पाए। जीसस ने आंखों से कहा होगा, चुप रहकर भी कहा है, चुप रह जाना भी कहने का एक ढंग है, मौन हो जाना भी कम्युनिकेट करने की एक व्यवस्था है। बहुत बार हम चुप होके ही कुछ कहते हैं।

अगर मैं किसी को प्रेम करता हूं, यह कहना भी कि मैं तुम्हें प्रेम करता हूं, ऐसा मालूम पड़ता है कि कुछ ठीक नहीं। क्योंकि जो मेरे भीतर उठ रहा है, वह इस शब्द में बंधता नहीं, तो जिससे मैं प्रेम करता हूं, उसका हाथ, हाथ में लेके चुप रह जाता हूं। शायद मौन से पता चल जाए। जिसे हम प्रेम करते हैं, कुछ कहने को नहीं होता, उसे गले लगा लेते हैं। अब हड्डियों से हड्डियां लगें तो प्रेम का क्या अर्थ है। लेकिन शायद उस चुप्पी, सन्नाटे में हृदय के निकट होने से शायद कोई बात अनकही हुई पहुंच जाए, कह दी जाए।

जीसस ने कहा तो ज़रूर होगा, लेकिन आंख से कहा होगा, चुप रहके कहा होगा, पायलट सिर्फ़ शब्द समझता होगा, नहीं समझ पाया होगा। जीसस का मौन भी कुछ कह रहा है।

एक जेन फ़क़ीर हुआ है। कोई उसके पास गया है और उस फ़क़ीर से उसने पूछा है कि सत्य क्या है बोलो। बहुत दूर से आ रहा हूं, पहाड़ चलकर आ रहा हूं, थक गया हूं, तुम्हें खोजता आ रहा हूं, बोलो सत्य क्या है। वह फ़क़ीर आंख खोले बैठा था, उसने आंख भी बन्द कर ली। उस आदमी ने हिलाया और उसने कहा कि आंख खोलो, मैं बहुत दूर से आया हूं, मैं बहुत थक गया हूं, मैं जानने आया हूं कि सत्य क्या है। लेकिन वह फ़कीर जैसे बिल्कुल मर ही गया। उसकी न केवल आंख बन्द हुई, बल्कि वह गिर ही पड़ा। उस आदमी ने कहा : यह तुम क्या कर रहे हो। मैं सत्य खोजने आया हूं, मैं बहुत दूर से आया हूं, पहाड़ पर चलते-चलते थक गया हूं, और जब मैं आया था, तब भली-भांति बैठे थे। आंख खोले हुए

थे, मैंने पूछा, तो तुमने आंख बन्द कर ली। मैंने तुम्हें हिलाया तो तुम गिर ही गए। उस फ़क़ीर ने आंख खोली, उसने कहा कि मैं तुमसे कहने की कोशिश कर रहा हूं, समझने की कोशिश करो। उसने कहा : एक शब्द तुम नहीं बोले, आंख तुमने बन्द कर ली, बैठे थे ठीक, तुम गिर गए। तो उस फ़कीर ने कहा : तुम भी आंख बन्द कर लो, जहां-जहां आंख खुली हो, बन्द कर लो। जहां-जहां द्वार बाहर की तरफ़ खुले हों, बन्द कर लो, तो शायद जान लो जो तुम पूछने आए हो। और उसने कहा : गिर किसलिए गए। ठीक है, चलो आंख बन्द की। उस फ़क़ीर ने कहा : गिर इसलिए गया कि तुम्हें भी गिर जाना पड़ेगा, तो ही उसे जान सकते हो। जब तक तुम खड़े हो, जब तक तुम हो, तब तक उसे न जान सकोगे। गिर जाओ, मिट जाओ, खो जाओ तो शायद उसे जान लो। उस आदमी ने कहा : बेकार इतनी मेहनत की, पहाड़ चढ़कर आया, पसीना-पसीना हो गया, कुछ मतलब की बात कहो। उस फ़कीर ने कहा : मतलब की बात तो पूरी हो गई। अब बैठो, बेमतलब बातें आगे चल सकती हैं। अब तुम नहीं मानते, तो मैं कुछ कहूंगा, लेकिन कहा हुआ वह नहीं होगा, जो मैं कहना चाहता हूं।

लाओत्सु ने किताब लिखी है ताओ तेहकिंग, तो पहला ही वाक्य यह लिखा है कि मुझे मजबूर करते हो, इसलिए कहता हूं, लेकिन जो कहा जाएगा, वह सत्य नहीं होगा। और जो नहीं कहा जा सकता, वह सत्य चारों तरफ़ मौजूद है, हर घड़ी, हर पल। लेकिन जो लोग किताबों में उलझे हैं, वे उस चारों तरफ़ मौजूद सत्य की तरफ़ आंखें कैसे उठाएं। जो धारणाओं में उलझे हैं, जो विचारों में उलझे हैं, जो आइडियोलॉजीस में उलझे हैं, उनकी आंखें नहीं उठ पातीं।

रवीन्द्रनाथ एक किताब पढ़ रहे थे एक रात, एस्थेटिक्स पर एक किताब थी, सौन्दर्यशास्त्र पर। पूर्णिमा की रात थी, लेकिन किताब पढ़ने में भूल गए कि पूर्णिमा है। पूरा चांद आकाश में है। बजरे पर थे, नाव पर थे। एक छोटी-सी मोमबत्ती जलाकर किताब पढ़ते थे। भूल गए कि झील पर हैं। किताब सब भुला देती है। भूल गए कि बाहर चांद बरसता है। झील की सब लहरें चांदी हो गई हैं, सब भूल गए कि बाहर कोई पक्षी

गीत गाता है, सब भूल गए कि बाहर रात आधी हो गई, सब सन्नाटा हो गया, सब भूल गए। किताब सब भुला देती है। वह किताब में लगे रहे।

आधी रात थकके किताब बन्द कर दी। फूंक मारकर मोमबत्ती बुझा दी। मोमबत्ती के बुझते ही कुछ अलौकिक घटित हो गया। किताब के बन्द होते ही आंख गई उस पर जो था। नाचने लगे उठकर, मोमबत्ती बुझी तो रंग-रंग से, द्वार-द्वार से, खिड़की-खिड़की से चांद भीतर भर गया। चांद रुका था बाहर, एक छोटी-सी मोमबत्ती का प्रकाश भी चांद को रोक सकता है। पीली-सी धुआं देती मोमबत्ती थी, लेकिन चांद बाहर ठहर गया। जब अपनी मोमबत्ती जली हो, तो चांद भीतर आए भी क्यों। मोमबत्ती बुझा दी, चांद भीतर आ गया, किरणें नाचने लगीं, ठंडी हवाओं की ख़बर आई, बाहर पूर्णिमा की रात है, झील है, कोई पक्षी गीत गाता है।

रवीन्द्रनाथ नाचने लगे और उन्होंने कहा, मैं भी कैसा पागल हूं, सौन्दर्य चारों तरफ़ बरस रहा है और मैं किताब को खोलकर उसमें सौन्दर्य खोजने गया था। जहां सिवाय स्याही से खींची गईं रेखाओं के और कुछ भी नहीं। और सौन्दर्य चारों तरफ़ बरस रहा है। फिर उन्होंने कहा, जो किताब बन्द की तो बन्द ही की, फिर दुबारा सौन्दर्य की किताब न खोली, क्योंकि सौन्दर्य मौजूद है, उसे किताब में खोजने की कोई भी ज़रूरत नहीं। परमात्मा भी मौजूद है, जीवन में जो भी श्रेष्ठ है वह सब मौजूद है। जीवन में जो भी सुन्दर है वह सब मौजूद है। जीवन में जो भी सत्य है, वह सब मौजूद है। कोई किताब खोलने की ज़रूरत नहीं है, कि किताब से हम उसे पहचानने जाएंगे। किताब बीच में दीवाल बन जाएगी। कोई विचार करने की ज़रूरत नहीं है कि हम विचार से उसे समझने जाएंगे, क्योंकि हम विचार से क्या समझेंगे, विचार बाधा बन जाएगा।

एक गुलाब के फूल को समझना हो, तो विचार की क्या ज़रूरत? और एक चांद की चांदनी को समझना हो, तो विचार की क्या ज़रूरत है? और एक हृदय के प्रेम को समझना हो, तो विचार की क्या ज़रूरत है? लेकिन अगर हम प्रेम को भी समझने जाएंगे, पहले हम किताब खोलेंगे कि प्रेम यानी क्या।

और जो आदमी किताब के प्रेम को समझ लेगा, वह शायद हृदय के प्रेम को समझने में असमर्थ हो जाए, तो आश्चर्य नहीं। और अगर हमें गुलाब के फूल को भी पहचानना है, तो पहले हम गुलाब के फूल के सम्बन्ध में पढ़ेंगे, सोचेंगे, फिर फूल के पास जाएंगे। हमारा पढ़ा हुआ, सोचा हुआ गुलाब के फूल में दिखाई पड़ने लगेगा। लेकिन यह हमारा प्रोजेक्शन है, यह हम डाल रहे हैं, यह गुलाब के फूल से हममें नहीं आ रहा है, यह हम गुलाब के फल में डाले चले जा रहे हैं। विचारकों से ज्यादा अन्धे आदमी दुनिया में नहीं होते, क्योंकि वे सब जो उनके भीतर हैं, उसे बाहर डाल देते हैं। वे वही देख लेते हैं, जो देखना चाहते हैं, वे वही खोज लेते हैं, जो खोजना चाहते हैं; और उससे वंचित रह जाते हैं, जो है।

अगर हमें वही जानना है, जो है। तो मेरे सारे विचार खो जाने चाहिए। और भी एक बात समझ लेनी ज़रूरी है, परमात्मा कुछ भी है तो अननोन है, अज्ञात है, मुझे पता नहीं। और जो मुझे पता नहीं है, उसे मैं सोच-विचारकर कैसे पता पा सकूंगा। हम उसी के सम्बन्ध में सोच सकते हैं, जो हम जानते हों, जो नोन है। जिसे हमने जान लिया उसके सम्बन्ध में हम सोच सकते हैं। लेकिन जिसे हम जानते ही नहीं उस सम्बन्ध में हम सोचेंगे कैसे?

सोचना सदा बासा और उधार है, विचार कभी मौलिक और ओरिजिनल नहीं होते, हो भी नहीं सकते। सब विचार बासे होते हैं और सब विचार उधार होते हैं, सब बॉरोड होते हैं। विचार कभी भी ताज़ा और नया नहीं होता। विचार सदा बासा और पुराना होता है, जो हम जानते हैं वही होता है। जो हम जानते हैं, उसको हम कितना ही बार-बार सोचें, तो भी जिसे हम नहीं जानते हैं, उसे हम कैसे पकड़ पाएंगे।

वह जो अननोन है, नोन के घेरे में कैसे पकड़ में आएगा। वह अज्ञात है, वह ज्ञात में कैसे पकड़ा जाएगा। इसलिए विचार करना जुगाली करने से ज़्यादा नहीं है। कभी भैंस को दरवाज़े पर बैठा हुआ जुगाली करते देखा हो। घास उमने खा लिया है, फिर उसी को निकाल-निकालकर वह चबाती रहती है।

जिसको हम विचार करना कहते हैं, वह जुगाली है। विचार हमने इकट्ठा कर लिये हैं किताबों से, शास्त्रों से, सम्प्रदायों से, गुरुओं से, कॉलेजों से, स्कूलों से, चारों तरफ़ विचारों की भीड़ है, वे हमने इकट्ठे कर लिये हैं, फिर हम उनकी जुगाली कर रहे हैं। हम उन्हीं को चबा रहे हैं बार-बार। लेकिन उससे अज्ञात कैसे हमारे हाथ में आ जाएगा?

अगर अननोन को जानने की आकांक्षा पैदा हो गई हो, अगर अज्ञात को पहचानने का ख़याल आ गया हो, तो वह जो नोन है, उसे विदा कर देना होगा, उसे नमस्कार कर लेना होगा, उससे कहना होगा अलविदा। उससे कहना होगा – तुमसे क्या होगा, तुम जाओ और मुझे ख़ाली छोड़ दो। शायद ख़ालीपन में मैं उसे जान लूं जो मुझे पता नहीं है। लेकिन भरा हुआ मैं तो उसे कभी भी नहीं जान सकता हूं। इसलिए विचारक कभी नहीं जान पाते हैं और जो जान लेते हैं, वे विचारक नहीं हैं। जिसको हम मिस्टिक कहें, जिसको हम सन्त कहें, वे विचारक नहीं हैं, वे वह आदमी हैं, जिसने कहा कि रहस्य है। अब जानेंगे कैसे, खोजेंगे कैसे, सोचेंगे कैसे, जिसने कहा रहस्य है, मिस्ट्री है, हम अपने को मिस्ट्री में खोए देते हैं। शायद खोने से मिल जाए, जान लें।

छोटी-सी कहानी से समझाने की कोशिश करूं। मैंने सुना है, समुद्र के किनारे मेला भरा हुआ था। बहुत लोग उस मेले में गए। दो नमक के पुतले भी गए हुए हैं। और मेले के किनारे, समुद्र के तट पर खड़े होकर लोग सोच रहे हैं समुद्र की गहराई कितनी है। लेकिन वे किनारे पर खड़े होकर सोच रहे हैं। अब समुद्र की गहराई को उस किनारे पर खड़े होकर सोचने से क्या मतलब? समुद्र कितना गहरा है, यह किनारे पर बैठकर कैसे सोचा जा सकता है! समुद्र में उतरना पड़ेगा। लेकिन विचार करने वाले हमेशा किनारों पर बैठे रहते हैं, वे कभी उतरते नहीं। उतरना और तरह की बात है, विचार करना और तरह की बात है। विचार करने के लिए किनारे पर बैठे होना ठीक है।

नमक के पुतले भी आए हुए थे। उन्होंने कहा : लोग बहुत सोचते हैं, लेकिन कुछ पता नहीं चलता। कोई कितना बताता है, कोई कितना बताता

है। और किनारे पर बैठे लोग विवाद करने लगे हैं और झगड़ा शुरू हो गया है। और किसी की बात न सही सिद्ध होती है, न ग़लत सिद्ध होता है, क्योंकि समुद्र में कोई गया नहीं है। तो नमक के पुतले ने कहा : मैं कूदके पता लगा आता हूं कि कितना गहरा है। नमक का पुतला कूद भी सकता है, क्योंकि सागर से उसकी आत्मीयता है। नमक का पुतला है, सागर से ही निकला है, जाने में डर भी क्या है। उस सागर में कूद सकता है। वह कूद गया। सारे लोग किनारे पर खड़े होकर प्रतीक्षा कर रहे हैं कि वह निकल आए और बता दे। वो जैसे-जैसे सागर में गहरे जाने लगा, वैसे-वैसे पिघलने लगा। वह नमक का पुतला था। वह सागर में पिघलने लगा, गहरा तो जाने लगा, लेकिन पिघलने लगा। वह गहरा पहुंच भी गया, उसने गहराई का पता भी लगा लिया, लेकिन जब तक पता लगाया, तब तक वह ख़ुद समाप्त हो चुका था।

उसे पता तो चल गया था कि सागर कितना गहरा है, लेकिन लौटने योग्य बचा नहीं कि लौटकर बाहर तट पर लोगों से कह सके कि इतना गहरा है। बहुत लोगों ने प्रतीक्षा की, सांझ होने लगी। उसके मित्र ने कहा कि पता नहीं, मित्र कहां खो गया है। मैं उसका पता लगा आता हूं। वह मित्र जो था नमक का पुतला, वह भी कूद गया। फिर रात घनी हो गई, वह भी नहीं लौटा। वह भी पहुंच गया मित्र के पास। लेकिन जब तक पहुंचा, तब तक ख़ुद खो गया।

फिर सुबह वह मेला उजड़ गया। फिर हर वर्ष वहां मेला भरता है और लोग पूछते हैं, उस आसपास रहने वाले लोगों से, पुतले वापस तो नहीं लौटे? समुद्र की कितनी गहराई है इसका पता लगाना है? लेकिन वे ख़ुद समुद्र की गहराई में जाने को राजी नहीं।

परमात्मा के किनारे बैठकर कुछ भी पता नहीं चल सकता है। जाना पड़े और कठिनाई यह है कि जो जाता है, वह खो जाता है। जो जाता है, वह लौटकर कहने योग्य नहीं रह जाता। जो जाता है, वहां से मूक होकर लौटता है। जो जाता है वहां, सब खो जाता है उसका। उसकी आंखों से शायद हम पहचान लें। शायद उसके उठने चलने से पहचान लें। शायद उसके

जीने से पहचान लें। लेकिन नहीं, हम शब्दों के अतिरिक्त और कुछ भी नहीं पहचानते। हम हज़ारों साल तक शब्दों पर विचार करते रहते हैं।

अब कैसी मज़े की बात है, जीसस उन नमक के पुतलों में एक हैं, जो सागर की गहराई तक पहुंच गया है। लेकिन जो लोग थे जीसस के आसपास, वे न पहचान पाए। वे तो इतना पहचान न पाए कि एक आवारा, एक उपद्रवी, एक रिबेलियस आदमी मालूम होता है, इसकी गर्दन काट दो। तो उन्होंने, उसकी गर्दन काट दी।

अब दो हज़ार साल से जीसस ने क्या कहा है, इस पर हज़ारों लोग बैठकर विचार कर रहे हैं। किताबों पर किताबें लिख रहे हैं, कमेंट्री लिख रहे हैं, विवाद कर रहे हैं कि किसकी कमेंट्री, किसकी टीका ठीक है और विवाद चल रहा है और सारी दुनिया में विचार चल रहा है, जीसस ने क्या कहा है। शब्द पकड़ने वाले हैं हम। लेकिन जीसस जिस सागर में कूदा उस सागर में कूदने की किसी को भी कोई फ़िक्र नहीं है।...जो उसमें कहा है। उसने कहा है कि जीसस वर द लास्ट क्रिश्चियन, जीसस आख़िरी ईसाई थे। ठीक ही बात मालूम होती है। कृष्ण भी आख़िरी हिन्दू होंगे और महावीर भी आख़िरी जैन होंगे और बुद्ध आख़िरी बुद्ध होंगे, क्योंकि पीछे हम शब्दों की बातों पर विचार करते हैं, किनारे पर बैठकर कूदता कोई भी नहीं। लेकिन हम भी तरकीबें निकाल लेते हैं। तरकीबें ऐसी, जिनसे ऐसा लगता है कि काम पूरा हो गया। अब मैं देखता हूं एक आदमी जीसस को प्रेम करे, तो वह एक सूली गले में लटका ले। अब बड़े मजे की बात है, सूली गले में नहीं लटकाई जाती, सूली पर गला लटक सकता है। वह जीसस को तो सूली पर लटकाना चाहता है और मैं अगर उनको प्रेम करता हूं तो एक छोटी-सी सूली गले में लटका लेता हूं। अब यह नितान्त रूखा हो गया है। अपने से रूखा हो गया। सूलियां इन गलों में लटकाके घूमने का कोई मतलब? खिलौने हो जाएंगे। किसी मतलब के न रह जाएंगे।

लेकिन, और जीसस को गले में नहीं लटकानी पड़ती सूली, गला ही सूली में लटक जाता है। वहां सूली खड़ी है और जीसस को उस पर लटक जाना पड़ता है। तो एक तो वह आदमी है, जो सूली पर लटके और एक

हम जैसा आदमी है, जो एक छोटी-सी सूली बना ले, चांदी की भी बनती है, सोने की भी बनती है, उसको गले में लटका लें। और जो जीसस समुद्र में कूदकर मिटकर पा सके हैं, सूली पर लटकके पा सके हैं, हम किनारे पर बैठकर सूली गले में लटका लें और पा लें। तो फिर हमारे पास शब्द रह जाएं। तो फिर हम बैठे विचार करते रहेंगे कि जीसस का ईश्वर से क्या मतलब था, जीसस क्या कहते हैं ईश्वर के सम्बन्ध में।

और मैं आपसे कहना चाहूंगा कि जीसस और सबके सम्बन्ध में कहते हैं, ईश्वर के सम्बन्ध में बिल्कुल चुप हैं। और कृष्ण और सब सम्बन्धों में कहते हैं, लेकिन ईश्वर के सम्बन्ध में चुप हैं। आज तक ईश्वर के सम्बन्ध में जो भी जानता है, उसमें कुछ कहा ही नहीं। हां, जो नहीं जानते, उन्होंने बहुत कहा है। उनके कहने का कोई अन्त नहीं है। जो नहीं जानते हैं, वे दिन-रात कह रहे हैं। और जो जानते हैं, वे बिल्कुल चुप हैं।

अब यह बड़ी उलझन की बात है। और इस उलझन को अगर हम ठीक से न समझ पाएं, तो इन दो हिस्सों में हम भी विभाजित हो सकते हैं। या तो हम उन लोगों के साथ हो सकते हैं जो चुप रह गए हैं, और जिन्होंने जाना है। या हम उनके साथ हो सकते हैं जिन्होंने नहीं जाना है और बहुत कुछ कहा है।

मुझे तो ऐसा लगता है कि ईश्वर के सम्बन्ध में सोचें मत, ईश्वर में डूब जाएं। ईश्वर के सम्बन्ध में विचार मत करें, ईश्वर में खो जाएं। ईश्वर में अपने को मिटा दें। और हम मिटा सकते हैं। और हम कितनी भी कोशिश करें, लाख उपाय करें, तब भी हम अलग कहां हो पाते हैं, सिर्फ़ भ्रम पैदा हो जाता है कि हम अलग हैं।

जैसा कि मैंने कहा कि लहर अपने को सागर से अलग समझ ले। अलग हो नहीं पाती, हो भी नहीं सकती है। लेकिन एक भ्रम में जी सकती है कि मैं अलग हूं। और जब वह भ्रम में जी रही है, तब सागर हंस रहा है कि पागल है। अलग कहां है? अलग कैसे हो सकती है? अलग होने का उपाय नहीं है। यह तो हो सकता है कि मागर बिना लहरों का हो, यह कभी हो सकता कि एक लहर और बिना सागर के हो जाए? लहर

तो सागर का एक हिस्सा है।

लेकिन हम भ्रम पाल सकते हैं। और हम सबने भ्रम पाला हुआ है कि हम अलग हैं। उस भ्रम को जो तोड़ देता है, वह ईश्वर में प्रवेश पा जाता है। और ईश्वर निकट है। और तत्काल उपलब्ध है। ऐसा नहीं है, वह कभी दो हज़ार साल पहले जेरुसलम में उपलब्ध था या पांच हज़ार साल पहले कुरुक्षेत्र में उपलब्ध था या ढाई हज़ार साल पहले बुद्ध गया में उपलब्ध था। वह अभी और यहीं हम सबको भी उतना ही उपलब्ध है, जैसे श्वास उपलब्ध है। लेकिन हम इतने मजबूत हैं और हम किनारे को इतने ज़ोर से पकड़े हैं कि हम नहीं डूब पाते, हम बाहर ही रह जाते हैं। जो नहीं डूब पाता, वह अभागा है। फिर वह कितने ही शब्द सीख ले और कितने ही सिद्धान्त सीख ले, और कितने ही विचार संगृहीत कर ले, नहीं जान पाएगा। जानना हो, तो विचार को छोड़ देना होगा; न जानना हो, तो हम विचारों में खोए रह सकते हैं। न जानना हो, तो हम इतने विचार इकट्ठे कर ले सकते हैं कि जानने का भ्रम भी पैदा हो जाए और जानना भी न हो पाए।

सुकरात मरने के क़रीब है, तो किसी ने कहा है कि लोग कहते हैं – तुम परम ज्ञानी हो। सुकरात ने कहा : ग़लत कहते होंगे। पहले जब मैं नहीं जानता था, तो ऐसी भूल मैं भी करता था। मुझसे बड़ा अज्ञानी कोई भी नहीं।

सुकरात कह सकता है, मुझसे बड़ा अज्ञानी कोई भी नहीं है। और जो इतना कहने की हिम्मत जुटा लेता है कि मुझे पता नहीं है, मैं नहीं जानता हूं। न मेरा विचार वहां तक पहुंचता है, न मेरा हाथ वहां तक पहुंचते हैं, न मेरी कोई क्रिया वहां तक पहुंचती है, न मेरी कोई प्रार्थना वहां तक पहुंचती है, मेरा कुछ भी वहां तक नहीं पहुंचता, मैं वहां तक पहुंच ही नहीं पाता हूं। ऐसी हेल्पलेस, ऐसी असहाय अवस्था में जो खड़ा हो जाता है, वह तत्काल डूब जाता है, क्योंकि उसके पास पकड़ने के लिए, क्लीग्गिंग के लिए कोई सहारा नहीं बचता। न कोई सिद्धान्त बचता है, न कोई शास्त्र बचता है, न कोई सम्प्रदाय, न कोई चर्च, न कोई मन्दिर – कुछ उसके

पास पकड़ने को सहारा नहीं बचता है। उसके सब सहारे छूट जाते हैं। और जैसे ही सहारा छूट जाता है, आदमी डूब जाता है।

एक छोटी-सी कहानी और अपनी बात मैं पूरी करूंगा।

मैंने सुना है, एक अमावस की अंधेरी रात में एक आदमी जंगल में खो गया। अंधेरे की रात, जंगल था अनजान, खो गया। रास्ता मिलता न था, टटोल-टटोलकर खोजता था। अचानक...आवाज़ गूंजके लौट आती है, पास कोई सुनने वाला नहीं है। दूर तक आंखें फैलाता है, घाटी में कहीं कोई एक दीया भी दिखाई नहीं पड़ता। पता नहीं नीचे कितना गड्ढा है, अगर हाथ छूट गए तो मृत्यु के सिवाय कुछ दिखाई नहीं पड़ता, तो जितनी ताक़त है, जितनी सामर्थ्य है, सारी ताक़त एक ही काम में लगानी है कि रात गुज़र जाए और किसी तरह झाड़ी पकड़े रहे। सुबह हो जाए, शायद रास्ते से कोई निकले।

लेकिन रात है सर्द, ठंडी है। ठंडी हवाएं उसके हाथों को ठंडा किए दे रही हैं। घड़ी-दो घड़ी में उसके हाथ जम गए हैं। अब उसे ऐसा भी नहीं लगता है कि मेरे हाथ हैं, अब हाथ धीरे-धीरे झाड़ी से छूटने लगे हैं, पकड़ भी नहीं मालूम होती है, क्योंकि हाथ बिल्कुल जम गए हैं और पकड़ भी नहीं पा रहे हैं। अब वह घबड़ा रहा है, अब वह चिल्ला रहा है कि मैं मरा, मुझे बचाओ! मैं मरा। लेकिन घाटी में अपनी ही आवाज़ गूंजती है और कोई भी नहीं। है भी ज़िन्दगी की घाटी ऐसी, कितना ही हम चिल्लाएं, कितने ही चारों तरफ़ लोग हों, अपनी ही आवाज़ गूंजती है, कौन सुनने को है। आख़िर आधी रात होते-होते उसके हाथ सरकते-सरकते...झाड़ी छूट गई। छोड़ी नहीं है उसने, छूट गई है झाड़ी। लेकिन चमत्कार हुआ है, नीचे कोई गड्ढा ही न था, झाड़ी छोड़के वह जमीन पर खड़ा हो गया। तब वह बहुत अपने को कोसने लगा कि मैं भी बहुत पागल हूं, व्यर्थ ही तीन घंटे तक परेशान था, पकड़े था, नीचे ज़मीन है।

हम सारे लोग भी जब तक कोई सहारा पकड़े हुए हैं, कोई विचार पकड़े हुए हैं, कोई शास्त्र पकड़े हुए हैं और सोच रहे हैं – इसको छोड़ देंगे, तो अन्धकार में खो जाएंगे, गड्ढे में गिर जाएंगे, फिर कहां होंगे हम।

उन्हें भी पता नहीं है कि जैसे ही हम सत्य छोड़ देते हैं, वह जो, जिसको हम कहें, परम भूमि है, जो अल्टीमेट ग्राउंड है, वह जो परमात्मा है, जब हम सब छोड़ देते हैं, तो हम अचानक पाते हैं कि पकड़के हम व्यर्थ ही परेशान थे। सब छोड़कर हम उसे पा लेते, जो निरन्तर हमारे नीचे मौजूद है। जिसे हमने कभी खोया नहीं है।

उस आदमी ने भी कब खोई थी नीचे की ज़मीन। वह आदमी पूरे वक़्त ज़मीन के क़रीब था। कौन रोके था उसे? ख़ुद की पकड़ उसे रोके थी। कोई ईसाइयत को पकड़े है, कोई हिन्दू धर्म को पकड़े है, कोई कृष्ण को, कोई क्राइस्ट को, कोई-न-कोई किसी-न-किसी को पकड़े है ज़ोर से। और चिल्ला रहा है बचाओ, कहीं मैं खो न जाऊं। और नीचे परमात्मा प्रतीक्षा कर रहा है कि तुम कब थकोगे, तुम कब थक जाओगे, कब तुम्हारे हाथ छूट जाएंगे। और जिस दिन आदमी टोटली हेल्पलेस, पूरी तरह असहाय हो सब छोड़ देता है। उस दिन अचानक पाता है, जिसे पुकारा था वह निकट मौजूद है, जिसके लिए चिल्लाए थे, वह दूर न था और जिसे हम खोजते थे, उसे हमने कभी खोया नहीं।

इसलिए जब मुझसे कोई पूछता है कि ईश्वर को कैसे खोजें। तो मैं उससे दूसरा सवाल पूछता हूं : तुमने उसे खोया कैसे? वह कहता है : मैंने तो खोया नहीं। तो फिर मैं कहता हूं : खोजने का कोई सवाल नहीं हैं। खोजते उसे हैं, जिसे हम खो देते हों। उसे खोजने का तो कोई सवाल नहीं, जिसे हम खो ही नहीं सकते। ईश्वर का होने का अर्थ है, हमारा होना, बी वेरी बीइंग, वह जो हमारा अस्तित्व है, वही तो परमात्मा है, उसे हम कैसे खो सकते हैं?

जैसे सागर में कोई मछली पूछने लगे दूसरों से कि सागर कहां है। ऐसे ही हम पूछते फिरते हैं; परमात्मा कहां है, परमात्मा कहां है, उसी में जन्मते हैं, उसी में जीते हैं, उसी में होते हैं, उसी में मिटते हैं, वही है हमारी भीतर आने वाली श्वास, वही है हमारी बाहर जाने वाली श्वास, वही है हमारा बचपन, वही है हमारा बुढ़ापा, वही है जन्म, वही है मृत्यु। वह जो सागर का, अस्तित्व का, वह जो एग्जिस्टेंस है, वही है। हम उसे कहां खोजते

हैं। लेकिन जब हम पकड़ लेते हैं कुछ। तो जो नीचे मौजूद है, वह मौजूद होते हुए भी खो जाता है। क्लीगिंग, वह जो दिमाग़ की पकड़ है शब्दों की, शास्त्रों की, सिद्धान्तों की, वह परमात्मा से रोक लेती है।

इसलिए मेरी कोई धारणा नहीं है परमात्मा की और न मैं ऐसा सोच पाता हूं कि धारणा से कोई कभी वहां पहुंच सकेगा। और परमात्मा के सामने जाना हो, तो 'मैं' की हैसियत में भी वहां नहीं जा सकते हैं। बहुत पहले उसके मन्दिर के बाहर ही, जहां हम जूते उतार आते हैं, वहीं अपने को भी उतार आना पड़ता है। और जब हम ख़ाली, एक शून्य की भांति, एक निर्जन एकान्त की भांति, जिसके भीतर न कोई विचार है, न ख़ुद का कोई होना है, जिस दिन हम शून्य और ख़ाली उसके मन्दिर में प्रविष्ट होते हैं उस दिन हम पाते हैं, उसका मन्दिर सब जगह था, हम व्यर्थ ही भटके, खोजे और परेशान हुए। हम व्यर्थ ही हैरान हुए, वह सदा ही उपलब्ध था।

मेरी कोई धारणा नहीं है, क्योंकि उसके सामने मेरे होने का ही कोई अर्थ नहीं है। मेरा कोई विचार नहीं है, क्योंकि विचार से पाने का उसे कोई उपाय नहीं है। डूबना है। डूबने में विचार भी खो जाते हैं, स्वयं भी खो जाता हूं। ईश्वर की धारणा पर सोचना ही मत। और अगर ईश्वर की धारणा पर सोचना हो, तो अनन्त जीवनों तक भी सोचते रह सकते हैं, लेकिन कहीं पहुंचेंगे नहीं। और जिस दिन पहुंचना हो, उस दिन सोचना मत। तो एक क्षण में एक क्षण भी बहुत बड़ा है, क्षण के भी शायद एक करोड़वें हिस्से में शायद वह भी बहुत बड़ा है, शायद ज़रा भी देर नहीं लगती, ज़रा भी समय नहीं लगता और हम वहां पहुंच जाते हैं।

ये थोड़ी-सी बातें मैंने कहीं, इस आशा से कि किनारे पर नहीं बैठे रहेंगे और सागर में डूब जाएंगे।

मेरी बातों को इतनी शान्ति और प्रेम से सुना, उससे अनुगृहीत हूं। अन्त में सबके भीतर बैठे परमात्मा को प्रणाम करता हूं, मेरे प्रणाम स्वीकार करें!

●●●